PETRA HÜLSMANN
Morgen mach ich bessere Fehler

Weitere Titel der Autorin:

Hummeln im Herzen
Wenn Schmetterlinge Loopings fliegen
Glück ist, wenn man trotzdem liebt
Das Leben fällt, wohin es will
Wenn's einfach wär, würd's jeder machen
Meistens kommt es anders, wenn man denkt

PETRA HÜLSMANN

Morgen mach ich bessere Fehler

ROMAN

Lübbe

Die Bastei Lübbe AG verfolgt eine nachhaltige Buchproduktion. Wir verwenden Papiere aus nachhaltiger Forstwirtschaft und verzichten darauf, Bücher einzeln in Folie zu verpacken. Wir stellen unsere Bücher in Deutschland und Europa (EU) her und arbeiten mit den Druckereien kontinuierlich an einer positiven Ökobilanz.

Originalausgabe

Dieses Werk wurde vermittelt durch die
Literarische Agentur Thomas Schlück GmbH, 30131 Hannover

Copyright © 2023 by
Bastei Lübbe AG, Schanzenstraße 6–20, 51063 Köln

Umschlaggestaltung: Christin Wilhelm, www.grafic4u.de unter Verwendung
von Illustrationen von © shutterstock: Piyapong89
Satz: hanseatenSatz-bremen, Bremen
Gesetzt aus der Stempel Garamond
Druck und Verarbeitung: GGP Media GmbH, Pößneck

Printed in Germany
ISBN 978-3-404-19206-9

2 4 5 3 1

Sie finden uns im Internet unter:
luebbe.de
Bitte beachten Sie auch: lesejury.de

*Für Alex, Andreas, Heike, Inga, Juana,
Katrin, Lars, Petra und Sascha.
Gemeinsam haben wir uns auf den
spannendsten Roadtrip überhaupt gemacht
– den zu uns selbst.*

Es lief alles nach Plan.
Nur der Plan war halt leider scheiße.

Man hat im Leben immer eine Wahl. Immer. Selbst wenn man glaubt, keine Wahl zu haben. Ob man stehen bleibt oder die Richtung ändert, ob man eine Sache durchzieht oder einen Rückzieher macht – es ist die eigene Entscheidung, die eigene Wahl. Klingt einfach, ist es aber nicht. Denn erstens ist es oft so, dass einem die zur Verfügung stehende Alternative nicht besonders gefällt, und zweitens stellt sich immer erst hinterher heraus, ob man eine gute oder eine schlechte Wahl getroffen hat. Und die Suppe, die man sich einbrockt, ist nicht immer lecker, so viel steht fest.

Bei mir war es leider so, dass ich ein unleugbares Talent dafür hatte, mich für das Falsche zu entscheiden, egal, wie sehr ich auch versuchte, das Richtige zu tun. Selbst wenn ich *nicht* spontan aus dem Bauch heraus handelte, sondern erst mal tief durchatmete, über die Sache nachdachte und sämtliche Eventualitäten in Erwägung zog, hinterher saß ich trotzdem viel zu oft vor einem Teller unappetitlicher Miese-Wahl-Suppe.

So wie auch jetzt, als ich nachts um vier im strömenden Regen in Gummistiefeln und durchweichter Funktionsjacke durch den Schmodder stapfte, einen Beutel mit Seed Bombs in den klammen kalten Händen. War es mir wie eine gute Idee erschienen, heute Nacht aktiv bei der neuesten Aktion meiner Umweltgruppe mitzumachen, anstatt wie sonst nur im Hintergrund an den Vorbereitungen und Planungen beteiligt zu sein? Absolut nicht. Immerhin hatte ich eine Tochter, und das, was wir hier taten, war eher so semilegal. Um nicht zu sagen, illegal. Hatte ich mich trotzdem bereit erklärt zu helfen, weil vier von zehn Mitgliedern krank geworden waren und die Aktion kurz vor dem Platzen stand? Natürlich. Ich konnte meine Freunde doch nicht hängen lassen. Es war also meine Wahl gewesen, meine Entscheidung. Monatelang hatten wir geplant, den Vorgarten der *FIB Chem* – des größten Chemieunternehmens Hamburgs – umzugestalten und aus dieser Schotterwüste einen Naturgarten zu machen. Eine Oase mitten in der Großstadt, neuer Lebensraum für unzählige Insekten, Vögel und Reptilien. Trotz aller widrigen Umstände, Grippe, Regen und Sturm hatte sich die Security bislang nicht blicken lassen, und es lief absolut reibungslos. Sogar einen kleinen Naturteich hatten wir innerhalb kürzester Zeit angelegt und zusätzlich zu den sporadisch geworfenen Samenbomben heimische Wildstauden gepflanzt. Ich war stolz darauf, an dieser Aktion beteiligt zu sein. Nur die Umstände waren es, die mich an meiner Entscheidung zweifeln ließen. Kalter Regen drang am Kragen in meine Jacke ein, lief in einem Rinnsal über meine Brust und versickerte in meinem BH. Bei jedem Schritt schmatzten meine Gummistiefel im Matsch. Mein Rücken tat weh, ich war hundemüde, und schon in ein paar Stunden musste ich meine sechsjährige Tochter Paula wecken, in die Kita bringen und anschließend im Bioladen arbeiten. Mit einem tiefen Seufzer warf ich meine letzten Seed Bombs und steckte meine klammen Hände in die Jackentaschen, um sie zu wärmen. Meine Finger berührten Rosa, die kleine Stoffhasendame, die Paula mir mitgegeben hatte, damit sie auf mich aufpasste. Meine Tochter war der beste Grund, die Welt zu einem besseren Ort zu machen, und genau das taten wir hier. Also Schluss mit der Jammerei. Jammern hatte mich noch nie weitergebracht.

Ein paar Meter entfernt entdeckte ich meinen Mitbewohner Samuel, der auf dem Boden hockte und Äste und Zweige zu einem Totholzstapel aufschichtete. Ich ging zu ihm, hockte mich ebenfalls hin und sagte: »Hey, Sami, ich helfe dir.«

Dankbar lächelte er mich an. »Das ist nett, Elli.«

»Ist doch klar.«

Für eine Weile arbeiteten wir einträchtig schweigend vor uns hin, während unsere Mitstreiter unsere Spuren beseitigten und die Transporter mit Schubkarren, Spaten und sonstigen Gerätschaften beluden.

»Kommt mal zum Ende, ihr beiden«, ermahnte uns Antje, die zusammen mit Sami und mir diese Aktion geplant hatte und die ebenfalls Teil unserer Hausgemeinschaft war. »Wir müssen bald los, bevor die Security doch noch auftaucht oder die ersten Mitarbeiter eintrudeln.«

»Nur kein Stress, Antje«, erwiderte Sami. Das war sein Lebensmotto. Er ließ sich durch absolut gar nichts aus der Ruhe bringen, niemals. »Es dauert eben so lang, wie es dauert, stimmt's, Elli?«

»Schon irgendwie, aber ich hätte auch nichts dagegen, bald nach Hause zu kommen. Dann könnte ich wenigstens noch ein kleines Nickerchen machen.«

Er nickte verständnisvoll. Als mein Mitbewohner und guter Freund bekam er tagtäglich mit, wie turbulent mein Leben war und wie wenig Zeit mir neben Tochter, zwei Jobs und der Gartengruppe für mich blieb. Seine Tiefenentspanntheit in jeder Lebenslage konnte ich nur bewundern. Ich selbst gab mir zwar Mühe, entspannt zu bleiben, aber es gelang mir leider nicht immer. Von dieser Kleinigkeit mal abgesehen, waren Sami und ich uns sehr ähnlich. Wir hatten die gleichen Ansichten, Geschmäcker und Interessen, verbrachten die Abende gemeinsam in der WG-Küche, und in letzter Zeit fingen wir sogar an, die Sätze des anderen zu vervollständigen. Irgendetwas veränderte sich zwischen uns. Es kam mir vor, als würde Sami mir tiefer in die Augen schauen. Er berührte mich häufiger, wenn auch meist wie zufällig. Und er bezog Paula und mich automatisch in seine Pläne mit ein, als wären wir zu einem *wir* geworden, ohne dass ich es wirklich bemerkt hatte. Wir waren kein Paar oder so, aber mich beschlich immer wieder das Gefühl, dass wir diese Richtung eingeschlagen hatten. Was wirklich toll war. Sami war ein prima Kerl, eigentlich der ideale Vater für Paula, und den brauchte sie ganz dringend. Für mich wäre er natürlich auch der ideale Mann, alle sagten das. Sami war lieb, intelligent und wahnsinnig fürsorglich. Neulich hatte er mir sogar mit einem Taschentuch die Nase abgewischt, nachdem ich geniest hatte. So fürsorglich war er!

»Hör mal«, sagte Sami unvermittelt, während wir die letzten Zweige aufschichteten. »Ich denke, es wäre gut, wenn wir beide mal ganz in Ruhe miteinander sprechen würden. So, über uns. Ich meine, du hast vielleicht bemerkt, dass ich …«

»Scheiße, da kommt jemand!«, rief Antje aus einiger Entfernung. »Rückzug! Sofort!«

Mein Herz machte einen Riesensatz und rutschte mir dann mit Karacho in die Hose. Wie angenagelt hockte ich im Matsch, starrte in Antjes Richtung und hatte plötzlich vergessen, wie man atmete oder sich bewegte.

»Komm schon, Elli, schnell!«, rief Sami.

»Ja, aber …«, setzte ich an, doch in meinem Hirn herrschte gähnende Leere, und Sami war ohnehin schon verschwunden. Das war genau der Grund, warum ich bei diesen Aktionen fast nie aktiv mitwirkte. Wenn die Devise ›fight or flight‹ hieß, entschied mein Gehirn sich leider stets für die Option, die eigentlich nicht zur Wahl stand: freeze. Ich hörte, wie meine Mitstreiter alles stehen und liegen ließen, und erkannte in der Morgendämmerung schemenhaft, wie sie zu den Transportern liefen. Mein Blick glitt in die andere Richtung, wo vor dem Verwaltungsgebäude ein paar Lichtkegel, vermutlich von Taschenlampen, ein Tänzchen aufführten. Während ich reglos und mit weit aufgerissenen Augen im Regen hockte, waren die Neuronen in der Schaltzentrale meines Gehirns offenbar schwer damit beschäftigt, die Situation erst mal ausführlich zu analysieren, auszuwerten und durchzudiskutieren. Zum Glück für mich wurde der Beschluss gefasst – und sogar auch prompt umgesetzt –, den Panic Button zu drücken und folgende Botschaft rauszuschicken: *Cortex an Motoneurone, Cortex an Motoneurone: Bewegen! Abhauen! Jetzt!* Ich sprang auf, nur um gleich mit meinen eingeschlafenen Beinen einzuknicken und wieder im Matsch zu landen. Aber ich rappelte mich auf und rannte, besser gesagt, humpelte zu den Transportern. Die ersten beiden waren schon weg, also lief ich, so schnell es mit eingeschlafenen Beinen eben ging, stolperte über einen liegen gebliebenen Spaten, fing mich aber gerade noch rechtzeitig und legte einen olympiagoldwürdigen Endspurt zum letzten Wagen hin, der bereits im Anrollen war.

»Komm schon, Elli!« Gesine streckte mir durch die offene Tür eine Hand entgegen. Ich ergriff sie und rannte verzweifelt neben dem Transporter her. »Jetzt halt doch mal an«, rief Gesine Sami zu, der daraufhin langsamer fuhr. In dem Moment zog ich mich mit ihrer Hilfe hoch und landete halb auf ihrem Schoß. »Scheiße«, stieß ich wild schnaufend aus und schlug die Tür zu. »Das war knapp.«

Sami drückte das Gaspedal durch, und ich ließ mich auf den Sitz neben Gesine fallen. Unwillkürlich glitt meine Hand in meine Jackentasche, um mir Beistand bei Rosa, Paulas Stoffkaninchen, zu holen, doch ich griff ins Leere. Oh nein. Rosa war Paulas Ein und Alles, und meine Tochter hatte mich hoch und heilig schwören lassen, Rosa heil und unversehrt wieder mit nach Hause zu bringen. Ohne Rosa ging Paula nirgendwo hin. Keine Paula ohne Rosa, keine Rosa ohne Paula; die beiden waren eine Einheit. Ohne Rosa würde Paula nie wieder schlafen!

»Stopp«, rief ich. »Anhalten!«

»Was?«

»Halt an!«

»Spinnst du?«, brüllte Sami und hörte sich nun doch minimal gestresst an.

»Rosa ist noch da, ich muss sie holen!«

Sami, der Paulas Fixierung auf ihr Kuscheltier nur zu gut kannte, legte eine Vollbremsung ein. Auf der Ladefläche des Transporters purzelten die Spaten und Schubkarren mit einem Heidenlärm durcheinander. »Beeil dich, Elli!«

Ich öffnete die Tür und sprang aus dem Transporter. Im Weglaufen hörte ich Gesine rufen: »Habt ihr sie noch alle? Fahr weiter, Herrgott noch mal!«

»Ich lasse keinen zurück«, erwiderte Sami. Mein Held!

Den Rest der Diskussion bekam ich nicht mehr mit, denn ich rannte durch Regen, Wind und Matsch zurück zum Totholzstapel. Die Lichtkegel der Taschenlampen tanzten immer näher an mich heran, doch zum Glück war die knallig pinke Rosa selbst im schummrigen Frühmorgenlicht nicht zu übersehen. Vorwurfsvoll schaute sie mich an. Ich konnte förmlich hören, wie sie pikiert mit der Zunge schnalzte. ›Wenn ich das Paula erzähle.‹ Ich grabschte nach Rosa und machte auf dem Absatz kehrt. Im Umdrehen bemerkte ich, dass die Taschenlampen fast bei mir angekommen waren. Es waren drei, und sie wurden gehalten von drei ziemlich angepisst aussehenden männlichen Gestalten. Schnell, noch schneller hastete ich auf den Transporter zu, während ich hinter mir einen der Typen rufen hörte »Ich hab ihn gleich!«, womit offensichtlich ich gemeint war. Die Schritte kamen immer näher, das Schmatzen im Matsch wurde immer lauter. »Stehen bleiben!«, forderte der Typ mich auf. Zum Glück war ich fast am Tor angekommen, der rettende Transporter nur noch maximal zwanzig Meter entfernt, doch dann – fuhr er mit quietschenden Reifen davon.

»Was zur Hölle?«, stieß ich aus und sah die Rücklichter in der Morgendämmerung immer kleiner werden. »Das kann doch nicht euer verfluchter Scheißernst sein!« Es war sinnlos weiterzulaufen. Wo sollte ich auch hin, mitten im Nirgendwo eines Industriegebiets, in aller Herrgottsfrühe? Die hatten mich hängen lassen. Mein fürsorglicher Sami hatte mich allen Ernstes hängen lassen! Schwer atmend beugte ich mich vor, die Hände auf meine Oberschenkel gestützt.

»Aha«, rief mein Verfolger, als er bei mir angekommen war. Unsanft packte er mich am Arm. Er schnaufte noch mehr als ich. »Wen haben …«, ein Japsen, »… wir denn da?«

»Nehmen Sie Ihre Hände weg!« Ich versuchte, meinen Arm aus seinem Klammergriff zu befreien.

»Geht's noch? Erst so eine … Schweinerei veranstalten …«, wieder schnappte er nach Luft, »… und dann auch noch frech werden.« Er war ganz sicher kein Security-Mensch. Mit seinen grau melierten Haaren, den Fältchen um die Augen und dem dunklen Anzug sah er aus wie ein distinguierter älterer Herr, ein Kavalier der alten Schule. Wenn er sich doch nur auch so benehmen würde. Ein Kavalier der alten Schule hätte mich garantiert nie mit wutverzerrter Miene an den Schultern gepackt und geschüttelt, so wie er es gerade tat. »Sag mir sofort deinen Namen!«

»Lassen Sie mich los! Ich mach doch gar nichts.«

»Das nennst du gar nichts? Eine Riesensauerei ist das hier!«

Inzwischen war auch der Rest der Taschenlampentruppe zu uns gestoßen. Die beiden anderen Typen trugen ebenfalls Anzüge und Krawatten. Sicher irgendwelche hohen Tiere der *FIB Chem*, schlussfolgerte ich brillant. Wer sonst sollte sich um diese Zeit im feinen Zwirn hier rumtreiben? Hatten wahrscheinlich die Nacht durchgeackert und wichtige Geschäfte gemacht. Noch ein paar Chemieunfälle verursacht, wie den letztes Jahr im Breisgau. Jedenfalls stand es auf diesem Spielfeld nun drei Chemieindustrieschwerverbrecher gegen eine harmlose Umweltschützerin.

»Wie du heißt, habe ich gefragt«, wiederholte der Typ, der mich im Schwitzkasten hatte, und schüttelte mich noch mal.

Einer der anderen Typen, der nicht weniger distinguiert aussah, aber etwas jünger zu sein schien als der vermeintlich nette ältere Herr, mischte sich ein. »Muss das sein, Helmut? Können wir das nicht wie zivilisierte Menschen regeln?«

»Ja, sehr gerne«, erwiderte ich, obwohl ich definitiv nicht Helmut war.

»Wie zivilisierte Menschen?«, empörte sich Helmut, wobei seine Stimme sich überschlug. Fast glaubte ich, seine Halsschlagader pochen zu sehen. »Was bitte ist zivilisiert daran, hier einzubrechen und ein Schlachtfeld zu hinterlassen? Das ist Einbruch, Vandalismus und Diebstahl und mit Sicherheit auch noch …« Mitten im Satz brach Helmut ab und wandte sich an den dritten Chemieverbrecher. »Nun sagen Sie doch auch mal was.«

Er war der Jüngste von ihnen und der Schnöseligste. Im Gegensatz zu Helmut und dem Zivilisierten, deren Hemden verknittert waren und unter deren Augen dunkle Schatten lagen, sah er wie aus dem Ei gepellt aus. Seine dunklen Haare waren ordentlich zurückgekämmt, wenn auch nass vom Regen. Mit kalter Berechnung ließ er seinen Blick von meinen matschigen Stiefeln über meine schlammdurchweichten Klamotten und die pinke Stoffrosa in meiner Hand bis hin zu meinen Haaren schweifen, die feucht an meinem Gesicht klebten. Schließlich sagte er, ohne den Blick von mir abzuwenden: »Ich kann Ihnen nur dringend raten, die ... Dame loszulassen und Ihre und meine Zeit nicht mit dieser Sache zu verschwenden. Rufen Sie lieber die Polizei. Sollen die sich damit herumplagen.«

Mein Herz setzte einen Schlag lang aus. Nur nicht die Polizei! Man würde mich wegsperren und mir Paula wegnehmen. Wobei ... Vielleicht konnte ich sie auch behalten, aber dann müsste sie im Knast aufwachsen, und das war nun wirklich nicht das, was ich mir für ihre Kindheit wünschte. Immerhin ließ Helmut mich los, und ich trat schnell zwei Schritte von ihm weg. Fieberhaft versuchte ich, mir eine Geschichte auszudenken, die plausibel machte, wieso ich mich genau zu dieser Zeit an genau diesem Ort befand, ohne auch nur das Geringste mit der Gartenumgestaltung zu tun zu haben. Doch da fehlte mir schlichtweg die Fantasie. Mir blieb im Grunde nur eins, Paula zuliebe: mich nett und umgänglich zeigen und hoffen, dass die Polizei nicht gerufen wurde. Notfalls würde ich auch betteln. Ich atmete tief durch und erklärte: »Wir haben nichts geklaut, wirklich nicht.«

»Ach«, stieß Helmut aus. »Und was ist mit dem Marmorkies?«

»Der ist dort drüben.« Ich deutete auf den Kieshügel auf der anderen Seite des Tors, auf dem wir obenauf ein Schild hinterlassen hatten – unser Erkennungszeichen.

»NDEN«, las der Schnösel vor.

15

»Wofür steht *NDEN*?«, fragte der Zivilisierte, der mir der umgänglichste von den dreien zu sein schien.

»Das ist nur die Rückseite des Schildes«, erwiderte ich. »Auf der Vorderseite war nicht mehr genug Platz.«

»Und was steht auf der Vorderseite?«, wollte der Zivilisierte wissen.

»Schluss mit Schotter! Die Guerilla-Gärtner.«

»NDEN«, wiederholte der Schnösel. »Das ergibt immer noch keinen Sinn.«

»Das wird nicht buchstabiert«, erklärte ich möglichst freundlich, obwohl mich seine arrogante Art extrem nervte. Immerhin waren jetzt alle so beschäftigt mit dem Schild, dass keine Rede mehr von der Polizei war.

Schließlich ging dem Zivilisierten ein Licht auf. »Ah, jetzt verstehe ich. Gärtner…nden. Die Guerilla-Gärtnernden.«

»Genau.« Um das Thema noch weiter von der Polizei abzulenken, plapperte ich munter drauflos: »Ein Teil der Gruppe hat nämlich kritisiert, dass wir uns immer noch *Gärtner* nennen, immerhin machen ja auch Menschen ohne Penis bei uns mit. Also haben wir einstimmig beschlossen, uns umzubenennen. *Die Guerilla-Gärtner-Sternchen-Innen* oder *Die Guerilla-Gardeners* fanden wir aber alle nicht so toll, und wir hatten keine Zeit mehr, weiter nach einem neuen Namen zu suchen. Das Schild war sowieso schon fertig, also haben wir, bevor wir losgefahren sind, auf der Rückseite noch schnell gegendert, als Notlösung. Optimal ist das zwar nicht, aber einfach stehen lassen wollten wir *Gärtner* halt auch nicht.«

Die drei Typen sahen mich wortlos an.

Ich räusperte mich und wagte einen Vorstoß: »Gut, ich müsste allmählich los, also …«

Der Schnösel hob nur eine Augenbraue, zeigte ansonsten

jedoch keine Regung, während sich der Zivilisierte nachdenklich das Kinn rieb. Helmut, der Fiese, hingegen schnaubte verächtlich. »Glaub bloß nicht, dass du hier einfach so davonspazieren kannst, Fräulein! Und so genau wollte es übrigens keiner wissen.«

»Fräulein?«, wiederholte ich fassungslos. »Echt jetzt?«

»Ja, echt jetzt! Ihr könnt mich alle mal am Arsch lecken mit eurem scheiß Gendern!« Ein Muskel unter seinem linken Auge zuckte wild.

»Helmut, jetzt beruhige dich mal«, schaltete sich der Zivilisierte ein. »Denk dran, was die Ärztin und der Gleichstellungsbeauftragte dir geraten haben.« Zu mir sagte er: »Wie wäre es übrigens mit *Garten-Guerillas?*«

Ich stutzte. »Hey, das ist gut. Vielen Dank.«

»Können wir bitte wieder auf die Sauerei zurückkommen, die hier veranstaltet wurde?«, meckerte Helmut. »Mir reicht's, ich rufe jetzt die Polizei.«

Er griff nach seinem Handy, doch bevor er wählen konnte, rief ich: »Warten Sie! Ich gebe ja zu, dass es hier im Moment noch ein bisschen chaotisch aussieht, aber wir haben einen Naturgarten angelegt. Das ist wirklich eine gute Sache, viel besser als die Schotterwüste, die Sie hier hatten.«

Helmut sah von seinem Handy auf. »Sollen wir etwa dankbar sein?«

»Äh … na ja.« Eigentlich schon, aber das sagte ich lieber nicht laut.

»Hat denn jemand Sie damit *beauftragt*, hier einen Naturgarten anzulegen?«, wollte der Schnösel wissen.

Obwohl es eine rhetorische Frage war, antwortete ich: »Leider nicht. Manchmal muss man die Menschen eben dazu zwingen, das Richtige zu tun.«

»Und was das Richtige ist, entscheiden Sie?«, fragte er von oben herab.

Ich zog die Schultern zurück und hob das Kinn. »Ja, ich und die Hamburgische Bauordnung, die die Versiegelung von Vorgärten und somit auch Kieswüsten verbietet.«

»Sie könnten Verstöße gegen die Bauordnung ja auch einfach bei der entsprechenden Behörde melden.«

Ich schnaubte. »Ja, klar. Wissen Sie, was dann passiert?« Natürlich tat er mir nicht den Gefallen zu antworten, also übernahm ich es selbst. »Nichts passiert dann. Absolut gar nichts. Also nehmen wir die Sache halt selbst in die Hand. Diese Kieswüsten sind nämlich das Allerletzte. Wahrscheinlich ist Ihnen das nicht klar, aber die Fläche an sämtlichen Privatgärten zusammengerechnet würde das größte Naturschutzgebiet Deutschlands ergeben, Lebensraum für Abertausende gefährdete Arten. Wenn die Leute nicht so versessen wären auf ihre Kiesgärten, sterilen Rasenflächen und exotischen Pflanzen, mit denen die heimische Tierwelt überhaupt nichts anfangen kann, könnte das hier ein Paradies sein. Ständig wird als Argument angeführt, dass man keine Arbeit mit dem Garten haben will, dabei gibt es überhaupt nichts Pflegeleichteres als einen Naturgarten.« Schwer atmend hielt ich inne.

Für ein paar Sekunden blieb es still. Nur der Regen plätscherte leise. »Das ist ja alles sehr rührend«, sagte der Schnösel schließlich, entgegen seiner Behauptung absolut ungerührt. »Aber es ändert rein gar nichts an der Tatsache, dass Sie hier *ungebeten* eingedrungen sind und Änderungen vorgenommen haben. Das ist Hausfriedensbruch, Sachbeschädigung …«

»Vandalismus«, warf Helmut ein.

»Im Grunde ja, wir haben es hier zweifelsohne mit vorsätzlicher Zerstörung von Privateigentum zu tun.«

Instinktiv trat ich einen Schritt zurück und zog die Nase kraus. Der Typ stank doch nach Anwalt! Natürlich, schon allein, wie der aussah, konnte er ja nur Jurist sein. »Zerstörung?«, wiederholte ich entrüstet.

»Zerstörung«, bestätigte er. An Helmut gerichtet fuhr er fort: »Allerdings muss die Staatsanwaltschaft nicht zwangsläufig auf Vandalismus plädieren, weil hier zwar zerstört, aber auch für Ersatz gesorgt wurde. Wenn man denn einen Acker als Ersatz ansehen kann«, sagte er mit einem Seitenblick auf unseren frisch angelegten Naturgarten. »In einem Zivilpro…«

»Moment mal«, fiel ich ihm ins Wort. »In ein paar Wochen wird es hier wunderschön blühen und vor Leben nur so …«

»In einem Zivilprozess sehe ich aber durchaus Argumentationsspielraum«, beendete der Schnösel gnadenlos seinen Satz, wobei er mich ansah, als wäre ich ein lästiges Insekt, das es zu zertreten galt. Was für ein ätzender Typ.

»Ihnen geht die Zerstörung der Umwelt am Arsch vorbei, oder?«

»Das steht hier nicht zur Debatte.«

Mit zusammengekniffenen Augen sah ich ihn an. »Wissen Sie, was mich bei Typen wie Ihnen echt tröstet? Karma hat kein Verfallsdatum, und Karma regelt das. Immer.«

»Ist das so?«, erwiderte er kaltschnäuzig. »Und woher haben Sie diese Weisheit, von Ihrem ayurvedischen Küchenkalender? Im Übrigen lenkt nichts, was Sie sagen, von der Tatsache ab, dass Sie und Ihre Guerilla-Freunde eine *Straftat* begangen haben.«

»Sehr richtig«, sagte Helmut. »Deswegen rufe ich jetzt auch die Polizei.«

Mist, Mist, Mist, verdammter! »Bitte, nicht die Polizei! Ich bin alleinerziehend, ich muss meine Tochter wecken, in den

Kindergarten bringen, und zur Arbeit muss ich auch«, rief ich verzweifelt, kurz davor, mich auf die Knie zu werfen.

»Nee, nee, nee, ruf mal noch nicht an«, schaltete der Zivilisierte sich wieder ein. »Lasst uns erst laut nachdenken.«

Ich nickte heftig, obwohl er aller Wahrscheinlichkeit nach nicht mich damit gemeint hatte.

»Mein Gott, Christian«, stieß Helmut aus, ließ aber sein Handy sinken. »Was gibt es denn noch zu überlegen?«

Der Zivilisierte, der offensichtlich Christian hieß, betrachtete mich nachdenklich und rieb sich dabei das Kinn. Schließlich sagte er: »Sie haben also einen Naturgarten angelegt. Richtig?«

»Äh … ja. Wie gesagt.«

»Einen umweltfreundlichen Naturgarten?«

»Absolut umweltfreundlich, ja«, beteuerte ich.

»Der gut ist für …« Er wedelte mit einer Hand in der Luft herum. »Bienen und so was?«

»Klar. Für sämtliche Insekten. Somit auch für Vögel. Und nicht zu vergessen Reptilien, immerhin haben wir sogar einen Naturteich angelegt. Für eine Natursteinmauer fehlte leider die Zeit.«

Helmut schnaubte, doch Christian ließ sich davon nicht irritieren. »Hm, Hm, Hm«, machte er. »So ein Naturgarten ist doch ziemlich *nachhaltig*, würde ich meinen.« Er wandte sich an Helmut und den Schnösel. »Oder? Kann man doch so sagen.«

Helmut schüttelte irritiert den Kopf, doch der Schnösel schien zu verstehen, worauf Christian hinauswollte, denn ein hinterhältiger Ausdruck machte sich auf seinem Gesicht breit. »Doch, ja. Absolut.«

Christian nickte. »Wenn wir also auf unsere Schotterwüste,

wie die junge Dame es genannt hat, verzichten, dann würde uns das doch sicherlich einige Pluspunkte einbringen. Zum Beispiel in den Medien.«

»Ganz sicher sogar«, pflichtete der Schnösel bei.

Allmählich schien auch Helmut ein Licht aufzugehen. »Natürlich«, rief er. »Das würde die Gemüter dieser Presseheinis bestimmt etwas beruhigen, gerade nach dieser dummen Sache im Breisgau.«

»Dumme Sache?«, platzte es aus mir heraus, doch die Herren waren so vertieft in ihr Brainstorming, dass sie mich gar nicht beachteten. Diese »dumme Sache« war eine Riesensauerei gewesen. Ein ganzer See war durch die Verseuchung mit Fluorchemikalien abgestorben. Mysteriöserweise hatte niemand herausfinden können, wie es zu dieser Verseuchung gekommen war, obwohl Polizei und Staatsanwaltschaft natürlich auf Hochtouren ermittelt hatten – nicht. Nur dass das benachbarte Werk der *FIB Chem* rein gar nichts mit der Sache zu tun hatte, darüber waren sich alle sehr schnell einig gewesen. Und für diesen Umweltskandal waren genau die Typen verantwortlich, die jetzt vor mir standen.

»Denken wir doch auch an die Anleger«, sagte der Schnösel.

»An die denken wir doch immer«, schmunzelte Christian.

»Denen würde es sehr gefallen, wenn die *FIB Chem* in Sachen Nachhaltigkeit positiv auffallen würde.«

Christian nickte zufrieden. »Genau. Wo doch heutzutage jeder unbedingt grüne Aktien im Portfolio haben will. Die Leute müssen halt nur noch erfahren, wie sehr die heimische Insektenwelt uns am Herzen liegt.«

»Bienen und Schmetterlinge liegen nicht nur der *FIB Chem* sehr am Herzen, sondern vor allem voll im Trend«, pflichtete Helmut bei.

»Weswegen die *FIB Chem* ja auch diesen Naturgarten angelegt hat«, meinte der Schnösel. »Das wird allen gefallen, der Presse, den Fondsmanagern, den Anlegern …«

Christian klatschte zufrieden in die Hände. »Sehr schön. Dann werde ich gleich mit dem Rest des Vorstands sprechen und anschließend die PR-Abteilung briefen. Die kann alles in die Wege leiten.«

Wie versteinert verfolgte ich den Wortwechsel und konnte kaum fassen, wie perfide diese Typen waren. Wir, die Guerilla-Gärtnernden, hatten diese Aktion wochenlang geplant und viel Zeit und Geld investiert. Das sollte unsere große Stunde sein. Wir wollten Aufmerksamkeit erregen, für *uns*, für *unsere* Sache! Es war alles vorbereitet, wir hatten Fotos gemacht, wollten mit einem Artikel an die Presse gehen und unseren Coup natürlich auch in den sozialen Medien verbreiten. Und jetzt kassierten *die* die Lorbeeren? Das war ja wohl das Allerletzte! »Niemand wird Ihnen das abkaufen«, sagte ich mit schwacher Stimme. »Wirklich niemand, der oder die noch alle fünfe beisammenhat, wird Ihnen abkaufen, dass Ihnen die heimische Insektenwelt am Herzen liegt. So was Lächerliches hab ich ja noch nie gehört.«

»Das lass mal unsere Sorge sein«, riet Helmut mir.

»Ja, Frau … äh … ist ja auch egal. Lassen wir es gut sein, hm?«, sagte Christian gönnerhaft. »Auf die Polizei können wir unter diesen Umständen wohl verzichten. Also, vielen Dank, auch an die restlichen Guerillas, dass Sie diesen schönen Garten für uns angelegt haben.«

Pah, und der war mir eben noch wie der netteste der drei erschienen? Er war der hinterhältigste und schlimmste von ihnen!

»Und das auch noch kostenlos«, fügte Helmut grinsend hinzu.

»Und in aller Stille und Bescheidenheit, ohne in der Öffentlichkeit erwähnt werden zu wollen«, ergänzte der Schnösel.

Oh, wie ich diese Typen hasste! Ich wollte protestieren, kämpfen, mich mit ihnen anlegen, bis aufs Blut. Doch dann fiel mir Paula ein, und mir wurde klar, dass mir nichts anderes übrig blieb, als diese bittere Pille zu schlucken und mich verarschen zu lassen. Schließlich sagte ich: »Tja, wie gesagt ... Ich muss dann auch mal los.«

»Guten Heimweg«, wünschte mir Christian.

»Vergessen Sie Ihr Schild nicht«, fügte der Anwaltsschnösel hinzu und wagte es dabei auch noch, mich anzulächeln. Es war ein fieses Lächeln, aber was konnte ich von einem wie ihm auch anderes erwarten?

Nachdem ein Zug ausgefallen war und der nächste sich ewig verspätet hatte, rollte ich fast drei Stunden später endlich in den Bahnhof von Plön ein. Ich hatte die ganze Fahrt über geschlafen, doch wie durch ein Wunder wachte ich im allerletzten Augenblick auf, raffte meine Sachen zusammen und konnte gerade noch rechtzeitig auf den Bahnsteig springen. Ich schloss mein klappriges Fahrrad auf, klemmte das Schluss-mit-Schotter-Schild auf den Gepäckträger und radelte die letzten Kilometer nach Hause. An manchen Tagen hätte ich mir dafür in den Hintern treten können, dass ich vom Hamburger Schanzenviertel auf einen alten Bauernhof in der Holsteinischen Schweiz gezogen war. Dann vermisste ich mein altes Leben als Kunststudentin in der Großstadt und hatte furchtbares Heimweh. Aber das verging meistens wieder ganz schnell, denn der Hof lag in wunderschöner Landschaft direkt am Plöner See. So musste Paula nicht in der Großstadt aufwachsen, sondern konnte frische Luft atmen und hatte Platz zum Spielen. Dafür war Antjes Ökohof einfach perfekt. Antje und ihre Frau Kirsten, das fünfte Mitglied in unserer WG, waren meine besten Freundinnen geworden und für Paula schon fast Ersatzeltern. Und dann war da ja noch Sami, der vielleicht sogar ein bisschen mehr als nur ein Freund für mich war. Wenn ich mal von der Tatsache absah, dass er mich heute früh gewissermaßen dem Feind zum Fraß vorgeworfen hatte – darüber würde noch zu diskutieren sein.

Mühsam trat ich in die Pedale und war heilfroh, dass ich den stürmischen Wind im Rücken hatte. Die Bezeichnung *Schweiz* war für diesen Landstrich zwar maßlos übertrieben, aber gebürtige Hamburgerinnen wie mich brachten die Hügel beim Fahrradfahren regelmäßig zum Fluchen. Mit letzter Kraft fuhr ich die Auffahrt zum Hof hoch. Nachdem ich meinen Drahtesel abgestellt hatte, wäre ich fast vor dem alten windschiefen Fachwerkhaus auf die Knie gefallen und hätte »Home, sweet home« gerufen. Stattdessen ging ich mit zitternden Beinen zum Eingang und trat ein. »Hallo, jemand da?«, rief ich und warf die hölzerne Haustür versehentlich etwas zu heftig hinter mir zu. Eines Tages wird uns unser Heim noch über dem Kopf zusammenbrechen, unkte ich, als ein Stück Putz aus der Wand brach und herunterfiel.

»Elli?«, hörte ich Kirstens Stimme, dann tauchte sie auch schon im Flur auf. »Gütiger Himmel, Elli«, rief sie bei meinem Anblick, stürzte auf mich zu und riss mich in die Arme, als wäre ich ihre seit zwanzig Jahren tot geglaubte Schwester. »Ist alles okay?« Sie hielt mich ein Stück von sich weg und musterte mich von oben bis unten, nur um mich wieder an sich zu drücken. »Wir haben uns solche Sorgen gemacht. Wo warst du denn so lange? Warum hast du nicht angerufen?«

Hinter Kirstens Rücken tauchte Antje auf, eine Tasse Kaffee in der einen und ein Brot in der anderen Hand. »Vielleicht hatte sie ja nur *einen* Anruf, und der galt ihrem Anwalt«, witzelte sie, doch als ich ihre besorgte Miene sah, wurde mir klar, dass das gar nicht witzig gemeint gewesen war.

»Nein, zum Glück bin ich nicht im Knast gelandet. Und hör mir bloß mit Anwälten auf.« Sanft befreite ich mich aus Kirstens Klammergriff. »Was ist mit Paula?«

»Alles in Ordnung, ich hab sie gerade in die Kita gebracht. Jetzt komm, setz dich erst mal.«

»Ich würde ja gern, aber ich muss dringend duschen und mich umziehen, bevor ich mich auf den Weg zum Laden mache.«

»Nein, Gesine übernimmt deine Schicht. Um den Laden musst du dir also keine Gedanken machen«, sagte Antje.

Erleichtert atmete ich auf und folgte Antje und Kirsten in die Küche, wo ich mich ächzend auf einen Stuhl fallen ließ und meinen Kopf auf den riesigen alten Holztisch legte. »Ich hatte echt eine Scheißnacht, das kann ich euch sagen«, stöhnte ich. »Hat Paula sich Sorgen gemacht, weil ich nicht da war?«

»Klar, aber ich hab sie davon überzeugt, dass alles in Ordnung ist. Immerhin war Rosa bei dir, da konnte ja gar nichts schiefgehen.«

Bei dem Stichwort griff ich in meine Jackentasche, wo das durchnässte Kaninchen sich von den Strapazen der Nacht erholte.

Antje stellte eine Tasse dampfenden Kaffee vor mir ab und gesellte sich zu Kirsten und mir. Sie war keine Frau der großen Worte, sondern der kleinen Gesten. Das mochte ich an ihr.

»Vielen Dank, ihr seid echt großartig.« Mit meinen eiskalten Händen umschloss ich die Tasse, hob sie an die Lippen und nahm einen Schluck. »Das tut gut«, stieß ich aus, als ich spürte, wie die Wärme sich in meinem Inneren ausbreitete. Doch dann kam Sami in die Küche geschlichen, und augenblicklich spannte sich jeder Muskel in meinem Körper wieder an.

»Elli, ich …«, setzte er an, aber weiter kam er nicht, denn ich sprang auf und zeigte mit ausgestrecktem Finger auf ihn. »Du! Du … Judas! Erst verkündest du großspurig, dass du keinen zurücklässt, und dann haust du einfach ab. Dabei war ich doch schon fast am Wagen.«

Mit beschwichtigend erhobenen Händen kam Sami auf mich zu. »Versuch doch, das zu verstehen. Ich wollte auf dich warten, aber Gesine ist in Panik ausgebrochen und hat mich angeschrien, dass ich abhauen soll. Und ich hatte auch die Hosen voll, als diese Typen immer näher kamen. Du weißt doch, dass ich mit Stress nicht umgehen kann, Elli. Unter Druck funktioniere ich einfach nicht.«

»Und das soll es jetzt besser machen, oder was?«

»Nein, natürlich nicht, aber …« Hilflos hob er die Schultern. »Tut mir leid. Das ist echt richtig blöd gelaufen.«

»Blöd gelaufen ist ja wohl die Untertreibung des Jahrhunderts.« Missmutig ließ ich mich wieder an den Tisch fallen und griff nach meinem Kaffee.

Sami setzte sich mir gegenüber und sah mich mit zerknirschtem Blick an. »Ich hab immer wieder versucht, dich anzurufen, aber ich konnte dich nicht erreichen.«

»Mein Akku war leer.«

Antje seufzte. »Das hätten wir uns auch denken können. Dabei predige ich dir schon seit Monaten, dass du dringend einen neuen brauchst.«

»Wozu, theoretisch funktioniert das Ding doch noch. Es ist also nicht notwendig, Elektromüll zu produzieren.«

Kirsten stand auf, um die Keksdose zu holen und geöffnet

auf den Tisch zu stellen. »So. Jetzt essen wir alle erst mal einen Keks, dann sieht die Welt gleich wieder anders aus.«

Der verführerische Duft von Zimt und Nüssen stieg mir in die Nase und ließ das Wasser in meinem Mund zusammenlaufen. Erst jetzt wurde mir bewusst, wie hungrig ich war. Ich nahm mir einen Keks, ließ ihn komplett im Mund verschwinden und schloss beim Kauen genüsslich die Augen. Ich liebte Kirstens Kekse, sie waren unfassbar lecker, und das, obwohl sie megagesund, ohne Zucker und ohne Mehl waren. Mit dem köstlichen Geschmack von Gewürzen, Nüssen und Trockenfrüchten auf der Zunge fühlte ich mich gleich viel umgänglicher.

Sami, der meine Schwäche genau kannte, legte eine Hand auf meine. »Verzeihst du mir? Ich verspreche dir hoch und heilig, dass ich dich beim nächsten Mal nicht zurücklasse, komme, was da wolle.« Dabei sah er mich so ernst und aufrichtig an, dass ich gar nicht anders konnte, als weich zu werden. »Schon gut.« Ich entzog ihm meine Hand und nahm mir noch einen Keks. »Aber vergiss dein Versprechen besser nicht.«

»Mach ich nicht«, beteuerte er.

»Dann wäre das ja geklärt«, sagte Antje mit vollem Mund. »Und eins steht doch fest: Auch wenn die neueste Aktion der Guerilla-Gärtnernden ein bisschen holprig gelaufen ist, war sie unterm Strich doch ein Erfolg.«

»Ähm … na ja«, meinte ich kleinlaut, »wie man es nimmt.« Und dann erzählte ich in aller Ausführlichkeit und in den schillerndsten Farben von der Begegnung mit Helmut, seinem vermeintlich netten Kollegen Christian und dem Schnöselanwalt. »Und nun kassieren diese Verbrecher die Lorbeeren für *unsere* Aktion«, beendete ich schließlich meinen Bericht. »Um sich grün zu waschen für die Anleger, das muss man sich mal vorstellen. Am liebsten würde ich hinfahren und alles wieder zuschottern.«

»Um Himmels willen, bloß nicht!«, rief Sami. »Seien wir doch einfach froh, dass sie dich haben laufen lassen.«

»Hm.« Ich griff erneut in die Keksdose und kaute eine Weile schweigend vor mich hin. »Es nervt mich aber extrem, dass dieser Schnöselanwalt ...«

»Jetzt vergiss diesen Schnöselanwalt mal«, unterbrach Kirsten mich. »Sehen wir doch das Positive: Wo gestern noch eine Schotterwüste war, ist jetzt ein Naturgarten. Konzentrieren wir uns darauf.«

Antje schlug mit den Händen leicht auf die Tischplatte und stand auf. »Absolut richtig. Es ist durchaus ein Sieg für unsere Sache. So, ich muss draußen nach dem Rechten sehen, bevor der nächste Sturm kommt.« Aufmunternd tätschelte sie mir die Wange und beugte sich anschließend zu Kirsten, um ihr einen Kuss zu geben.

Zärtlich lächelte sie Antje an. »Ich helfe dir gleich mit den Hühnern.«

Antje erwiderte ihr Lächeln, dann stapfte sie hinaus. Bald darauf hörten wir, wie sie auf ihrem altersschwachen Traktor Richtung Felder davonknatterte.

Antje und Kirsten waren seit ihrem sechzehnten Lebensjahr ein Paar, also seit fast dreißig Jahren. Noch immer benahmen sie sich wie Frischverliebte und waren verrückt nacheinander. So ein Glück wie sie hatte nicht jeder, das war mir klar. Es war ein Kunststück, es auf so viele gemeinsame Jahre zu bringen, ohne sich gegenseitig anzuöden oder an die Gurgel zu gehen. Meine Eltern hatten mir bis zu ihrer Scheidung vorgelebt, wie unglücklich man in einer Beziehung sein konnte. Ich war zwölf Jahre alt gewesen, als meine Eltern mir erzählten, dass mein Vater ausziehen würde. Natürlich war es erst mal ein Schock, aber ein Teil von mir war alles andere als überrascht. Ja, ein nicht unerheblicher Teil von mir war sogar erleichtert, dass es vorbei war. Dass ich nicht mehr nachts wach im Bett liegen und mir die Ohren zuhalten musste, weil meine Eltern mal wieder stritten. Dass ich nicht mehr so tun musste, als würde ich die rot geweinten Augen meiner Mutter am nächsten Morgen nicht sehen, denn wenn ich sie darauf ansprach, fing sie nur wieder an zu weinen, und ich hatte keine Ahnung, wie ich sie trösten sollte. Beziehungen schienen mir allzu oft von vornherein zum Scheitern verurteilt zu sein. Ich selbst hatte auch schon die ein oder andere schmerzhafte Bruchlandung erlitten und hielt seit Langem lieber Abstand zu Männern. Verstohlen schielte ich zu Sami. Vielleicht wäre mit ihm ja alles anders. Er könnte doch der Volltreffer sein, mit dem ich gemeinsam den Alltag teilen, Sorgen weglachen und Herausforderungen meistern konnte. Sami stippte einen Keks in seinen Kaffee und saugte die Flüssigkeit aus. Leidenschaft spürte ich nicht, wenn ich ihn ansah. Aber waren Freundschaft und Vertrauen nicht viel wichtiger? Am allerwichtigsten aber war Paula, und die liebte Sami. Und sie wünschte sich so sehr jemanden, für den sie in der Kita beim Vatertagsgeschenkebasteln mitmachen konnte. In diesem Moment schaute Sami zu mir. Er lächelte und zwinkerte mir zu, als wüsste er genau, worüber ich gerade nachdachte. Wenn ich ganz genau darauf achtete, konnte ich spüren, wie mein Herz ein bisschen schneller schlug. Das war doch schon mal ein Anfang.

»Hey, ihr beiden«, unterbrach Kirsten unseren Blickkontakt. »Habt ihr eigentlich schon die neuesten Guerilla-Gärtnernden-News gehört?«

Da fiel mir wieder ein, was der vermeintlich nette Christian vorhin gesagt hatte. »Übrigens, was haltet ihr von Garten-Guerillas?«

Sami nickte zustimmend. »Finde ich gut.«

»Ich auch«, meinte Kirsten. »Darüber können wir ja beim nächsten Treffen abstimmen. Aber jetzt passt mal auf: Wir haben eine E-Mail vom Hamburger Bürgermeister bekommen! Ja genau, von niemand Geringerem als Rüdiger Hofmann-Klasing und seinem Umweltsenator Christian Lambrecht!« Beifall heischend sah sie uns an.

»Was wollen *die* denn?«, fragte Sami verblüfft.

»Na, Hofmann-Klasing ist auf uns aufmerksam geworden und würde sich gerne mit uns treffen. Er ist nämlich total pro *Schluss mit Schotter*, und der Umweltsenator wohl auch. Ist das nicht der Hammer?«

Ungläubig schüttelte ich den Kopf. »Die sind also dafür, nachts heimlich Schotterwüsten in Naturgärten zu verwandeln?«

Kirsten schnalzte ungeduldig mit der Zunge. »Nein, natürlich nicht. Aber sie finden es grundsätzlich gut, Schotterwüsten in Naturgärten zu verwandeln. Vielleicht sollen wir die Außenanlagen von Behörden umgestalten oder bei der Gestaltung mitwirken oder …« Sie hielt mitten im Satz inne und sah uns stirnrunzelnd an. »Warum seht ihr so unbegeistert aus?«

»Ist das überhaupt ein Wort?«, fragte Sami.

»Ist mir egal. Warum findet ihr das nicht großartig?«

Sami und ich tauschten einen Blick. Schließlich sagte ich: »Das ist schon toll, irgendwie. Aber wenn wir mit dem Senat zusammenarbeiten und unsere Aktionen ganz offen und nach vorheriger Absprache durchziehen … dann sind wir eigentlich keine Guerillas mehr, oder?«

Sami nickte zustimmend. »Ich sehe das wie Elli. Wir sollten

im Untergrund bleiben. Verdeckt arbeiten. Den Industriebossen so richtig einen reinwürgen.«

Kirsten hob eine Augenbraue. »Und dabei riskieren, im Knast zu landen, so wie es Elli heute fast passiert wäre?«

»Fast, wohlgemerkt«, betonte ich.

»Ja, weil du ein Riesenschwein hattest.«

»Ach, ich glaube nicht, dass Elli im Knast gelandet wäre«, meinte Sami. »Sie ist doch ein vollkommen unbeschriebenes Blatt.«

Ich wich seinem Blick aus und musterte interessiert meine leere Kaffeetasse. »Mhm.«

Für eine Weile wurde es still in der Küche, während Kirsten, Sami und ich unseren Gedanken nachhingen. In der Ferne hörten wir Antjes Trecker stottern, und eine Sturmbö klatschte Regen gegen die Sprossenfenster. Ich versuchte, meine Gedanken zu ordnen, aber in der Stille fiel mir auf, wie sehr es in meinem Kopf dröhnte. Ich konnte kaum die Augen offen halten. Mit den Händen rieb ich mir übers Gesicht und schob dann meinen Stuhl zurück. »Nehmt es mir nicht übel, aber es war echt 'ne lange Nacht. Ich kann mir gerade keine Gedanken über irgendwelche Bürgermeister oder Umweltsenatoren oder sonst etwas machen.« Ich gähnte herzhaft.

»Klar, kein Problem«, sagte Kirsten. »Wir müssen hier und jetzt sowieso keine Entscheidung treffen. Das können wir in aller Ruhe mit der gesamten Gruppe besprechen.«

»Und demokratisch darüber abstimmen«, fügte Sami hinzu.

»Dann leg dich mal hin und sammle Kraft, Elli«, sagte Kirsten. »Morgen geht es ja auf große Fahrt.«

Sami horchte auf. »Ach, echt? Wohin fährst du denn?«

»Paula und ich müssen doch nach Oberstdorf, um meine Mutter mal wieder zu besuchen.« Mama war gebürtige Allgäuerin und der Liebe wegen nach Hamburg gezogen. Nach der Scheidung von meinem Vater war ihr Heimweh immer größer geworden, und nachdem ich angefangen hatte zu studieren und in einer WG wohnte, war sie in ihre alte Heimat zurückgekehrt. »Am Sonntag steht dann noch der Achtzigste von meiner Großtante Fini an.«

»Stimmt«, meinte Sami, »davon hast du erzählt. Mir war nur nicht klar, dass ihr schon morgen aufbrechen wollt.«

Ich seufzte tief. »Allein, wenn ich an die Bahnfahrt denke ... lange Bahnfahrten mit Hibbel-Paula sind nie ein Spaß.«

»Ich bin gespannt, ob du überhaupt loskommst«, sagte er. »Heute Mittag wird doch der nächste Jahrhundertsturm erwartet, und wie wir alle wissen, kapituliert die Deutsche Bahn schon bei 'n büschn Wind.«

Kaum hatte er es gesagt, drückte eine Windbö gegen die Fenster, und Paulas Ball kullerte über den Hof. Irgendwo im Haus klapperte es, aber das tat es eigentlich immer, also ließ ich mich davon nicht verunsichern. »Ach, das wird bestimmt nicht so schlimm. Die kündigen doch ständig Stürme an, die dann gar nicht kommen.« Ich sagte Kirsten und Sami gute Nacht. Dann ging ich in mein Zimmer, wo ich unter die Bettdecke kroch und sofort in einen tiefen Schlaf fiel.

Poldi

Entgegen meiner Erwartungen hatten die Meteorologen dieses Mal richtiggelegen. Der Orkan Poldi fegte über Norddeutschland hinweg und hinterließ eine Schneise der Verwüstung. Er entwurzelte Bäume, setzte Häfen und Strände unter Wasser, deckte Hausdächer ab, legte den Bahn- und Flugverkehr in ganz Deutschland lahm und kostete drei Menschen das Leben. Die Zugfahrt nach Oberstdorf konnten Paula und ich knicken, denn bis auf Weiteres fuhr nördlich von Frankfurt keine einzige Bahn mehr. Da die Busse ausgebucht waren und Fliegen auch nicht infrage kam, war ich gezwungen, mit Antjes klapprigem VW Passat zu fahren. Ich fuhr alles andere als gern Auto, und das nicht nur wegen der Umwelt. Absagen konnte ich allerdings nicht, schließlich waren Paula und ich schon seit zwei Jahren nicht mehr bei meiner Mutter gewesen. Und meine Großtante wurde ja auch nur einmal achtzig.

Also fegte ich am nächsten Tag wie Poldi höchstpersönlich durchs Haus und kramte Paulas und meine Sachen für die Reise zusammen. Ich war spät dran, denn in dieser Woche schloss Paulas Kita wegen einer Fortbildung schon um halb eins. Ich hatte hoch und heilig geschworen, sie pünktlich abzuholen, doch daraus wurde leider nichts. Paula und ihre Erzieherin Malu würden mich mit stummen vorwurfsvollen Blicken strafen, wie jedes Mal, wenn ich ein kleines bisschen zu spät kam. Dabei konnte ich heute nun wirklich nichts dafür. Schuld war dieser Typ im Bioladen, der sich erst ausführlich von mir über unser Gewürzsortiment hatte beraten lassen, nur um mich anschließend mit einer endlosen Diskussion über den Sinn und Unsinn von Ökolandwirtschaft aufzuhalten. Immerhin hatte ich ihm noch zwei Gläser Pumpkin-Spice-Latte-Gewürz verkaufen können, und das, obwohl gar keine Pumpkin-Spice-Latte-Saison war. Nur ein schwacher Trost, wenn man bedachte, wie sehr ich nun unter Zeitdruck stand.

Ob zwei Packungen veganer Leberkäse für eine Woche im Allgäu reichen würden? Egal, ich hatte keine Zeit, darüber nachzudenken. Zusammen mit Paulas heiß geliebtem Früchtetee warf ich die Packungen in meine Tasche. Ich flitzte hoch in Paulas Zimmer und suchte ein paar Klamotten, ihre Lieblingsbücher, Malsachen und ihre Musikbox nebst Kopfhörer zusammen. Als ich gerade dabei war, unsere Kulturbeutel zu packen, klingelte mein Handy. Ich stöhnte auf, als ich den Namen auf dem Display sah: Mama. Wie immer im ungünstigsten Moment. Mit einer Hand hielt ich das Telefon ans Ohr, während ich mit der anderen Zahnbürsten und Zahnpasta in den Kulturbeutel schmiss. »Hallo, Mama. Ich hab leider keine Zeit zum Quatschen, aber ich kann dich beruhigen: Wir sind so gut wie unterwegs.«

»Also seid ihr noch gar nicht losgefahren?«

»Nein, aber wirklich fast.« Ich lief in mein Zimmer, öffnete den Kleiderschrank und zerrte wahllos ein paar Klamotten hervor.

»Denk dran, etwas Schickes, Adrettes einzupacken«, mahnte meine Mutter, als könnte sie mich sehen. »Auf Tante Finis Achtzigstem sind eure üblichen ... das, was ihr sonst tragt, wirklich nicht angemessen.«

Sie wollte eigentlich »Lumpen« sagen, darauf hätte ich meinen Hintern verwettet. »Ja, Mama, unsere wadenlangen Faltenröcke und Rüschenblusen habe ich selbstverständlich dabei.« Ich stopfte ein einigermaßen schlichtes schwarzes Kleid in die Tasche.

»Am liebsten wäre es mir ja, ihr würdet eure Dirndl anziehen, wenn ihr schon mal zu mir nach Oberstdorf kommt.«

Ungläubig lachte ich auf. »Welche Dirndl? Wir wohnen in Schleswig-Holstein, Mama.«

»Aber inzwischen wird doch in ganz Deutschland das Oktoberfest gefeiert. Bestimmt auch bei euch in der Holsteinischen Schweiz.«

»Das mag sein, aber weder Paula noch ich feiern da mit.« Mit entschlossener Stimme fuhr ich fort: »War sonst noch was? Ich hab's wirklich furchtbar eilig, also …«

»Ja, da ist tatsächlich noch was.« Nach einem Räuspern sagte meine Mutter: »Ich hätte da eine kleine Bitte, da ihr ja nun mit dem Auto fahrt. Kommt ihr auf dem Weg nach Oberstdorf zufällig an Hamburg vorbei?«

»Äh … Ja, daran führt kaum ein Weg vorbei, es sei denn, wir fahren mit der Fähre von Kiel nach Klaipeda und nehmen dann die Ostroute durch das Baltikum, Polen und Tschechien.«

»Kein Grund, schnippisch zu werden, Elisabeth.«

Elisabeth. So hatte sie mich schon immer genannt, wenn ich mich ihrer Meinung nach völlig danebenbenahm. Was häufig der Fall war. »Entschuldige, Mutter«, erwiderte ich in ergebenem Tonfall.

»Schon gut. Jedenfalls, wenn du über Hamburg fährst, wäre es doch ein Leichtes für dich, Onkel Heinz aus der Seniorenresidenz abzuholen und mitzunehmen.«

Rumms. Mit einem dumpfen Laut fiel mein Handy auf den Boden. Alles, nur das nicht! Nicht Onkel Heinz! Kurz zog ich in Erwägung, so zu tun, als wäre mein Akku leer, was zwar meistens der Wahrheit entsprach, in diesem Fall allerdings leider nicht. Immerhin hatte ich das Teil gerade erst voll aufgeladen und somit noch etwa acht Minuten Gesprächszeit. Also hob ich das Handy vom Boden auf und versuchte, mich irgendwie rauszureden. »Na ja. Extra von der Autobahn abfahren und dann noch nach Hamburg rein, bei *dem* Verkehr … das ist echt ungünstig. Was ich da an zusätzlichem Sprit verpulvere. Mal abgesehen von den Abgasen, die ich in die Luft blase. Und dann ist da noch der … äh, die Sache mit … ähm …« Verdammt. Mir fiel nichts mehr ein, außer der Wahrheit: Onkel Heinz war die Boshaftigkeit in Person. Er hasste mich und machte daraus auch keinen Hehl, und ich *wollte* ihn einfach nicht mitnehmen. Aber das würde meine Mutter niemals als Argument gelten lassen, also hielt ich hilflos inne.

»Elisabeth, sei nicht so herzlos! Onkel Heinz wollte morgen mit dem Zug fahren, aber wie es aussieht, geht bei der Bahn in der nördlichen Hälfte Deutschlands bis auf Weiteres gar nichts mehr. Mal wieder.«

»Er könnte doch einen Bus nehmen«, schlug ich vor. Ich wusste natürlich, dass es keine Busse gab, schließlich hatte ich diese Möglichkeit selbst in Erwägung gezogen, und so wunderte es mich nicht, dass meine Mutter antwortete: »Nein, Fini und ich haben uns bereits erkundigt, die Busse sind restlos ausgebucht. Flüge auch, zumal der Flugverkehr ohnehin noch lahmliegt. Man kommt momentan nur mit dem Auto nach Süddeutschland. Also gib dir einen Ruck und nimm deinen alten Onkel Heinz mit. Er hat doch sonst nichts vom Leben und wäre dir so dankbar.«

»Pff, klar. Onkel Heinz hasst mich, und das weißt du auch. Außerdem ist er ein fieser Griesgram, er wird Paula und mich die ganze Fahrt über anmaulen.«

Ein missbilligendes Zungenschnalzen erklang vom anderen Ende der Leitung. »Nun spring mal über deinen Schatten. Er ist ein alter Mann, da musst du doch nicht alles auf die Goldwaage legen, was er von sich gibt. Er will bestimmt auch seine Großgroßnichte endlich kennenlernen. Er hat sie doch nur einmal ganz kurz gesehen.«

»Du hast offensichtlich vergessen, was dabei passiert ist.«

»Das ist doch schon Jahre her, und es tut Onkel Heinz ganz bestimmt leid.«

Ganz bestimmt *nicht*, dachte ich. »Aber ich habe doch gar keine Ahnung, wie man mit alten Leuten umgeht«, startete ich einen letzten Versuch.

»Du musst ihn lediglich im Auto mitnehmen, dafür brauchst du keine Ausbildung als Altenpflegerin. Er ist ja nicht in der Seniorenresidenz, weil er pflegebedürftig ist, sondern weil er in Hamburg niemanden hat und nicht allein sein wollte, falls mal was passiert. Zugegeben, er ist schon ein bisschen klapprig, aber er kann noch ganz gut für sich selbst sorgen. Und unten rum ist er auch noch dicht.«

Ich zog eine schmerzvolle Grimasse. Allein die Vorstellung!

»Also, holst du ihn ab?«, bohrte Mama nach.

Mit geschlossenen Augen atmete ich tief durch. Offensichtlich blieb mir nichts anderes übrig, es sei denn, ich wollte es Onkel Heinz verwehren, zum womöglich letzten Mal in seinem Leben seine bayerische Heimat und Verwandtschaft zu sehen. Und das wollte ich nicht, denn es verstieß gegen eine meiner wichtigsten Lebensregeln: Anderen Lebewesen tat ich niemals etwas Schlechtes an. Egal wie bösartig Onkel Heinz auch sein mochte – er war ein alter Mann. Alte Menschen wurden sowieso schon an den Rand der Gesellschaft gedrängt. In einer Welt, in der auch noch die eigene Verwandtschaft ihnen den Rücken zukehrte, wollte ich nun wirklich nicht leben. »Also gut. Ich nehme ihn mit.«

»Sehr schön, Elli«, sagte meine Mutter zufrieden. Sie nannte mir die Adresse und ermahnte mich noch zweimal, auch ja schicke (!) Klamotten einzupacken.

Als wir aufgelegt hatten, warf ich einen Blick auf die Uhr. Verdammt, dieses Telefonat hatte mich sechs Minuten gekostet, und mein Handy war am Ende seiner Kräfte. In Windeseile packte ich Paulas und meine Tasche fertig. Anschließend band ich mir ein buntes Tuch ins Haar, dessen Farben sich mit meiner roten Mähne bissen, aber egal. Ich schnappte meine Sonnenbrille von der Kommode im Flur und stürmte nach draußen. Im Hof lagen noch die Dachziegel, die Poldi heruntergefegt hatte, und ein dicker Ast war ins Fenster des ehemaligen Kuhstalls gekracht, den Kirsten und ich als Atelier nutzten. Zum Glück war weder unseren Kunstwerken noch den Materialien und Werkzeugen etwas passiert. Ich öffnete die Tür und entdeckte Kirsten, die in voller Montur mit dem Schweißgerät an einer ihrer Skulpturen arbeitete. Sie sah zu mir auf, stellte das Gerät ab und öffnete das Visier ihres Helms. »Hey, Elli, geht's los?«

»Ja, mir fehlt nur noch der Schlüssel für den Passat. Hast du ihn zufällig?«

»Nein, aber Antje vielleicht.«

Ich wollte mich schon umdrehen, da rief Kirsten: »Warte mal.«

»Hm?«

»Dein neuestes Bild«, sagte sie und deutete auf das zwei mal drei Meter große Ölgemälde, das an der Wand lehnte. »Es ist genial. Ich liebe es. Das musste unbedingt noch gesagt werden, bevor du fährst.«

Ich winkte ab. »Ach, Quatsch. Das ist einfach nur Spielerei mit Farben. Kitsch.«

Sie verdrehte die Augen und zeigte mit dem Schweißgerät auf mich. »Hör auf, deinen eigenen Kram ständig schlechtzumachen. Auf der Fahrt nach Bayern hast du ja schön viel Zeit, dir zu überlegen, ob du nicht doch noch bei der Ausstellung mitmachen willst.«

Damit lag sie mir seit Ewigkeiten in den Ohren. Sie plante mit ein paar anderen Künstlerinnen eine Ausstellung und wollte mich unbedingt dazu überreden, ein paar meiner Bilder dort zu zeigen. Dabei fühlte ich mich nicht mal mehr als Künstlerin. Seitdem ich mein Kunststudium abgebrochen hatte, malte ich nur noch zum Spaß, und das noch nicht mal besonders gut. »Okay, ich überlege es mir«, behauptete ich, obwohl meine Entscheidung längst gefällt war. Ich und meine Bilder wären bei dieser Ausstellung vollkommen fehl am Platz.

Ich verabschiedete mich von Kirsten und überquerte den Hof auf der Suche nach Antje. Zum Glück fand ich sie dort, wo ich als Erstes nachsah – im Hühnerstall –, und sie hatte die Passatschlüssel tatsächlich bei sich. Im Laufschritt holte ich die gepackten Taschen aus dem Haus und schleppte sie zu dem altersschwachen laubgrünen VW Passat, der unter einer Plastikplane neben dem Trecker in der Scheune stand. Ich war gerade damit beschäftigt, die Plane runterzuschieben, als ich hinter mir Samis Stimme hörte.

»Hey, Elli, brauchst du Hilfe?«

Ich drehte mich um und blickte in seine grauen Augen hinter der John-Lennon-Gedächtnisbrille. »Hey, Sami. Eigentlich komme ich klar, aber wenn du schon fragst … ein bisschen Hilfe wäre super.« Nachdem wir den Wagen mit vereinten Kräften befreit hatten, ging ich zum Kofferraum und zog hef-

tig an der störrischen Klappe, bis sie sich mit einem Quietschen öffnete. Sami lud unsere Taschen ein, dann drehte er sich
zu mir um. »Hör mal, Elli … Ich hatte ja bei der *FIB-Chem*-
Aktion schon gesagt, dass ich echt gerne mal mit dir reden
würde. Du weißt schon«, mit dem Finger zeigte er zwischen
uns beiden hin und her, »über uns. Über das, was wir füreinander empfinden, möglicherweise. Also … Hättest du vielleicht
ein paar Minuten?«

Erschrocken zuckte ich zusammen. Er wollte dieses Gespräch ernsthaft jetzt führen, DAS Gespräch? Es sah ganz
danach aus. Sami wollte es amtlich machen, und zwar auf der
Stelle. Definieren, was wir waren, mich um ein Date bitten, offiziell eine Beziehung eingehen, oder was auch immer. Sack zu,
Nägel mit Köpfen, Tabula rasa, Heiratsantrag! Dabei hatte ich
gedacht, wir könnten einfach abwarten, Zeit miteinander verbringen und schauen, was passierte. Ach, Sami. Er war so klug
und so süß, mit seinem lockigen Haar und der Jacke, die ich
ihm zu Weihnachten gestrickt hatte und die eigentlich viel zu
warm für diese Jahreszeit war. Und er wollte über Gefühle reden. Welcher Mann wollte denn schon freiwillig über Gefühle
reden? Sami wäre der ideale Mann für mich. Eine Beziehung
mit ihm wäre so naheliegend, so richtig, so … praktisch.

Mir wurde bewusst, dass allmählich eine Reaktion mei-
nerseits fällig war. Ich klopfte ihm freundlich auf die Schulter.
»Wir müssen unbedingt reden, ja. Das machen wir auch auf jeden Fall. Aber ich bin wirklich spät dran. Und so zwischen Tür
und Angel … ich weiß auch nicht.«

»Klar.« Sami schob mit dem Zeigefinger seine Brille näher
an die Augen. »Du hast ja recht. Ich will dir natürlich keinen
Stress machen. Wir reden, wenn du wieder da bist. Ganz entspannt.«

»Klingt gut«, erwiderte ich, klopfte ihm noch mal auf die Schulter und setzte mich ins Auto.

Sami beugte sich durch die offene Tür. »Fahr vorsichtig, ja? Und drück Paula ganz lieb von mir.«

»Mach ich.« Ich musste mich schwer zusammenreißen, ihm nicht schon wieder auf die Schulter zu klopfen. Hilfe, was hatte es damit nur auf sich? Wann war ich zur Schulterklopferin geworden? Wieso küsste ich ihn nicht einfach, darüber würde er sich bestimmt freuen. Um meine Verlegenheit zu überbrücken, startete ich den Wagen, doch es erklang nur ein verzweifeltes Röcheln. Noch ein Versuch. Das Röcheln wurde zur bösen Lungenentzündung. »Spring an, mein Freund«, beschwor ich den Passat. »Zur Belohnung bekommst du auch leckeres Benzin von mir.«

»Diesel, Elli«, warf Sami ein. »Das ist ein Diesel.«

Verdammt, ein Diesel! Das bedeutete ein fettes Minus für meinen ökologischen Fußabdruck. Da hätten wir ja auch gleich fliegen können. »Na, dann verwöhne ich Passat-Opi eben mit Diesel.« Ich drehte den Schlüssel nochmals um, und wie durch ein Wunder sprang der Motor nach einem letzten Husten an. »Siehst du, er freut sich«, triumphierte ich. Schließlich gab ich mir einen Ruck, hob den Kopf und spitzte die Lippen. Mal abgesehen von einer betrunkenen Knutschsession an Silvester hatten Sami und ich uns noch nie geküsst. Aber angesichts der Tatsache, dass wir beide jetzt quasi nur noch ein Gespräch von einer Beziehung entfernt waren, war ein Kuss wohl angemessen. Sami zögerte für eine Sekunde, dann beugte er sich zu mir und drückte seine Lippen auf meine. Na also. Das war doch viel besser als Schulterklopfen. Gut gemacht. »Also, bis nächste Woche, Sami.«

»Bis nächste Woche.«

»Und dann reden wir. Versprochen.« Vielleicht sollte ich zum Abschied noch etwas Persönliches sagen. So etwas wie »Ich hab dich lieb« oder »Ich freu mich auf dich« oder so. Das wäre doch nett. »Du, Sami?«

»Ja?«

»Ich … Ähm, wir sehen uns dann.«

Im Schneckentempo kroch ich die Auffahrt zur Straße hinab. Ich fuhr so gut wie nie Auto, und dementsprechend unsicher fühlte ich mich. Nachdem ich auf die Landstraße in Richtung Plön abgebogen war, fasste ich mir ein Herz und zog das Tempo an. Noch immer war es stürmisch und verregnet und vor allem viel zu kalt für Anfang Juni. Ich dachte an das unbeholfene Gespräch mit Sami, während ich durch die hügelige grüne Landschaft fuhr. Warum verschüchterte seine Offensive mich derart? Eigentlich müsste ich überglücklich sein und mich kopfüber in eine Beziehung mit ihm stürzen wollen. Andererseits, nach den Erfahrungen, die ich mit kopflosem Hineinstürzen gemacht hatte, war es wohl verständlich, dass ich zögerte. Immerhin holte ich das Ergebnis einer dieser Erfahrungen jetzt von der Kita ab.

Ich grübelte die ganze Fahrt über die sich anbahnende Beziehung mit Sami und hielt schließlich mit rauchendem Kopf vor Paulas Kita, den *Wurzelzwergen*. Kaum war ich ausgestiegen, kam meine Tochter auf mich zugestürmt. Wie immer, wenn ich sie sah, wurde mir ganz warm ums Herz vor Liebe. Ihre süßen Kulleraugen leuchteten, und die dunkelbraune Haut ließ ihr Strahlen noch heller erscheinen. Sie trug bunte Flatterhosen, so wie ich, und ein langärmeliges T-Shirt, das wir gemeinsam gebatikt hatten. Um den Hals baumelte ihre Eulen-Kindergartentasche, die ich selbst gefilzt und mit ihrem

Namen bestickt hatte. Über ihren dicken geflochtenen Zöpfen trug sie den roten Fahrradhelm, den sie über alles liebte. Seit zwei Wochen weigerte sie sich strikt, ihn abzusetzen – sogar nachts.

»Da bist du ja endlich«, rief sie und umarmte mich stürmisch.

»Hey, Motte.« Ich klopfte auf ihren Helm und gab ihr einen dicken Kuss. »Tut mir leid, dass ich zu spät bin.«

»Du bist voll oft zu spät. Die anderen Mamas sind immer pünktlich.« Vorwurfsvoll und leicht strafend sah sie mich an und erinnerte mich in diesem Moment stark an ihre Großmutter.

»Entschuldige, Paula. Ich verspreche dir, dass ich versuchen werde, in Zukunft pünktlich zu sein«, sagte ich, während ich ihr dabei half, in den Kindersitz auf der Rückbank zu klettern.

»Versuchen reicht nicht, Elli.« Ich drehte mich um und blickte geradewegs in Malus Augen. Fahrig strich sie sich das graue Haar aus der Stirn. »Das geht so nicht weiter. Ich weiß ja, dass die Zeit bei dir ein bisschen anders tickt, aber es wäre schön, wenn du deine Uhr auf uns Normalsterbliche stellen könntest.«

»Tut mir leid, Malu. Aber dieses Mal war es echt nicht meine Schuld. Da war dieser Kunde im Laden, der mich aufgehalten hat, und dann hat meine Mutter angerufen, und Sami wollte über Gefühle sprechen, und der Wagen ist nicht angesprungen, und als er dann lief, musste ich mich erst mal wieder ans Fahren gewöhnen.«

»Jaja, und der Hund hat die Hausaufgaben gefressen, und der Goldhamster ist gestorben.«

»Bodo frisst keine Hausaufgaben«, warf Paula korrekterweise ein. »Außerdem haben wir gar keinen Goldhamster. Find ich eigentlich schade.«

Malu seufzte tief. »Na schön. Lassen wir es gut sein.« Sie verabschiedete sich von Paula und schlug die Tür zu. »Da ist allerdings noch etwas, worüber wir dringend miteinander reden müssen, Elli«, sagte sie leise.

Wieso wollte ausgerechnet heute jeder ernste Gespräche mit mir führen? »Worum geht es denn?«

»Paula sagt, dass sie Geschenke und Briefe von ihrem Vater bekommt. Habt ihr jetzt doch Kontakt zu ihm?«

Mein Herz setzte einen Schlag lang aus, und ich blickte schnell auf meine Fingernägel. »Nein, haben wir nicht. Paula hat neuerdings diesen Fantasievater erfunden, und ich weiß einfach nicht, wie ich sie von dem Trip runterholen soll. Sie schaltet komplett auf Durchzug, wenn ich das Thema anschneide.«

»Verstehe«, sagte Malu langsam. »Eigentlich geht mich das auch gar nichts an, Elli. Aber neuerdings scheint Paula der festen Überzeugung zu sein, dass ihr Vater König von Afrika und sie somit eine afrikanische Prinzessin ist. Seit gestern besteht sie darauf, mit ›Prinzessin Paula‹ und ›Hoheit‹ angeredet zu werden. Ihre blühende Fantasie in allen Ehren, aber das geht echt zu weit. Paula wird deswegen schon gehänselt.«

»Oh Mann.« Ich schloss die Augen und rieb mir die Stirn.

»Dieses Prinzessinnengehabe muss aufhören, Elli.«

»Ich weiß. Wahrscheinlich muss ich deutlicher werden, was ihren Vater angeht, aber … das ist alles echt nicht so einfach.«

Malu sah mich nachdenklich an. »Du kriegst das schon hin. Wenn du Hilfe brauchst oder mal in Ruhe über alles sprechen willst, melde dich einfach, okay?«

»Okay. Danke. Und noch mal sorry.« Ich verabschiedete mich von Malu und setzte mich ins Auto. Während ich mich anschnallte, beobachtete ich im Rückspiegel, wie Paula in ihrer

Tasche herumwühlte, einen Apfel herausholte und ihn kritisch musterte. »Igitt, ist der schrumpelig!«

»Igitt? Der Apfel kommt aus unserem Garten, und er schmeckt superlecker. Auch wenn er ein bisschen runzlig ist.«

»Hm.« Paula musterte den Apfel noch mal kritisch, doch dann biss sie herzhaft hinein. »Stimmt«, sagte sie mit vollem Mund. »Schmeckt echt lecker.«

Meine kleine Prinzessin. Niemand sollte sie hänseln, niemals! Wieder meldete sich mein schlechtes Gewissen und drückte schwer auf mein Herz. Es ist deine Schuld, flüsterte es mir zu. Ganz allein deine. Ich schob den Gedanken beiseite und startete den Wagen. Auf nach Hamburg.

Zwei Stunden später standen wir vor der Seniorenresidenz *Goldene Pforte*. Fassungslos starrte ich das Schild an. Ernsthaft? *Goldene Pforte?!* Warum nicht gleich *Himmelstor* oder *Endstation?*

»Wer ist Onkel Heinz eigentlich?«, erkundigte sich Paula.

»Er ist der Onkel von deiner Oma, also dein …« Ich machte eine kurze Pause, um die Rechenaufgabe zu lösen. »Großgroßonkel. Oder so.«

»Wieso kenn ich den denn gar nicht?«

Während wir auf das dreistöckige rote Backsteingebäude zugingen, überlegte ich, wie ich Paulas Frage beantworten sollte. Onkel Heinz hatte, so lange ich denken konnte, nie auch nur ein nettes Wort zu mir gesagt. Ganz im Gegenteil. Mein Leben lang hatte er mich nur gemaßregelt und mir Vorträge darüber gehalten, was ich alles falsch machte. Als ich mit zwanzig schwanger geworden war, hatte er mir ziemlich deutlich zu verstehen gegeben, was er von »jungen Dingern« wie mir hielt, die sich »ein Kind andrehen ließen« und es alleine

45

großziehen mussten. Danach hatte ich den Kontakt zu ihm abgebrochen, aber als meine Mutter zu Besuch in Hamburg war, kam es doch noch mal zu einer Begegnung. Paula war gerade ein Jahr alt und sah zum Anbeißen aus in ihrer Teddybärjacke mit den süßen Öhrchen. Kaum hatte ich sie aus dem Kinderwagen geholt, um sie voller Stolz zu präsentieren, rief Onkel Heinz entsetzt: »Eine Schwatte? Nicht nur, dass du dir einen Bastard andrehen lässt, du lässt dich auch noch von einem Schwatten schwängern?« Ich packte Paula auf der Stelle wieder ein, und bevor ich ging, versprach ich Onkel Heinz, dass er weder mich noch mein Kind jemals wiedersehen würde.

Tja, so viel dazu. Heute, fünf Jahre später, brach ich nicht nur mein Wort, sondern musste auch noch meiner Tochter erklären, wieso sie ihren Onkel Heinz nicht kannte, ohne ihr unter die Nase zu reiben, dass er furchtbare Sachen über sie gesagt hatte. »Wir hatten einfach nie genug Zeit, ihn zu besuchen. Und Onkel Heinz hat ja auch immer sehr viel zu tun.« Das war immerhin besser als »Onkel Heinz ist ein rassistischer, verbitterter Riesenarsch«.

Bald darauf betraten wir die große Vorhalle der Residenz. Im Empfangsbereich verbreiteten ein paar Sofaecken und Lesesessel, Tische und Stühle so etwas wie Gemütlichkeit. Wohlbehagen wollte bei mir allerdings nicht aufkommen, dafür war es viel zu unpersönlich und zugig. Trotzdem diente die Empfangshalle mit ihren bodentiefen Fenstern, den bunten Vorhängen und den Chagall-Kunstdrucken wohl auch als Aufenthaltsraum, denn an einem der Tische spielten ein paar Senioren Karten. Andere lasen in Büchern oder Zeitschriften. Die meisten jedoch starrten einfach vor sich hin, als wären sie nur körperlich anwesend oder als würden sie darauf warten, dass die Zeit verging. Es war gespenstisch ruhig, in der Luft hing der Geruch von Desinfektionsmitteln.

»Wieso sind hier denn nur alte Leute?« Paula starrte die Senioren unverhohlen an.

»Weil das hier ein Haus speziell für alte Leute ist. Hier können sie wohnen, wenn sie nicht ganz allein sein wollen oder sich nicht mehr um sich selbst kümmern können.«

»Aber wieso wohnen nicht auch junge Leute hier? Ist doch blöd, oder?«

»Ja, irgendwie schon.« Ich erkundigte mich an der Rezeption nach dem Weg zu Onkel Heinz' Appartement und folgte den Schildern, die zum Aufzug führten.

»Ich meine, in unserem Haus wohne ich, und ich bin jung«, erklärte Paula, während unsere Schritte in dem langen, in Popelgrün gestrichenen Flur hallten. »Du bist alt, Sami ist auch alt, und Antje und Kirsten sind noch älter. Das ist doch viel lustiger.«

Wie so oft hatte ich Paulas kindlicher Logik einfach nichts entgegenzusetzen. »Das stimmt.«

»Onkel Heinz kann doch zu uns ziehen«, schlug Paula vor. »Dann haben wir einen noch Älteren dabei.«

Mir entfuhr ein entsetzter Laut, den ich als Husten tarnte. »Das will er bestimmt nicht. Hier fühlt er sich viel wohler.«

Inzwischen waren wir mit dem Aufzug in den zweiten Stock gefahren und hier, am Ende des langen, in Weltschmerzgrau gestrichenen Ganges, befand sich Onkel Heinz' Appartement. Ich atmete noch mal tief durch und klopfte an die Zimmertür.

»Herein«, erklang es kurz darauf in barschem Tonfall.

Ich zog die Schultern zurück, hob das Kinn und betrat Onkel Heinz' Reich, oder genauer gesagt, ein Wohnzimmer mit integrierter kleiner Küche. Ein muffiger Geruch schlug mir entgegen, die Luft war zum Schneiden dick. Der Raum hätte eigentlich ganz schön sein können. Durch die an Kettenraucherelb erinnernde Wandfarbe wirkte er allerdings furchtbar trostlos. Es gab nur die nötigsten Möbel und einen Fernseher. Keine persönlichen Gegenstände, keine Fotos oder sonst irgendetwas Hübsches. Es schien fast so, als hätte der Bewohner dieses Zimmers keine Vergangenheit. Als gäbe es nichts in seinem Leben, dem er irgendeinen Wert beimaß. Mein Blick fiel auf Onkel Heinz, der kerzengerade auf der äußersten Kante eines Stuhls saß, die Hände über den Griff seines Gehstocks gefaltet. Den hatte er noch nicht gebraucht, als ich ihn das letzte Mal gesehen hatte. Er trug Hut und Mantel, ein Koffer stand neben ihm.

»Hallo, Onkel Heinz.«

»Du bist zu spät«, sagte er statt einer Begrüßung. Er war ganz schön alt geworden. Sein graues Haar war inzwischen licht, das Gesicht von noch tieferen Falten zerfurcht. Er war immer schon dünn gewesen, doch jetzt wirkte er geradezu hager. Die Lippen kniff er allerdings auch heute noch zu einer Linie zusammen, und er schaute mich so strafend an wie eh und je. »Deine Mutter hat gesagt, du kommst um zwei.« Er warf einen Blick auf seine Armbanduhr. »Es ist gleich drei.«

»Ich weiß, aber es war so viel los auf der Autobahn, und ich ...«

»Wie auch immer«, unterbrach er mich. »Deine Ausreden interessieren mich nicht.« Sein Blick fiel auf Paula, die schüchtern im Türrahmen stehen geblieben war. Mit dem Kinn deutete er auf sie und fragte mit gerunzelter Stirn: »Und wieso hat dein Bastard einen Sturzhelm auf?«

In meinem Magen begann es umgehend zu kochen, und ich

spürte, wie die Hitze bis in meine Wangen aufstieg. Ich trat einen Schritt vor und raunte mit mühsam beherrschter Stimme: »Wenn du noch einmal in Gegenwart meiner Tochter solche Wörter in den Mund nimmst, kannst du zu Fuß nach Oberstdorf gehen. Hast du das verstanden?«

Für einen Moment starrten wir uns schweigend an. Ich dachte schon, dass Onkel Heinz sich für das Laufen entscheiden würde, doch dann brummelte er etwas Unverständliches und erhob sich mühsam von seinem Stuhl. »Können wir dann endlich los?«

Ich wollte seinen Koffer nehmen, doch Onkel Heinz riss ihn förmlich an sich und schlurfte damit an Paula vorbei auf den Flur. Mit großen Augen sah sie ihm nach. »Na komm, Süße«, sagte ich aufmunternd und legte ihr einen Arm um die Schulter.

»Der ist aber ganz schön alt«, flüsterte Paula mir mit einem Blick auf Onkel Heinz zu, der ein paar Meter vor uns über den Gang humpelte und an seinem Koffer schwer zu schleppen hatte.

»Ja, er ist zweiundachtzig.«

»Ist der böse auf mich? Der guckt so. Ich hab dem doch gar nichts getan.«

»Ach, Motte.« Ich strich Paula über die Wange. »Er ist böse auf die ganze Welt. Das meint er nicht so.« Aber natürlich meinte er es so. Ganz genau so.

In der Eingangshalle passierten wir die Karten spielenden Senioren. Eine Dame, die trotz der stickigen Wärme hier drin einen rosa Wollpullover trug, winkte Paula zu. »Hallo, Kleine. Hast du Lust mitzuspielen?«

»Klar.« Paula wollte schon zu ihr laufen, doch ich konnte sie gerade noch zurückhalten. »Wir müssen los, Paula. Ich möchte ungern die ganze Nacht durchfahren.«

»Vor diesem Problem stehst du nur, weil du zu spät gekommen bist«, meckerte Onkel Heinz.

Die Dame im rosa Pullover sah traurig aus. Fast wäre ich eingeknickt. Auf eine halbe Stunde kam es doch nicht an, und Paula würde sicher für ein bisschen Abwechslung in der Goldenen Pforte sorgen.

Doch dann brummte Onkel Heinz: »Pünktlichkeit ist die Tugend der Könige«, und ich beschleunigte meinen Schritt. Nur schnell weg von diesem Ort und möglichst bald in Oberstdorf ankommen, damit ich diesen unerträglichen Kerl endlich los war.

Augen auf und durch

Wir quälten uns durch den dichten Hamburger Verkehr in Richtung Autobahn. Onkel Heinz saß mit verschränkten Armen auf dem Beifahrersitz. Er trug immer noch Hut und Mantel, obwohl es nicht kalt im Wagen war.

»Ist dir gar nicht heiß?«, erkundigte Paula sich prompt. Ihre Neugier war scheinbar stärker als die Scheu vor dem alten grummeligen Mann.

»Nein. Alte Leute schwitzen nicht.«

Paula überlegte für ein paar Sekunden, dann fragte sie: »Wieso nicht?«

Keine Antwort. Onkel Heinz sah stur aus dem Fenster.

»Du? Wieso denn nicht?«

Immer noch keine Antwort.

»Du-hu! Wieso schwitzen alte Leute nicht?«

Meine Tochter konnte wirklich hartnäckig sein. Der alte Griesgram neben mir allerdings auch. Nach wie vor tat er so, als würde Paula gar nicht existieren.

»Onkel Heinz!«, rief Paula. »Wieso schw…«

»Herrgott noch mal! Hat deine Mutter dir nicht beigebracht, dass Kinder nur dann zu reden haben, wenn sie etwas gefragt werden?«, brach es aus ihm heraus.

»So einen Quatsch habe ich ihr ganz bestimmt nicht beigebracht«, stellte ich klar.

»Warum wundert mich das nicht?«, brummte er. Dann rief er unvermittelt: »Fahr nicht so dicht auf, Elisabeth!«

Vor Schreck trat ich heftig auf die Bremse, und mein Hintermann hupte empört.

»Typisch! Frau am Steuer, Ungeheuer«, meckerte Onkel Heinz. »Willst du uns alle umbringen?«

Es war mir schleierhaft, wie ich diese Fahrt überstehen sollte. Ich drehte das Radio lauter und konzentrierte mich auf die neuesten News zum Poldi-Chaos und die zehnminütigen Verkehrsnachrichten. Mist, ich hätte es mir eigentlich auch denken können: Bei der Verkehrslage würde es darauf hinauslaufen, dass ich die ganze Nacht durchfahren musste. Zum Glück waren meine Mutter und Tante Fini darauf eingestellt, dass es sehr spät werden würde.

Je näher es Richtung Elbbrücken ging, desto zäher floss der Verkehr. Ein Blick in den Rückspiegel zeigte mir, dass Paula auf ihrer Unterlippe kaute. Erfahrungsgemäß bedeutete das, dass sie angestrengt über etwas nachdachte, und tatsächlich fragte sie schon bald darauf: »Mama? Was ist eigentlich ein Bastard?«

Das Auto vor mir kam zum Stehen, und ich bremste schärfer als notwendig. Wieder stieg eiskalte Wut auf Onkel Heinz in mir hoch. Dieser Mistkerl! »Das ist ein sehr altes, blödes Wort. Mach dir keine Gedanken darüber, ja?«

»Ja, aber was heißt das denn?«

Zu meiner Rechten tauchte eine Tankstelle auf, und ich entschied mich für ein kleines Ablenkungsmanöver. »Das erklär ich dir später, Motte. Ich muss jetzt tanken.« Mit etwas Glück würde Paula die Sache nachher vergessen haben.

Ich bog ab und hielt den Wagen an einer Tanksäule. Als ich nach dem Hahn für Super greifen wollte, fiel mir ein, dass der Passat ja ein Diesel war. Ich hängte den Super-Hahn wieder ein und wollte nach dem richtigen greifen, doch Diesel war an dieser Säule außer Betrieb. Seufzend stieg ich wieder ein, drehte

eine gewagte Runde – sehr zum Unmut der geduldig warten-
den anderen Tankgäste – und kam auf der anderen Seite neben
einer Säule mit funktionierendem Diesel zum Stehen. Nachdem ich getankt hatte, öffnete ich Paulas Tür. »Musst du noch
mal zur Toilette?«

»Nee, muss ich nicht.«

»Wirklich nicht? Du warst das letzte Mal in Plön.«

»Nein, wirklich nicht.«

»Na gut. Ich geh dann mal bezahlen.«

Ich wollte gerade die Tür schließen, als Onkel Heinz sagte:
»Was, willst du mich mit ihr allein lassen?«

»Es dauert nur fünf Minuten.« Wenn ich sie in den Tankstellenshop mitnahm, würde sie garantiert wieder irgendein
überteuertes Spielzeug, Cola oder Süßigkeiten oder am liebsten alles zusammen haben wollen. Es war stressfreier und ner-
venschonender, sie hierzulassen.

Geradezu ängstlich schaute er über seine Schulter zu Paula.
»Ich kann aber nicht mit Kindern.«

Erzähl mir was Neues, dachte ich. »Keine Sorge, Paula tut
dir nichts.«

»Hm.« Er musterte meine Tochter, als könnte sie ihn jeden
Moment anspringen und in Stücke reißen.

»Mama, ich komm lieber mit«, entschied Paula. Sie schnappte
sich ihre Kindergartentasche und kletterte aus dem Auto.

»Vielen Dank auch«, zischte ich Onkel Heinz zu, dann
nahm ich Paula an die Hand und ging mit ihr zum Shop. Vor
uns liefen zwei Männer, die offenbar zusammengehörten. Ich
musste schmunzeln, denn unterschiedlicher konnten zwei
Menschen kaum sein. Der eine war groß und bullig, trug Le-
derhose, Lederweste und Boots. Die langen Haare hatte er zu
einem Pferdeschwanz zusammengebunden, die Arme waren

53

von Tätowierungen übersät, und wenn er mir sagen würde, er sei der zweite Vorsitzende der Hell's Angels, würde ich es ihm ohne Weiteres glauben. Im Gegensatz dazu trug der andere Typ einen hellgrauen Anzug, der vermutlich maßgeschneidert war, perfekt wie er saß. Seine dunklen, fast schwarzen Haare hatte er sorgsam zurückgekämmt, und er telefonierte mit einem Smartphone, um dessen Akku er sich bestimmt keine Sorgen machen musste. Mit der freien Hand zog er einen kleinen Rollkoffer hinter sich her, während um seine Schulter eine Aktentasche hing. Beide Utensilien wirkten überaus edel und trugen dezente Designer-Logos, die ich nicht kannte. Was in Gottes Namen konnten diese beiden Typen miteinander zu tun haben?

Inzwischen waren wir am Tankstellenshop angekommen. Die Tür öffnete sich, und der Anzugtyp verschwand im Shop. Der Langhaarige hingegen drehte sich zu Paula und mir um. Er machte eine weit ausholende Geste und sagte formvollendet in breitem Hamburger Slang: »Bidde sehr. Nach Ihnen, die Damen.« Seine dunklen Knopfaugen guckten freundlich. Wenn er tatsächlich der zweite Vorsitzende der Hell's Angels war, dann aber ein sehr netter.

Ich konnte gar nicht anders, als sein Grinsen zu erwidern. »Vielen Dank, das ist nett.« Kaum waren wir über die Schwelle getreten, riss Paula sich von meiner Hand los und steuerte geradewegs die Zeitschriften an. Genau auf ihrer Augenhöhe befand sich die Regenbogenpresse für Kinder, und Paula griff zielsicher nach dem rosafarbigsten, glitzerndsten Magazin, um darin zu blättern. »Das will ich haben!«

Entschieden schüttelte ich den Kopf. »Du kannst dir die Zeitschrift angucken, so lange wir im Laden sind, aber ich kaufe sie dir nicht.«

»Wieso nicht?«

Ich warf einen Blick auf das Käseblatt. »Weil die acht Euro kostet.«

»Ich finde das nicht viel.«

»Du musst es ja auch nicht bezahlen. Du hast doch Bücher dabei.«

»Die kenne ich alle schon. Ich will die Zeitschrift hier. Guck, da ist ein Papierkrönchen drin, das brauch ich doch. Außerdem kann man ein Einhorn ausmalen, und dann steht da, wie man Schokomuffins macht. Glaub ich jedenfalls. Das ist alles extra für Mädchen.«

Fassungslos sah ich meine Tochter an. »Echt jetzt? Weil du ein Mädchen bist, hast du dich gefälligst für Einhörner, Rezepte und Krönchen zu interessieren?«

Paula schob trotzig das Kinn vor. »Die anderen Mädchen im Kindergarten haben alle Einhörner und Glitzersachen und so was. Nur ich nicht.«

»Es sollte dir egal sein, was die anderen haben und machen, Paula. Du sollst sein, wer *du* bist.«

»Ich bin eine Prinzessin!«

Verzweifelt stöhnte ich auf. Ich musste dringend mit Paula über diese Prinzessinnennummer sprechen. Und über Geschlechterklischees. Aber für ernste Gespräche war hier weder die Zeit noch der Ort, also blieb mir nichts anderes übrig, als zu sagen: »Tut mir leid, Paula. Ich habe Nein gesagt, und ich meine auch Nein.«

»Oh manno!« Paula stampfte mit dem Fuß auf. »Du bist echt fies.« Dann kehrte sie mir den Rücken zu und verkrümelte sich mit ihrer »Mädchen«-Zeitschrift zurück ans Zeitschriftenregal.

»Na? Nich so 'n guder Tach heude, wa?«, ertönte eine tiefe Stimme neben mir.

55

Ich sah auf und blickte in die freundlichen Augen des Rockers, der mit dem Anzugtypen unterwegs war. »Geht so«, erwiderte ich.

Der Mann deutete mit dem Kopf zu meiner schmollenden Tochter. »Is bestimmt nich immer einfach, das mit der Erziehung und so.«

»Nein, allerdings. Ich bemühe mich wirklich, alles richtig zu machen, aber mir passieren mindestens tausend blöde Fehler am Tag.« Ich atmete tief durch und straffte die Schultern. »Na ja, was soll's? Morgen mach ich bessere Fehler, sag ich immer.«

Der Mann lachte. »Das is die richtige Einstellung. Weißte, was ich immer sach? Wer keine Fehler macht, macht wahrscheinlich auch sonst nix.«

»Da ist was dran«, grinste ich.

»Ich bin übrigens Knut.«

»Elli.« Ich ergriff seine ausgestreckte Hand. Es fühlte sich an, als wären meine Finger in einen Schraubstock geraten.

»Und? Was liecht bei euch so an? Wo geht's denn hin?«, erkundigte sich Knut.

Mit zusammengebissenen Zähnen befreite ich mich aus seinem Klammergriff. »Nach Oberstdorf, zu meiner Mutter und meiner bayerischen Verwandtschaft.«

Knut riss die Augen auf. »Schon wieder Bayern! Gibt's ja gor nich. Kommste da wech?«

Ich verstand das »schon wieder Bayern« zwar nicht, aber ich hakte auch nicht nach. »Nein, meine Mutter. Sie hatte immer Heimweh und ist vor ein paar Jahren dorthin zurück gezogen.«

Knut nickte verständnisvoll. »Tja, Heimweh is übel. Das is 'n Schmerz, der nie vergeht. Da kannste nix gegen machen.«

»Wem sagst du das?« Heimweh kannte ich nur zu gut.

Knut sah mich abwartend an, doch als ich mich nicht weiter dazu äußerte, wechselte er das Thema. »Is schon 'n Ding, dass ihr ausgerechnet nach Bayern underwegs seid. Bayern verfolgt mich heude.«

»Wie denn?«, erkundigte ich mich.

»Na, es fing schon heut Morgen an. Da schlage ich die Zeidung auf, und was sehe ich als Allererstes? Weidi heiradet!«, verkündete Knut so stolz, als wäre es sein Verdienst.

»Wer?«

»Na, Weidi. Patrick Weidinger, der Fußballer. Hat mal bei Eintracht Hamburch gespielt und is vor 'n paar Jahren zu den Bayern gewechselt. Is aber trotzdem 'n feiner Kerl.«

»Ach so, der.« Selbst ich als totale Fußballnulpe kam an diesem Superstar nicht vorbei. Schließlich war sein Abziehbildchen letztes Jahr bei der WM in jedem zweiten Duplo gewesen.

»Ich bin ja eigentlich Paulianer«, informierte Knut mich.

»Hab ich mir gedacht.« Das war anhand seines St.-Pauli-Totenkopf-T-Shirts offensichtlich. »Ich übrigens auch.«

Knut hielt mir grinsend seine Faust hin, und ich schlug sie ab. »Jedenfalls, nu heiradet Weidi seine Karo«, plauderte er weiter. »Was gewissermaßen mein Verdienst is, aber die Geschichte steht auf 'nem andern Blatt. Na, und 'n paar Stunden späder erzählt mir mein nedder Fahrgast hier, dass er zu 'nem Termin nach München muss.« Knut deutete auf den Anzugtypen, der mit dem Rücken zu uns vor der Eistruhe stand und telefonierte, wobei er ständig auf seine Armbanduhr schaute. Irgendwie kam er mir bekannt vor.

Knut fuhr freudestrahlend fort: »Und nu treff ich dich und deine Lüdde, und ihr fahrt auch nach Bayern. Das is 'n Ding, näch?«

»Stimmt«, musste ich zugeben. »Bist du Taxifahrer?«

Knut nickte. »Na logen. Ich bin sogar der Amor unter Hamburchs Taxifahrern.«

»Wow«, sagte ich anerkennend. »Nicht schlecht.«

»Jo. Kannst dir gor nich vorstellen, wie viele Paare ich schon zusammengebracht hab.« Er musterte mich interessiert. »Wie läuft's bei dir denn eigentlich so?«

»Äh … prima, danke.«

Knut sah nicht wirklich überzeugt aus. »Und der Vadder von der Lüdden … tankt gerade?«

Ich hob die Schultern. »Keine Ahnung, was der gerade macht. Ich erziehe Paula allein.« Mein Blick fiel auf Knuts wohlgekleideten Fahrgast, der in diesem Moment sein Handy mit einem unterdrückten Fluch vom Ohr nahm und sich zu uns umdrehte. Nun konnte ich zum ersten Mal sein Gesicht sehen. Entsetzt riss ich die Augen auf. »Ach, du Schande, der Schnöselanwalt!« Hatte ich das laut gesagt? Ich war mir nicht sicher.

Der Anzugtyp sah mich stirnrunzelnd an, und dann machte es wohl auch bei ihm Klick. »Die Guerilla-Spinnerin. Ohne den Matsch im Gesicht hätte ich Sie fast nicht erkannt.« *Er* hatte es laut gesagt, und zwar in einem Tonfall, der nicht gerade von Wiedersehensfreude zeugte. Da ging es ihm genau wie mir.

»Ach, ihr kennt euch?«, fragte Knut.

»Flüchtig«, erwiderte der Schnöselanwalt.

»Vom Wegsehen«, sagte ich, obwohl ich mir gerade ein Blickduell mit ihm lieferte. »Der Herr hat im Rahmen seiner Tätigkeit als Consigliere die letzte Aktion meiner Umweltgruppe ruiniert.«

Er hob eine gepflegte Augenbraue. »Zum einen arbeite ich nicht für die Mafia, und zum anderen existiert der Garten, den die Dame im Rahmen ihrer Tätigkeit als Guerilla angelegt hat, noch. Darüber hinaus sind sowohl sie als auch die anderen Guerilla-Gärtner...*nden* auf freiem Fuß. Also ist es diskussionswürdig, ob ich die Aktion tatsächlich ruiniert habe.«

»Dass ich noch auf freiem Fuß bin, habe ich aber nicht Ihnen zu verdanken. *Sie* wollten die Polizei rufen.«

Ungerührt hob er eine Schulter. »Was soll ich machen, wenn *Sie* so dumm sind, sich erwischen zu lassen?«

Knut rieb sich vergnügt die Hände. »Ich versteh zwar nur die Hälfte, aber egal. Das is besser als Fernsehen.«

In dem Moment kam Paula zu mir. Sie hielt immer noch die rosa »Mädchen-Zeitschrift« in den Händen. »Mama, kann ich nicht doch ...« Ihr Blick fiel auf den Schnöselanwalt. Mitten im Satz hielt sie inne und starrte ihn mit offenem Mund an. »Boah! Du siehst aber schön aus!«

Mir fiel beinahe mein Geldbeutel aus der Hand. »Paula, geht's noch?«

Knut brach in dröhnendes Gelächter aus, das die Weinflaschen an der Kasse zum Klirren brachte. Zumindest kam es mir so vor. »Ich sach ja, besser als Fernsehen.«

Der Consigliere war im Gegensatz zu mir gar nicht peinlich berührt. Wahrscheinlich war er es gewöhnt, dass die Damenwelt bei seinem Anblick in Begeisterungsstürme ausbrach. Er grinste Paula an. »Danke für das Kompliment. Dein Helm gefällt mir.«

»Mir auch«, sagte sie stolz. »Der ist von meinem Vater.«

»Schick.« Er nickte anerkennend, dann sah er noch mal kurz zu mir, wobei sein Lächeln verblasste, und wandte sich wieder seinem Handy zu. In rasend schnellem Tempo tippte er mit den Daumen auf dem Display herum.

Möglichst unauffällig musterte ich den Typen genauer, der

meine Tochter zu dieser spontanen Schwärmerei veranlasst hatte. Im hellen Tageslicht betrachtet wirkte er irgendwie größer und auch jünger, vielleicht Anfang dreißig. Seine Augen waren ebenso tiefbraun wie sein Haar. Während seines kurzen Wortwechsels mit Paula war fast so etwas wie Leben in ihnen aufgeblitzt, doch nun schauten sie wieder ernst und angestrengt aufs Handy. Wie schon beim letzten Mal war er perfekt gekleidet im Dreiteiler mit Krawatte. Alles saß genau da, wo es hingehörte, alles passte zusammen. Ich kannte Typen wie ihn: Für Spontaneität gab es keinen Platz in seinem Leben, Unordnung duldete er nicht.

Zu meinem Ärger buhlte Paula nun geradezu um seine Aufmerksamkeit. »Mein Vater hat mir den Helm zum Geburtstag geschenkt«, erzählte sie ihm, obwohl er sie gar nicht beachtete. »Er ist nämlich ein König. In Afrika. Deswegen bin ich eine Prinzessin.«

Nun blickte der Consigliere doch von seinem Handy auf. »Wahnsinn. Ich hab noch nie eine Prinzessin kennengelernt.«

»Macht ja nix. Du musst auch nicht unbedingt Hoheit zu mir sagen. Darfst du aber ruhig.«

»Sehr wohl, eure Hoheit«, erwiderte er mit einer leichten Verneigung. Er warf mir einen Blick zu, und ich spürte, wie das Blut in meinen Kopf stieg. Ich dachte an das Gespräch mit Malu, und wieder machte sich dieses drückende Gefühl in meinem Magen breit. »Ich muss mich für meine Tochter entschuldigen. Das königliche Geblüt steigt ihr manchmal etwas zu Kopf, aber im Grunde sind wir einfache Bäuerinnen.«

»Gärtnerinnen, dachte ich«, meinte er, und dann checkte er mich ganz unverhohlen von oben bis unten ab. Mir wurde bewusst, dass er meine eingehende Musterung mitbekommen hatte und dass das nun die Retourkutsche war. Sein Blick wanderte von meinen roten Haaren mit dem bunten Tuch über mein von Sommersprossen übersätes Gesicht, mein schwarzes Shirt, die grünen Flatterhosen und die Römersandalen. Ich wollte ihn gerade darauf hinweisen, dass es verdammt unhöflich war, mich so anzuglotzen, doch da klingelte sein Handy. Er wandte den Blick von mir ab, schaute auf das Display und murmelte: »Na endlich.« Dann kehrte er uns den Rücken zu und entfernte sich ein paar Schritte, um zu telefonieren. »Ich bin jetzt wie verabredet an der Tanke. Wo bleibst du, Simon?«

Paula sah ihm nach, und fast meinte ich, sie seufzen zu hören.

»Na, der hat's dir aber angetan, wa?«, fragte Knut grinsend. Offensichtlich erfreute er sich weiterhin an dem Fernsehprogramm, das wir ihm lieferten.

Paula sah Knut neugierig an. »Wer bist du denn?«

»Ich bin Knut. Hab mit deiner Mama grad 'nen nedden Klönschnack gehalden. Das is, wenn ...«

»Ich weiß, was ein Klönschnack ist.«

»Na klar weißte das. Bist ja 'ne plietsche Deern. Kommste aus Hamburch?«

Paula schüttelte den Kopf. »Nee, von einem Bauernhof in der Nähe von Plön. Es ist voll schön da, aber ich fände es noch schöner, wenn mein Papa auch bei uns wohnen würde. Oder wenn er mich manchmal besuchen könnte. Aber das geht nicht, weil er sein Volk in Afrika nicht allein lassen kann.«

Knut nickte verständnisvoll. »Klar kann er sein Volk nich allein lassen. Aber er denkt bestimmt ganz oft an dich.«

»Ja, oder? Er hat mir ja auch den Helm geschenkt. Deswegen mag ich den auch so gern.«

Knut kniff Paula freundschaftlich in die Wange. »Der is auch echt super, der Helm.«

Gemeinsam gingen wir zur Kasse, wo der Schnösel stand – noch immer telefonierend. Knut schüttelte besorgt den Kopf. »Der arme Kerl is viel zu gestresst. Das is gor nich gut.« Dann nahm er sich drei Schokoriegel und legte sie zum Bezahlen auf den Tresen. »Meine große Schwäche«, raunte er Paula und mir zu. »Aber behaldet es lieber für euch.«

Der gelangweilte Teenie an der Kasse kassierte Knuts Schokoriegel ab und knibbelte dabei an einem Pickel an seinem Kinn herum. Ich wollte ihm gerade die Nummer meiner Tanksäule verraten, da brüllte der Consigliere unvermittelt: »Was? Das kann doch nicht dein Ernst sein!«

Der Kassierer, Paula, Knut und ich zuckten erschrocken zusammen.

Knut schnalzte mit der Zunge. »Er sollde dringend mal loggerlassen. Hab ich ihm vorhin erst gesacht. Junge, wennde so weidermachst, hab ich gesacht, krichste auf kurz oder lang 'n Magengeschwür.«

Der »Junge« ging hin und her und redete heftig gestikulierend auf sein Handy ein. »Was soll das heißen, der Termin in München ist nicht so wichtig wie deine Frau? Dann soll sie ihr Kind halt nächste Woche kriegen!« Nach einer kurzen Pause bellte er: »Das ist mir ganz egal, sag ihr, sie soll es irgendwie aufhalten!«

Mir entfuhr ein ungläubiges Schnauben.

Der Consigliere hörte seinem Gesprächspartner kurz zu und verdrehte die Augen. »Du warst doch schon beim ersten Kind dabei. Du weißt, wie wichtig der Mandant ist, also sortier gefälligst deine Prioritäten und beweg deinen Arsch hierher, damit wir endlich los… Simon? Bist du noch dran?«

Nun konnte ich ein Kichern nicht mehr zurückhalten und gab diesem Simon in Gedanken ein High five.

Paulas Schwarm verpasste seinem Rollkoffer einen Tritt und stieß ein paar Wörter in einer Sprache aus, die ich als Türkisch identifizierte. Auch ohne Türkisch zu können, war mir klar, dass er wild fluchte, denn Fluchen war ja eine Sprache, die weltweit intuitiv verstanden wurde. Krass, ich hätte nicht gedacht, dass dieser Typ jemals die Contenance verlieren würde. Als hätte er meinen Gedanken gehört, massierte er sich mit Daumen und Zeigefinger die Nasenwurzel, atmete tief durch und klopfte den Fleck, der durch seinen Tritt entstanden war, vom Rollkoffer ab. Dann wandte er sich an Knut. »Heute ist dein Glückstag! Was hältst du von einer Tour nach München?«

Zu meiner Überraschung zögerte Knut. Nachdenklich rieb er sich das Kinn. »Hm, hm, hmmm … München.« Sein Blick streifte mich, dann schüttelte er bedauernd den Kopf. »Vom Ding her gerne, aber leider muss ich passen. Ich mein, ich hab ja auch meine Termine und so was. Und überhaupt, Hamburch braucht mich, weißte?«

Der Consigliere sah so verzweifelt aus, dass er einem fast leidtun konnte. »Überleg es dir doch noch mal«, sagte er in beinahe flehendem Tonfall. »Ich hab keine andere Möglichkeit, nach München zu kommen. Unser Flug ist storniert worden, deswegen wollten mein Kollege und ich eigentlich zusammen mit dem Auto fahren, aber …«

»Seine Frau konnte es sich ja dreisterweise nicht verkneifen, ein Kind zu bekommen«, beendete ich seinen Satz.

Der Schnöselanwalt ignorierte meinen Kommentar geflissentlich.

»Tja, sieht echt schlecht aus mit München«, meinte der Teenie hinter der Kasse. »Züge, Busse, Leihwagen – kannste alles knicken im Moment.«

»Und ein eigenes Auto haben Sie nicht?«, erkundigte ich mich.

»Nein. Habe ich nicht. Verdammt, das kann doch nicht wahr sein. Ich dachte, in Deutschland geht alles immer ordentlich, reibungslos und vor allem pünktlich über die Bühne. Aber sobald mal ein bisschen Wind bläst, herrschen hier Zustände wie im hintersten Anatolien!«

»Wo ist Antalien?«, wollte Paula wissen.

»In der Türkei«, antwortete er kurz angebunden und wandte sich an Knut, doch dann überlegte er es sich anders und richtete den Blick wieder auf Paula. »Genau genommen ist Anatolien der Teil der Türkei, der zu Asien gehört. Der kleinere Teil liegt in Europa. Die Türkei ist eines der wenigen Länder, die sich über zwei Kontinente erstrecken, weißt du?«

»Cool«, meinte Paula beeindruckt. »Was sind Kontinente?«

Doch der Consigliere achtete nicht mehr auf sie, sondern fragte Knut: »Kannst du deine Termine nicht verlegen? Ausnahmsweise? Ich hab dir doch erzählt, wie wichtig dieses Meeting für mich ist.«

Knut wiegte bedächtig den Kopf. »Jo, das weiß ich wohl. Tut mir leid, ich bin gewissermaßen unabkömmlich. Aber wie es der Zufall will, fahren die beiden auch nach Bayern«, sagte er und deutete auf Paula und mich.

What?! Moooment mal!

Der Schnösel horchte auf. »Ach, ehrlich?«

Paula nickte begeistert. »Ja, echt. Wir besuchen da meine Oma und Tante Fini.«

»Aber wir fahren nicht nach München, sondern ins Allgäu«, beeilte ich mich zu sagen. »Und überhaupt, wir müssen dann auch mal, also würde ich gern die Vier zahlen, bitte.«

»Wir können den da doch hinbringen«, meinte Paula großzügig. »Stimmt's, Mama?«

Das fehlte mir noch, zusätzlich zu Onkel Heinz auch noch diesen Anwaltsschnösel am Hals zu haben. »Bayern ist groß, Motte. Das wäre ein Riesenumweg.«

»Och, so weit um is das gor nich«, behauptete Knut.

»Einmal die Vier, macht hundertzwei Euro dreiundfünfzig«, verkündete der Kassierer.

Ich schluckte schwer und hielt mit zitternden Händen meine EC-Karte vor das Lesegerät. War so viel überhaupt noch auf meinem Konto?

»Für Ihre Unkosten würde ich selbstverständlich aufkommen«, meinte der Consigliere, als hätte er mir meinen Schreck angesehen. »Wie wäre es mit zweihundertfünfzig Euro?«

»Zweihundertfünfzig Euro?«, stieß ich hervor. »Soll das ein Scherz sein?«

»Okay, fünfhundert«, sagte er zu meiner Verblüffung.

»Für fünfhundert Euro würde ich den mit 'm Tretroller nach München fahren«, warf der Kassierer ein, als er mir den Bon überreichte.

Fünfhundert Euro! Das war verdammt viel Geld. Damit würden wir locker ins Allgäu kommen, und darüber hinaus konnte ich endlich ein paar überfällige Rechnungen bezahlen und Paula richtig gute neue Schuhe kaufen. Aber hatte ich wirklich Lust, stundenlang mit diesem Umweltverbrecheranwalt auf engstem Raum zusammengepfercht zu sein? Wenn es neulich nach ihm gegangen wäre, würde ich doch jetzt im Knast sitzen.

»Los, Mama, können wir den nicht einfach mitnehmen?«, bettelte mein hartnäckiges Kind.

»Man kann nicht einfach einen wildfremden Mann ins

Auto einsteigen lassen, Paula. Genau so wenig wie man bei einem einsteigen darf.«

»Aber wir sind doch quasi alte Bekannte«, behauptete der Schnösel.

Unglaublich, jetzt kam er mir tatsächlich auf die Tour. »Ach ja? Ich weiß noch nicht mal, wie Sie heißen.«

»Stimmt. Moment.« Er zog ein schwarzes Lederportemonnaie aus der Innentasche seines Sakkos und holte eine Visitenkarte daraus hervor. »Mein Name ist Can Demiray, sehen Sie. Und als Rechtsanwalt bin ich doch nun wirklich sehr vertrauenswürdig.«

»Hm«, machte ich und schaute wenig begeistert auf die Visitenkarte. Immerhin, er war kein Angestellter der *FIB Chem*, sondern arbeitete für eine Hamburger Kanzlei. Piper Umberland Page Smith LLP mit Sitz am Jungfernstieg. Sehr fancy. »Ich weiß nicht, wie es Ihnen geht, aber wenn mir jemand sagt, er sei sehr vertrauenswürdig, wirkt das nicht besonders vertrauenswürdig auf mich.«

»Alles klar, akzeptiert. Hier haben Sie meinen Personalausweis«, meinte Can Demiray und reichte mir das Dokument. »Einen deutschen, wie Sie sehen.«

Dachte er wirklich, dass das irgendetwas änderte? Ich warf einen Blick auf den Ausweis. Can Demiray, in Hamburg geboren am 5. November. Also ein Skorpion. War ja klar. Sehr unvorteilhaftes Foto. Wohnhaft in der Milchstraße in Pöseldorf. *Natürlich* in Schnöseldorf, wie Kirsten den Nobel-Stadtteil immer nannte.

»Mir ist klar, dass wir beide einen etwas rumpeligen Start hatten«, meinte Can Demiray. »Aber so lange dauert die Fahrt nach München doch gar nicht.«

»Lang genug. Im Übrigen, war da nicht was mit … Karma?«

Bedeutungsvoll sah ich ihn an. »Dass Sie jetzt ausgerechnet meine Hilfe brauchen – tse. *Karma is a bitch*, sag ich da nur.«

»Och Mann, Mama«, nörgelte Paula. »Bitte!«

Can Demiray holte tief Luft. »Also gut, mein letztes Angebot: Fünfhundert Euro für Sie und darüber hinaus eine großzügige Spende an Ihre Guerillas.«

»Wie großzügig?«

Er zögerte kurz. »Dreistellig.«

Ich sah ihn abwartend an.

»Hundert Euro.«

Gelangweilt betrachtete ich meine Fingernägel.

»Zweihundert.«

Ich tat so, als müsste ich gähnen.

»Zweihundertfünfzig. Das ist mein letztes Angebot.«

»Schon wieder?«

Paula zog an meinem Hosenbein. »Mama, jetzt sei nicht so.«

Nun fahr diesen Rechtsverdreher schon nach München, flüsterte eine Stimme in meinem Kopf. Nicht nur für die Kohle, sondern auch für dein Karma. Er scheint doch wirklich verzweifelt zu sein.

Mir fiel meine oberste Lebensregel ein. Der Typ war in einer Notlage, und selbst wenn ich wollte – ich konnte ihn einfach nicht hier an der Tankstelle stehen lassen. Verdammt, ich sollte meine Lebensregeln dringend mal überarbeiten und umformulieren. »Also gut«, sagte ich schließlich. »Wir nehmen Sie mit.«

Hörbar atmete er aus. »Vielen Dank.«

»Cool, Mama«, rief Paula und streckte freudestrahlend die Fäuste in die Luft.

Knut klopfte seinem Fahrgast vergnügt auf die Schulter. »Na, denn is doch alles geritzt. Dat löppt, sach ich mal.«

»Sieht so aus«, sagte Can Demiray und wandte sich dann an mich. »Mit wem habe ich denn eigentlich das Vergnügen?«

»Ich bin Elisabeth Schuhmacher. Aber mir wäre einfach Elli lieber. Und ich finde, wir sollten uns duzen. Diese Siezerei ist doch Quatsch.«

»Also gut, einfach Elli, dann bin ich einfach Cano.« Er wandte sich an Paula. »Und du bist einfach Paula?«

»Nur Paula, ohne einfach.«

»Na dann … Freut mich, Paula ohne einfach.«

Paula kicherte. »Nein, so doch nicht. Ich heiße Paula.«

»Ah, jetzt verstehe ich's«, sagte er mit ernster Miene, doch wenn mich nicht alles täuschte, war da ein kleines Funkeln in seinen Augen.

Pff, jetzt brauchte er auch nicht mehr so tun, als wäre er nett. Ich hatte ja schon gesagt, dass wir ihn mitnehmen würden.

»So, Leude, ich überlass euch mal eurem Schicksal«, meldete Knut sich zu Wort. »War mir eine Freude, euch kennenzulernen. Du hast ja meine Karde, näch?«, sagte er zu Cano. »Meld dich, wennde mal wieder 'n Taxi brauchst, und denk dran, was ich dir gesacht hab: 'nen Gang runderschalden. Und vor allem: Von der Liebe …«

»… lass ich mich nicht feddichmachen«, vollendete Cano seinen Satz.

Knut nickte zufrieden. »So soll das sein.« Dann wandte er sich an mich. »Und du lässt dich auch nich feddichmachen. Is ja wohl klar.« Zu Paula sagte er: »Und du erst recht nich, Lüdde. Das is das Allerwichtichste im Leben: Man darf sich nich feddichmachen lassen. Von nix und niemandem.«

Paula nickte ehrfürchtig.

Knut steckte die erstandenen Schokoriegel in die Tasche seiner Lederweste. »Na denn, haut rein. Gude Reise.« Er zwinkerte uns grinsend zu und marschierte aus dem Tankstellenshop.

Cano und ich standen unschlüssig herum und sahen Knut nach. Ein unbehagliches Schweigen machte sich breit.

Schließlich räusperte Cano sich. »Wollen wir? Ich hab es ziemlich eilig, also ...«

»Ach echt? Ist mir gar nicht aufgefallen. Paula, wie sieht's aus? Musst du aufs Klo?«

»Nö.«

»Wirklich nicht? Willst du nicht lieber noch mal Sicherheitspipi machen?«

Cano schaute demonstrativ auf seine Armbanduhr, für die ich wahrscheinlich drei Monate hätte arbeiten gehen müssen.

»Neihein! Wenn ich nicht muss, kommt eh nichts raus.«

»Na gut. Dann mal los.«

Als wir aus dem Laden gingen, beschlich mich das seltsame Gefühl, den schlimmsten Fehler meines Lebens begangen zu haben. Ich konnte nur hoffen, dass die Suppe, die ich mir mit dieser Entscheidung eingebrockt hatte, nicht völlig ungenießbar sein würde.

Die Lass-mich-in-Frieden-mit-deinen-Verordnungen-Verordnung

Mit Cano und Paula im Schlepptau stapfte ich auf den Passat zu. Verstohlen warf ich einen Blick auf meinen neuen Mitfahrer und stellte fest, dass er mich ebenfalls ansah. Seine Miene verriet, dass er genauso wenig begeistert über unsere gemeinsame Fahrt nach München war wie ich. Kein Wunder, ich hatte ja förmlich spüren können, wie er mir bei unserer ersten Begegnung einen Stempel aufgedrückt hatte: durchgeknallte Ökotussi, bämm, Schublade zu. Zum Glück war *ich* nicht so! Ich lernte Leute immer erst kennen, bevor ich mir ein Urteil über sie erlaubte.

Paula starrte Cano unverhohlen an, ein verzücktes Lächeln auf den Lippen, und ich wusste nicht, was mich mehr ärgerte: dass sie einen Spießer im Anzug anhimmelte oder dass sie diese Tatsache so offen durchblicken ließ.

»Da vorne ist das Auto«, sagte ich und deutete auf den altersschwachen Passat, der im Neonlicht der Tankstelle noch verbeulter und rostiger aussah.

Als Canos Blick auf die Karre fiel, blieb er abrupt stehen. »Bist du dir sicher, dass der bis München durchhält?«

War ja klar, dass der Wagen ihm nicht gut genug war. Wahrscheinlich war er an Mercedes, Jaguar oder fette SUVs gewöhnt. »Klar. Er ist extrem zuverlässig.«

»Ooookay?«, sagte er wenig überzeugt, doch er setzte sich wieder in Bewegung.

»Wir haben übrigens noch einen Mitfahrer«, erklärte ich, als wir beim Passat angekommen waren, und öffnete die Beifahrertür.

Wutschnaubend sah mein Großonkel zu mir auf. »Wieso hat das so lange gedauert, Elisabeth?«, polterte er los. »Ich warte seit achtzehn Minuten. Geh mit der knappen Zeit, die mir auf Erden bleibt, gefälligst sorgsamer um.« Dann fiel sein Blick auf Cano, und Onkel Heinz entgleisten vollends die Gesichtszüge. »Was will *der* denn?«

Mit mühsam beherrschter Stimme erwiderte ich: »Das ist Can Demiray. Er muss dringend nach München, und da wir gute Menschen sind, bringen wir ihn vorbei.«

»Was machen wir?«, rief Onkel Heinz entsetzt, doch ich ignorierte ihn und sagte zu Cano: »Das ist mein Großonkel Heinz Brandner.«

Cano sah ihn zögernd an, doch schließlich hielt er ihm die Hand hin. »Hallo.«

Onkel Heinz rührte sich nicht. Stattdessen wetterte er in meine Richtung: »Nach München? Das ist doch ein Riesenumweg!«

»So weit um ist das gar nicht«, wiederholte ich Knuts Worte, ohne genau zu wissen, ob es tatsächlich so war. Von den fünfhundert Euro für Paula und mich oder der großzügigen Spende an die Garten-Guerillas musste Onkel Heinz ja nichts wissen.

»Hm«, brummte er. »Was ist Dschango überhaupt für ein Name? Ist der Türke, oder was?«

»Nein, er ist Anwalt«, erklärte Paula. »Außerdem heißt er Cano und nicht Dschango.«

Ich nickte. »Cano ist kein *Türke*, sondern Deutscher mit Migrationshintergrund.«

»Oh ja, das ist wichtig. Bitte niemals den Migrationshintergrund vergessen.« Cano zog seine Hand ungeschüttelt wieder zurück.

»Türke bleibt Türke«, meckerte Onkel Heinz. »Der wird uns noch ausrauben.«

Cano schüttelte fassungslos den Kopf. »Ist das Ihr Ernst?«

»Nein, das meint er nicht so«, log ich.

»Wie meint er es denn?«

Ich antwortete nicht darauf, sondern wandte mich an Onkel Heinz. »Hör auf, so zu reden. Wie Paula schon sagte, ist Cano Rechtsanwalt, und er wird uns nicht ausrauben. Er fährt mit und basta.« Damit schlug ich rigoros die Beifahrertür zu.

Cano starrte auf die geschlossene Tür. »Sympathischer Zeitgenosse.«

»Ja, ich weiß«, sagte ich betreten. »Ich kann mich nur für ihn entschuldigen, er ist ein echtes Ekel. Aber die Chancen stehen gut, dass er spätestens in einer Stunde einschläft und erst in München aufwacht.«

Cano sah zwischen mir, dem Auto und der Tankstelle hin und her.

Paula, die sein Zögern zu spüren schien, tickte ihn am Arm. »Steig doch ein. Du darfst auch neben mir sitzen.«

Cano sah Paula an, dann noch mal das Auto und dann noch mal mich. Schließlich zuckte er schicksalsergeben mit den Schultern. »Na schön.«

Ich öffnete den Kofferraum, damit er seinen schicken Designerrollkoffer verstauen konnte. Die Aktentasche gab er nicht aus den Händen. »Sag mal, du weißt nicht zufällig, wie man den Ölstand kontrolliert?«, fragte ich ihn.

»Nee, keine Ahnung.«

»Sicher nicht?«

Cano hob die Augenbrauen. »Sehe ich aus wie ein Tankwart?«

Ich musterte ihn von oben bis unten. Natürlich sah er ganz und gar nicht aus wie ein Tankwart. Er hatte in seinem Leben garantiert noch keinen einzigen Tropfen Öl an den Fingern gehabt. Es sei denn, er kleckerte im Nobelrestaurant mit dem Trüffelöl, während er mit seinen Nobelfreunden darüber lästerte, dass Bora Bora im Sommer einfach viel zu voll war. Aber was dachte ich da – er kleckerte doch nicht. Und wie war ich auf die Idee gekommen, er hätte jemals in seinem Leben den Ölstand eines Autos *selbst* kontrollieren müssen? Dafür hatte er natürlich Personal! »Nein, nach echter Arbeit siehst du nicht aus«, erwiderte ich schnippisch. »Sorry, mein Fehler.«

Ohne ein weiteres Wort stieg Cano ins Auto und schlug die Tür hinter sich zu.

Dann eben nicht. So wichtig konnte ein Ölstand ja wohl nicht sein. Ich atmete noch mal tief durch und schnallte Paula an, die bereits auf ihren Kindersitz geklettert war. Anschließend stieg ich ebenfalls ein. Im Rückspiegel beobachtete ich, wie Cano mit seiner Aktentasche einen Schutzwall zwischen meiner Tochter und sich selbst baute – wahrscheinlich hatte er Angst, dass sie mit ihren klebrigen Kinderfingern seinen Anzug anfasste. Neben mir starrte Onkel Heinz mit verschränkten Armen und finsterer Miene aus dem Fenster.

Na dann, Augen auf und durch, dachte ich, startete den Wagen und fuhr Richtung Ausfahrt. Irritiert bemerkte ich, wie der Fahrer des BMW, der mir entgegenkam, wild hupte und mir einen Vogel zeigte.

»Geht's noch?« Empört hupte ich zurück. »Typisch BMW-Fahrer, immer einen Dicken machen.«

»Vermutlich will er nur darauf aufmerksam machen, dass

das hier die Einfahrt ist«, meinte Cano. »Die Ausfahrt ist auf der anderen Seite.«

»Hier lang ist es für mich aber günstiger.«

»Du kannst doch nicht einfach an der Einfahrt rausfahren«, nörgelte Onkel Heinz.

»Siehst du doch, dass ich das kann.« Ich setzte den Blinker und nutzte eine Lücke, um auf die Straße zu fahren.

»Es ist aber ein Verstoß gegen die Straßenverkehrsordnung«, meckerte Cano.

Ich verdrehte die Augen. »Es ist ja nichts passiert, also entspannt euch mal.«

»Ich bin total entspannt, Mama«, meinte Paula und grinste mir im Rückspiegel zu.

Mir ging das Herz auf. »Das ist schön, Motte.« Meine Tochter war immer auf meiner Seite, darauf konnte ich mich verlassen.

Im Schneckentempo quälte ich mich durch den dichten Verkehr über die Elbbrücken. Je näher es Richtung Autobahn ging, desto größer wurde die Blechlawine.

Paula nuckelte an ihrer Wasserflasche und beobachtete Cano, der mal wieder auf seinem Handy tippte. Offenbar stand ihr der Sinn nach Konversation, denn sie fragte unvermittelt: »Weißt du, warum alte Leute nicht schwitzen?«

Er stutzte und überlegte kurz, dann erwiderte er: »Ich glaube nicht, dass sie *gar nicht* schwitzen, sondern eher, dass sie *weniger* schwitzen. Weil die Schweißdrüsen im Alter nicht mehr so gut funktionieren. Wenn man alt wird, sieht und hört man auch weniger.«

»Und warum?«

»Der Körper wird im Lauf der Jahre wohl einfach müde.«

»Ach so. Ja, das kann ich mir vorstellen.« Paula nickte zufrieden. Endlich war ihre drängende Frage beantwortet worden. Sie kramte in ihrer Kindergartentasche und hielt Cano ihre heiß geliebte Stoffrosa unter die Nase (die Paula natürlich heute wieder in den Kindergarten begleitet hatte). »Guck mal, das ist Rosa. Mein Kaninchen.«

Cano musterte das zerfledderte Teil. »Ah. Kommt mir irgendwie bekannt vor.«

»Echt? Hast du auch so eins?«

»Ähm … Nein.«

»Du darfst sie ruhig mal kurz leihen, wenn du willst.«

Wow. Das war eine riesengroße Ehre. Ich hoffte, Cano wusste das zu schätzen.

»Vielen Dank, eure Hoheit«, sagte er und lächelte Paula an. »Vielleicht komme ich mal drauf zurück.«

»Mhm.« Paula steckte Rosa zurück in ihre Kindergartentasche und zeigte Cano schließlich ihr Lieblingsbuch – *Lotta zieht um* von Astrid Lindgren. »Liest du mir das vor?«

Doch Cano war mit seiner Aufmerksamkeit schon wieder bei seinem Handy. »Das geht nicht, ich muss telefonieren.«

»Dann eben später«, sagte Paula und blätterte stattdessen selbst in dem Buch.

Onkel Heinz gab mir derweil ungefragt Ratschläge. »Du musst dich links einordnen. Links! Das *andere* Links! … Fahr doch nicht immer so dicht auf! … Der da vorne will rein, wenn du so freundlich wärst? Schon mal was von Reißverschlussverfahren gehört? … Dritter Gang, Elisabeth, dritter Gang!«

Ich atmete tief in den Bauch und gab mein Bestes, sein Genörgel an mir abprallen zu lassen. Mir schwante, dass dies die längste Autofahrt meines Lebens werden würde.

Cano telefonierte mit öltriefender Stimme, offensichtlich mit seinem Vorgesetzten. »Hallo, Herr Dr. Auerbach, Sie ha-

ben bestimmt schon von Herrn Kehlmann gehört, richtig? …
Genau, seine Frau liegt in den Wehen.« Er hörte kurz zu und
lachte. »Ich finde das Timing auch ungünstig. Aber ich habe
eine Mitfahrgelegenheit gefunden und bin schon auf dem Weg.
Morgen bin ich wie vereinbart pünktlich um zehn Uhr im
Münchner Büro, damit ich mich in aller Ruhe mit den Kollegen besprechen kann. … Stimmt, der Mandant kommt erst um
fünfzehn Uhr dazu.«

»Jetzt müssen wir uns den ganzen Weg über dieses Ge-
schwätz anhören, ich seh's schon kommen«, brummte Onkel
Heinz. »Elisabeth, du musst auf die A7, nicht auf die A1!«

»Weiß ich doch«, behauptete ich und wechselte den Fahr-
streifen.

Cano hielt sich mit der Hand das freie Ohr zu, während
er weitertelefonierte. »Genau, Herr Dr. Auerbach, der Termin
mit der Gegenseite ist übermorgen um fünfzehn Uhr dreißig.
Wir haben alle Zeit der Welt, uns vorzubereiten.«

»Mama, ich hab das Buch durch. Mir ist langweilig«, informierte Paula mich. »Wie lange fahren wir denn noch?«

»Ziemlich lange, fürchte ich. Guck dir doch deine anderen
Bücher an. Oder hör Bibi Blocksberg auf deiner Musikbox.«

»Keine Lust.«

»Haha, genau. Der war gut, Herr Dr. Auerbach.«

Was für ein Schleimer. Der klassische Chefwitz-Lacher.

»Kann der Türke mal aufhören zu telefonieren?«, meckerte
Onkel Heinz. »So kann sich doch kein Mensch aufs Fahren
konzentrieren. Rechts halten, Elisabeth, du blockierst den
Mittelstreifen!«

Ooommmm, tönte ich innerlich, doch leider half das nicht.
»Ich kann mich sehr gut aufs Fahren konzentrieren, Onkel
Heinz. Und hör gefälligst mit dieser rassistischen Scheiße auf!«

»Achte *du* gefälligst auf deinen Tonfall, Fräulein!«

»Nenn mich nicht Fräulein!«

»Mama sagt ganz oft Scheiße«, petzte Paula.

Cano redete noch lauter. »Nein, das ist so ein nerviges Hörspiel im Radio. Meine Mitfahrgelegenheit ist offenbar taub, deswegen ist der Ton so laut. … Alles klar, ich melde mich vor dem Meeting noch mal. Bis morgen, Herr Dr. Auerbach.« Er legte das Telefon neben sich, holte ein Laptop aus seiner Aktentasche und klappte es auf.

Paula beobachtete ihn interessiert. »Was machst du?«

»Ich bereite mich auf ein Meeting vor«, erwiderte Cano, ohne vom Bildschirm hochzublicken.

»Was ist ein Meeting?«

»Ein Treffen von Leuten, die etwas Wichtiges zu besprechen haben.«

»Was denn?«, wollte Paula wissen.

An Canos Stelle antwortete ich: »Zum Beispiel, wie sie Chemieunfälle vertuschen oder Umweltgesetze und Klimaziele umgehen können, weil Profit ihnen wichtiger ist als alles andere.«

Paula sah Cano mit großen Augen an. »Echt?«

»Nein, darum geht es in dem Meeting nicht«, erwiderte Cano ungerührt. »Aber mehr kann ich dir nicht sagen, das fällt nämlich unter die anwaltliche Schweigepflicht.« Bevor Paula fragen konnte, fuhr er fort: »Das bedeutet, dass meine Mandanten mir Geheimnisse erzählen, die ich niemandem verraten darf. Und jetzt muss ich mich wirklich konzentrieren, also könntest du vielleicht …« Er ließ den Satz unvollendet in der Luft hängen und meinte wohl, Paula würde ihn auch so verstehen.

Doch meine Tochter hakte natürlich nach. »Könnte ich was?«

»Einfach … nicht reden? Ginge das? Dieses Meeting ist enorm wichtig für mich.«

Paula seufzte. »Na gut.«

»Darf ich dich mal was fragen, Cano?«, fragte ich.

Er stöhnte auf. »Eigentlich nicht.«

Unbeirrt fragte ich: »Meldet sich nie dein schlechtes Gewissen, wenn du für Mandanten wie die *FIB Chem* arbeitest? Ihnen möglicherweise sogar so richtig in den Arsch kriechst?«

Paula prustete los. »Wie soll das denn gehen, Mama?«

Cano rutschte ein Stück vor und beugte sich zu mir. »Darf ich mir auch mal eine Frage erlauben, Elli? Wir sind doch jetzt auf der Autobahn, oder?«

»Ja, wie du siehst.«

»Und hier ist nirgends eine Geschwindigkeitsbegrenzung, richtig?«

»Das waren schon zwei Fragen«, mischte Onkel Heinz sich ein. »Typisch, diese halbseidenen Tricksereien. Wie auf dem Basar.«

Cano schloss kurz die Augen, doch er ging nicht auf den Kommentar ein. Stattdessen fuhr er fort: »Wenn keine Geschwindigkeitsbegrenzung besteht, ist die Richtgeschwindigkeit auf deutschen Autobahnen 130 Kilometer die Stunde. Richtig?«

»Ja, Cano, davon habe ich schon mal gehört.«

»Warum hast du dann bereits bei 90 Stundenkilometern deine Reisegeschwindigkeit erreicht?«

»Ich möchte dem Wagen nicht zu viel zumuten. Außerdem nennt man das defensives und umweltbewusstes Fahren.«

»Nein, das nennt man lahmarschiges Fahren.«

»Bei dem Verkehr können wir froh sein, überhaupt 90 fahren zu können. Oder soll ich wie ein Penner über die linke Spur brettern und alle wegdrängen?«

»Das wäre sehr schön, ja. Dann wäre diese Fahrt nämlich schneller vorbei. So kommen wir doch nie an.«

Onkel Heinz drehte sich mühsam zu Cano um. »Meine Nichte wird ganz sicher nicht wie ein Derwisch mit zweihundert Sachen die Bahn runterknallen. Elisabeth! Nicht so dicht auffahren!«

Das halte ich nicht aus, dachte ich verzweifelt. Verdammte Klimaerwärmung. Letzten Endes war sie es doch, die für Unwetter wie Poldi und somit für diese unheilige Allianz verantwortlich war.

»Du, Mama? Ich muss mal aufs Klo«, informierte Paula mich und trank noch einen Schluck Wasser.

»Mensch, Paula. Wieso bist du nicht in der Tankstelle gegangen?«

»Da musste ich noch nicht.«

»Ist es sehr dringend?«

Paula hibbelte unruhig auf ihrem Kindersitz. »Ja, schon.«

»Na schön.« Ich setzte den Blinker, ging vom Gas runter und fuhr auf den Standstreifen.

»Was soll das denn werden?«, fragte Cano.

»Was wohl? Meine Tochter muss mal.« Ich schaltete das Warnblinklicht ein und schnallte mich ab.

»Spinnst du? Das ist viel zu gefährlich. Außerdem ist das Parken auf dem Seitenstreifen verboten. Paragraf 18, Absatz 8 StVO – und zwar zu Recht.«

»Ich parke doch gar nicht.«

»Wer sein Fahrzeug verlässt oder länger als drei Minuten hält, der parkt. Paragraf 12, Absatz 2 StVO.«

»Meine Tochter muss pinkeln, Paragraf 24, Absatz 345 der Lass-mich-in-Frieden-mit-deinen-Verordnungen-Verordnung.« Ich schnallte mich ab und öffnete die Tür, um auszusteigen. Doch kaum war sie einen Spalt weit offen, raste *dssssschhhuuummmmm* ein Auto an mir vorbei, und ich zog die Tür umgehend wieder zu. Verdammt, jetzt hatte der Spießer auch noch recht. Es war tatsächlich viel zu gefährlich, Paula hier aussteigen zu lassen. »Paula, hier geht es nicht. Du musst noch ein bisschen aufhalten.« Ich vermied es, in den Rückspiegel zu sehen, denn auf Canos triumphierendes Grinsen konnte ich gut verzichten. Wobei, seit wir uns kannten, war seinem Pokerface kaum eine Gefühlsregung zu entnehmen gewesen. Also wahrscheinlich auch jetzt nicht.

»Aber ich muss echt nötig«, jammerte Paula.

»Ich halte bei der nächsten Möglichkeit an, ja? Du schaffst das.«

Zum Glück gab es eine ausreichend große Lücke, sodass ich wieder einscheren und weiterfahren konnte. Ich gab Vollgas, und der alte Passat quälte sich in nur dreieinhalb Minuten auf neunzig Sachen.

»Ich mach mir gleich in die Hose«, wimmerte Paula.

Cano brachte seinen ledernen Aktenkoffer in Sicherheit. Und wenn ich es im Rückspiegel richtig erkannte, rückte er sogar ein Stück von ihr weg. Idiot.

In dem Moment kündigte ein rettendes Schild den nächsten Parkplatz in zwei Kilometern Entfernung an. »Wir haben's gleich geschafft, Süße.« Kurz darauf hielt ich mit quietschenden Reifen auf dem Parkplatz, öffnete Paulas Tür, zerrte sie aus dem Auto ins nächste Gebüsch (ein WC gab es nicht) und zog ihr in letzter Sekunde die Hose runter.

»Ui, das war aber knapp!«, stellte sie fröhlich grinsend fest und pinkelte gefühlt acht Minuten lang. Nachdem ich ihr ein Tempo gereicht und ihre Hände mit Hygienetüchern abgeputzt hatte, stiegen wir wieder ein. Ich drehte mich zu Cano und Onkel Heinz um und schaute die beiden streng an. »So, jetzt zu euch beiden. Es ist höchste Zeit, hier mal ein paar Grundregeln festzulegen. Wenn meine Fahrweise euch nicht passt, überlasse ich gerne euch das Steuer. Na, Onkel Heinz? Wie wär's?«

Er wich meinem Blick aus. »Geht nicht. Mir wurde der Führerschein entzogen.«

»Ach, tatsächlich?« Nun sah ich Cano an. »Und du? Möchtest du fahren?«

»Ja, möchte ich. Nichts lieber als das.« Ich wollte ihm schon die Schlüssel in die Hand drücken und es mir auf dem Rücksitz bequem machen, doch dann rückte Cano seine Krawatte zurecht und räusperte sich. »Allerdings habe ich leider keinen Führerschein. Und hatte auch nie einen.«

Mit Mühe verkniff ich mir ein Grinsen. Also, *das* war bislang der beste Moment des Tages! »Na, sieh mal einer an. Dann haltet ihr ab jetzt besser die Klappe, Herr Hat-keinen-Führerschein-mehr und Herr Hatte-nie-einen. Sonst schmeiß ich euch nämlich auf dem Standstreifen …«

»Seitenstreifen«, korrigierte Cano.

»*Seiten*streifen raus, und dann könnt ihr ja mal versuchen, jemanden zu finden, der so gnädig ist, euch mitzunehmen. Und mit dem permanenten Mansplaining ist jetzt auch Schluss! Alles klar?«

In abwehrender Geste hob Cano die Hände. »Ist ja gut, ich hab verstanden.«

»Prima. Onkel Heinz?«

Er umklammerte seinen Gehstock so fest, dass die Knöchel weiß hervortraten. »Jaja, ist ja gut«, brummte er.

»Schön. Dann sind wir uns ja einig.« Ich startete den Wagen und lenkte ihn zurück auf die Autobahn.

Eine himmlische Ruhe breitete sich aus. Cano klackerte auf der Tastatur seines Laptops und blätterte parallel in einer Akte, während Paula und Onkel Heinz schweigend ihren Gedanken nachhingen. Ich war gespannt, wie lange dieser Frieden anhielt. Wir waren noch nicht mal an der Lüneburger Heide vorbei, und bis München war es noch weit. Verdammt weit. Aber es nützte alles nichts, ich hatte mich nun mal auf diese Sache eingelassen. Also Augen auf und durch.

Die Toilettenmafia

Unsere Diskussion um defensives versus lahmarschiges Fahren stellte sich schon bald als hinfällig heraus. Die Autobahn war schlimmer verstopft als am schlimmsten Sommerferiensamstag. Wenn wir nicht im Stau standen, krochen wir mit maximal sechzig Sachen in Richtung Hannover, das unendlich weit weg zu sein schien, auch wenn das letzte Schild behauptet hatte, es seien nur noch achtzig Kilometer.

Im Auto herrschte noch immer selige Ruhe. Paula hatte zwar noch ein paar Versuche gestartet, Cano oder Onkel Heinz zu einem Klönschnack zu bewegen, doch ohne Erfolg. Also hatte sie ihren Kopfhörer in die Ohren gesteckt, um Bibi Blocksberg zu hören, und malte währenddessen mit Wachsmalstiften. Wahrscheinlich war es wieder ein expressionistisches Gemälde von einem riesengroßen gekrönten Mädchen und einem winzigen gekrönten Mann. Das war ihr Lieblingsmotiv in letzter Zeit.

Cano studierte seit anderthalb Stunden die Akte und hämmerte immer wieder auf die Tastatur seines Laptops ein. Wenn er das nicht tat, war er mit seinem Handy beschäftigt.

Onkel Heinz saß mit verschränkten Armen da, zuckte alle zwei Kilometer zusammen und deutete wortlos auf die Straße. Wenn es sein Ziel war, mich zu provozieren, Respekt. Es funktionierte. Wieder und wieder atmete ich tief ein und aus und versuchte, Ruhe in meinem Inneren einkehren zu lassen – ganz so, wie ich es in tausend Yogastunden und Meditationskursen gelernt hatte. Aber es gelang mir partout nicht, meine Gedanken und Gefühle einfach anzunehmen und mich ganz auf den Moment zu konzentrieren. Ich war genervt, Punkt, aus. Onkel Heinz ging mir mit seiner stummen Kritik an meiner Fahrweise auf den Keks, Cano machte es mit seinem superwichtigen Anwaltsgehabe auch nicht besser, und zu allem Überfluss geisterte mir die ganze Zeit *Waka Waka* von Shakira im Kopf herum. Ich hasste diesen Song.

Da Atemübungen nicht halfen, konzentrierte ich mich auf die Landschaft, sofern das während des Fahrens möglich war. Ich liebte die Weite in Norddeutschland, da war nichts im Weg, das den Blick einschränkte. Genau das gefiel mir auch an der Holsteinischen Schweiz, meiner Heimat, seit Paula ein Baby gewesen war. Ich dachte an das Gespräch mit Knut, dem Taxifahrer, in dem es um Heimweh gegangen war. In der ersten Zeit in Plön hatte ich Hamburg so sehr vermisst, dass es wehtat. Den Trubel, Cafés, Restaurants und Kneipen. Den Geruch der U-Bahn, die Möglichkeit, zu jeder Tages- und Nachtzeit irgendwo einkaufen zu können. Und die Elbe mit ihrem wunderschönen Strand. Den Hafen, die Schiffe, das Wasser. Mein neues Zuhause kam mir vor wie eine Einöde, und ich mittendrin, einundzwanzig Jahre alt, einen Säugling auf dem Arm und nicht die geringste Ahnung, wie das Muttersein funktionierte. Nachts war es so still, dass ich Paulas und meinen Atem hören konnte. Und wenn ich aus dem Fenster schaute, blickte ich in nichts als Dunkelheit. Doch ich führte mir immer wieder vor Augen, dass es gute Gründe dafür gegeben hatte, auf den Hof am See zu ziehen, und nach und nach gewöhnte ich mich an das Landleben. Paula hatte hier die tollste Kindheit, die sie sich nur wünschen konnte – mit Hühnern, Treckerfahren und tonnenweise frischer Luft. Vor allem waren mir meine Mitbewohnerinnen immer mehr ans Herz gewachsen. Kirsten, Antje und Sami waren inzwischen die besten Freunde, die ich je gehabt hatte. Trotzdem war da immer noch ein kleines bisschen Heimweh. Es war, als würden zwei Herzen in meiner Brust schlagen. Und manchmal, in stillen Momenten, beschlich mich immer wieder das Gefühl, dass meinem Leben etwas fehlte, ganz unabhängig von der Stadt. Es war zwar bunt und randvoll mit Paula, zwei Jobs, Gartengruppe und Freunden. Aber irgendwie kam es mir vor, als würde ich ziellos vor mich hin treiben. Dabei sehnte ich mich nach etwas, für das ich wirklich brannte. Der Job im Bioladen gefiel mir zwar, aber wollte ich ihn wirklich bis zur Rente weitermachen?

Ich hörte ein Rascheln von der Rückbank und sah im Rückspiegel, dass Paula unruhig wurde. Sie rutschte hin und her und kaute auf ihren Fingernägeln – ein klares Indiz. »Musst du aufs Klo, Motte?«, rief ich laut, damit sie mich durch ihren Kopfhörer hören konnte.

Paula zog ihn aus den Ohren und nickte. »Ein bisschen.«

»Wie oft muss dieses Kind denn pinkeln?«, knurrte Onkel Heinz. »Sie war doch gerade erst.«

»Sie hat nun mal eine kleine Blase, und das letzte Mal ist schon über eine Stunde her«, verteidigte ich Paula.

»Dann nimm ihr das Wasser weg, die säuft ja wie ein Kalb.«

»Ich werde meiner Tochter wohl kaum das Trinken verbieten.«

Nun schaltete Paula sich ein. »Wir können sonst ruhig bis München weiterfahren. Ich kann noch aufhalten.«

»Da, siehst du?«, triumphierte Onkel Heinz. »Sie kann noch aufhalten.«

»Das sagt sie immer. Paula-Mäuschen, du hast keine Ahnung, wie weit es noch bis München ist. Ich halte gleich an, okay?«

Nun mischte Cano sich ein. »Die Raststätte, an der du gerade vorbeifährst, wäre eine gute Möglichkeit zum Anhalten gewesen.«

»Pff. Du glaubst doch nicht, dass ich mich von der Toilettenmafia abzocken lasse.«

»Toilettenmafia?«, hakte Cano nach.

»Ja, klar. Es ist doch mafiös, den Leuten einen Euro dafür aus der Tasche zu ziehen, dass sie ihre Notdurft verrichten können. Einen Euro! So oft wie Kinder aufs Klo müssen, kann das für manch eine Familie den Ruin bedeuten. Ich finde, es sollte ein menschliches Grundrecht sein, gratis pinkeln gehen zu dürfen.« Allmählich kam ich in Fahrt. »Und dann gibt es noch nicht mal mehr den Tankstellenshop-Gutschein! Obwohl, im Grunde war der eh lächerlich. Damit sollte man doch nur gezwungen werden, irgendeinen überteuerten Scheiß zu kaufen. Am besten Pappbecher-Plastikdeckel-Kaffee, die Umwelt ist schließlich noch nicht genug vollgemüllt. Außerdem muss man von Kaffee schön schnell wieder aufs Klo, und der ganze Mist geht von vorne los.« Inzwischen hatte ich mich richtig in dieses Thema hineingesteigert. »Und dann dieser Klobrillenselbstreinigungsmechanismus! Wenn sie von der Kohle wenigstens Jobs schaffen und eine Klofrau oder einen Klomann bezahlen würden. Aber nein, die sind als Erste wegrationalisiert worden von der widerlichen Toilettenmafia. Die unterstütze *ich* nicht.« Schwer atmend hielt ich inne.

Für ein paar Sekunden war es still im Auto. Cano und Onkel Heinz sagten kein Wort, doch ich konnte ihre Blicke auf mir spüren.

»Ich finde die Drehtoilettenbrillen klasse«, erklärte Paula. »Aber Mama mag Raststättenklos nicht. Da wird sie immer sauer. Deswegen fahren wir eigentlich mit dem Zug überallhin, da ist Pipimachen umsonst.«

»Wir fahren nicht nur deswegen mit dem Zug«, stellte ich klar. »In fünf Kilometern kommt ein Parkplatz mit Toilette. Da halte ich an.«

»Diese Blechbüchsen sind doch die schlimmsten Toiletten von allen«, meinte Cano.

»Aber umsonst«, erwiderte ich. »Mir geht es ums Prinzip.«

»Deine Prinzipien sind echt bewundernswert. Viele Menschen gehen mit dem Thema Toiletten ja viel zu leichtfertig um.«

»Ist klar, dass du keine Prinzipien hast, aber mir ist das nun mal wichtig.« Mal ganz abgesehen davon, dass ich nicht besonders viel verdiente und meine Kröten lieber beisammenhielt, statt sie auf Autobahnraststätten das Klo runterzuspülen. Fast im wahrsten Sinne des Wortes.

Nachdem ich mit Paula einen Zwischenstopp auf der »Blechbüchse« eingelegt hatte und wir wieder im Schneckentempo über die Autobahn krochen, startete meine Tochter einen neuen Versuch, Cano von der Arbeit abzuhalten. »Magst du mir wohl jetzt mein Buch vorlesen?«

Er sah kaum von seiner Akte auf. »Später vielleicht.«

»Na gut«, erwiderte sie, und ihr Tonfall klang so enttäuscht, dass es mir einen Stich versetzte.

»Ein bisschen kann ich schon selber lesen. Ich komme ja im Sommer in die Schule«, plauderte Paula weiter. Sie akzeptierte offensichtlich, dass Cano gerade nicht vorlesen konnte, doch eine Unterhaltung hielt sie wohl durchaus für möglich. »Meinen Namen zum Beispiel.«

»Hm«, machte Cano und tippte im Stakkato auf der Tastatur seines Laptops.

»Und mein Janosch-Buch.«

Nun sah Cano doch auf. »Echt?«

»Na klar. Ist doch babyeierleicht.«

»Paula«, mahnte ich. »Du kannst das Buch nicht lesen, du kannst es auswendig.«

»Ist doch fast das Gleiche.«

»Nein, ist es überhaupt nicht.«

»Na und? Ich bin eine Prinzessin und muss sowieso nicht lesen können.«

Onkel Heinz schnaubte. »Eine Prinzessin. Das wird ja immer besser.«

»Bin ich aber«, beharrte Paula. »Mein Papa ist nämlich ein König in Afrika, deswegen kann er mich nie besuchen oder anrufen. Und weil mein Papa ein König ist, bin ich eine Prinzessin.«

Meine Wangen wurden heiß, und ich überlegte verzweifelt, wie ich Paula diesen Zahn möglichst schonend wieder ziehen konnte. Ich spürte die Blicke der Männer förmlich auf meiner Haut. Rabenmutter, schienen sie zu denken. Hat ihre Tochter in eine Fantasiewelt getrieben.

»Dein Vater ist also ein afrikanischer König, ja?«, stieß Onkel Heinz aus. »Hat deine Mutter dir das erzählt? Vielleicht hätte sie lieber erwähnen sollen, dass …«

»Dass auch Prinzessinnen lesen können müssen«, fiel ich Onkel Heinz ins Wort und warf ihm einen wütenden Seitenblick zu. »Wie sieht's aus, Süße? Wollen wir was spielen?«

Paula runzelte die Stirn und kaute auf ihrer Unterlippe – ein untrügliches Zeichen dafür, dass sie angestrengt über etwas nachdachte. Doch schließlich antwortete sie: »Ich sehe was, was du nicht siehst?«

Zu meiner Erleichterung ließ sie sich vom Thema ablenken. »Von mir aus.«

»Spielt ihr mit, Onkel Heinz und Cano? Zu viert macht es viel mehr Spaß.«

Es war mir ein Rätsel, warum meine Tochter so hartnäckig an der Hoffnung festhielt, dass aus den dreien richtig gute Freunde werden konnten. Und es tat mir in der Seele weh, dass diese Hoffnung vergebens war.

Erwartungsgemäß brummte Onkel Heinz: »Kein Bedarf.«

Cano hatte immerhin den Anstand, bedauernd den Kopf zu schütteln. Er zeigte auf seinen Laptop. »Ich muss arbeiten.«

»Aber *Ich sehe was, was du nicht siehst* macht echt Spaß.«

»Für Spaß habe ich keine Zeit.«

»Oje. Das ist wahrscheinlich das Traurigste, das ich jemals gehört habe«, sagte ich. »Na los, Paula. Ich sehe was, was du nicht siehst, und das ist … grau.«

Wir spielten eine ganze Weile, doch irgendwann hatten wir alles durch, und Paula suchte eine andere Beschäftigung. »Kann ich laut Musik hören?«

Musik hören bedeutete bei Paula nicht nur *hören*, sondern auch leidenschaftlich mitgrölen, was mit Kopfhörern natürlich nur halb so viel Spaß machte. Also fragte ich die Herren: »Würde es euch stören?«

»Schlimmer als die Unterhaltung bisher kann es ja wohl nicht werden«, murrte Onkel Heinz.

»Mich stört es auch nicht«, sagte Cano.

Paula zog den Kopfhörer aus dem Gerät und drückte ein paar Knöpfe. Das Intro des ersten Songs ertönte, und kurz darauf sang Paula voller Inbrunst »Ich schenk dir einen Regenbogen, rot und gelb und blau«, und ich konnte nicht anders – ich *musste* einfach mitsingen.

Onkel Heinz stöhnte auf, und Cano sah genervt von seinem Laptop hoch. Vielleicht sollten Paula und ich um des lieben Friedens willen Rücksicht auf die beiden nehmen – doch das taten sie ja auch nicht. Außerdem liebten wir diesen Song. Wir sangen ihn zum Einschlafen, beim Fahrradfahren, beim Malen, wenn wir gemeinsam in der Küche werkelten und überhaupt bei allen sich bietenden Gelegenheiten.

»Los, ihr müsst auch mitsingen, das ist Mamas und mein Lieblingslied«, forderte Paula Cano und Onkel Heinz auf.

»Ich singe nicht«, murrte Onkel Heinz.

»Ich kenne das Lied nicht«, meinte Cano. »Übrigens fände ich es nett, wenn ihr …«

Doch da fing die nächste Strophe an, und Paula und ich sangen unbeirrt weiter.

»Geht das vielleicht auch leiser?«, meckerte Onkel Heinz. »Das hält ja kein Mensch aus.«

»Nee, geht nicht«, erwiderte Paula. »Leise singen ist überhaupt nicht schön.«

Onkel Heinz lachte humorlos auf, doch Paula und ich ignorierten ihn und sangen weiter – laut.

Als das Lied verklang, atmete Onkel Heinz erleichtert auf. Auch Cano, der während des Songs nicht weitergearbeitet, sondern demonstrativ aus dem Fenster gesehen hatte, wandte sich wieder seinem Laptop zu. Doch die Ruhe war nur von kurzer Dauer, denn es folgte der zweite Song, und Paula konnte einfach keine Musik hören, ohne mitzusingen. Nun war *Unsere neue Taktik ist weniger Plastik* dran, ein weiterer Lieblingssong von Paula. Aus vollem Herzen sang sie: »Hey, Ketchup gibt es auch in Flaschen aus Glas. Und Kleckern macht damit genauso viel Spaß!«

Geradezu verzweifelt fragte Onkel Heinz: »Wollt ihr nicht wieder *Ich sehe was, was du nicht siehst* spielen?«

»Gute Idee«, meinte Cano.

Oho, da taten sich ja plötzlich ganz neue unheilige Allianzen auf. Wer hätte das gedacht?

»Spielt ihr denn mit?«, fragte Paula hoffnungsvoll.

»Nein«, bellte Onkel Heinz.

»Ich muss hier *wirklich* arbeiten.«

»Dann höre ich lieber Musik«, meinte Paula schulterzuckend und stimmte in den nächsten Song ein.

»Elisabeth, nun hau doch mal auf den Tisch und sorg dafür, dass dieses Kind still ist!«

Das sah Onkel Heinz ähnlich. Hart durchgreifen und sämtliche Freiheiten verbieten – das war schon immer seine Devise gewesen. Als Kind hatte ich es gehasst, ihn besuchen zu müssen. In seinem dunklen Eiche-brutal-Loch von Wohnung konnte ich kaum atmen. Ständig wurde ich von ihm und meiner Mutter aufgefordert, still zu sitzen und leise zu sein. Meine Mutter hatte mich zwar auch zu Hause oft dazu ermahnt, aber wenn wir bei Onkel Heinz waren, war es besonders schlimm gewesen. Meinem Kind würde ich das ganz bestimmt nicht antun. »Erstens habe ich vorher gefragt, und ihr hattet nichts dagegen, dass Paula laut Musik hört.«

»Ich konnte doch nicht ahnen, was kommt.«

»Und zweitens will ich Paula nicht das Gefühl vermitteln, dass sie stört. Es reicht, dass *ich* damals dachte, mein zweiter Vorname wäre ›Sei-leise‹.«

»Du warst ja auch noch hyperaktiver, als dein Braten es ist.«

Ich hatte schon eine scharfe Antwort auf der Zunge, aber dann sagte Paula: »Mama isst doch gar kein Fleisch«, und ich musste mir ein Lachen verkneifen.

Im Rückspiegel sah ich, dass auch Cano grinsen musste, doch er hatte sein Pokerface schnell wieder unter Kontrolle.

»Was ist hypoaktiv überhaupt?«

»Es heißt hyperaktiv, Motte. Und Onkel Heinz hat das nicht so gemeint.« Wie oft hatte ich heute eigentlich schon behauptet, Onkel Heinz hätte etwas nicht so gemeint, das er in Wahrheit ganz genau so gemeint hatte?

»Ja, aber was heißt das denn?«

»Darüber musst du dir keinen Kopf machen, Paula.«

»Wieso nicht?«

Ich wollte abermals ausweichend antworten, doch da sagte Cano: »Menschen, die hyperaktiv sind, können sich nur ganz schlecht auf etwas konzentrieren, und es fällt ihnen schwer, zur Ruhe zu kommen. Sie sind immer hibbelig, weißt du?«

»Ach so.« Paula zog die Stirn in Falten und ließ Lena Meyer-Landrut den *Seeräuber-Opa Fabian* allein singen.

Ich wusste nicht, ob sie nachdachte oder ob bei ihr angekommen war, dass Onkel Heinz und Cano fanden, sie müsse ruhig sein. Seit ich Onkel Heinz abgeholt hatte, köchelte in meinem Magen ein Kessel Wut vor sich hin, der mittlerweile kurz vorm Überkochen war. Es war ja schön und gut, dass dieser alte Stinkstiefel *mich* anschnauzte und mit Vorwürfen überhäufte. Er war noch nie nett zu mir gewesen, ich war es nicht anders gewöhnt. Aber meine Tochter glaubte noch immer an das Gute im Menschen, und es tat mir weh, dass sie in einer Tour den Feindseligkeiten eines alten verbiesterten Mannes ausgesetzt war.

»Wie kann denn ein Braten eigentlich hypoaktiv sein?«, unterbrach Paula unvermittelt die Gesprächspause.

Cano brach in einen Hustenanfall aus, womit er offensichtlich ein Lachen tarnte. Und auch ich konnte nicht anders, ich musste einfach kichern. Paula war so süß, dass ich es manchmal kaum fassen konnte. Am liebsten wäre ich rechts rangefahren, um sie in den Arm zu nehmen und abzuknutschen. »Ein Braten kann natürlich nicht hyperaktiv sein«, erwiderte ich schließlich. »Onkel Heinz hat nur einen Witz gemacht.«

»Du machst echt seltsame Witze.«

Noch immer bewegte sich eine riesige Blechlawine über die Autobahn. Es war schon halb sieben, und wenn es in diesem Tempo weiterging, würden wir erst morgen Vormittag in München eintrudeln. Ich war die einzige Fahrerin in diesem Wagen, wie um Himmels willen sollte ich das durchhalten? Mein Tag hatte um halb sechs angefangen, und er war bis hierhin extrem stressig gewesen. Ich rieb mir mit der Hand über die Augen. Einfach wegatmen, den Stress.

»Bei der nächsten Raststätte kannst du abfahren, Elisabeth«, sagte Onkel Heinz unvermittelt. »Es ist halb sieben. Normalerweise esse ich schon um sechs Abendbrot. Mir hängt der Magen in den Kniekehlen.«

»Ich fahre lieber bei der nächsten Ortschaft ab, da gibt es bestimmt nettere Möglichkeiten, Pause zu machen.«

»Bei einer Raststätte weiß man, was man hat. Außerdem ist die nächste Ortschaft Hildesheim. Von Hildesheim halte ich nichts.«

»Hildesheim?«, fragte Cano und blickte irritiert aus dem Fenster.

»Genau«, bestätigte ich. »Wieso hältst du nichts von Hildesheim, Onkel Heinz? Was hat die Stadt dir denn getan?«

»Das ist ja wohl meine Sache.«

»Wieso sind wir überhaupt in Hildesheim?«, fragte Cano. »Du hättest doch vor Hannover auf die A2 gemusst.«

»Ah, werde ich wieder ein bisschen gemansplaint?«

Cano hielt sein Handy hoch. »Nein, du wirst ge-Google-Maps-splaint. Wieso hat dein Navi dich nicht darauf hinge…« Mitten im Wort unterbrach er sich und rückte ein Stück nach vorne, um den Fahrerraum zu inspizieren. »Warte mal. Du hast ja gar kein Navi.«

»Nein, wozu auch? Den Weg von Hamburg nach Oberstdorf finde ich auch so.«

Cano lachte ungläubig auf. »Du fährst aber jetzt nach *München*. Erinnerst du dich an unseren Deal?«

»Was für ein Deal?«, wollte Onkel Heinz wissen. »Du hast dich doch wohl auf keine krummen Geschäfte mit diesem …«, er malte mit den Fingern Anführungszeichen in die Luft, »*Anwalt* eingelassen, Elisabeth.«

»Was sind krumme Geschäfte?«, erkundigte sich Paula, doch ich war zu gereizt, um auf ihre Frage zu antworten. Stattdessen sagte ich spitz: »Natürlich erinnere ich mich, Cano. Ich bin ja auch auf dem Weg nach München, nur eben auf einer anderen Route. Kommt doch aufs Gleiche raus.«

»Warum empfehlen dann sämtliche Navis, über Leipzig zu fahren?«

»Keine Ahnung. Ich treffe meine eigenen Entscheidungen, und diese Strecke ist kürzer.«

»Sie *dauert* aber *länger*«, sagte Cano so langsam und betont, als würde er mit einer Geisteskranken sprechen. »Willst du wirklich behaupten, dass du in Sachen Routenplanung kompetenter bist als Google Maps?«

Ich hob die Schultern. »Und willst *du* dich wirklich mit mir streiten, Cano? Mit mir, deiner einzigen Möglichkeit, rechtzeitig nach München zu kommen?«

Cano öffnete den Mund, doch er schloss ihn gleich wieder und beschränkte sich darauf, mir im Rückspiegel einen genervten Blick zuzuwerfen – worin er übrigens ziemlich kompetent war. Dann lehnte er sich zurück in seinen Sitz und blätterte in seiner Akte.

Innerlich klopfte ich mir auf die Schulter, doch nach außen hin gab ich mich gelassen. »Dann stimmen wir doch jetzt ganz demokratisch ab, ob wir in Hildesheim ein kleines Restaurant für euch suchen oder auf die Halsabschneiderraststätte fahren, die in den Fängen der Toilettenmafia steckt.«

Onkel Heinz hob eine Hand. »Raststätte.«

Cano, der Onkel Heinz den ganzen Tag lang bis auf eine oder zwei kleine Ausnahmen ignoriert hatte, hob ebenfalls die Hand. »Raststätte.«

Das hatte er doch nur gesagt, um mir eins auszuwischen. »Tatsächlich? Ich hätte gedacht, dass du lieber in einem richtigen Restaurant in Hildesheim speisen möchtest. Eine Trilogie vom Wagyu-Rind, oder was du sonst so für gewöhnlich isst.«

»Das wäre super, aber ich halte nichts von Hildesheim.«

Fand er das etwa witzig? Zugegeben, unter anderen Umständen hätte ich es vielleicht auch ein bisschen witzig gefunden. Aber unter den gegebenen Umständen verzog ich keine Miene, sondern hob lediglich die Hand. »Team Hildesheim. Paula? Was sagst du?« Sie würde das sagen, was ich sagte. Sie sagte bei Abstimmungen *immer* das, was ich sagte, weil ich das demokratische Mittel der Abstimmung nur dann einsetzte, wenn ich wusste, dass Paula das Gleiche wollte wie ich. War das hinterhältig? Vielleicht. Hatte es mir schon oft zu Siegen bei Abstimmungen verholfen? Definitiv. Jetzt stand es zwar 2:2, aber da ich die Fahrerin war, zählte meine Stimme mehr als die anderen. Und bingo, ich musste nicht …

»Ich bin im Team Raststätte«, verkündete Paula und himmelte Cano unverhohlen an.

Wie bitte? Mein Kind fiel mir in den Rücken? Mein eigen Fleisch und Blut? Und Cano setzte diesem perfiden Spiel die Krone auf, indem er »Hey, willkommen an Bord« sagte und Paula ein High five gab.

»Du hältst auch nichts von Hildesheim, was?«, fragte Onkel Heinz sie.

»Nä«, behauptete Paula abfällig und schüttelte heftig den behelmten Kopf, obwohl sie bis heute von der Stadt ganz sicher noch nicht mal was gehört hatte.

»Sehr vernünftig. Hätte ich dir gar nicht zugetraut.«

»Also ich *liebe* Hildesheim«, sagte ich spitz, auch wenn ich für diese Stadt in Wahrheit keinerlei Gefühle hegte, weder positive noch negative. »Aber gut. Dann fahren wir halt auf die nächste Raststätte. Ihr werdet ja sehen, was ihr davon habt.«

»Darf ich dann da aufs Klo gehen, Mama?«

Ich wusste genau, worauf sie abzielte. Sie wollte mal wieder stundenlang den Selbstreinigungsmechanismus der Klobrille betätigen. Als wir letztes Jahr mit dem Bus zu meiner Freundin Annette nach Düsseldorf gefahren waren und gezwungenermaßen auf einer Raststätte eine Pinkelpause hatten einlegen müssen, weil der Fahrer sich geweigert hatte, woanders hinzufahren, war Paula gar nicht mehr vom Klo herunterzukriegen gewesen. Ich hatte sie mit einem Pixi-Buch bestechen müssen, sonst wäre der Bus ohne uns weitergefahren. Und genau das würde mir heute wieder blühen. Nur dass ich keinen grantigen Busfahrer im Nacken hatte, sondern einen noch grantigeren Onkel und einen Anwaltsschnösel Schrägstrich Umweltsünder unter Termindruck. Na, herzlichen Glückwunsch.

Eine Viertelstunde später fuhr ich auf die Raststätte. Kaum hatte ich den Motor ausgestellt, stieg Cano auch schon aus, um sich ausgiebig zu recken und zu strecken. Ich öffnete Paula die Tür, die sich umgehend zu ihrem Schwarm gesellte und es ihm gleichtat.

Onkel Heinz hielt sich zum Aussteigen mit einer Hand am Türrahmen fest und stützte sich mit der anderen schwerfällig auf seinem Stock ab. Doch er schaffte es nicht mal halb hoch, dann verließ ihn die Kraft, und er sank zurück in seinen Sitz. Ohne darüber nachzudenken, ging ich zu ihm und fasste ihn unter dem Arm. »Komm, ich helfe dir.«

Wütend stieß er meine Hand weg und funkelte mich an. »Sehe ich aus wie ein Pflegefall? Ich schaff das schon alleine!«

»Ich hab's ja nur gut gemeint.« Wenn dieser alte Giftzwerg keine Hilfe wollte, dann eben nicht.

Ich ging zum Kofferraum, um meinen Turnbeutel zu holen. Er war eingeklemmt zwischen Canos Rollkoffer und meinem Geschenk für Tante Fini. »Hey, ich weiß ja, dass dein Luxusgepäck sich für was Besseres hält als unsere Lumpen«, rief ich vorwurfsvoll in Canos Richtung, der inzwischen mit Paula Nackendehnübungen machte. »Aber es wäre nett, wenn es trotzdem ein bisschen Rücksicht nehmen könnte.« Ich zog das große, kostbare Paket hervor und fuhr mit meinen Fingern über das Packpapier. Es war unbeschädigt, und auch der Rahmen fühlte sich unversehrt an. Glück gehabt.

»Was ist denn das?«, wollte Cano wissen. Seine Stimme klang, als wäre er ganz nah.

Verwirrt sah ich auf. Tatsächlich stand er direkt neben mir. Von Nahem betrachtet wirkte er geradezu riesig. »Das ist das Geschenk zum achtzigsten Geburtstag von meiner Allgäuer Großtante.«

Cano musterte das Paket. »Ein unbezahlbares Gemälde?«

»Auf jeden Fall ein Original.« Ein Original Elli Schuhmacher. Ich hatte stundenlang an dem Bild gearbeitet. Vorsichtig schob ich das Paket zurück an seinen Platz und achtete darauf, dass die Rollen von Canos Koffer es nicht beschädigen konnten.

Onkel Heinz hatte es inzwischen aus dem Auto geschafft

und humpelte auf seinen Stock gestützt zur Raststätte. Cano, Paula und ich folgten ihm.

»Essen wir draußen?«, wollte Paula wissen.

Ich schulterte meinen Turnbeutel und warf einen prüfenden Blick in den grau verhangenen Himmel. Im selben Moment wirbelte eine Windbö durch mein Haar und ließ mich erschauern. »Besser nicht.« In dem Moment wurde mir bewusst, dass ich das, wonach ich mich am meisten sehnte, nicht dabeihatte: Kaffee. Mist. »Lass uns in der Raststätte einfach was trinken, und dann essen wir im Auto.« Mir blieb ja nichts anderes übrig, als diesen überteuerten Mafiakaffee zu kaufen. »Ich habe Brote und hart gekochte Eier dabei, aber ich fürchte, es reicht nicht für uns alle«, sagte ich entschuldigend zu Onkel Heinz und Cano. »Sonst hättet ihr auch bei uns mitessen können. Klar, es ist kein Wagyu-Rind, aber immerhin besser als dieser Raststättenfraß.«

Für den Bruchteil einer Sekunde wirkte Cano überrascht. »Kein Problem.«

Onkel Heinz winkte ab. »Stullen und hart gekochte Eier kriege ich jeden Abend im Rentnerknast. Ich will was Anständiges.«

»Aber die Eier sind von unseren Hühnern und echt lecker«, sagte Paula. »Probier doch mal eins.«

»Ich will kein Ei, ich will ein Schnitzel! Setzt du diesen Helm eigentlich nicht mal beim Essen ab?«

Paulas Hand wanderte automatisch an ihren heiß geliebten roten Fahrradhelm. Sie schüttelte stumm den Kopf.

Onkel Heinz öffnete den Mund, um etwas zu sagen, doch als ich ihn scharf ansah, drehte er sich ohne ein weiteres Wort um und humpelte weiter.

»Ich glaub, ich mag den nicht«, flüsterte Paula mir zu. »Der ist ganz schön gemein.«

Ich legte den Arm um ihre Schulter und drückte sie an mich. »Sei nicht traurig, er kann einfach nicht anders.«

»Wieso denn nicht?«

»Ich weiß es nicht. Er war schon immer so. Zumindest, seit ich ihn kenne.«

Wir betraten die Raststätte, und ich wurde geradezu erschlagen von stickiger Luft und Essensgeruch. Ich steuerte den Kaffeeautomaten an und befahl ihm per Knopfdruck, mir eine XXL-Koffeindröhnung zuzubereiten, während Paula zielstrebig zur Limonadenzapfanlage lief.

Onkel Heinz studierte bereits die Speisekarte an der Tafel hinterm Tresen. »Wird man hier auch mal bedient, Fräulein?«, blökte er die junge Dame an der Essensausgabe an.

»Ich dachte, Sie noch schauen«, erwiderte sie, in leicht gebrochenem Deutsch.

»Nee, ich nix schauen. Ich Schnitzel mit doppelt Pommes Mayo.«

Oh, wie gerne ich ihn mal ordentlich durchschütteln würde! Am besten verkrümelte ich mich mit Paula in die hinterste Ecke des Restaurants. Dahin würde Onkel Heinz uns bestimmt nicht nachkommen, und ich konnte wenigstens in Ruhe und Frieden Kaffee trinken. Vorzugsweise auch ohne Cano. Wo war der überhaupt? Ich hielt nach ihm Ausschau und blieb verblüfft stehen, als ich ihn entdeckte. Dieser Typ war wirklich unglaublich. Ganz korrekt und ordnungsgemäß folgte er den Pfeilen aus Klebeband auf dem Boden, die die Marschrichtung zum Tresen und zu den Kassen vorgaben, um so die hungrigen Massen in Schach zu halten. Auf diese Art durchquerte Cano zwangsläufig die ganze Essensausgabe und legte einen Riesenumweg hin. Dabei konnte hier von »Massen« keine Rede sein, denn außer Cano, Onkel Heinz, Paula und mir war hier überhaupt niemand. Wahrscheinlich, weil alle anderen nebenan bei Burger King aßen. »Was zur Hölle machst du da?«, rief ich ihm zu.

»Na, was schon? Ich besorge mir was zu essen.«

»Und warum folgst du den Pfeilen?«

»Das ist ein Personenleitsystem. Dabei werden die sich schon was gedacht haben, oder meinst du nicht?«

»Ja, aber wer soll hier denn groß geleitet werden? Wir sind doch nur zu viert.«

»Mag sein, aber der Weg, den man gehen soll, ist nun mal vorgegeben. Und daran hat man sich zu halten.«

Ungläubig lachte ich auf. »Das klingt ja schon fast philosophisch. Und auch irgendwie traurig.« Ich nahm mein Tablett, ging, die Pfeile ignorierend, am Salatbüffet vorbei und traf an der Kaltgetränke-Zapfanlage auf Paula und auf Cano, der dank seines Umwegs im gleichen Moment dort ankam wie ich. »Man kann übrigens auch selbst entscheiden, welchen Weg man geht«, meinte ich. Dann fragte ich Paula: »Bist du so weit?«

»Ja, ich möchte eine Cola.«

»Och, Paula.« Sie versuchte es immer wieder. Jedes Mal aufs Neue. »Wann hab ich dir je eine Cola gekauft?«

»Noch nie.«

»Dann überleg mal, wie hoch die Wahrscheinlichkeit ist, dass ich es jetzt tue.«

Trotzig schob sie die Unterlippe vor. »Du bist richtig fies heute.«

»Tja, manchmal muss ich leider fies sein. Das ist mein Job. Cola ist widerlich und ungesund, du bist sechs Jahre alt und wirst die ganze Nacht kein Auge zutun.«

»Das ist echt gemein, Mama, nie krieg ich, was ich will! *Nie!* Vorhin durfte ich schon nicht die Mädchenzeitschrift haben, und jetzt darf ich nicht mal eine Cola.« Oh, oh, ich witterte erste Anzeichen eines Wutanfalls. Paulas Unterkiefer bebte, ihre Stimme klang weinerlich, und ihr Gesicht war verzerrt. Erfahrungsgemäß würden in dreißig Sekunden die Tränen aus ihren Augen schießen wie das Wasser aus der Alsterfontäne. »ALLE Kinder dürfen Cola trinken, nur ich nicht! Ich darf NIE was! NIENIENIE!«

Mein Kopf dröhnte, und ich war kurz davor, Paula eine verdammte Cola zu kaufen, einfach nur, um meine Ruhe zu haben. Aber ich würde *nicht* nachgeben! Selbst Sami hatte gesagt, dass ich Paula viel zu viel durchgehen ließ – und der war Waldorfpädagoge! »Bitte, Paula, lass es einfach.«

Wie aufs Stichwort stellte meine Tochter die Alsterfontäne an. Drama, Baby! »Duuhuu hast mich ja gahar nicht liehiehieb!«

Ich kniete mich neben sie, wie Sami es mir geraten hatte: Immer auf Augenhöhe, nie von oben herab. »Paula, bitte. Ich hab dir schon so oft erklärt, warum Cola nichts für dich ist.«

»Allealledürfendasnurichnihihiiicht! Ich krieg niehihiiee was!«

Eine der Kassiererinnen sah peinlich berührt zu uns herüber. »Geht das auch leiser? Sie belästigen die anderen Gäste.«

»Welche anderen Gäste?«, stieß ich zwischen zusammengepressten Zähnen hervor.

»Nur einmal will eine Colaahaaa, nur ein einziges Mal«, heulte Paula.

»Meine Güte, nun kaufen Sie dem armen Kind doch eine Cola«, forderte die Kassiererin mich auf.

»Das arme Kind ist sechs«, informierte ich sie.

»Ja und? Da kann man doch mal alle fünfe gerade sein lassen. Die Kleine hat doch sonst nichts vom Leben«, behauptete sie und betrachtete mitleidig Paulas Fahrradhelm.

»Die Kleine hatte heute schon drei Becher Kaffee zu ihrer täglichen Schachtel Kippen«, erwiderte Cano. »Jetzt noch eine Cola hinterher … da muss sie nur wieder die ganze Zeit aufs Klo.«

Die Kassiererin schnalzte missbilligend mit der Zunge, während mir beinahe die Kinnlade herunterklappte. Das war ja geradezu nett von Cano gewesen. Und … witzig? Aber egal, ich musste jetzt erst mal mein heulendes Kind beruhigen. »Also gut, machen wir einen Kompromiss?«

Augenblicklich schaltete Paula die Alsterfontäne eine Stufe niedriger. »Was für einen denn?«

»Keine Cola, aber Wasser.« Okay, das war kein Kompromiss, aber vielleicht würde Paula darauf hereinfallen.

Tat sie allerdings nicht. »Apfelschorle und einen Whopper?«, lautete ihr Gegenangebot.

Ich lachte auf. »Einen Whopper, klar. Auf Apfelschorle lass ich mich ein, aber sonst gibt es gar nichts.«

Paula überlegte kurz und zog dabei geräuschvoll die Nase hoch. »Apfelschorle und eine rosa Mädchenzeitung?«

»Nein, wie gesagt: nur die Apfelschorle. Nichts anderes.«

»Dann eben keine Apfelschorle und keine Cola, aber dafür einen Whopper und ein Conni-Buch?«

Wenn wir so weitermachten, würden wir noch in einer Stunde hier stehen. »Na schön. Apfelschorle und ein Conni-Buch.« Das war pädagogisch gesehen mal wieder ein dicker Fehler, aber morgen konnte ich ja bessere machen.

Cano lachte. »Sauberer Deal, Prinzessin. Angesichts der Tatsache, dass du eigentlich in einer ganz miesen Verhandlungsposition warst, hast du ordentlich was rausgeholt. Respekt.«

Mit dem Handrücken wischte Paula sich die Nase ab. »Wie meinst du das?«

»Du hast deine Mutter auf sehr geschickte Art dazu gebracht, dir etwas zuzugestehen, was sie dir eigentlich nicht zugestehen wollte. Du hast sie überzeugt.«

Paula strahlte Cano an. »Das ist gut, oder?«

»Ja, sehr gut sogar.«

Ich warf Cano einen warnenden Blick zu. »Wir haben
wohl eher einen für beide Seiten fairen Kompromiss geschlossen.«

Doch Canos Grinsen wurde noch breiter, und ich wusste,
dass er wusste, dass ich wusste, dass das alles andere als ein fai-
rer Kompromiss gewesen war. Ich kehrte ihm den Rücken zu
und stellte ein Glas für Paulas Apfelschorle unter den Zapf-
hahn. Paula reckte den Arm, sodass sie den Schalter selbst
drücken konnte. Zufrieden lächelte sie, als die goldene Apfelschorle in ihr Glas sprudelte.

Da ich nicht bei der blöden Kassiererin bezahlen wollte,
marschierte ich zur zweiten Kasse am anderen Ende der
Essensausgabe. Auf dem Weg dorthin kamen wir an Onkel
Heinz vorbei, der sich bemühte, einen vollgeladenen Teller
auf sein Tablett zu balancieren. Doch seine Hand zitterte so
sehr, dass ein paar Pommes auf die Erde purzelten, und das
Schnitzel war auch schon bedenklich nah an den Tellerrand ge-
rutscht. Kurz entschlossen nahm ich ihm den Teller ab. »Den
stell ich mal mit auf unser Tablett. Wir müssen ja nicht unnötig
noch eins dreckig machen.«

»Ich zahle aber nur mein Essen. Juble mir ja nicht eure Getränke unter.«

Oooooommmmm, tönte ich innerlich und versuchte mich in
yogischer Gelassenheit, aber es nützte nichts – der Kessel voll
Wut in meinem Bauch war kurz vorm Überkochen. Warum
konnte ich es nicht einfach lassen, freundlich zu ihm zu sein?

»Den Kaffee und die Schorle, bitte«, sagte ich zu dem jungen Kassierer, der mir einen mitleidigen Blick zuwarf.

»Hab ich mitbekommen. Macht sechs Euro fünfzig.«

Sechs Euro fünfzig. Diese verdammten Raststätten.

Auf dem Weg zu den Tischen raunte Onkel Heinz Cano und mir in einer Lautstärke, dass jeder es hören konnte, zu: »Zählt bloß euer Wechselgeld nach. Ich glaub, das ist so ein Jugo-Betrugo da an der Kasse.«

»Boah, Onkel Heinz«, platzte es aus mir heraus. »Jetzt hör endlich auf mit dieser rassistischen Scheiße!«

»Wieso rassistisch? Es gibt einschlägige Statistiken über unsere schwarzhaarigen Mitbürger. Ich hab überhaupt nichts gegen Ausländer, aber man wird ja wohl noch mal sagen dürfen, dass die meisten kriminell sind. Das ist Fakt.«

»Nein, das darf man nicht sagen«, erwiderten Cano und ich wie aus einem Mund.

»Ach, und warum nicht?«

Ich stellte mein Tablett auf einem der Tische ab. »Weil es menschenverachtend ist. Und vorurteilsbeladen und dumm.«

»Und weil es schlichtweg nicht stimmt«, sagte Cano, während er seinen Salat neben unser Tablett stellte.

Onkel Heinz ließ sich ächzend auf einen Stuhl sinken. Dann machte er eine wegwischende Geste. »Da müssen wir gar nicht weiter drüber diskutieren. Ich weiß, dass ich recht habe.«

Typisch. Wenn ihm die Argumente ausgingen, erklärte er die Diskussion einfach für beendet.

Na toll, und offensichtlich saßen wir nun doch alle an einem Tisch. Für eine Weile aßen Onkel Heinz und Cano schweigend vor sich hin, während ich meinen inzwischen nur noch lauwarmen Kaffee trank. Er war so bitter, dass sich sämtliche Geschmacksknospen in meinem Mund zusammenzogen. Aber immerhin enthielt er derart viel Koffein, dass mein Herz schneller schlug und ich wieder wach und klarer im Kopf wurde.

Cano wischte auf seinem Handy herum, während Onkel Heinz riesige Stücke seines Schnitzels in sich hineinstopfte und Pommes nachschob.

Paula sah geistesabwesend aus dem Fenster, während sie an ihrer Apfelschorle nippte.

Ich nahm noch einen Schluck Kaffee und sprach Cano an. »Ernährst du dich eigentlich halal?«

»Hm?« Erstaunt blickte er auf.

Ich deutete auf seinen Teller. »Na ja, falls du dich halal ernährst, ist die Auswahl hier ja nicht besonders groß, oder? Außer dem mickrigen Salat bleibt dir bestimmt nichts. Oder wie hältst du es mit der Religion?«

Cano lachte. »Oha, die Gretchenfrage.«

»Stimmt«, sagte ich grinsend. »Ich meine nur, wenn du religiös bist und wir zum Beispiel zwischendurch mal halten sollen, damit du dich zum Beten zurückziehen kannst, musst du nur Bescheid sagen. Wahrscheinlich willst du gar nicht, ich wollte es dir nur auf jeden Fall anbieten.«

»Ich glaub, jetzt schlägt's dreizehn«, kommentierte Onkel Heinz.

»Vielen Dank, Elli, das ist politisch überaus korrekt von dir«, sagte Cano. »Aber ich bin kein besonders eifriger Moslem. Religion bedeutet mir nichts.« Nach einer kleinen Pause fügte er leise hinzu: »Sag das nur nicht meiner Mutter.«

Beinahe gegen meinen Willen musste ich lachen. »Keine Angst, ich kann schweigen. Mir bedeutet Religion übrigens auch nichts. Du kannst es meiner Mutter aber ruhig sagen, die weiß das.«

»Natürlich«, blaffte Onkel Heinz. »Es hat dir ja noch nie

was ausgemacht, deiner Mutter Kummer zu bereiten.« Mit seiner vollbeladenen Gabel deutete er auf Cano. »Das muss man den Muselmanen ja lassen. Sie achten ihre Eltern.« Er stopfte sich die Pommes in den Mund.

Cano hob eine Augenbraue. »Haben Sie das auch aus einer Statistik?«

Onkel Heinz deutete auf seinen Mund, wahrscheinlich um zu signalisieren, dass er etwas zu sagen hatte, es aber nicht sagen konnte, da er noch immer an seinen Pommes kaute. Schließlich schluckte er schwer und wandte sich an Cano. »Ich brauche keine Statistiken. Ich habe meinen gesunden Menschenverstand und meine Beobachtungen.«

»Und *wen* beobachten Sie, wenn ich fragen darf? Haben Sie jemals mit einem *Muselmanen* ein persönliches Gespräch geführt?«

Onkel Heinz winkte nur ab und erklärte das Gespräch somit für beendet.

»Mama, ich hab Hunger«, verkündete Paula. »Kann ich ein Brot haben?« Wie zum Beweis knurrte ihr Magen entsetzlich.

»Du wirst ihr doch wohl nicht *hier* eine Stulle geben«, zischte Onkel Heinz.

Eigentlich hatte ich das nicht vorgehabt, aber wenn ich ihn damit ärgern konnte … »Wieso nicht?«

»Man darf kein eigenes Essen ins Restaurant mitnehmen.«

»Ach ja?« Suchend sah ich mich um. »Steht das hier irgendwo? Ich sehe nichts.« Demonstrativ holte ich die Brote aus dem Turnbeutel und drückte Paula eins in die Hand.

»Elisabeth«, stieß Onkel Heinz warnend hervor, woraufhin ich ein Käsebrot auswickelte und genüsslich hineinbiss.

»Elisabeth! Pack sofort die Stullen weg!«

In aller Ruhe kaute ich zu Ende und ermunterte Paula,

die verunsichert zwischen mir, Onkel Heinz und ihrem Brot hin und her sah: »Iss doch. Da ist dein heiß geliebter veganer Leberkäse drauf.«

Cano schüttelte den Kopf. »Veganer Leberkäse. Klar.«

»Hast du ein Problem damit?«

»Nein, aber veganer Leberkäse ist vollkommen absurd. Das ist so wie … trockenes Wasser. Ein Widerspruch in sich. Das kann es gar nicht geben, genauso wie all die anderen veganen ›Fleischprodukte‹, von denen die Kühltheken inzwischen überquellen.«

»Wieso war noch kein Veganer auf dem Mond?«, fragte Onkel Heinz in die Runde. Als niemand darauf reagierte, fuhr er fort: »Weil er da keinem erzählen kann, dass er Veganer ist.«

Ich verdrehte die Augen. »Haha, wie originell. Kommt, machen wir uns über Veganer lustig, schließlich sind sie die Wurzel allen Übels.«

»Übel ist es, dass du das Kind zum Veganismus zwingst«, motzte Onkel Heinz. »Sie hat bestimmt schon Mangelerscheinungen. Aber es ist ja keine Überraschung, dass du verantwortungslos bist.«

»Mama ist gar keine Veganerin, sondern Vegetarierin, aber ich nicht«, fiel Paula ihm ins Wort. »Den veganen Leberkäse mag ich nur voll gerne. Antje und Kirsten machen manchmal Braten, den esse ich auch. In der Kita gibt es auch Fleisch und Fisch, aber nur zweimal die Woche.«

»Hören Sie mal, junge Dame«, erklang plötzlich eine weibliche Stimme im Tonfall eines Feldwebels.

Überrascht sah ich auf und entdeckte die Kassiererin, die mir vorhin geraten hatte, Paula eine Cola zu kaufen. Nun sah sie mich mit verkniffener Miene an und deutete auf unsere Brote. »So geht das aber nicht.«

»Hab ich's nicht gesagt?«, kommentierte Onkel Heinz.

»Wenn das jeder machen würde, könnten wir den Laden hier dichtmachen.« Ihr Gesicht war hochrot, und ihre Augen sprühten Funken. Schon erstaunlich, dass zwei Butterbrote sie so auf die Palme bringen konnten.

»Tut mir leid, aber meine Tochter hatte Hunger, und …«

»Dort drüben gibt es eine reichliche Auswahl an Speisen. Holen Sie sich doch da was. Was Sie machen, ist einfach nur asozial. Das arme Kind.«

Für einen Moment war ich sprachlos. Doch dann holte ich demonstrativ die hartgekochten Eier hervor und stellte sie auf den Tisch. »Wissen Sie, was ich asozial finde? Wenn Mütter ihren sechsjährigen Töchtern Cola einflößen.«

Nun plusterte die Frau sich erst recht auf. »Ich schmeiße Sie gleich raus und erteile Ihnen Hausverbot, dann können Sie und Ihr …«

»Mama, lass uns gehen, ja?« Paula legte mir eine Hand auf den Arm und sah mich flehentlich an. In ihren Augen standen Tränen. »Ich hab sowieso keinen Hunger.«

Nichts machte mich so wütend, wie jemand, der mein Kind zum Weinen brachte. Aber wenn ich mich weiter mit dieser Kuh anlegte, würde Paula nur noch mehr Angst bekommen. Und das war das Letzte, was ich wollte. Paula und ich waren kaum aufgestanden, da sagte Cano: »Setzt euch wieder.«

Paula war so verdattert, dass sie augenblicklich tat, was er gesagt hatte. Und auch ich ließ mich ohne darüber nachzudenken zurück auf meinen Stuhl fallen.

Nun wandte Cano sich mit ruhiger Stimme an die Kassiererin. »Sie verstoßen hier gegen Paragraf 138, Absatz 1 und 2 BGB.«

Die Frau schnappte empört nach Luft. »Was? Wenn hier einer gegen irgendwas verstößt, dann doch wohl *sie*«, sagte sie und zeigte mit ausgestrecktem Arm auf mich.

Cano sah sie ungerührt an. »Vor etwa zweieinhalb Minuten haben Sie dieser Mutter«, dabei deutete er ebenfalls auf mich, »untersagt, ihrem Kind das selbst mitgebrachte Essen zu geben. Auf den Einwand der Mutter, ihr Kind habe Hunger, haben Sie ihr angeraten, stattdessen in Ihrem Restaurant etwas käuflich zu erwerben. Richtig?«

Verwirrt schüttelte sie den Kopf. »Damit meinte ich doch nur, dass …«

»Mir reicht ein Ja oder Nein«, fiel Cano ihr ins Wort. »Also?«

»Ja«, stieß sie zwischen zusammengepressten Zähnen hervor.

»Sie haben also die Zwangslage dieser jungen Frau ausgenutzt, um ein Geschäft abzuschließen. Das ist gemäß Paragraf 138, Absatz 2 BGB ein sittenwidriges Rechtsgeschäft.«

Die Kassiererin runzelte die Stirn, und man konnte förmlich sehen, wie es in ihrem Hirn arbeitete. Schließlich zischte sie: »Noch habe ich hier das Hausrecht. Und wenn Sie mir weiter auf den Sack gehen, erteile ich Ihnen *allen* Hausverbot!«

»Oh, oh, oh, oh, oh«, machte Cano und schüttelte langsam den Kopf. »Sie wollen uns Hausverbot erteilen? Ich muss Sie aber doch nicht darauf hinweisen, dass gemäß dem allgemeinen Persönlichkeitsrecht und dem Gleichheitsgrundsatz ein willkürlicher Ausschluss von Personen rechtswidrig ist?«

»Äh … Aber … das Hausrecht«, stammelte sie.

»Hausrecht hin oder her, gemäß dem Allgemeinen Gleichbehandlungsgesetz darf niemand aufgrund seiner Rasse, seiner ethnischen Herkunft, des Geschlechts, der Religion oder Weltanschauung, einer Behinderung, des Alters oder der sexuellen

Identität benachteiligt und diskriminiert werden. Gern verweise ich in diesem Zusammenhang auch auf Artikel 3 unseres Grundgesetzes.« Er legte eine kleine Kunstpause ein, dann fuhr er fort: »Nachdem Sie sich all das nun durch den Kopf haben gehen lassen – wollen Sie uns da wirklich immer noch Hausverbot erteilen? Einem alten Mann mit Gehbehinderung, einer alleinerziehenden Mutter, einem halbafrikanischen hungrigen Mädchen und einem Moslem mit Migrationshintergrund?«

Für einen Moment herrschte totale Stille am Tisch. Alle starrten Cano an, Paula sogar mit offenem Mund.

Die Frau war inzwischen so rot angelaufen, dass ich befürchtete, sie würde jeden Moment platzen. »Also, ich … ähm …«

»Wollen wir das noch weiter vertiefen?«, fragte Cano freundlich. »Oder wollen Sie nicht einfach diesem Mädchen erlauben, ihr Brot zu essen?«

»Ich will einfach nur meine Ruhe haben«, blaffte sie, drehte sich auf dem Absatz um und marschierte zurück zur Kasse.

Cano sah ihr nach, bis sie außer Hörweite war, dann zwinkerte er Paula grinsend zu. »Guten Appetit.«

Paula strahlte über beide Backen. »Die hast du voll überzeugt, oder?«

»Allerdings«, meinte er und sah sehr zufrieden mit sich aus.

»Das war … großartig«, entfuhr es mir. Ich musterte sein Gesicht, als wäre er mir gerade erst über den Weg gelaufen. Wie hatte ich Canos Gerechtigkeitssinn übersehen können, diese souveräne Entschlossenheit in seinen Augen? »Du könntest für Amnesty International arbeiten.«

»Ja, sicher«, erwiderte er lachend. »Wer braucht schon ein anständiges Gehalt? Ich hoffe übrigens, die Kellnerin nimmt sich keinen Anwalt. Ich habe nämlich ziemlich geblufft. Das Recht ist eindeutig auf ihrer Seite.«

Und paff, zerplatzte die Seifenblase. Canos Augen waren nur noch Augen. Ziemlich braune zwar, aber … halt Augen.

»Mein Papa muss als König bestimmt auch immer Leute überzeugen, stimmt's, Mama?« Paula stopfte sich den letzten Bissen ihres Brots in den Mund und kaute mit vollen Backen.

Ich suchte nach Worten. »Alle Könige und Königinnen müssen überzeugend sein.«

»Dann hab ich es also von ihm, dass ich überzeugend bin. Oder?«

»Ähm … Du könntest es von deinem Vater haben, ja.«

Sie nickte zufrieden. »Das ist gut, denn ich gehe ja irgendwann nach Afrika und regiere mit ihm zusammen.«

Oh, verdammt. Der Prinzessinnen-Tick und die Vaterobsession wurden echt immer schlimmer. Bevor ich etwas erwidern konnte, stand Paula auf und verkündete: »Ich such mir jetzt ein Conni-Buch aus. Die haben da vorne Bücher, hab ich schon gesehen.« Sie deutete auf einen Aufsteller in der Nähe der Süßigkeiten.

»Na schön«, erwiderte ich, und noch ehe ich das Wort ganz ausgesprochen hatte, war sie auch schon verschwunden. Müde rieb ich mir die Augen. Ich trank den Rest meines inzwischen kalten Kaffees, dann sah ich auf zu Onkel Heinz und Cano. »Können wir?« Ich deutete auf den noch immer gut gefüllten Teller von Onkel Heinz. »Du schaffst diese Riesenportion eh nicht, oder?«

»Na und? Lieber den Magen verrenkt, als dem Wirt was geschenkt.«

»Du könntest es dir doch einpacken lassen und später essen.«

Er stopfte sich ein weiteres Stück Schnitzel in den Mund. »Und was soll diese plötzliche Fürsorglichkeit? Seit fünf Jahren hast du dich kein einziges Mal bei mir blicken lassen. Also tu nicht so, als würde dir was an mir liegen.«

Fassungslos sah ich Onkel Heinz an. »Nenn mir doch bitte einen Grund, warum ich dich hätte besuchen sollen. Du hast nie auch nur ein freundliches Wort für mich übrig gehabt.«

»Der Anstand gebietet es einfach, einen älteren Verwandten zu besuchen. Aber von Anstand hast du ja noch nie was gehalten.«

Ich sprang auf und schob den Stuhl dabei so heftig zurück, dass er beinahe umfiel. »Und was ist mit *dir*? Du warst Mamas einziger Verwandter in Hamburg, aber du hast sie nie gefragt, ob sie deine Hilfe braucht, als Papa ausgezogen ist und sie plötzlich allein mit zwei Kindern war. Stattdessen hast du dir von ihr die Wohnung putzen und dich bekochen lassen und zum Dank dafür nur gemeckert.«

Onkel Heinz ließ seine Gabel auf den Teller fallen. »Jetzt lenk nicht von deinen Fehltritten ab, Elisabeth! Du hast einen Bock nach dem anderen geschossen, und kaum schaffst du es wie durch ein Wunder an die Uni und hast so was Ähnliches wie Erfolg mit deinen komischen Bildern – da lässt du dich schwängern und schmeißt alles hin.« Mit wutverzerrter Miene sah er mich an. »Und jetzt erzählst du deiner Tochter, ihr Vater sei ein afrikanischer König. Du setzt dem Kind Flausen in den Kopf und denkst dir Geschichten aus, und warum? Weil du aller Wahrscheinlichkeit nach nicht den blassesten Schimmer hast, wer ihr Vater ist!«

BÄMM, das hatte gesessen. Regungslos stand ich da, Tränen traten mir in die Augen. In meinem Hals steckte ein dicker Kloß aus Wut. Ich musste hier raus, und zwar dringend. »Es reicht endgültig, Onkel Heinz. Ich hab die Schnauze voll.« Ohne ein weiteres Wort nahm ich meinen Turnbeutel, drehte mich um und ging zu Paula, die zwei Conni-Bücher in der Hand hielt.

»Ich weiß echt nicht, welches …«

»Wir fahren weiter, Paula«, sagte ich in einem Tonfall, der keinerlei Widerspruch duldete. »Also entscheide dich *jetzt.*«

Verdutzt sah sie mich an und gab mir wortlos eines der Bücher. Ich bezahlte, dann nahm ich Paula an die Hand und stapfte zum Auto.

Paula musste laufen, um Schritt zu halten. »Was ist mit Onkel Heinz und Cano?«

»Was soll mit ihnen sein?«

»Wo bleiben die denn?«

»Ist mir scheißegal.« Ich schloss die Tür auf, half Paula in den Kindersitz und schnallte sie an.

»Wieso ist dir das scheißegal?«

»Weil es mir nun mal einfach egal ist!«, erwiderte ich, warf ihre Tür zu und stieg vorne ein. Mit zitternden Händen fummelte ich am Anschnallgurt.

»Du kannst doch nicht ohne Cano und Onkel Heinz losfahren.«

»Und ob ich das kann«, sagte ich und ließ den Motor an.

»Das glaube ich dir nicht! Du würdest niemals einfach wegfahren und Onkel Heinz und Cano im Stich lassen.« An Paulas Stimme konnte ich hören, dass sie kurz vorm Weinen war.

»Ach, Mann, Paula!« Verzweifelt schlug ich mit den Händen gegen das Lenkrad. Doch dann stellte ich den Motor wieder ab und schloss die Augen. Ich holte ein paarmal tief Luft, atmete Ruhe ein und Stress aus, so gut es ging. »Tut mir leid«, sagte ich schließlich. Ich drehte mich um und griff nach ihrer Hand. »Ich bin einfach stinksauer auf die beiden.«

In Paulas Kulleraugen schimmerten Tränen. Wieder mal

wurde mir bewusst, wie sehr sie davon abhängig war, dass ich mein Leben und meine Probleme im Griff hatte. Sie verstand nicht, was zwischen Onkel Heinz, Cano und mir los war. Ich war ihre Mutter, das war alles, was für sie zählte, und ihre Mutter ließ nun mal niemanden einfach an einer Raststätte stehen. Zärtlich drückte ich einen Kuss auf ihren Handrücken. »Hey. Ich wäre nicht losgefahren.«

»Weiß ich. Ist gut, Mama.«

In dem Moment wurde die Beifahrertür geöffnet, und Cano stieg ein. »Wolltest du etwa einfach abhauen? Mit meinem Laptop und meinen Unterlagen? Und mich wolltest du mit diesem …« Er drehte den Kopf leicht nach hinten, als würde ihm bewusst werden, dass Paula anwesend war. »Onkel Heinz zurücklassen?«

»Quatsch«, erwiderte Paula an meiner Stelle. »So was macht Mama nicht. Da musst du gar keine Angst haben.«

Cano hob eine Augenbraue und hielt meinen Blick fest. Das war bestimmt so ein Anwaltstrick. Ich konnte nicht wegschauen, und ich konnte ihn nicht anlügen, es ging einfach nicht. »Für einen Moment habe ich es in Erwägung gezogen. Wo ist Onkel Heinz eigentlich?«

Bevor Cano etwas sagen konnte, ertönte eine knurrige Stimme. »Was soll das denn werden? Der Beifahrersitz gehört mir.« Womit die Frage, wo Onkel Heinz war, sich erledigt hatte.

Cano murmelte etwas vor sich hin, dann räumte er widerwillig den Platz für Onkel Heinz. Nachdem der unter Mühen in den Wagen gestiegen war, blaffte er: »Können wir endlich weiterfahren?«

Ungläubig schüttelte ich den Kopf. »Ist das alles?«

»Wie, alles?«

»Findest du nicht, dass eine Entschuldigung fällig ist?«

»Eine *Entschuldigung?*«

»Allerdings. Ohne eine Entschuldigung fahre ich nicht weiter.«

Er machte eine wegwischende Handbewegung. »Entschuldigungen ändern gar nichts. Wir haben Dinge gesagt, die wir möglicherweise nicht hätten sagen sollen, na und? Egal, wie oft wir uns dafür entschuldigen – wir können es nicht rückgängig machen. Also leben wir damit.«

»*Wir* haben Dinge gesagt? Das ist doch echt nicht zu fassen!«

Wie aus dem Nichts ertönte die Titelmelodie aus dem Film *Der weiße Hai*, und ich blickte verwirrt auf das abgestellte Autoradio. Dann wurde mir klar, dass es Canos Handy war. »Wofür sollte *ich* mich überhaupt bei dir entschuldigen?«, fragte ich Onkel Heinz.

»Das ist keine Einbahnstraße. Wie es in den Wald hineinruft …«

»Könnt ihr bitte kurz leise sein?«, rief Cano über Onkel Heinz, mich und den weißen Hai hinweg. »Ich muss mal telefonieren.«

»… so schallt es auch wieder heraus«, beendete Onkel Heinz seinen Satz.

»Dann sag mir doch bitte, was ich in den Wald hineingerufen habe!«

»Hallo«, rief Cano. »Mein Handy klingelt.«

»Gut, dass du es sagst«, fuhr ich ihn an. »Diese liebliche Zwei-Ton-Melodie hört man ja kaum, weil sie so ein Nervenstreichler ist.«

»Ich würde sie ja gerne abstellen, indem ich rangehe, aber das kann ich nicht, wenn ihr hier den zwanzigsten Akt eures Familiendramas aufführt!«

»Was wir aufführen, geht Sie gar nichts an«, blaffte Onkel Heinz. »Und du, Elisabeth ...«

»Jetzt hört endlich auf zu streiten!«, rief Paula plötzlich so laut, dass wir alle verdattert innehielten. Sogar der weiße Hai war verstummt.

Ich drehte mich zu Paula um, die hoch erhobenen Hauptes in ihrem Kindersitz thronte, den roten Fahrradhelm auf dem Kopf, unter dem ihre Zöpfe hervorlugten, ihr neues Conni-Buch in den Händen. »Den ganzen Tag seid ihr nur am Streiten und Streiten und Streiten, ich kann es nicht mehr hören! Ihr könnt ruhig mal ein bisschen netter zueinander sein. Jetzt vertragt euch endlich und benehmt euch wie Erwachsene, sonst ... sonst seid ihr blöd!«

Cano, Onkel Heinz und ich saßen wortlos da. Ich war mir sicher, dass es den beiden ebenso unangenehm wie mir war, von einer Sechsjährigen einen Einlauf verpasst bekommen zu haben. »Du hast recht, Paula. Wir sollten uns wirklich benehmen wie Erwachsene.« Ich wandte mich an Onkel Heinz und Cano. »Es sind nur noch ein paar Stunden. Also reißen wir uns zusammen, okay?«

Onkel Heinz brummte irgendetwas, das ich als Zustimmung interpretierte.

Cano nickte. »Einverstanden. Diese Streiterei ist wirklich doof.«

Paula strahlte ihn an, als hätte er ihr soeben einen Jahresvorrat an Cola und rosa Mädchenzeitschriften versprochen. »Ja, oder? Das finde ich nämlich auch.«

Entschlossen startete ich den Wagen. Es waren zwar noch sechshundert sehr, sehr weite Kilometer bis München. Aber mit unserem neu geschlossenen Waffenstillstand ließ sich diese Distanz doch bestimmt ganz gut überbrücken.

Pannen-Elli

Ich war gerade wieder auf der Autobahn, als Canos Hai-Handy mit dem unverwechselbaren »*Da*-Da. *Da*-Da *Da*-Da. Dadadadadadadadada« eine neue Attacke startete. Diese Melodie hatte auf mich die gleiche Wirkung wie Kreidequietschen an einer Tafel, und mir lief es kalt den Rücken runter. Zum Glück ging Cano schnell ran. »Hallo, Herr Dr. Auerbach«, meldete er sich und rückte irrsinnigerweise seine Krawatte zurecht.

Er hatte also seinem Chef die Hai-Melodie zugeteilt? Steckte da etwa ein Fünkchen Humor in seiner steifen Anwaltsseele? Wobei, wahrscheinlich war es eher Angst.

»Nein, wir sind noch nicht *ganz* in München«, behauptete Cano und beschönigte die Situation damit gewaltig. Er hörte eine Weile zu, dann sagte er: »Nein, nein, keine Sorge. Ich bin morgen pünktlich um zehn in der Münchner Kanzlei. Wie besprochen.« Wieder hörte Cano zu, und im Rückspiegel meinte ich, beobachten zu können, dass er die Augen verdrehte. Huch! »Ja, Herr Dr. Auerbach, ich weiß, wie wichtig dieser Mandant ist. Sie können sich auf mich verlassen.« Nach einer kurzen Pause fuhr er fort: »Ist gut. Wir hören voneinander.« Dann nahm er das Handy vom Ohr und starrte mit gerunzelter Stirn aus dem Fenster.

»Dein Chef ist ein Kontrollfreak, was?«, konnte ich mir nicht verkneifen zu fragen.

»Allerdings.«

»Oder hast du irgendwann mal was verbockt, und jetzt traut er dir nichts mehr zu?«

»Nein, wenn ich jemals etwas verbockt hätte, wäre ich jetzt arbeitslos.«

»Echt?«

»Natürlich. Er feuert Leute, die Mist bauen.«

Ich zog eine Grimasse. »Muss doch ätzend sein, für so jemanden zu arbeiten.«

»Man gewöhnt sich dran. Macht sich halt gut in der Vita. Und das Gehalt tröstet über vieles hinweg.«

»Ja, aber macht der Job Spaß?«

»Spaß?«, fragte Cano irritiert.

»Ja, Spaß. Du weißt schon, das, wofür du keine Zeit hast. Spaß ist, wenn man etwas gerne macht, wenn es einem Freude bereitet, wenn man …«

»Ich weiß, was Spaß ist«, fiel Cano mir ins Wort, aber meine Frage ließ er unbeantwortet.

»Mir macht es Spaß, in den Kindergarten zu gehen«, informierte Paula ihn. »Und es macht mir Spaß, auf dem Hof zu helfen. Und mit Bodo zu spielen. Der ist schon sechzehn und liegt meistens irgendwo rum und schläft. Manchmal spielt er Ball mit mir, aber das ist ein bisschen blöd, weil er ihn oft gar nicht mehr findet oder vergisst, dass er ihn holen soll.«

»Verstehe«, sagte Cano lang gezogen. »Also ist Bodo dein … Bruder?«

Ich musste lachen, und auch Paula kicherte los. »Nein, unser Hund. Und dann wohnen auf dem Hof noch Mieke, Maike und Mitzi, das sind Katzen. Und natürlich noch Antje, Kirsten und Sami.«

»Und das sind … Hühner?«

Paula gackerte los. »Quatsch, Menschen. Unsere Hühner heißen Lady Gaga, Beyoncé, Rihanna …« Nun zählte Paula sämtliche Namen unserer siebzehn Hühner auf. Cano schwirrte wahrscheinlich der Kopf. Als sie damit durch war, plauderte sie weiter: »Antje ist Bäuerin, Kirsten auch, aber sie hat auch einen Stall, in dem sie so Figuren macht. Und die verkauft sie dann. Mama will ihre Bilder immer nicht verkaufen, weil sie sie doof findet. Dabei malt sie ganz viele, wenn sie nicht arbeitet oder nachts heimlich in der Stadt …«

»Paula«, unterbrach ich ihren Redeschwall.

»Wenn sie nachts heimlich in der Stadt was macht?«, hakte Cano nach.

»Kellnert«, erwiderte ich schnell.

»Hm. Und was machst du, wenn du nicht kellnerst oder Bilder malst?«

»Mama arbeitet in einem Laden, wo auch Antjes Gemüse verkauft wird«, antwortete Paula für mich. »Und sie ist in einer Umweltgruppe. Bist du auch in einer Umweltgruppe?«

»Nein. Bin ich nicht.«

Paula schürzte missbilligend die Lippen. Doch dann hellte ihr Gesichtsausdruck sich auf. »Aber du sorgst immer dafür, dass Kinder ihre Butterbrote essen dürfen und so. Das ist ja auch wichtig.«

»Äh … na ja. Eigentlich mache ich das nicht besonders oft.«

»Wohnst du in Hamburg?«, quetschte Paula Cano weiter aus. Zu meiner Verwunderung wies der sie dieses Mal nicht ab, um zu arbeiten, sondern ließ sich auf das Gespräch ein. »Ja, ich wohne in Hamburg.«

»Wir wohnen am Plöner See. Das ist in Schleswig-Holstein. Hast du Kinder?«

»Nein.«

»Wieso nicht?«

»Paula«, sagte ich mahnend. »Du musst jemanden wirklich gut kennen, um solche Fragen stellen zu dürfen.«

»Kein Problem«, meinte Cano. »Das macht mir nichts aus. Ich habe keine Kinder, weil mir die passende Frau dazu fehlt. Ich dachte, ich hätte sie gefunden, aber wir sind nicht mehr zusammen.«

Aha, also war er Single. Interessant. Also, nicht für mich, nur so allgemein.

»Das ist ja schade«, kommentierte Paula. »Und du, Onkel Heinz? Hast du Kinder?«

Beinahe hätte ich laut aufgelacht. Onkel Heinz mit Kindern? Allein der Gedanke war absurd.

»Nee, hab ich nicht. Ist auch besser so, das wär eh nix für mich.«

»Warum nicht?«

»Weil Kinder laut und unkontrolliert sind, sie machen alles dreckig und denken immer nur an sich.«

»Das stimmt doch gar nicht«, protestierte Paula, und ich musste ihr beipflichten. »Hast du eigentlich Onkels und Tanten, Cano?«

»Ja, ich hab drei Tanten und drei Onkel.«

»Echt? So viele? Sind die nett?«

»Keine Ahnung, es sind so viele, ich hab den Überblick verloren. Aber doch, die meisten sind sehr nett.«

»Cool. Ich hab nur einen Onkel, aber den hab ich noch nie gesehen, glaub ich. Und dann hab ich noch zwei Halbonkels. Hast du Omas und Opas?«

»In Hamburg leider nicht mehr. Aber ich habe noch eine Oma und einen Opa in Istanbul.«

»Wo ist das denn?«

»In der Türkei.«

Paulas Gesicht hellte sich auf. »In Anitalien?«

»Nein, nicht in Anatolien. Ein Teil der Stadt ist in Europa, da leben auch meine Großeltern. Der andere Teil der Stadt liegt in Asien, und dazwischen ist der Bosporus. Das ist eine Art Fluss, der zwei Meere miteinander verbindet. Wenn man am Ufer steht und richtig gut ist, kann man nach Asien rüberspucken. Oder nach Europa, je nachdem auf welcher Seite man steht, natürlich.«

»Krass! Ist es schön da?«

Cano überlegte kurz. »Es ist laut, eng, wuselig und voller Menschen«, erwiderte er schließlich mit einem weichen Tonfall in der Stimme. »Die Gassen in der Altstadt sind so schmal und verwinkelt, dass du dich verläufst, wenn du nicht aufpasst. An jeder Ecke riecht es nach etwas anderem. Nach Mokka, Abgasen, Baklava, Motorenöl oder Köfte. Und du müsstest mal die Basare sehen. Da schillert es von Farben und Düften, und du kannst kaufen, was auch immer du dir wünschst: Es gibt Gold, Silber, Porzellan, Stoffe, Gewürze, Spielzeug, Klamotten und noch viel mehr. Die Händler laden dich auf einen Tee ein, halten ein Schwätzchen und feilschen um ihr Leben. Am Ende hast du garantiert zu viel bezahlt, aber trotzdem das Gefühl, einen Freund gefunden zu haben.«

Für eine Weile war es vollkommen still im Auto. Cano hatte mich mit seinen Worten völlig in den Bann gezogen, und Paula und Onkel Heinz erging es offenbar ebenso. Selbst wenn Onkel Heinz es natürlich niemals zugeben würde. Ich hörte das Stimmengewirr auf dem Basar, roch die Gewürze und schmeckte den süßen Tee. Wenn es nach mir ginge, konnte Cano noch bis München weitererzählen. »Bist du oft in Istanbul?«, fragte ich.

»Nicht so oft, wie ich gern würde. Aber so oft, wie es geht, schließlich will ich meine Großeltern sehen.«

»Sind die auch so megaalt wie Onkel Heinz?«, wollte Paula wissen.

»Na, vielen Dank auch«, knurrte der.

Cano antwortete lieber nicht auf die Frage, und Paula ließ es ausnahmsweise auf sich beruhen.

Stattdessen fragte sie: »Mama, fahren wir auch mal nach Istanbul?«

»Das wäre schön«, wich ich aus und hätte so gern gesagt: Klar machen wir das. Wie gern würde ich mit Paula die Welt entdecken. Nur leider verdiente ich nicht mal ansatzweise genug, um durch die Weltgeschichte zu reisen. Aber ich wollte uns den Traum bewahren, unbedingt. Und irgendwann würde ich genug zusammengespart haben, um gemeinsam mit Paula Istanbul und noch viel mehr entdecken zu können.

Paula hatte offenbar genug Informationen über Cano gesammelt und fing an, in ihrem neuen Conni-Buch zu blättern. Cano schlug wieder seine Akte auf, und Onkel Heinz tat so, als würde er schlafen.

Allmählich färbte der Himmel sich orange und rot. Die Hügel wuchsen nach und nach zu Bergen heran – der Harz konnte nur einen Steinwurf entfernt sein. Schade, dass wir keine Zeit hatten, von der Autobahn abzufahren. Wenn ich schon nicht mit Paula nach Istanbul konnte, wollte ich ihr wenigstens den Harz zeigen. Wir könnten über die Teufelsmauer wandern oder auf den Brocken steigen. Sie würde den Harz bestimmt genauso lieben wie ich als Kind und die ganze Zeit nach Hexen Ausschau halten. Ganz bald würde ich mit ihr hierherkommen, das schwor ich mir.

Die Autobahn war inzwischen viel leerer geworden, und so fuhren wir schweigend und friedlich vor uns hin. Ein Blick in den Rückspiegel zeigte mir, dass Cano die Stirn konzentriert in Falten gezogen hatte und über seiner Akte brütete. Er war schon ein seltsamer Typ. So widersprüchlich. Mal der oberkorrekte Spießer, der sich an jede Regel hielt, egal wie überflüssig sie auch sein mochte. Ein Karrieretyp, der permanent arbeitete und keine Zeit für Spaß hatte. Doch dann zeigte er plötzlich Sinn für Humor, verteidigte Paula in der Raststätte oder erzählte so schillernd von Istanbul, dass ich sofort am Bosporus stehen und versuchen wollte, nach Asien rüberzuspucken. Ich wurde einfach nicht schlau aus ihm. Aber hey, das musste ich ja auch gar nicht, schließlich kamen wir München von Minute zu Minute näher.

Ich zuckte heftig zusammen, als mitten in der Stille plötzlich ein seltsames Klappern ertönte. Es ratterte und scheppterte, als würden wir eine Just-married-Dosenkette hinter uns herziehen. »Was ist denn das?«

»Was soll was sein?«, brummte Onkel Heinz.

»Hörst du das nicht? Es klappert so komisch.«

»Das sind wahrscheinlich meine alten Knochen.«

Verdutzt schaute ich zur Seite. Hatte Onkel Heinz etwa einen *Scherz* gemacht? Nein, das konnte nicht sein. Er hatte bestimmt noch nie in seinem Leben rumgeblödelt, und schon gar nicht über sich selbst.

Das Klappern wurde immer lauter, außerdem kam nun noch ein Dröhnen hinzu, als wäre der Motor mit den neunzig Stundenkilometern hoffnungslos überfordert.

»Das ist jetzt aber echt laut«, schrie Paula und hielt sich die Ohren zu. »Halt an, Mama!«

Im nächsten Moment rumste es ganz gewaltig, dann hörte das Scheppern und Klappern auf. Dafür dröhnte der Motor noch lauter. »Ich glaub, da stimmt was nicht«, schrie ich.

»Ach *was*«, schrie Cano zurück. »Fahr rechts ran, Elli.«

123

»Nein, fahr weiter«, rief Onkel Heinz. »Der Wagen ist alt, da klappert und knackt es halt mal im Gebälk.«

Doch ich hatte schon das Warnblinklicht angeschaltet, den Blinker gesetzt und zog den Wagen rüber auf den Standstreifen, äh, *Seiten*streifen. Schließlich kamen wir zum Stehen.

»Ist das Auto kaputt?«, fragte Paula beunruhigt.

»Nein, es ist bestimmt nichts Schlimmes«, behauptete ich und wusste nicht, wen ich damit mehr beruhigen wollte – sie oder mich selbst. »Ich sehe mal nach. Du bleibst besser im Wagen.«

»Ich komme mit«, sagte Cano und schnallte sich ab.

»Was soll das denn bringen?«, blaffte Onkel Heinz. »Sie haben doch noch nicht mal einen Führerschein.«

»Aber im Gegensatz zu Ihnen habe ich funktionierende Ohren und Augen.«

Ich öffnete vorsichtig die Tür, stieg aus und inspizierte den Wagen. Von vorne sah alles gut aus, soweit mein laienhaftes Auge das erkennen konnte. Doch dann sagte Cano, der den hinteren Teil des Wagens kontrollierte: »Sieh dir das mal an«, und mir schwante Böses. Ich ging um den Wagen herum und betrachtete die Stelle, auf die Cano zeigte. »Oh, verdammt.«

»Tja, auch ohne Führerschein könnte ich mir vorstellen, dass einem Auto ein entscheidender Teil fehlt, wenn es keinen Auspuff hat.«

»Das muss das Klappern und das Dröhnen gewesen sein«, schlussfolgerte ich brillant. Suchend sah ich mich um. »Wo ist das Ding denn geblieben?« Noch während ich sprach, schepperte es etwa zweihundert Meter hinter uns, als ein metallenes Teil von einem Auto ins Gras neben dem Seitenstreifen geschleudert wurde. »Ah, da ist der Lümmel. Meinst du, man kann den irgendwie wieder reinprökeln?«

»Woher soll ich das wissen?« Canos Stimme klang nun ganz schön gereizt. Unter seinem rechten Auge zuckte ein Muskel, und er warf einen Blick auf die Uhr.

»Ohne Auspuff weiterfahren können wir wahrscheinlich nicht«, vermutete ich.

»Natürlich nicht.« Onkel Heinz hatte sich in der Zwischenzeit aus seinem Sitz gequält und stand auf seinen Stock gestützt neben uns. »Und man kann ihn auch nicht einfach wieder *reinprökeln*, ihr Traumtänzer.«

Für einen Moment schwiegen wir alle drei und starrten auf die Stelle am Auto, an der ein Auspuff hätte sein sollen.

Schließlich sagte Onkel Heinz: »Gut, nun beruhige dich erst mal, Elisabeth.«

»Aber ich bin doch vollkommen ruhig.«

»Für solche Fälle bist du ja Mitglied im Automobilclub. Da rufst du jetzt an.«

»Bin ich nicht.«

Ungläubig starrte Onkel Heinz mich an. »Wie kannst du kein Mitglied im Automobilclub sein?«

»Ich habe kein Auto und bin vor etwa drei Jahren das letzte Mal gefahren. Wieso zur Hölle sollte ich Mitglied sein?«

»Weil man nun mal Mitglied im Automobilclub ist!«

»Wenn du noch einmal Automobilclub sagst, flipp ich aus! Gut, dann nutzen wir doch einfach *deine* Mitgliedschaft.«

»Wieso meine Mitgliedschaft? Ich habe keinen Führerschein mehr, Herrgott noch mal!«

»Ach«, ätzte ich. »Und *ich* soll Mitglied sein?«

Cano hob beschwichtigend die Hände. »Könnt ihr diese Diskussion vielleicht auf später verschieben? Uns wird wohl kaum was anderes übrig bleiben, als den Pannendienst zu rufen. Mitgliedschaft hin oder her.«

125

Ja, er mit seinem Anwaltsgehalt hatte gut reden. Aber in *mein* Budget würde diese Abschleppaktion ein dickes Loch reißen. Von der möglichen Reparatur mal ganz zu schweigen. Im Geiste stornierte ich Paulas und meinen Harzurlaub und hoffte, dass ich ansonsten noch mal mit einem blauen Auge davonkommen würde. »Na schön. Kannst du mir bitte dein Handy leihen, Cano? Bei meinem ist eh der Akku leer.«

Er nickte und hielt mir sein supermodernes Smartphone hin. »Hier. Die Nummer habe ich bereits rausgesucht, du musst nur …«

»Vielen Dank, aber ich weiß durchaus, wie man telefoniert.« Ich nahm das Handy entgegen und tippte auf dem Display herum, aber irgendwie wollte es mir nicht gehorchen. Wahrscheinlich war es nur Canos wohlmanikürte, weiche Finger gewöhnt und verweigerte nun empört den Dienst, weil es von meinen rauen Bäuerinnenpranken angefasst wurde.

Ich hörte Cano leise aufstöhnen, dann stand er unmittelbar vor mir. »Gib mal her.«

»Nein, wieso denn? Glaubst du, ich bin zu blöd, diese Nummer anzuklicken?«

»Du klickst die Nummer ja gar nicht an, stattdessen hast du die Bildschirmsperre eingeschaltet. Also gib schon her.«

Hektisch wischte ich auf dem Display herum, als hätte ich irgendeine Ahnung, wie man die Bildschirmsperre wieder aufhob. Wieso musste Cano mir so sehr auf die Pelle rücken? Nun griff er auch noch nach dem Handy, während ich es beharrlich festhielt. Ein kleines Gerangel entstand, als wir beide gleichzeitig auf dem Display herumwischten. Doch dann hielten wir inne, und unsere Blicke verfingen sich für einen Moment ineinander. Schließlich rief Cano: »Lass los, Elli!«, dann riss er das Handy an sich, tippte mit dem Zeigefinger auf dem Display herum und gab es mir anschließend wieder. »Bitte schön. Gewählt habe ich schon.«

»Das hätte ich auch selbst hingekriegt«, sagte ich beleidigt und verzog mich schnell ins Auto, um dort zu telefonieren. Nach einem kurzen Gespräch mit einer äußerst gelangweilt klingenden Dame im Callcenter des Pannendienstes lehnte ich mich zurück und machte es mir in meinem Sitz bequem.

»Wie lange müssen wir jetzt warten?«, wollte Cano wissen, der inzwischen, ebenso wie Onkel Heinz, wieder eingestiegen war.

»Keine Ahnung. Die Dame am Telefon meinte nur, heute wäre die Hölle los, und es könne eine Weile dauern. Sobald sich ein Wagen auf den Weg macht, werde ich angerufen.«

»Hat sie denn wenigstens eine *ungefähre* Zeitangabe gemacht?«

»Nein, hat sie nicht.«

Cano stöhnte auf. »Verfluchte Sch...«

»Scheiße sagt man nicht«, wies Paula ihn zurecht, woraufhin Cano ein paar Wörter auf Türkisch von sich gab.

Und dann ging das Warten los. Wir warteten und warteten und warteten. Onkel Heinz sagte etwa alle drei Minuten »Mit einem Mercedes wäre das nicht passiert«, verhielt sich aber ansonsten erstaunlich ruhig. Cano hielt draußen ein Dauertelefonat. Paula und ich spielten *Ich sehe was, was du nicht siehst* und unterhielten uns über dies und das. Irgendwann stieg Cano wieder ein und starrte mit finsterer Miene abwechselnd aus dem Fenster oder auf seine Uhr, als könnte er dadurch den Pannendienst herbeibeschwören.

»Dadurch geht die Zeit auch nicht schneller rum, weißt du?«

»Ja. Ich weiß.«

»Ich hoffe, dein Chef hat dich nicht gefeuert?«

»Nein, der Termin ist ja erst morgen. Also mehr als genug Zeit. Länger als ein, zwei Stunden kann es ja wohl nicht dauern, den Auspuff wieder reinzuprökeln.«

Ich lehnte den Kopf an die Kopfstütze und starrte an die Decke. Paula blätterte in ihrem Conni-Buch, obwohl sie bei dem Dämmerlicht eigentlich nicht mehr viel erkennen konnte. Cano hämmerte wieder auf die Tastatur seines Laptops ein, während Onkel Heinz, so wie ich, reglos dasaß. Bei jedem sich von hinten nähernden Lkw oder Lieferwagen behauptete er: »Da sind sie«, woraufhin Paula sich aufrecht hinsetzte und erwartungsvoll nach hinten sah. »Echt?«, fragte sie dann, nur um enttäuscht wieder in ihren Sitz zu sinken, wenn der Wagen an uns vorbeidonnerte und Onkel Heinz sagte: »Nein.« Eigentlich war es schon längst Schlafenszeit für sie, und ich versuchte immer wieder, sie zu einem Nickerchen zu überreden. Aber davon wollte sie nichts wissen.

Nach fast zwei Stunden war der Abschleppwagen endlich da.

Ich stieg aus und ließ Paula auf Canos Seite raus, denn das war die, die von der Fahrbahn abgewandt war. Dadurch musste sie allerdings über ihn und seinen Laptop klettern, wobei sie sich ziemlich ungeschickt anstellte und erst Canos Oberschenkel und dann seiner Schulter ein paar Tritte und Knuffe verpasste. Kurzerhand schnappte er sich Paula, klemmte sie sich unter den Arm und stieg mit ihr gemeinsam aus.

»Schönen guten Abend«, grüßte uns der Mann vom Abschleppdienst gut gelaunt. Er musste zwei Meter groß sein, wenn nicht sogar noch mehr. Dabei war er spindeldürr, seine Arme wirkten absurd lang, und die Beine seiner Latzhose reichten nicht mal ansatzweise bis zu den Knöcheln.

Paula schaute den Mann ehrfürchtig an. »Du bist aber groß.«

Der nickte. »Jo. Das is wohl so.«

»Voll praktisch«, sagte Paula verständig. »Du kommst immer an die Sachen, die oben stehen.«

Wieder nickte er. »Jo.« Er überlegte kurz, dann fügte er hinzu: »Und das sind oft die besten Sachen.« Nun ließ der Riese den Blick von mir zu Cano schweifen und von Cano weiter zu Onkel Heinz, der sich ebenfalls zu uns gesellt hatte. Dann schaute er zurück zu Paula und kräuselte die Stirn, als würde er denken: Was ist das denn für 'ne Kombo? Da er aber ein wohlerzogener Mechaniker war, fragte er nur: »Sie haben also keinen Auspuff mehr?«

Cano, Onkel Heinz und ich bestätigten das.

»Wo ist denn das gute Stück?«

Ich deutete auf die Stelle im Gras, wo das rostige Ding hingeschleudert worden war. »Da hinten.«

Er ging zu der Stelle und kam mit einem äußerst rostigen und löchrigen Metallteil zurück, das er fasziniert betrachtete. »Und Sie sind heute in Plön losgefahren, schließe ich aus Ihrem Kfz-Kennzeichen?«

»Ja, wieso?«

»Wundert mich, dass Sie mit diesem Ding so weit gekommen sind.«

»Weit?«, fragte Cano ungläubig. »Wir sind noch nicht mal aus Niedersachsen raus.«

»Hm. Das ist wohl wahr. Na ja, weiterfahren können Sie heute jedenfalls nicht mehr.«

»Was?«, fragte Cano entsetzt und griff reflexartig nach seinem Handy, als könne es ihm Beistand leisten. »Wieso das denn nicht?«

»Na, in der Werkstatt passiert heut nix mehr, wir haben Feierabend. Morgen früh kann ich mich an den Auspuff machen.«

»Morgen früh?« Cano fuhr sich mit zitternden Händen durchs Haar. »Aber wir bekommen einen Leihwagen, richtig? Gehört das nicht zum Service des ADAC?«

Der Mann vom Abschleppdienst hakte die Daumen in die Träger seiner Latzhose. »Normal schon, aber Sie sind ja kein Mitglied, und …«

»Dann werden wir Mitglieder«, sagte Cano schnell. »Wir alle, sofort, auf der Stelle. Wir schließen lebenslange Gold-Mitgliedschaften ab.«

»Können Sie gern machen. Aber von den Vorteilen profitieren Sie erst bei der nächsten Panne.«

Cano atmete tief durch. »Aber wir können von Ihnen doch bestimmt kostenpflichtig einen Wagen leihen.«

Der Mann fuhr mit seiner Pranke an den Hosenträgern auf und ab. »Normal schon. Aber wir haben grad keinen da. Ich nehm Sie jetzt mit zur Werkstatt nach Harderburg. Da gibt es einen schönen Gasthof, in dem Sie übernachten können. Morgen früh machen wir den neuen Auspuff, und dann können Sie auch schon weiterdüsen.«

Oje. Eine Übernachtung in einem Gasthof riss ein weiteres Loch in mein Budget.

»Und wie lange dauert die ganze Prozedur?«, wollte Cano wissen.

Der Abschleppriese hob die Schultern. »Normal nicht so lang. Mal so, mal so. Denk mal, um elf rum können Sie weiterfahren.«

Cano fluchte auf Türkisch vor sich hin, wischte hektisch auf dem Display seines Handys herum und starrte auf den

Bildschirm. »Sie können mich nicht zufällig nach Göttingen bringen? Das ist doch nur ein paar Kilometer entfernt.«

»Nee. Ich bin ja kein Taxiunternehmen. Aber was wollen Sie denn auch in Göttingen, wenn Ihre Familie«, dabei deutete er auf Paula, Onkel Heinz und mich, »in Harderburg ist?«

Für einen Moment standen wir alle vier völlig verdattert da. Beziehungsweise, nur Onkel Heinz, Cano und ich, denn Paula hatte die Bemerkung entweder nicht verstanden, oder sie fand sie ganz normal. Außerdem bewunderte sie gerade den Abschleppwagen.

Cano hob beide Hände in einer abwehrenden Geste und trat zwei Schritte von uns weg. »Oh nein. Nein, nein, nein, das ist nicht meine … auf keinen Fall, nein. Absolut. Nicht.« Er zeigte auf Onkel Heinz, Paula und mich. »Die drei sind Familie. Ich gehöre nicht dazu.« Ein unausgesprochenes »dem Himmel sei Dank« schwebte in der Luft.

Was für eine Unverschämtheit! *So* schlimm waren wir ja wohl auch wieder nicht. »Ein einfaches Nein hätte auch gereicht«, sagte ich vorwurfsvoll. »Siebenundzwanzig Neins sind echt demütigend.«

»Bitte?«, fragte Cano verwirrt, doch der Abschlepppriese funkte in unseren Wortwechsel. »Tja, nu«, sagte er emotionslos. »Nach Göttingen kann ich Sie trotzdem nicht bringen. Vielleicht haben Sie Glück und erwischen noch 'nen Bus.«

Erst jetzt wurde mir bewusst, dass Cano sich aus dem Staub machen wollte. Für eine kurze Weile hatte ich tatsächlich vergessen, dass wir nicht zusammen in dieser Misere steckten. Aber klar, es gab kein Wir.

»Gut, also wenn hier so weit alles geklärt ist, können wir los«, sagte der Abschlepppriese.

Bald darauf waren der Passat sowie Paula, Onkel Heinz,

Cano und ich sicher verstaut im Abschleppwagen und fuhren Richtung Harderburg. Paula war begeistert von diesem Abenteuer und löcherte unseren gelben Engel mit ihren Fragen. Das war das Tolle an Kindern: Sie fanden selbst an der miesesten Situation meist noch etwas Positives. Inzwischen war es fast dunkel. Nur ein restlicher Streifen Rot war am Himmel erkennbar, doch er würde schon bald verschwunden sein. Die Sonne hatte sich zurückgezogen, um diesen Teil der Erde schlafen zu lassen. Und plötzlich wurde mir klar, dass die Panne tatsächlich etwas Gutes hatte – abgesehen davon, dass Paula mit einem Abschleppwagen fahren konnte, natürlich: Ich musste nicht die ganze Nacht hinterm Steuer sitzen, sondern konnte mich in ein gemütliches Bett legen, die Augen schließen und in ein wunderschönes Traumland reisen, wo das Chaos und die Streitereien des heutigen Tages keine Bedeutung hatten. Schon bald fuhren wir von der Autobahn ab und kamen in den Ortskern von Harderburg, wo wir über Kopfsteinpflaster holperten. Das Städtchen schien ganz hübsch zu sein mit den windschiefen Fachwerkhäusern, die sich an sanfte Hügel schmiegten. Um diese Uhrzeit war nicht mehr viel los. Die Straßen waren menschenleer, die Jalousien heruntergelassen, und die wenigen Restaurants, die ich im Vorbeifahren erkannte, waren geschlossen. Mein Magen knurrte laut und vernehmlich, wie zum Protest. Gut, dass wir noch Brote und hartgekochte Eier hatten. Wie herrlich, ein Mitternachtspicknick im warmen Bett eines urigen Landgasthofs. Immer das Positive sehen, genau wie Paula.

Wir waren schon fast wieder aus dem Ort raus, als der Abschleppwagen langsamer wurde und schließlich auf dem Hof einer Werkstatt anhielt. Nachdem alle Formalitäten erledigt waren und ich nun wusste, dass der Abschleppriese gar nicht

»Abschleppriese« hieß, sondern Stephan Sauer, konnte ich die Frage, die gestellt werden musste, nicht länger hinauszögern. »Worauf muss ich mich denn finanziell einstellen?«

Stephan Sauer blähte die Wangen auf. »Kommt drauf an. Ich sag mal, das geht von bis.«

»Von wo bis wo denn? So in etwa?«

»Tja nu. So übern groben Daumen gepeilt vierhundert Euro?«

Ach, du Schande. Vierhundert Euro? Die hatte ich nicht, echt nicht. »Äh … okay«, sagte ich mit möglichst gefasster Stimme, denn ich spürte Canos Blick auf mir und wollte mir keine Blöße geben. Oh Hilfe, und jetzt kam auch noch eine Übernachtung in einem Gasthof hinzu. Hoffentlich war das eine billige Absteige. »Und wo ist der Gasthof, in dem wir übernachten können?«

»Einfach dreihundert Meter die Straße runter, da ist der *Engel*. Sehr ordentliche Unterkunft.«

Cano ließ sich erklären, wie er zur Bushaltestelle kam. Er hatte in den letzten Minuten verzweifelt versucht, ein Taxi zu bestellen, aber da war nichts zu machen. Es gab hier auf dem Land um diese Uhrzeit ohnehin nicht viele Taxis, und die wenigen, die fuhren, waren im Schienenersatzverkehr eingesetzt. Bei der Bahn herrschte scheinbar immer noch das reinste Chaos. Die Bushaltestelle befand sich in der genau entgegengesetzten Richtung zum Gasthof. Also würden unsere Wege sich hier trennen.

Paula war nach wie vor happy mit unserer Situation und bewunderte die Fahrzeuge auf dem Hof. Ihre Augen glühten vor Begeisterung. »Ich werde Abschleppwagenfahrerin, wenn ich groß bin.«

»Ich dachte, Prinzessin«, wandte Cano ein.

»Die bin ich doch schon. Außerdem brauche ich eine Arbeit. Für Prinzessinsein kriegt man ja kein Geld.«

Canos und meine Blicke trafen sich. Auf seinem Gesicht erschien ein Grinsen, das so ansteckend war, dass ich einfach zurücklächeln musste. Er wirkte viel lebendiger und menschlicher, wenn er lachte. Um die Augen kräuselte sich seine Haut, und in seinen Wangen entdeckte ich Grübchen. Der schnöselige Anwalt war verschwunden, in dessen Klamotten steckte nun ein ganz normaler, sympathischer Mann.

Ich drehte mich um, um unsere Sachen aus dem Kofferraum des Passats zu holen, den Stephan Sauer inzwischen heruntergelassen hatte. Onkel Heinz riss mir seinen Koffer förmlich aus der Hand. »Den trage ich selbst.«

Ich hatte schon eine scharfe Antwort auf der Zunge, doch Paula zuliebe verkniff ich mir jede Bemerkung. »Paula, kommst du? Wir gehen jetzt ins Hotel.«

Cano, Paula und ich verabschiedeten uns von Stephan Sauer, überquerten den Hof und traten auf den Gehsteig, wo Onkel Heinz bereits auf uns wartete. Jetzt hieß es also Abschied nehmen. Ich hatte keine Ahnung, was ich sagen sollte, und Cano scheinbar auch nicht.

»Tja«, meinte er.

»Tja«, stimmte ich zu.

»Dann kämpft ab jetzt wieder jeder für sich, was?«

Ich nickte. »Ist wohl auch besser. Ohne uns hast du vielleicht eine Chance.«

Ein Lächeln glitt über Canos Gesicht. »Wenn ich mich bis zur nächsten Stadt durchgeschlagen habe, schicke ich Hilfe. Ich werde euch nicht vergessen.«

»Oh doch. Wirst du.« Ich strich mir eine Haarsträhne aus der Stirn. »Na dann, komm gut nach München.«

»Wieso?« Paula sah Cano stirnrunzelnd an. »Du fährst doch mit uns.«

Oje, die arme Maus hatte noch gar nicht verstanden, dass Cano nicht mehr mit uns fahren würde.

»Tut mir leid, Prinzessin, aber es ist superwichtig, dass ich morgen Früh in München bin. Deswegen fahre ich jetzt allein weiter.«

»Oh.« Paula sah zu Boden und schob mit dem Fuß ein paar Kiesel weg. »Ach so.«

»Canos Mandanten brauchen ihn ganz dringend, damit sie nicht unschuldig ins Gefängnis kommen. Das ist doch superwichtig, oder nicht?« Was für eine Lüge. Wahrscheinlich brauchten sie ihn, um unschuldige Umweltaktivisten zu verklagen oder so was.

Paula schluckte schwer. »Wir sind doch auch wichtig.«

Cano klopfte Paula sanft auf ihren geliebten Fahrradhelm. »Hey, sei nicht traurig. Wenn ich weg bin, hast du die Rückbank wieder ganz für dich allein.«

»Darüber freu ich mich aber nicht.«

»Echt nicht? Nicht mal ein bisschen?«

Paula versuchte noch ein paar Sekunden lang, ihren Schmollmund aufrechtzuerhalten, doch dann schlich sich ein Lächeln auf ihr Gesicht. »Na gut, vielleicht ein klitzekleines bisschen.«

Cano machte eine tiefe Verbeugung und tat so, als würde er ihre Hand küssen. »Eure Hoheit, Prinzessin Paula, es war mir eine große Ehre, Eure Bekanntschaft zu machen.«

»Was für ein sentimentaler Schmarrn«, murrte Onkel Heinz. »Ich geh schon mal vor.« Damit nickte er Cano zu und suchte das Weite – so schnell das mit seinem Gehstock und dem schweren Koffer eben ging.

Für einen Moment sah Cano ihm nach. »Er ist echt einmalig.«

»Das will ich doch hoffen. Ein Onkel Heinz reicht für diese Welt.«

»Hör zu, Elli. Bis München sind wir zwar nicht gekommen, aber ich bin dir trotzdem was schuldig.« Er zog sein Portemonnaie aus der Tasche, doch um zu verhindern, dass er es öffnete, legte ich meine Hand auf seine.

»Nein, lass. Der Deal lautete ja nicht fünfzig Cent pro Kilometer oder so was in der Art.«

»Sicher?« Cano sah mich prüfend an. »Was ist mit der Reparatur vom Wagen und der Spende für die Garten-Guerillas? Ich meine, mein Karma …«

»Alles gut«, fiel ich ihm entschieden ins Wort. »Du hast dein Karma bereits aufpoliert, als du dich in der Raststätte für Paula eingesetzt hast. Na los, du musst dich beeilen, sonst haut der Bus ohne dich ab.«

Cano nickte langsam. »Stimmt. Na dann …« Er schien nach Worten zu suchen, und auch ich wusste nicht, was ich sagen sollte. Ich legte einen Arm um Canos Nacken und zog ihn an mich. Er versteifte sich merklich, also ließ ich ihn schnell los und trat einen Schritt zurück. »Tut mir leid. Ich bin berühmt-berüchtigt für meine unangebrachten Umarmungen«, witzelte ich mit gekünsteltem Lachen. »Ich habe sogar mal meinen Kunstprofessor umarmt, nachdem er eins meiner Bilder gelobt hat.«

Cano winkte ab. »Kein Problem. Schließlich sind wir …« Mitten im Satz hielt er inne, weil Paula sich ebenfalls eine Umarmung bei ihm abholte. Weil sie so klein war, konnte sie allerdings nur seine Beine umschlingen.

»Tschüs, Cano.«

Nach kurzem Zögern erwiderte er die Umarmung. »Tschüs, Prinzessin. Pass gut auf dich auf, ja?«

»Mach ich«, erwiderte sie und ließ ihn los.

Cano blieb für ein paar Sekunden stehen und sah mit unergründlichem Blick von mir zu Paula und wieder zurück zu mir. Dann nickte er uns noch mal zu und drehte sich um, um entschlossen in die andere Richtung davonzugehen. Es dauerte keine zehn Schritte, da hatte er das Handy wieder am Ohr. Bald darauf verschluckte ihn die Nacht, und Paula und ich blieben allein zurück.

Hilfe. War ich etwa traurig? Ging's noch? Ich hatte Abschiede zwar noch nie leiden können, vor allem, wenn es Abschiede für immer waren. Aber bei Cano gab es dafür überhaupt keinen Grund. Wir kannten uns kaum. Ein winzig kleines Stück waren wir gemeinsam gegangen, jetzt trennten unsere Wege sich wieder. So war das eben. Menschen kamen, und Menschen gingen. Die meiste Zeit hatte ich mich ohnehin nur über Cano aufgeregt. Und er sich über mich.

Entschlossen nahm ich unsere Taschen in die eine und Paula an die andere Hand, und wir marschierten los. Von jetzt an musste ich keinen Umweltsünderanwalt mehr zu seinem nächsten Einsatzort bringen. Und das war auch gut so.

Die Engel-Parade

Einträchtig gingen Paula und ich durch die dunklen Straßen Harderburgs. Es war ruhig hier, geradezu gespenstisch. Überall waren die Jalousien heruntergelassen, sodass das Leben hinter den Fenstern verborgen war und die Häuser wie tot wirkten. Eine Windbö wirbelte durch mein Haar, und Paula schauderte.

»Ganz schön kalt, oder?«, fragte sie.

»Allerdings. Viel zu kalt für den Juni. Außerdem ist es viel zu spät für dich. Du gehörst dringend ins Bett.«

Inzwischen hatten wir Onkel Heinz fast eingeholt, der auf seinen Stock gestützt die Straße entlanghumpelte. Seine Knie zitterten, als würde er unter der Last seines Koffers fast zusammenbrechen. Offenbar hörte er uns kommen, denn er drehte sich zu uns um. »Den Türken sind wir also los. Der wird uns nicht mehr auf der Nase herumtanzen.«

»Das hat er doch gar nicht. Außerdem hat er einen Namen.«

»Der interessiert mich nicht. Schließlich ist der feine Herr abgehauen, sobald es schwierig wurde.«

»Er war doch nicht dazu verpflichtet ... ach, egal.« Für einen Moment schloss ich die Augen und atmete tief die Abendluft ein, die wunderbar würzig nach Wald und Erde duftete. Ich wollte gerade weitergehen, da bemerkte ich, wie Onkel Heinz sein Gesicht verzog, als er seinen Koffer wieder hochnahm. Kurz entschlossen hielt ich ihm Paulas Köfferchen hin.

»Wie wäre es, wenn wir tauschen? Der hier ist ein bisschen leichter als deiner.«

Er schnaubte. »Nur weil ich alt bin, bin ich noch lange nicht klapprig oder senil! Also hört gefälligst alle auf, mich wie ein Kleinkind zu behandeln, ich ertrage das nicht! Du, liebe Elisabeth, bist doch nur so bemüht um mich, weil du hoffst, dass es bald was zu erben gibt.«

Für einen Moment war ich sprachlos. Ich betrachtete Onkel Heinz, wie er da vor mir stand: grau, faltig und tief vornübergebeugt auf seinen Stock gestützt. Er kniff Augen und Lippen zusammen, die Hand, die seinen Gehstock umklammerte, zitterte. Ob vor Wut, Erschöpfung oder Kälte konnte ich nicht sagen. Möglicherweise war es eine Mischung aus allem. »Ist es nicht furchtbar anstrengend, so zu sein wie du, Onkel Heinz?«, fragte ich schließlich. »So vollkommen verbittert und von Hass zerfressen, gegen alles und jeden wetternd, ohne auch nur einen Funken Freude im Leben? In allem siehst du immer nur das Schlechte. Weißt du was? Du tust mir echt leid. Komm, Paula.« Ich nahm ihre Hand und ging mit ihr zum Gasthof, ohne mich noch mal nach Onkel Heinz umzudrehen.

Schon bald waren wir vor einem alten windschiefen Fachwerkhaus angekommen. Bei der hölzernen Eingangstür mit der Türklinke in Engelsgestalt wusste man allein vom Hinschauen, dass sie beim Öffnen quietschen würde. Links und rechts der Eingangstür leuchteten gusseiserne Laternen, und darüber stand in verschnörkelten goldenen Lettern der Name des Etablissements: *Zum Engel*. Das Z und das L wurden von zwei selig lächelnden Putten hochgehalten. Der Name war hier Programm. Es war wie bei einem Wimmelbild. Je genauer ich hinsah, desto mehr Engelfiguren entdeckte ich. Einer guckte neckisch hinter einem Blumenkasten hervor, ein weiterer saß lässig mit übereinandergeschlagenen Beinen auf einer Bank vor dem Gasthof, ein dritter hielt einen Briefkasten, der mindestens viermal so groß war wie er, und trötete gleichzeitig in ein Posthorn – ein echtes Multitasking-Talent.

»Ich finde es voll schön hier.« Paula betrachtete verzückt die geflügelten Knäblein. »Die Engel sind echt süß.«

»Was grinsen die denn so dämlich?« Onkel Heinz war schwer schnaufend hinter uns aufgetaucht.

Ich hätte jetzt einen Vortrag über die kunsthistorische Bedeutung von Putten halten können, aber ich ließ es lieber bleiben. Weder Paula noch Onkel Heinz würden sich sonderlich dafür interessieren, auch wenn ich die Theorie in meinem Kunststudium genauso sehr gemocht hatte wie den praktischen Teil. »Lass sie doch. Muss ja nicht jeder so mies gelaunt sein wie du«, erwiderte ich.

Die beiden Putten über dem Eingang lächelten mich dankbar an, und der Briefkasten-Knabe trötete gleich mit noch mehr Begeisterung in sein Posthorn. Ich legte eine Hand auf den Türgriff und drückte ihn nach unten – wie erwartet ertönte ein schauriges Quietschen, als ich die Tür öffnete. Vom Eingangsbereich ging es links in einen Gastraum, der wohl gleichzeitig als Rezeption und Bar diente. Hier blieben wir drei abrupt stehen, so überwältigt waren wir von dem Anblick, der sich uns bot. Die Eigentümer hatten das Engelthema auch innen mit großem Enthusiasmus umgesetzt. Entweder das, oder Onkel Heinz, Paula und ich waren im Himmel gelandet. Die Engel waren einfach überall, in sämtlichen Formen: groß, klein, weiblich, knabenhaft, modern, barock, sitzend, liegend, fliegend, musizierend und betend saßen sie auf Fensterbänken, standen auf dem künstlichen Kamin oder baumelten von der Decke. Über dem Kamin hing ein goldgerahmter Kunstdruck von Raffaels Engeln. Klar, der durfte natürlich nicht fehlen.

Wenn ich ganz genau hinhörte, konnte ich die Heerscharen um mich herum *Gloria in excelsis deo* jubilieren hören.

»Guckt mal, hier sind ganz viele Engel«, informierte Paula uns.

»Gut, dass du es sagst«, brummte Onkel Heinz. »Wär mir sonst nicht aufgefallen.«

Die Wände waren in einem matt schimmernden Goldton gestrichen, die dunkel gebeizten Möbel vermittelten den Eindruck, als wären sie antik. Außer uns und den himmlischen Heerscharen war niemand in der Gaststube zu sehen. Der Tresen war nicht besetzt, und an den Tischen und auf den Stühlen saß niemand. In diesem Moment fiel die Eingangstür quietschend ins Schloss. Ich hatte keine Ahnung, ob ich mich hier gruseln oder himmlisch geborgen fühlen sollte. Irgendwie tendierte ich zu Ersterem.

»Das kommt bestimmt, weil der Gasthof *Engel* heißt«, vermutete Paula.

»Und wieder wird das Offensichtliche kommentiert«, bemerkte Onkel Heinz spitz.

»Ich kommentiere mal noch etwas Offensichtliches«, sagte ich. »Hier ist kein Mensch.«

»Nein. *Menschen* sind hier nicht.«

Wenn ich Onkel Heinz auch nur einen Hauch mehr hätte leiden können, hätte ich gekichert. Je länger ich hier war, desto mehr Engel nahm ich wahr. Die Armee wurde von Sekunde zu Sekunde größer. Sogar die Tapete war mit winzig kleinen flötenden Himmelsboten bedruckt. Täuschte ich mich, oder kamen sie auf mich zugeflogen? Bei näherer Betrachtung schienen sie gar nicht mehr so fröhlich zu grinsen, sondern eher … irre. Böse. Über uns knarzte es im Gebälk, dann flog die Eingangstür auf und ein kalter Schwall Wind wehte in den Gastraum.

»Was zum …«, stieß ich aus, doch weiter kam ich nicht, denn dann erschien der, dessen Namen ich gerade hatte nennen wollen, höchstpersönlich auf der Türschwelle: der Teufel.

Mein Gehirn reagierte in dieser Fight-or-Flight-Situation wie üblich mit Freeze. Immerhin war ich noch dazu in der Lage, Paula hinter mich zu ziehen, bevor ich stocksteif dastand, mit aufgerissenen Augen, unfähig mich zu bewegen, während in meinem Oberstübchen die Sachlage analysiert wurde.

Luzifer füllte fast den ganzen Türrahmen aus, so groß und breit war er. In seinem dunklen Haar steckten Teufelshörner, in der linken Hand hielt er einen Dreizack und in der rechten einen Sechserträger Bier. Was? Moment mal. Der Teufel war Biertrinker? Schwer vorstellbar. Außerdem war es kaum denkbar, dass Luzifers Hörner und sein Dreizack aus Plastik waren. Oder dass das Sakko seines roten Anzugs sich über dem Bauch spannte. Mein Hirn lieferte das Ergebnis der Analyse: Die Situation war nicht gefährlich. Ich konnte mir ja vieles vorstellen, ich war sogar bereit, den Gedanken zuzulassen, dass der Teufel tatsächlich existieren könnte. Aber ganz sicher trug er keine schlecht sitzenden Anzüge. Und ein rundes freundliches Gesicht hatte er sicher auch nicht.

Er schien genauso überrascht von unserer Anwesenheit zu sein wie wir von seiner. »Sie haben mich aber erschreckt«, sagte er mit tiefer Stimme. »Eigentlich habe ich seit zwei Stunden geschlossen. Ich war nur noch mal kurz hier, um Bier zu holen.«

»Du hast ja Hörner auf«, meldete meine unerschrockene Tochter sich zu Wort. »Wie eine Kuh.«

Ein Grinsen erschien auf seinem Gesicht. »Das sind Teufelshörner.«

»Echt?« Paula musterte ihn stirnrunzelnd. Ich hatte keine

Ahnung, ob sie wusste, wer oder was der Teufel war. Ich konnte mich nicht daran erinnern, mit ihr darüber gesprochen zu haben, schließlich war sie nicht getauft, und ich erzog sie nicht religiös. Aber vielleicht hatte sie in der Kita mal was davon gehört?

»Keine echten natürlich«, betonte Luzifer.

Onkel Heinz stieß sein typisches Schnauben aus. »Gut, dass Sie das klargestellt haben.«

»Natürlich«, erwiderte Beelzebub, dem Zynismus offenbar fremd war. »Ich möchte die Kleine ja nicht erschrecken. Wir führen auf dem Gemeindefest den Faust auf, und heute ist die erste Kostümprobe.«

Ah. Jetzt wurde mir einiges klar. »Lassen Sie mich raten. Sie sind der Mephisto?«

Seine Augen begannen zu leuchten. »Exakt.« Er straffte die Schultern, hob den Dreizack und deklamierte: »So ist denn alles, was ihr Sünde, Zerstörung, kurz das Böse nennt, mein eigentliches Element!«

Ich applaudierte höflich. »Bravo! Sehr überzeugend.« Verstohlen warf ich einen Blick auf die Engel um uns herum, doch sie ließen sich von Mephistos Worten nicht aus der Ruhe bringen. Na ja, immerhin war er ja mal einer von ihnen gewesen.

»Danke schön«, erwiderte er geschmeichelt. »Wie kann ich Ihnen denn weiterhelfen?«

»Wir brauchen drei Zimmer«, sagte Onkel Heinz.

»Zwei Zimmer«, korrigierte ich. »Paula und ich schlafen in einem.«

»Oje.« Luzifer kratzte sich mit dem Dreizack zwischen den Hörnern. »Das sieht nicht gut aus.«

Natürlich nicht. Warum auch sollte am heutigen Tag irgendetwas glattlaufen?

In meinem Gesicht musste wohl die reine Verzweiflung gestanden haben, denn Mephisto stellte seinen Dreizack an die Wand und das Sixpack auf einen Stuhl. »Ich sehe mal, was sich machen lässt.«

Als er an uns vorbei hinter den Tresen ging, wurden Paulas Augen riesengroß. »Guckt mal!« Sie deutete auf den langen Filzschweif mit dem buschigen Ende, der dem Antichristen am Gesäß aus der roten Anzughose wuchs. »Der hat einen Schwanz«, flüsterte sie so laut, dass jeder es hören konnte. »Genau wie eine Kuh. Witzig, oder?« Sie grinste Onkel Heinz breit an.

Zu meiner Verblüffung bewegten sich seine Mundwinkel für einen halben Millimeter nach oben. Doch im Bruchteil einer Sekunde wurde sein Mund wieder zu einer verkniffenen Linie, und er machte nur: »Hm.« Wahrscheinlich hatte ich mir das Ganze nur eingebildet.

»Ist der Teufel eine Kuh?«, wollte Paula wissen.

»Nein, ein Ziegenbock«, erwiderte Mephisto. »Quasi.«

»Und wozu ist die Mistgabel?«

»Ähm, also ehrlich gesagt … Ich habe keine Ahnung.«

»Der fehlt ja auch ein Zacken. Mama? Wieso hat der eine kaputte Mistgabel dabei?«

»Ich weiß es auch nicht.«

Onkel Heinz stöhnte auf. »Herr im Himmel, das ist keine Mistgabel, sondern ein Dreizack.«

»Was ist denn das?«, erkundigte sich Paula.

»Na, das ist … Ein Dreizack ist so eine Art Mistgabel mit drei Zacken, aber es ist eben *keine* Mistgabel.«

Aha. Er wusste es also selbst nicht. »Sondern?«, hakte ich nach und konnte mir ein Grinsen kaum verkneifen.

Onkel Heinz warf mir einen bösen Blick zu. »Es ist eine

Art … Poseidon hat ja auch einen. Manche haben so was halt dabei, Punkt, aus, Ende der Diskussion.«

»Ja, aber wofür denn?«, fragte Paula. »Und wer ist Posi… dings?«

»Du stellst viel zu viele Fragen«, sagte er unwirsch.

»Warum?«

Nun konnte ich mir ein Kichern wirklich nicht mehr verkneifen.

Mephisto deutete auf eine Seite in dem großen Buch, in dem er in der Zwischenzeit geblättert hatte. »Es ist leider tatsächlich so, dass wir bis auf ein Einzelzimmer komplett ausgebucht sind.«

Ach du Schande, Onkel Heinz, Paula und ich in einem Zimmer? Bitte nicht! »Und wie groß ist das Einzelzimmer, ich meine, hat es ein extragroßes Bett?«

»Leider nicht. Es ist ein neunzig Zentimeter breites Bett. Aber lassen Sie mich Ihnen versichern, das Zimmer ist top. Ein Deluxe-Zimmer, frisch renoviert, Minibar, Schlaraffia-Komfortmatratze, Fußbodenheizung im Bad, Luxus-Regendusche und High-End-WC mit Geruchsabsorption, integrierter Gesäßdusche und 180°-Vortex-Spülung.«

»Klingt traumhaft«, sagte Onkel Heinz zufrieden. »Genau das Richtige für mich. Was macht das?«

Für *mich*? Das war ja mal wieder typisch. Zugegeben, Onkel Heinz war alt und klapprig, er brauchte ein Bett, das sah ich durchaus ein. Aber ich hatte eine sechsjährige Tochter, die schon seit Stunden hätte schlafen sollen und die vor Müdigkeit kaum noch geradeaus gucken konnte. »Entschuldige, Onkel Heinz, aber ist das dein Ernst? Du bunkerst das Zimmer für dich?«

»Selbstverständlich. Eure Knochen sind jünger als meine.«

»Wir könnten das Zimmer doch auch teilen. Immerhin habe ich dich den ganzen Tag durch die Gegend kutschiert, und das Gleiche mach ich morgen noch mal.«

»Du hast doch gehört, was er gesagt hat. Das Bett ist viel zu klein.«

Ich wollte schon etwas erwidern, doch dann schüttelte ich nur den Kopf. Ich war einfach müde, so unglaublich müde, und hatte keine Energie mehr, um eine weitere Diskussion mit ihm zu führen. »Na schön. Onkel Heinz first, das sehe ich natürlich ein.«

Mephisto sah mich mitleidig an. »Das Sofa dort drüben ist sehr bequem, und ich kann Ihnen ein paar Decken bringen. Das ist leider das Einzige, was ich Ihnen anbieten kann.« Er deutete auf ein tatsächlich recht gemütlich aussehendes Sofa, über dem ein riesiger, nur mit Lendenschurz bekleideter Engel hing und Harfe spielte.

»Ist doch super hier, Mama«, meinte Paula und gähnte herzhaft. »Die Engel passen bestimmt gut auf uns auf.«

Ich legte den Arm um ihre Schulter und zog sie an mich. »Das stimmt, Motte. Na gut, dann hol schon mal dein Schlaf- und Waschzeug raus, ja?«

Paula machte sich an ihrem Köfferchen zu schaffen, während Mephisto kurz verschwand, um mit zwei Decken und einem Bettlaken zurückzukommen. »Mehr konnte ich auf die Schnelle leider nicht organisieren. Ich hätte Sie ja ins nächste Hotel gebracht, aber ich hab schon ein paar Bierchen intus und bin heute nur noch mit dem Fahrrad unterwegs. Mein Bruder und mein Kumpel sind auf dem Kaninchenzüchtertreffen und jetzt wahrscheinlich schon knülle.«

Onkel Heinz räusperte sich laut und vernehmlich. »Was schulde ich Ihnen denn nun? Ich will ins Bett.«

In Mephistos Augen glomm für ein paar Sekunden etwas auf, das tatsächlich teuflisch wirkte. »Einhundertfünfundsiebzig Euro inklusive Frühstück und Mehrwertsteuer. Zuzüglich ein Euro fünfzig Kurtaxe. Wir sind ja seit 2019 staatlich anerkannter Luftkurort«, erklärte er nicht ohne Stolz in der Stimme.

»Wie bitte?« Onkel Heinz schnappte nach Luft. Ich dachte schon, er würde sich das Zimmer nun doch teilen wollen, doch dann zückte er sein Portemonnaie. »Ach, was soll's. Ich fahr Taxi, sollen meine Erben doch laufen, sag ich immer.«

»Könnten wir die Formalitäten morgen erledigen?«, fragte Mephisto mit einem verstohlenen Blick auf seine Uhr. »Ich müsste nämlich dringend wieder zur Probe.« Er nahm einen Schlüssel vom Brett hinter dem Tresen und reichte ihn Onkel Heinz.

Der nahm ihn entgegen und hob ächzend seinen Koffer hoch.

»Gute Nacht, Onkel Heinz«, sagte Paula. »Schlaf gut. Wenn es dir oben unheimlich ist, so allein, kannst du ja zu uns kommen.«

Ich schmolz beinahe dahin vor Liebe. Wo nahm Paula nur diese Freundlichkeit her, nachdem sie den ganzen Tag lang eine Abfuhr nach der anderen von Onkel Heinz kassiert hatte?

Er starrte Paula entgeistert an. »Äh, ja. Gute Nacht.« Für ein paar Sekunden blieb er unschlüssig stehen, dann drehte er sich um und schlurfte aus dem Gastraum. Bald darauf hörten wir die Treppenstufen knarzen, und dann wurde es still.

»So, dann werde ich Sie mal Ihrem Schicksal überlassen«, witzelte Mephisto. Dann nahm er seinen Dreizack und das Sixpack und ging zur Tür.

»Eine erfolgreiche Probe wünsche ich Ihnen.«

»Vielen Dank.« Er hob den Dreizack und lieferte ein weiteres Paradebeispiel für Overacting, als er deklamierte: »Ich bin ein Teil von jener Kraft, die stets das Böse will und stets das Gute schafft!« Dann fügte er hinzu: »Mephistopheles ab« und trat zur Tür hinaus, die kurz darauf knarzend hinter ihm ins Schloss fiel. Es hätte mich nicht gewundert, wenn er eine Rauchwolke zurückgelassen hätte.

Ich verfrachtete Paula auf die Toilette, wo sie sich am Waschbecken die Zähne putzte. Schließlich richteten wir gemeinsam das Sofa für die Nacht her. Paula befreite ihre zerfledderte Stoffrosa aus der Kindergartentasche und machte es sich mit ihr bequem.

»Tut mir leid, dass du jetzt erst zum Schlafen kommst und dann auch noch auf diesem Sofa liegen musst«, sagte ich.

»Macht doch nichts«, erwiderte Paula gutmütig.

»Doch, das macht was. Es war mein Fehler, dass wir so spät losgefahren sind.«

»Na, dann machst du morgen halt bessere Fehler, Mama.« Paula kuschelte sich unter ihre Decke. Es zog ganz schön hier, also legte ich ihr auch noch die zweite Decke über. »Hey, willst du deinen Helm nicht doch mal abnehmen? Wenigstens zum Schlafen?«

»Nein. Ich finde den sooo schön. Und er ist von Papa.« Paula zog sich die Decken bis zum Kinn hoch. »Glaubst du, er denkt manchmal an mich?«

Ich spürte, wie sich mein Herz zusammenzog. Vor Fragen wie diesen hatte ich mich von Anfang an gefürchtet und war ihnen immer ausgewichen. Ich wusste nämlich ums Verrecken nicht, was ich antworten sollte. »Bestimmt«, sagte ich schließlich und fühlte mich furchtbar.

»Darf ich ihn bald mal besuchen?«

Oh mein Gott, ich musste ihr dringend die Wahrheit sagen, ich musste einfach. Aber nicht jetzt. Nicht hier und schon gar nicht um diese Uhrzeit. »Reden wir ein anderes Mal darüber, hm? Jetzt wird geschlafen.« Ich gab ihr einen Kuss und flüsterte ihr zärtlich »Ich schenk dir einen Regenbogen« ins Ohr.

»Und ich schenk dir hundert Seifenblasen«, erwiderte sie und schlang die Arme um meinen Hals. »Ich hab dich lieb, Mama.«

»Und ich dich erst.«

Paula kuschelte sich in ihre bevorzugte Schlafposition. »Du, Mama? Warum ist Onkel Heinz eigentlich so traurig?«

Verblüfft schüttelte ich den Kopf. »Traurig?«

»Ja. Er guckt doch immer so traurig. Und er lacht nie.«

Ich hatte mich noch nie gefragt, warum Onkel Heinz so war, wie er war. Meine Mutter hatte gelegentlich angedeutet, er hätte es nicht leicht gehabt, aber wirklich interessiert hatte es mich nicht. Doch meine sechsjährige Tochter stellte die Frage nach dem Warum. Und sie interpretierte Onkel Heinz' Verhalten als Traurigkeit, während ich immer nur von reiner Boshaftigkeit ausgegangen war.

Paula kuschelte sich tiefer in ihr Kissen und murmelte: »Hier ist es voll gemütlich. Und die Engel sind echt schön, oder?«

»Findest du?«

»Mhm. Glaubst du, Cano geht es gut?«

»Na klar geht es ihm gut. Da musst du dir gar keine Sorgen machen.« Er saß bestimmt im Bus, schon halb in Göttingen, das Handy am Ohr, den Laptop auf dem Schoß, und hatte uns vergessen.

»Okay«, murmelte Paula, dann fielen ihr die Augen zu.

Ich blieb noch eine Weile sitzen und schaute meine schlafende Tochter an. Ihr Atem ging ruhig und tief, auf ihren Lippen lag ein leichtes Lächeln, so als würde sie etwas Schönes träumen. Wahrscheinlich von ihrem Vater, den sie in Afrika besuchte und gemeinsam mit ihm auf Elefanten ritt.

· Ich liebte Paula so sehr, es gab absolut nichts, das ich nicht für sie tun würde. Aber ausgerechnet das, was sie sich am meisten wünschte, konnte ich ihr nicht geben. Ich überlegte, ob ich ihr den Helm heimlich abnehmen sollte, damit mal etwas Luft an ihren Kopf kam. Paula würde das allerdings als Hochverrat ansehen, also beschränkte ich mich darauf, ihr über die Wange zu streichen und die beiden Decken fest um sie herumzustecken. »Gute Nacht, Motte«, flüsterte ich.

Leise stand ich auf und kramte mein Handy hervor, das erwartungsgemäß ausgegangen war. Mit dem Ladegerät bewaffnet suchte ich eine Steckdose und fand sie schließlich hinterm Tresen. Ich steckte das Kabel ins Handy und rief meine Mutter an, um ihr zu sagen, dass wir aufgrund einer Panne gestrandet waren und erst morgen ankommen würden. Ich hatte den Eindruck, dass sie ganz froh war, nicht mehr auf uns warten zu müssen und endlich ins Bett gehen zu können. »Du hättest dir heute schon Urlaub nehmen und morgens losfahren sollen«, konnte sie sich nicht verkneifen zu sagen. »Dann wärt ihr schon längst da.« Ja, vielleicht. Das half mir in meiner jetzigen Situation allerdings nicht wirklich weiter.

Danach meldete ich mich bei Antje und Kirsten, um ihnen zu beichten, dass Antjes Passat einen Auspuff kürzer war.

»Oh, Scheiße«, stieß sie aus. »Euch ist hoffentlich nichts passiert?«

»Nein, alles gut. Die Reparatur reißt nur ein ganz schönes Loch in meinen Geldbeutel, aber das kriege ich schon hin.«

Aus dem Hintergrund rief Kirsten: »Hey, Elli, jetzt hör

aber mal auf. Du kannst nichts dafür, dass der Auspuff abgefallen ist. So was ist doch Verschleiß.«

»Stimmt«, meinte Antje. »Mach dir keine Sorgen um die Reparaturkosten. Die übernehmen wir.«

Mir fiel ein Stein vom Herzen, denn vierhundert Euro waren wirklich ein Haufen Geld für mich. Ich ließ mich noch ein bisschen über Onkel Heinz aus und war kurz davor, den beiden von Cano zu erzählen. Aber wozu?

Nachdem ich aufgelegt hatte, holte ich mein *Alles-Fischköppe-hier*-Schlafshirt und den Kulturbeutel aus meiner Tasche. Ich putzte mir die Zähne, zog das Band aus meinem Haar und bürstete es gründlich durch. Als Teenie hatte ich oft mit meinem Schicksal, ein rothaariger, sommersprossiger Lockenkopf zu sein, gehadert. Doch inzwischen mochte ich die Sommersprossen, die auf meiner Nase tanzten, und auch meine Haarfarbe fand ich okay. Irgendwie passte sie zu mir. Ich streckte meinem Spiegelbild die Zunge raus und tapste barfuß zurück in den Gastraum.

Himmel noch mal, diese Engel! Waren es noch mehr geworden? Hatten sie sich in meiner Abwesenheit neu arrangiert? Der goldene geflügelte Sänger hatte doch vorhin noch von der Decke gebaumelt. Jetzt stand er plötzlich auf der Fensterbank. Ach, Quatsch. Was für ein Unsinn. Ich legte meine Klamotten auf meine Tasche und schaute zu Paula. Sie hatte inzwischen das ganze Sofa in Beschlag genommen und schlummerte selig. Es war mir immer wieder ein Rätsel, wie ein so kleiner Mensch sich so breit machen konnte. Ich war todmüde, doch aus irgendeinem Grund mochte ich mich nicht hinlegen. In meinem Kopf drehte sich alles. Jetzt bildete ich mir auch noch ein, dass die Engel ringsherum mich beobachteten.

Ich verbarg mein Gesicht in den Händen und schüttelte den

Kopf. Allmählich wurde mir kalt an den Füßen, also ging ich ein paar Schritte in Richtung Sofa, nur um kehrtzumachen und zum Tresen zu schlendern. Mephisto hatte doch bestimmt nichts dagegen, wenn ich mir ein Schlückchen Wein … Kaum hatte ich es gedacht, ächzte und quietschte die Haustür. War Mephisto zurückgekehrt? Oder einer der anderen Gäste? Ich blieb stehen und wartete ab, doch niemand kam rein. Hilfe, wieso nur hatte ich ein derart mulmiges Gefühl? Ich zuckte heftig zusammen, als ich wieder ein Türenquietschen hörte, noch lang gezogener dieses Mal. Wie in einem Spukhaus. »Ich sehe tote Menschen«, hörte ich den kleinen Jungen aus *The Sixth Sense* flüstern. »Wenn sie böse sind, dann wird es kalt.« Unwillkürlich spürte ich einen eisigen Hauch in meinem Nacken, und die Härchen stellten sich auf. Ich hörte Schritte im Flur. Mein Atem ging schneller, meine Hände waren kalt und feucht. Verdammt noch mal, ich konnte nicht einfach wie versteinert hier rumstehen. Ich musste nachsehen, wer oder was da war. Wahrscheinlich handelte es sich nur um einen anderen Gast, nicht um einen Zombieengel oder dergleichen. Aber davon wollte ich mich überzeugen.

Auf Zehenspitzen ging ich zur Tür. Vorsichtig öffnete ich sie einen winzigen Spalt und war heilfroh, dass sie keinen Mucks von sich gab. Der Flur lag dunkel und leer vor mir, kein Mensch war zu sehen. »Hallo?«, rief ich und horchte angestrengt, doch niemand antwortete. Irgendwo ächzte wieder eine Tür. Kam das von oben? Ich trat in den Flur und bewegte mich langsam und leise vorwärts, ohne zu wissen, warum ich überhaupt so schlich. Am Fuß der Treppe blieb ich stehen. »Hallo«, rief ich erneut, doch wieder bekam ich keine Antwort. Ich ging ein paar knarzende Stufen hinauf.

»Hallo«, ertönte plötzlich eine tiefe Stimme vom Fuß der Treppe.

Ich fuhr so heftig zusammen wie noch nie in meinem Leben. Und dieses Mal handelte mein Hirn sofort. Instinktiv hob ich die Fäuste und schrie: »Keinen Schritt weiter, ich kann Krav Maga!«, was eine glatte Lüge war, aber momentan mein kleinstes Problem. Denn als ich auf der Treppe eine Chuck-Norris-würdige Drehung hinlegte, um meinem Angreifer ins Gesicht sehen zu können, trat mein linker Fuß ins Leere, und ich verlor das Gleichgewicht. Verzweifelt grabschte ich nach dem Treppengeländer, doch ich bekam es nicht zu fassen und purzelte vier Stufen in die Tiefe. Unten angekommen, prallte ich gegen etwas Großes, Hartes und klammerte mich instinktiv daran fest. Ich spürte, wie zwei kräftige Arme mich packten und dafür sorgten, dass ich mein Gleichgewicht wiedererlangte.

»Elli! Alles gut?«, fragte der Fremde, der gar kein Fremder war.

Denn ich kannte diese Stimme. Cano. Ich löste den Kopf von seiner Brust und blickte zu ihm auf. Das Licht war schummrig, aber die dunkelbraunen, fast schwarzen Augen, die mich mit einer Mischung aus Verwunderung, Besorgnis und vor allem Belustigung ansahen, konnte ich deutlich erkennen. Noch immer hämmerte mein Herz in meiner Brust, obwohl ich nun wusste, dass ich nicht in Gefahr war. »Cano. Was machst du hier? Warum schleichst du so herum und erschreckst mich zu Tode?«

»Das Gleiche könnte ich dich fragen.«

»Ich bin doch gar nicht herumgeschlichen.«

»Du bist so was von herumgeschlichen.«

»Nein, *du* bist herumgeschlichen.« Paula wäre stolz auf diesen Wortwechsel. »Als ich Schritte gehört habe, wollte ich nachsehen, wer da ist. Ganz entspannt alles, aber dann hast du mich erschreckt.«

In Canos Augen blitzte es amüsiert auf. »Klar, ganz entspannt. Interessant übrigens, dass du Krav Maga kannst. Ich nämlich auch.«

Mein Herz wollte sich gar nicht mehr beruhigen, obwohl inzwischen doch nun wirklich klar war, dass keine Gefahr bestand. Mir wurde bewusst, dass wir eng umschlungen dastanden. Ich hatte die Arme um seinen Nacken geschlungen, Cano umfasste meine Taille. Seine Hände fühlten sich kräftig an, und sein Griff war fest. Ganz anders, als ich es von einem Büromenschen wie ihm erwartet hätte. Mir stockte der Atem, und ich löste mich hastig von Cano, um zwei Schritte zurückzutreten.

Er sah mich erst verwirrt und dann beinahe erschrocken an, als hätte auch er erst jetzt gemerkt, dass wir ganz schön auf Tuchfühlung gegangen waren. »Oh. Tut mir leid, ich … wollte nicht …«

Ich winkte ab und gab mich gelassen. »Schon gut. Ich auch nicht.«

Für ein paar Sekunden standen wir stumm da. Es kam nicht oft vor, dass ich verlegen oder sprachlos war. Jetzt war ich gleich beides auf einmal.

»Tja«, sagte Cano schließlich. »Da bin ich wieder.«

»Da bist du wieder. Warte mal, wieso überhaupt? Ich dachte, du wärst schon halb in München.«

»Keine Chance. Der letzte Bus ist mir vor der Nase weggefahren. Dabei bin ich mir sicher, dass dieser Mistkerl von Fahrer mich gesehen hat, immerhin bin ich mindestens einen Kilometer neben dem Bus hergelaufen.«

»Du bist mindestens einen Kilometer neben einem fahrenden Bus hergelaufen?«

Cano machte eine wegwischende Geste. »Mehr oder weniger.«

»Respekt. Das Krav-Maga-Training muss Wunder wirken.«
Meine Füße waren inzwischen Eisklumpen, und auch mein
kurzes Schlafshirt war nicht die richtige Bekleidung für dieses
eiskalte Spukhaus. Ich rieb die Sohle meines linken Fußes an
meinem rechten Unterschenkel, um ihn aufzuwärmen. »Hier
kann dir jedenfalls keiner helfen, nach München zu kommen.
Die Rezeption ist nicht mehr besetzt.«

Cano atmete laut aus. »Verdammt. Dann hänge ich hier genauso fest wie ihr.« Seine Stimme klang hoffnungslos. Dunkle
Ränder lagen unter seinen Augen.

»Was passiert denn eigentlich, wenn du es nicht rechtzeitig
nach München schaffst? Explodiert dann die Welt?«

»*Die* Welt nicht, nein. *Meine* Welt, möglicherweise. Was
dann ganz sicher explodiert, ist mein Chef.«

»Soll er doch explodieren«, meinte ich, woraufhin Cano lächelte. Wir sahen einander in die Augen, und irgendwie fiel es
mir schwer, wieder wegzusehen. »Ähm … Mir wird allmählich
kalt, also …«

»Klar. Dann gute Nacht. Nettes Kleid übrigens.« Er deutete auf mein Shirt.

Verlegen zupfte ich daran herum. »Danke. Das ist der
letzte Schrei bei uns in Plön.« Ich wollte schon zurück in den
Gastraum gehen, doch dann fiel mir etwas ein. »Du kannst bei
uns schlafen.«

Für einen Moment starrte Cano mich ungläubig an. »Äh …
was?«

Ich ging zur Tür des Gastraums und öffnete sie mit großer
Geste. »Tadaaa, das ist unser Zimmer. Das Sofa ist bereits be-
legt, aber die Sitzbänke sind gepolstert und bestimmt beque-
mer als die im Wartehäuschen der Bushaltestelle.«

Cano betrat die Gaststube und sah sich um. »Ihr schlaft

hier unten?« Sein Blick wanderte zum Sofa, auf dem Paula lag, die Decken so zerwühlt, als hätte sie im Schlaf Schneeengel gemacht. Das hatte sie wahrscheinlich auch. Ein Lächeln breitete sich auf Canos Gesicht aus. »Gemütlich.«

»Ja, Paula beim Schlafen zuzusehen ist ziemlich unterhaltsam. Allerdings nicht, wenn man neben ihr liegt und selbst gern schlafen möchte.« Ich deckte sie wieder zu, dann drehte ich mich zu Cano um.

Er war schon wieder mit seinem Handy beschäftigt. »Hör zu, ich muss dringend den Boss und die Münchner Kollegen informieren, dass ich es zu dem Meeting morgen Früh nicht schaffe.«

»Klar«, sagte ich, langsam nickend. Inzwischen war es weit nach elf Uhr. »Habt ihr eigentlich nie Feierabend, du und deine Anwaltsfreunde?«

»Nicht, wenn es um so einen wichtigen Termin geht. Aber noch ist nichts verloren. Zum Glück gibt es ja Zoom und Co.« Er ging zur Tür hinaus, und bald darauf hörte ich ihn im Flur telefonieren.

In der Gaststube war es schön warm, trotzdem holte ich meine lange Strickjacke und ein Paar Socken aus dem Koffer und zog sie mir über. Anschließend setzte ich mich an einen der Tische und baute einen Turm aus Bierdeckeln. »Verdammt«, murmelte ich, als der Turm zusammenbrach, kaum dass ich mich an die zweite Etage wagte. Ich gab es auf und holte mir Paulas Wachsmalstifte, um auf den Bierdeckeln zu malen. Ich konnte nicht hören, was Cano sagte, aber Tonfall und Stimmmelodie deuteten darauf hin, dass er mit seinem Boss sprach. Ich legte den blauen Stift beiseite und nahm stattdessen den roten und den gelben, um zu testen, welche Nuancen und Effekte ich hinbekam, wenn ich sie übereinander auftrug. Mit dem Fingernagel kratzte ich ein Muster in die Farbschicht. Ich sollte wieder viel mehr herumexperimentieren. Seit Jahren war ich fixiert auf Ölfarben. Das war früher nicht so gewesen. Da hatte ich mit allem gemalt, was ich zwischen die Finger bekommen hatte, und jede Technik ausprobiert. Ich hatte es geliebt, wie Neues unter meinen Händen entstand, je verrückter, desto besser.

»Hey«, hörte ich Canos Stimme.

Ich zuckte so heftig zusammen, dass mir der Stift aus der Hand fiel.

»Du bist ganz schön schreckhaft.« Er setzte sich auf den Stuhl mir gegenüber. Das Handy legte er so auf den Tisch, dass er das Display im Blick hatte. »Hast was ausgefressen, was?«

Abrupt hob ich den Kopf. »Ich? Quatsch, wie kommst du darauf?«

Cano grinste. »Keine Ahnung, wie komme ich nur darauf?« Er deutete auf den Bierdeckel. »Du bist also Künstlerin.«

»Das schließt du aus diesem Ding?«

»Nicht nur daraus. Paula hat erzählt, dass du Bilder malst, aber sie nicht verkaufen willst. Und dann ist da noch das mysteriöse verpackte Gemälde im Kofferraum, das du wie einen Augapfel hütest. Ich zähle eins und eins zusammen, weißt du?«

»Ah«, sagte ich lang gezogen. »Genial kombiniert, Sherlock.«

»Danke. Und was ist das auf dem Bild, das du da malst?«

»Was glaubst du denn, das es ist?«

»Na ja, auf den ersten Blick könnte es auch eine Telefonkritzelei sein, aber wenn man genauer hinschaut … Es ist ein Chaos, aber es scheint ein Sinn dahinterzustecken.« Cano legte in übertriebener Denkerpose die Hand an sein Kinn und starrte auf den Bierdeckel. »Hm, hm, hm. Was will uns die Künstlerin mit diesem Bild sagen?«

Erwartungsvoll hielt ich die Luft an. Als nichts weiter von ihm kam, hakte ich nach. »Na? Was denn?«

Cano hob hilflos die Schultern. »Ich weiß es nicht. Ich habe leider keine Ahnung von Kunst.«

»Du erkennst also nicht, was dieses Bild darstellen soll?«, fragte ich mit gespielt beleidigter Miene.

Er schüttelte den Kopf. »Tut mir ehrlich leid.«

»Na toll. Das kommt davon, dass ich nicht zu Ende studiert habe.«

»Was stellt das Bild denn nun dar?«

»Also, ich finde es ja eindeutig, aber gut. Ich bin wohl kaum objektiv.«

»Jetzt mach es nicht so spannend«, rief Cano, legte sich jedoch gleich darauf eine Hand vor den Mund und sah rüber zu Paula.

»Keine Sorge, die wacht nicht auf. Hier könnten eine Blaskapelle und eine Herde Elefanten durchmarschieren«, sagte ich, und tatsächlich rührte sie sich nicht um einen Millimeter.

»Die Glückliche. Also, was ist auf dem Bild zu sehen?«

»Es ist echt erniedrigend, dass ich es erklären muss«, beschwerte ich mich. Dann tippte ich mit dem Zeigefinger darauf. »Es ist doch ganz offensichtlich – so dachte ich zumindest – ein Obstschalen-Stillleben.«

Cano betrachtete beinahe andächtig den Bierdeckel, und es fiel mir schwer, mein Grinsen im Zaum zu halten. »Ah. Ach so. Ja, jetzt, wo du es sagst.«

Nun platzte ich doch mit dem Lachen heraus. »Du hast wirklich keine Ahnung von Malerei, oder?«

»Nein, hab ich doch gesagt.«

»Deine Reaktion auf das Bild ist interessant. Sie verrät viel über dich.«

»Ach ja? Was denn?«

»Na ja, im ersten Augenblick hast du emotional reagiert. Das Bild hat etwas in dir ausgelöst, du hast es als Chaos bezeichnet. Dann hat dein Hirn sich eingeschaltet. Du hast das Ganze rationalisiert und dir gesagt, dass doch etwas zu erkennen sein *muss*, etwas Greifbares, Handfestes. Dein Verstand hat das Chaos nicht akzeptiert.«

»Und was verrät das über mich?«

»Dass du zunächst instinktiv emotional reagierst, dass dein Verstand aber schnell die Oberhand gewinnt und du ihm eine größere Bedeutung zukommen lässt als deinem Gefühl.«

Nachdenklich rieb er sich das Kinn. »Da hast du nicht ganz unrecht. Also stellt das hier im Grunde gar nichts dar?«

Ich musste lächeln, als ich ihn so hochkonzentriert meine Bierdeckelmalerei studieren sah. »Ich male nicht, was ich sehe. Ich male, was ich fühle, wenn ich es sehe.«

»Und was hast du gefühlt, als du das hier gemalt hast?«

Ich zögerte mit meiner Antwort. »Im Grunde habe ich den heutigen Tag gemalt.«

»Daher also das Chaos.«

Ich lachte. »Genau.«

Cano zog sein Sakko aus und hängte es über den Stuhl neben sich. Dann lockerte er seine Krawatte und öffnete die Knöpfe seiner Weste, um sich schließlich zurückzulehnen und sich mit der Hand durchs Haar zu fahren.

Fasziniert beobachtete ich, wie er immer menschlicher wurde, je mehr er sich entanwaltete. Doch dann schob ich energisch den Chaosbierdeckel zur Seite. Es war wohl besser, schlafen zu gehen, also ab aufs Sofa. Zu meiner Tochter, die mich die ganze Nacht treten oder sich quer über mich legen würde, wenn sie mir nicht gerade die Decke klaute oder mich mit der Hitze ihres kleinen Körpers, die der eines Kernreaktors nahekam, zum Schmelzen brachte. »Wie wäre es mit einem Glas Wein?«, hörte ich mich fragen. »Ich könnte eins vertragen, du auch?«

»Eigentlich schon, aber leider ist der Tresen ja nicht mehr besetzt.«

»Ich bin zuversichtlich, dass wir dort Wein und Gläser finden werden.«

»Wir können uns doch nicht einfach selbst bedienen.«

»Wieso nicht?«

»Weil das nun mal nicht geht. Das macht man nicht.«

Und schwupps, war Cano wieder der überkorrekte Anwalt. »Ich habe doch nicht vor, den Wein zu klauen. Wir legen das Geld auf den Tresen. Wo ist das Problem?«

»Das Problem ist, dass du gemäß Paragraf …«

»Jetzt hör doch mal mit deinen Paragrafen auf.« Ich erhob mich, um zum Tresen zu gehen. »Wir klauen nicht, wir helfen uns nur selbst, also, was soll das Theater?«

»Ich möchte hier eigentlich nicht von *wir* sprechen. *Ich* sitze hier nur und versuche, dich davon abzuhalten.«

»Ach, komm schon. Der Wirt ist sehr nett und hat bestimmt nichts dagegen.« Ich trat hinter den Tresen und nahm zwei Weingläser mit dicken geriffelten grünen Stielen aus dem Regal, die so hässlich waren, dass sie schon wieder was Cooles hatten.

»Sag mal, machst du eigentlich grundsätzlich das genaue Gegenteil von dem, was von dir erwartet wird?«, erkundigte sich Cano.

»Und machst du grundsätzlich ganz genau das, was von dir erwartet wird?«

»Meistens schon. Beantwortest du jede Frage mit einer Gegenfrage?«

»Wäre das denn so schlimm?«

Für einen Moment sahen wir uns stumm an, dann mussten wir beide lachen. »Du bist übrigens nicht besonders nachdrücklich darin, mich abzuhalten«, stellte ich fest. Ich entdeckte eine offene Flasche Riesling und schenkte uns je ein Glas ein.

»Ich habe dich heute schon mitgebrachte Stullen in einer Autobahn-Raststätte essen sehen«, erwiderte er resigniert. »Es ist wohl sinnlos, meine Energie darauf zu verschwenden, dich von irgendetwas abhalten zu wollen.«

»Stimmt.« Ich ging mit den gefüllten Gläsern zurück an unseren Tisch und stellte sie ab. »Bitte schön.« Dann nahm ich die Weinkarte, die unter meinem Bierdeckel-Wachsmalstift-Gemälde lag. »Mosel-Riesling, feinherb, drei Euro achtzig pro Glas«, las ich vor. »Die erste Runde geht auf dich.«

Cano schüttelte den Kopf, holte einen Zehn-Euro-Schein aus seinem Portemonnaie und legte ihn auf den Tisch.

»Danke für die Einladung.« Ich hob mein Glas und hielt es ihm hin.

»Auf den chaotischen Tag«, sagte Cano und stieß sein Glas an meins.

»Und darauf, dass er vorbei ist.«

Wir tranken einen Schluck und schwiegen eine Weile vor uns hin. Cano drehte das Glas in seinen Händen und schaute sich im Gastraum um – offensichtlich zum ersten Mal richtig, denn erst jetzt schienen ihm die Engel aufzufallen. »Du lieber Himmel. Wer lebt hier denn seinen Fetisch aus?« Ich musste mir ein Lachen verkneifen, so entsetzt sah Cano aus. »Findest du die nicht irgendwie gruselig?«

»Nö«, behauptete ich, obwohl ich mir vor nicht mal einer halben Stunde beinahe ins Hemd gemacht hatte.

Er deutete auf den dicken goldenen Amor. »Der Engel da will mich doch eindeutig abschießen.«

»Das ist eigentlich kein Engel, sondern Amor, der römische Liebesgott. Und er zielt nicht auf dich, denke ich. Sondern auf die Flasche Korn über dem Tresen. Jedenfalls, wenn du wüsstest, wer hier der Herr im Haus ist, würdest du dich noch viel mehr gruseln.«

»Wieso?«

Ich sah mich nach allen Seiten um und senkte die Stimme. »Wenn ich dir sagen würde, dass er einen roten Anzug trägt, Hörner auf dem Kopf und einen langen Schweif hat und dass er eine Mist… einen Dreizack in der Hand hält – würdest du mir dann glauben?«

Um Canos Mundwinkel zuckte es. »Ich war doch nur eine Stunde lang nicht bei euch. Wie kann ich da so viel verpasst haben?«

»Das heißt, du glaubst mir?«

»Jedes Wort. Du hast also dem Teufel seinen Wein geklaut? Oh, oh. Ob das so eine gute Idee war?«

»Ich habe ihn doch bezahlt. Sag mal, willst du gar nicht wissen, was es mit dem Teufel auf sich hat?«

»Eigentlich nicht. Mir gefällt die Story so, wie sie ist.«

Wir grinsten uns an und tranken noch einen Schluck von dem leckeren Riesling. Mephisto hatte einen wirklich guten Geschmack.

»Warum hast du eigentlich nicht zu Ende studiert?«, fragte Cano schließlich unvermittelt. »Dein Onkel hat angedeutet, dass du abgebrochen hast, weil du schwanger geworden bist. Stimmt das?«

Ich brauchte ein paar Sekunden, um mich auf den abrupten Themenwechsel einzustellen. Schließlich antwortete ich: »Ja, schon.«

»Ach so.« Cano runzelte leicht die Stirn.

»Ich weiß, du denkst, das wäre kein Grund, sein Studium gleich abzubrechen«, sagte ich, noch bevor *er* etwas sagen konnte. »Aber in den ersten drei Monaten habe ich nur gekotzt. Es war so schlimm, dass ich ins Krankenhaus musste. Das Semester konnte ich knicken. Also hab ich erst mal eine Pause eingelegt. Eine Elternzeit sozusagen. Als Paula auf der Welt war, wurde es auch nicht einfacher. Ich habe in einer Fünfer-Studenten-WG gewohnt, und meine Mitbewohner fanden es alles andere als cool, einen schreienden Säugling und eine permanent übermüdete stillende Mutter in ihren Reihen zu haben. Also musste ich mir etwas anderes suchen.«

»Nette Mitbewohner«, kommentierte Cano.

Ich hob die Schultern. »Es war schon fies, aber ein kleiner Teil von mir konnte es auch verstehen. Wenn sie lernen wollten, hat Paula geweint. Und wenn sie feiern wollten, mussten Paula und ich schlafen. Ich hab versucht, in Hamburg was Bezahlbares zu finden, aber da war absolut nichts zu machen.«

»Und deine Eltern?«

Ich winkte ab. »Meine Mutter wohnte zu dem Zeitpunkt schon wieder in Oberstdorf. Ich hätte meinen Vater fragen können, aber er hat seit Langem eine neue Familie. Seine Frau und meine Halbbrüder sind ganz nett, aber ich hab nie wirklich dazugehört. Außerdem wollte ich allen beweisen, dass ich es alleine schaffe.« Nachdem ich einen Schluck Wein getrunken hatte, fuhr ich fort: »Dann habe ich durch Zufall Kirsten wiedergetroffen, die ich von einem Kunstprojekt kannte. Als sie von meiner Misere erfahren hat, hat sie mir angeboten, zu ihr und ihrer Frau Antje auf den Hof nach Plön zu ziehen. Die Miete war spottbillig, da konnte ich einfach nicht Nein sagen. Von irgendwas musste ich leben, also habe ich mir den Job im Bioladen gesucht. Und dann war die Uni auf einmal ganz weit weg. Und Hamburg auch.« Für einen Moment hielt ich inne, als ich an die ersten Monate in Plön dachte. An das Heimweh. An meine geplatzten Träume, die verpassten Chancen, die Zweifel an meiner Entscheidung.

»Tut mir leid, ich wollte nicht aufdringlich sein«, sagte Cano in die Stille hinein. »Eigentlich geht es mich ja auch gar nichts an.«

»Kein Problem.« Ich sah rüber zu Paula, die inzwischen leise vor sich hin schnarchte. Dann holte ich tief Luft und sagte: »Hier ist noch was, das dich nichts angeht: Ich weiß, wer Paulas Vater ist.«

Cano schüttelte den Kopf. »Bitte?«

»Onkel Heinz behauptet zwar, ich hätte nicht die geringste Ahnung, aber ich weiß es sehr wohl. Das wollte ich nur klarstellen. Nicht, dass du denkst, da stünden zwanzig Typen zur Auswahl oder so.«

»Das denke ich überhaupt nicht. Das meiste, was dein Onkel von sich gibt, ignoriere ich einfach.«

»Mein Großonkel, genau genommen. Ist wahrscheinlich die beste Art, mit ihm umzugehen. Mir selbst gelingt das leider nicht so gut.« Schließlich hatte er ein viel zu großes Talent, ausgerechnet dahin zu treten, wo es am meisten wehtat.

»Wo ist er eigentlich?«

»Oh, er nächtigt in der Luxussuite – dem letzten freien Zimmer.«

»Wo auch sonst?«, sagte Cano kopfschüttelnd. »Ähm …« Er hielt inne und schien nach Worten zu suchen. »Wo wir schon bei Themen sind, die mich nichts angehen – du musst natürlich nicht darauf antworten, aber es würde mich einfach interessieren, was es damit auf sich hat, dass Paula eine afrikanische Prinzessin ist.«

Das war tatsächlich eine sehr persönliche Frage. Andererseits spürte ich keinen Widerstand dagegen, mit Cano über dieses Thema zu sprechen. Aber wo sollte ich anfangen?

»Wie gesagt, ich kann es absolut verstehen, wenn du darauf nicht antworten möchtest«, sagte Cano, der mein Zögern offenbar falsch verstand.

»Nein, schon okay. Ich merke nur gerade, dass es eine lange Geschichte ist. Hast du Zeit?«

»Zufällig habe ich gerade ein paar Minuten, ja«, erwiderte er mit einem leichten Lächeln.

»Na gut, aber dafür brauche ich noch ein Glas Wein.« Ich holte die Flasche und schenkte Cano und mir nach. »Also, um es nicht allzu spannend zu machen, gleich vorweg: Paulas Vater ist natürlich kein afrikanischer König. Sie hat sich das nur selbst zusammengereimt und ist von der Idee nicht mehr abzubringen. Die eigentliche Geschichte ist, warum sie sich das überhaupt zusammengereimt hat. Oder zusammenreimen musste. Paulas Vater, er … steht uns nicht zur Verfügung. Hat er nie und wird er auch nie. Ich wusste von Anfang an, dass Paula früher oder später nach ihm fragen würde. Ich hatte also massenhaft Zeit, mir zu überlegen, was ich dann antworte. Aber mir fiel einfach nichts ein. Und ich weiß es auch jetzt noch nicht.«

»Warum denn nicht? Ist er ein Kriegsverbrecher oder ein Massenmörder oder so was?«

»Nein, er …« Mit dem Zeigefinger zeichnete ich ein unsichtbares Muster auf den Tisch. »Also, die Wahrheit ist, dass ich kaum etwas über ihn weiß. Vor allem nicht, wo er steckt.«

Cano sagte nichts, und ich schaute auf, um seinen Gesichtsausdruck zu überprüfen. Er sah mich einfach nur ruhig und abwartend an, und das brachte mich dazu weiterzureden. »Mit zwanzig bin ich für vier Wochen mit dem Rucksack durch Indien gereist. Zuerst allein, aber auf Goa habe ich ein paar amerikanische Studenten kennengelernt, und wir haben uns zusammengetan. Einer von ihnen war Will. Will Jackson. Ein wunderschöner, dreiundzwanzigjähriger Biologiestudent aus Washington. Ich hab mich Hals über Kopf in ihn verknallt, es war komplett verrückt.« Mein Finger malte unaufhörlich auf der Tischplatte – ein Abbild meiner kurzen Zeit mit Will. »Wir hatten eine stürmische Urlaubsliebe – drei Wochen lang. Wir haben uns Indien angesehen, geredet, geflirtet, gelacht und uns geliebt. Das war die sorgloseste Zeit meines Lebens.« Für einen Moment hielt ich inne und sah Will vor mir. Seine braunen Augen, die schneeweißen Zähne, das süße Lächeln. Er hatte immer irgendwie nach Zimt geduftet und nach Abenteuer und Liebe. »Beim Abschied haben wir unsere E-Mail-Adressen ausgetauscht«, fuhr ich fort. »Mit Social Media hatte er es nicht so, und er meinte, es würde keinen Sinn machen, mir seine Telefonnummer zu geben. Er ist ja durch mehrere Länder in Asien gereist und hat in jedem Land die SIM-Karte gewechselt. Wahrscheinlich fragst du dich jetzt, warum ich ihm nicht meine Nummer gegeben habe, richtig? Na ja, das Ding ist … habe ich.«

Cano nickte langsam, und seine Miene wurde weich, als es ihm dämmerte, worauf das Ganze hinauslief. Doch er sagte weiterhin nichts, wofür ich ihm dankbar war.

»Jedenfalls, mit Wills E-Mail-Adresse hatte ich ja was in der Hand, um ihn zu erreichen. Wobei wir eigentlich eh nicht geplant hatten … ich meine, wir wussten eigentlich beide, dass es eine Urlaubsliebe war und mehr nicht.« Ich nahm noch einen großen Schluck Wein, denn nun kam der unangenehme, der dumme Teil. »Tja. Trotzdem habe ich Will geschrieben,

166

kaum dass ich zu Hause war. Weil ich ihn schon nach vierundzwanzig Stunden vermisst und mir gewünscht habe, wir könnten den Kontakt halten. Uns wiedersehen.« Ich verbarg das Gesicht in meinen Händen. »Oh Gott, ich war so naiv! Er hat nicht auf meine Mails reagiert, null, gar nicht. Und dann habe ich gemerkt, dass ich schwanger war. Wir hatten natürlich verhütet, aber da ist offensichtlich was schiefgelaufen. Ich habe Will förmlich angefleht, sich bei mir zu melden. Irgendwann habe ich ihm sogar per Mail mitgeteilt, dass er Vater wird, obwohl ich es ihm lieber sagen wollte, wenigstens am Telefon. Aber nichts, keine Reaktion. Ich dachte, vielleicht habe ich seine Schrift nicht richtig entziffert. Daraufhin habe ich jede erdenkliche Variante seiner E-Mail-Adresse ausprobiert. Immer noch nichts. Also habe ich aufgegeben und versucht, auf andere Art mit ihm in Kontakt zu treten. Aber auch das war hoffnungslos. Alles, was ich über ihn wusste, war, dass er Will Jackson heißt, dreiundzwanzig ist, aus New Jersey stammt und in Washington Biologie studiert. Und dass ich wahnsinnig verknallt in ihn war.« Ich drehte das Weinglas in meinen Händen. »Hast du eine Ahnung, wie viele Will Jacksons es allein in New Jersey gibt?«

Cano schüttelte den Kopf. »Nein.«

»Es sind über tausend. Oder anders gesagt: Ich habe über tausend Will Jacksons in Telefonbüchern gefunden. Wahrscheinlich gibt es noch etliche, die nicht im Telefonbuch stehen. Ich habe alle Nummern angerufen. Keiner war mein Will oder kannte meinen Will. Meine komplette Schwangerschaft hindurch habe ich mich vor mir völlig unbekannten Amerikanern am Telefon zum Deppen gemacht.« Ich verzog das Gesicht, als ich an die unzähligen peinlichen Telefonate dachte. »Ich wusste auch nicht, an welcher Uni er studiert, ich wusste nicht mal mehr, ob die Uni in der Stadt Washington, D.C., oder dem Bundesstaat Washington war. Übrigens, wenn man eine Uni anruft und sagt ›Ich bekomme ein Kind, und zwar möglicherweise von einem Ihrer Studenten, könnten Sie mir also bitte die Telefonnummern von allen Will Jacksons geben, die zurzeit bei Ihnen studieren?‹, dann reagieren seltsamerweise alle sehr verhalten.«

»Was ist denn mit dem Jugendamt?«, erkundigte Cano sich. »Die müssen doch auch versucht haben, ihn zu finden, und haben bessere Mittel und Wege.«

Ich lachte bitter auf. »Das Jugendamt? Du bist ja witzig. Die haben gar nichts gemacht.«

Cano runzelte die Stirn. »Ich kenne mich mit Familienrecht nicht aus, schon gar nicht mit internationalem Familienrecht, immerhin geht es ja um Aufenthaltsermittlung und gegebenenfalls Vaterschaftsanerkennung eines US-Bürgers. Aber ich bin mir sicher, wenn du zu einem Rechtsanwalt gegangen wärst, der …«

»Ich war bei einer Rechtsanwältin«, fiel ich ihm ins Wort. »Sie hat gesagt, dass bei Anträgen auf Aufenthaltsermittlung meistens eh nichts rauskommt und dass sich die Sache dadurch nur ewig hinzieht, was natürlich auch Kosten verursacht. Sie meinte, es sähe halt nicht gut aus, weil die Behörden in Fällen von unbekannter Vaterschaft – und als solche wurde mein Fall gewertet – oft nicht zahlen. Dann hat sie mir geholfen, den Antrag auf Unterhalt zu stellen, der nach einigem Hin und Her abgewiesen wurde. Woraufhin sie sagte, sie hätte es ja schon vermutet. Und dann hat sie mir eine Rechnung geschrieben.«

Cano schnaubte. »Und diese Kollegin soll auf internationales Familienrecht spezialisiert gewesen sein?«

»Spezialisiert?«, wiederholte ich ungläubig. »Cano, ich war

zwanzig, schwanger, ohne abgeschlossene Ausbildung, ohne Job – ich hatte keine Kohle für eine spezialisierte Rechtsanwältin. Ich konnte mir ja schon die *nicht* spezialisierte Anwältin nicht leisten. Das Geld habe ich mir von meinem Vater geliehen.«

Cano öffnete den Mund, um etwas zu erwidern, doch dann schloss er ihn wieder und fuhr sich mit der Hand durchs Haar. »Na schön, also Paulas Vater ist unauffindbar. Aber wie kommt sie darauf, dass er ein afrikanischer König ist?«

»Sie stellt in letzter Zeit immer öfter Fragen nach ihm, und jedes Mal zieht sich was in mir zusammen, weil ich nicht weiß, was ich antworten soll. Sie will wissen, warum alle Kinder einen Vater haben, nur sie nicht. Wo er ist, was er macht, warum er sie nicht besucht.« Hilflos hob ich die Schultern. »Was soll ich denn dazu sagen?«

Cano sah mich nachdenklich an. »Wie wäre es mit der Wahrheit?«

»Die Wahrheit ist, dass ich eine dreiwöchige Urlaubsliebelei mit einem Amerikaner hatte, von dem ich bis auf den Namen kaum etwas weiß. Dass ich ungeplant schwanger geworden bin. Dass Paulas Vater entweder nicht die geringste Ahnung von ihrer Existenz hat oder ihre Existenz komplett ignoriert. Und dass sie nie einen Vater haben wird. Das soll ich meiner sechsjährigen Tochter sagen, die sich sehnlichst einen Vater wünscht? Das kann ich einfach nicht.«

»Aber was antwortest du ihr denn jetzt, wenn sie nach ihm fragt?«

»Ich weiche aus oder versuche, Fragen von vornherein zu vermeiden. Und da Paula von mir keine Infos bekommt, reimt sie sich halt selbst was zusammen. Zum Beispiel, dass ihr Vater Afrikaner ist. Und die Prinzessinnensache …« Ich malte mit dem Finger den Umriss einer Krone auf den Tisch. »Ich habe ihr Pippi Langstrumpf vorgelesen, deren Vater König von Taka-Tuka-Land ist und der Pippi allein in Schweden leben lässt. Eigentlich ja ganz schön gemein und pädagogisch sehr fragwürdig, aber es ist halt Pippi Langstrumpf, du weißt schon. Jedenfalls kam sie so darauf, dass ihr Vater ebenfalls ein König ist, der sein Volk nicht verlassen kann. Und sie ist demzufolge eine Prinzessin. Ich habe es sofort klargestellt, aber auf dem Ohr ist sie taub. Sie hat sich total in diese Idee verrannt, keine Ahnung, warum.«

»Vielleicht ist ihr die Prinzessinnensache an sich ja gar nicht so wichtig. Aber wenn ihr Vater ein König ist und sie eine Prinzessin … dann hat sie was mit ihm gemeinsam. Etwas, das sie verbindet.«

So hatte ich das noch nie gesehen, aber es klang plausibel. »Das kann schon sein. Jedenfalls habe ich diese ganze Vatergeschichte vollkommen vergeigt.«

»Es ist doch noch nicht zu spät, Paula die Wahrheit zu sagen. Oder eine leicht beschönigte Fassung der Wahrheit.«

»Mir ist schon klar, dass ich ihr die Wahrheit sagen muss.« Ich verwischte die unsichtbare Krone, die ich auf die Tischplatte gemalt hatte. »Also werde ich ihr wohl bald die erste tiefe Wunde ihres Lebens zufügen und sie traumatisieren. Und sie ist erst sechs. Sie wird mich hassen.«

Cano legte eine Hand auf meinen Arm. Obwohl ich eine Strickjacke trug, breitete sich eine Gänsehaut aus, dort, wo er mich berührte. Doch kaum hatte ich es wahrgenommen, zog Cano seine Hand wieder weg. »Nie im Leben wird sie dich hassen. Das ist völlig unmöglich.«

»Ich hoffe es«, sagte ich leise. Dann hob ich die Beine hoch, sodass ich im Schneidersitz saß, und zog die Strickjacke enger um mich. »Okay, was kann ich dir noch erzählen, das dich nichts angeht? Vielleicht die Farbe meiner Unterhosen? Wie Paulas Geburt war, in allen Details? Wann ich meine erste Periode hatte?«

Cano sah mich verblüfft an, doch dann fing er an zu lachen. »Komme ich so neugierig und aufdringlich rüber?«

»Nein, Quatsch. Ich bin ohnehin schlecht im Small Talk und überschreite ständig Grenzen. Was ist auch schon dabei, über persönliche Dinge zu sprechen? Ist doch interessanter als eine Konversation über das Wetter, oder?«

»Stimmt. Ungewöhnlich zwar für zwei Fremde, aber definitiv interessanter.«

»Vielleicht ist ja genau das auch der Punkt. Wir sind Fremde, daher fällt es uns leicht, über persönliche Dinge zu sprechen. Wir sehen uns sowieso nie wieder.«

Cano und ich tauschten einen Blick, und ich spürte, wie etwas an meinem Herzen zog. Ganz leicht nur, aber unleugbar da. Ich versuchte, in seinem Gesicht zu lesen, was er fühlte, aber es war unmöglich. Vielleicht fühlte er ja auch gar nichts.

»Stimmt«, sagte Cano schließlich. »Wir sehen uns nie wieder. Na gut, dann berichte mir doch gerne über die Farbe deiner Unterhosen. Bei Paulas Geburt und deiner ersten Periode passe ich allerdings.«

»Hm. Wenn ich es mir recht überlege, wäre es jetzt eigentlich an der Zeit, mal über die Farbe *deiner* Unterhosen zu reden.«

Cano winkte ab. »Die ist nicht besonders spannend. Wir könnten auch schlafen gehen. Es ist schon ganz schön spät.«

»Hey«, protestierte ich. »Ich habe bereits mein halbes Leben vor dir ausgebreitet, also ist es nur fair, wenn du mir ein paar ›Eigentlich geht es mich ja nichts an‹-Fragen beantwortest.«

Cano seufzte tief. »Na schön. Dann schieß los.«

»Keine Angst, ich fange langsam an, damit du dich eingrooven kannst. Hast du Geschwister?«

»Ach, das ist ja einfach«, meinte er. »Ja, zwei Schwestern. Eine ist jünger und eine älter als ich. Und du?«

»Einen älteren Bruder und zwei sehr viel jüngere Halbbrüder. Leben deine Schwestern in Hamburg?«

Cano nickte. »Melek lebt mit ihrer Familie gleich bei mir um die Ecke. Elif wohnt zwar in Hamburg, jettet aber ständig durch die Weltgeschichte. Sie ist Flugbegleiterin.«

»Verstehst du dich gut mit deinen Schwestern?«

»Ja, schon. Als Kinder haben wir uns zwar ständig gestritten, aber irgendwann hat sich das gegeben. Inzwischen stehen wir uns sehr nahe und sehen uns oft. Sonntagabends treffen wir uns alle zum Essen bei meinen Eltern. Wir sind eine ziemlich laute und chaotische Familie, jeder mischt sich bei jedem ein. Manchmal macht mich das wahnsinnig. Dann wünsche ich mir ein bisschen mehr Abstand.«

»Freu dich doch, dass du eine Familie hast, in der sich alle füreinander interessieren und teilhaben am Leben des anderen. Ich finde, das klingt schön.«

Cano schwieg für eine Weile. »Das ist es auch, im Grunde weiß ich das. Ich liebe meine Familie, nur manchmal wird es mir einfach zu viel.« Er zuckte mit den Schultern. »Aber wenn ich meine Eltern und Schwestern länger nicht sehe, fehlen sie mir. Na ja, so ist das mit Familien, was?«

»Mit meiner nicht. Ich meine, wir haben uns schon irgendwie gern, aber wir sind nicht besonders eng miteinander.« Ich drehte eine Haarsträhne in den Händen. »Auch als mein Vater noch bei uns gewohnt hat, hat irgendwie jeder sein eigenes Ding gemacht. Laut und chaotisch ist es bei uns nie zugegangen.«

»Was ja nicht unbedingt schlecht sein muss.«

»Nein. Muss es nicht.« Mich hatte es allerdings erdrückt. Ich wusste nicht, wie oft ich in meiner Kindheit ermahnt worden war, still zu sitzen und nicht so viel zu plappern. Ich war in dem Gefühl aufgewachsen, permanent zu stören.

»Und was ist mit deinem Bruder?«, wollte Cano wissen. »Wohnt er in Hamburg?«

»Nein, in London. Matthias ist Fondsmanager und klettert die Karriereleiter im Affenzahn rauf. Wahrscheinlich dauert es nicht mehr lang, bis er die Weltherrschaft übernommen hat. Dabei ist er erst dreißig.«

»Wow. Nicht schlecht.«

»Ja, ich weiß. Er war schon immer ein Überflieger. Aber es geht ja jetzt nicht um Matthias, sondern um dich. Wolltest du schon immer Anwalt werden?«

Cano hob eine Augenbraue. »Glaubst du, es gibt irgendwo ein Kind auf der Welt, das Rechtsanwalt werden will?«

»Keine Ahnung. Vielleicht?«

»Na, ich jedenfalls nicht. Ich wollte Polizist werden oder Feuerwehrmann, Tierpfleger, Astronaut, Dinosaurierforscher – jeden Tag etwas anderes.«

»Und wann kam dir die Idee, Rechtsanwalt zu werden?«

Cano trank den letzten Rest Wein und schwenkte das leere Glas in der Hand. »Das muss in der elften oder zwölften Klasse gewesen sein.«

»Da hast du Erin Brockovich gesehen, und das hat den Wunsch in dir geweckt, für die Gerechtigkeit zu kämpfen?«

Zu meiner Verwunderung lachte Cano, obwohl meine Frage ernst gemeint gewesen war. »Nicht ganz. Mein Onkel hatte zu dem Zeitpunkt mit einem Anwalt zu tun, da habe ich einiges mitbekommen. Er importiert Oliven und andere Spezialitäten aus der Türkei und vertreibt sie hier in Deutschland. Damals hatte er, ohne es zu wissen, die Markenrechte eines Großkonzerns verletzt und deswegen eine Unterlassungsklage mit erheblichen Schadensersatzforderungen am Hals, die ihn in den Ruin getrieben hätten. Der Anwalt hat meinen Onkel rausgehauen und ihm den Hintern gerettet. Dabei sah es ziemlich schlecht für ihn aus.«

Aha, dann wollte Cano also doch für die Gerechtigkeit kämpfen und würde vielleicht eines Tages tatsächlich für Amnesty International arbeiten. Auch wenn er meine Idee vorhin an der Raststätte noch verlacht hatte. »Und das hat dich so beeindruckt, dass du auch Anwalt werden wolltest?«

»Ja, schon.«

»Wie bist du dann in dieser Großkanzlei gelandet?«

Canos Blick schweifte automatisch zu seinem Handy, das noch immer vor ihm auf dem Tisch lag. Erst jetzt fiel mir auf, dass er es bis zu diesem Moment gar nicht beachtet hatte, obwohl wir hier schon ziemlich lange saßen. »Ich wollte es unbedingt in eine der Topkanzleien schaffen und zu den Besten gehören. Auch wenn oder gerade weil ich wusste, dass es nicht einfach für mich werden würde.«

»Wieso nicht?«

Cano sah mich ungläubig an. »Hast du eine Ahnung, wie viele Partner bei den internationalen Topkanzleien *Migrationshintergrund* haben?«

Mir war klar, dass ich selbst den Begriff heute verwendet hatte und dass Cano darauf anspielte. »Es tut mir leid, ich werde das nie wieder sagen. Ich dachte, es wäre politisch korrekt.«

»Ist es vermutlich auch. Aber für mich ist es letzten Endes nur eine Beschönigung für *Ausländer, anders* oder *potenzieller*

Störenfried und Problemfall, vor allem wenn der Migrationshintergrund muslimisch ist.«

Ich ließ mir seine Worte für einen Moment durch den Kopf gehen. »Darf ich dich mal was fragen?«

»Nur zu. Du bist ja dran mit der Fragerunde.«

»Es ist im Grunde eine blöde Frage, aber egal. Fühlst du dich eher als Deutscher oder als Türke?«

Seine Stirn lag in Falten, als würde er intensiv über seine Antwort nachdenken. »Schwer zu sagen. Was macht mich denn überhaupt zu einem Deutschen oder zu einem Türken? Wahrscheinlich bin ich weder noch.«

»Oder beides.«

»Oder beides«, bestätigte Cano. »Im Grunde ist es auch egal. Was zählt ist, dass ich in Deutschland geboren bin. Meine Familie und Freunde sind hier, oder zumindest ein Großteil. Ich lebe und arbeite in Hamburg. Mein Deutsch ist besser als mein Türkisch. Womit ich meine Großeltern regelmäßig zur Verzweiflung bringe. Aber meine Eltern haben großen Wert darauf gelegt, dass wir zu Hause Deutsch miteinander reden. Wenn unsere Unterhaltungen ins Türkische abgedriftet sind, wurden wir früher oder später immer dazu ermahnt, Deutsch zu sprechen. Ich verstehe Türkisch und spreche es fließend. Aber es ist nicht wirklich meine Muttersprache.«

»Du fluchst aber auf Türkisch.«

»Stimmt. Das war schon immer so. Es lässt sich ziemlich gut auf Türkisch fluchen.«

»Das muss deine Großeltern aber mächtig stolz machen.«

Cano lachte. »Natürlich, und wie. Wenn nur meine schlechte Aussprache nicht wäre.«

»Deinen Eltern wäre es aber sicher lieber, wenn du auf Deutsch fluchst.«

»Es wäre ihnen lieber, wenn ich überhaupt nicht fluche. Aber wenn es denn sein muss, dann doch lieber auf Deutsch, so wie alle hier es machen. Das war ihnen ohnehin immer am wichtigsten. Dass wir Kinder alles genau so machen wie die Deutschen. Dass wir bloß nicht auffallen, uns einfügen, auf die richtigen Schulen gehen, nicht nur mit Türken abhängen. Wir sollten uns unbedingt anpassen, weil ihrer Meinung nach dadurch die Chancen auf ein gutes Leben steigen. Sie haben uns ständig angetrieben, uns anzustrengen in der Schule und in der Ausbildung, und uns mindestens dreimal täglich gesagt, dass wir es mal besser haben sollen als sie.«

»Haben sie es denn so schlecht?«

Cano schüttelte den Kopf. »Nein, eigentlich nicht. Ich glaube aber, dass vor allem mein Vater nicht so leben kann, wie er es sich erträumt hat. Er hat in der Türkei Physik studiert und wollte in die Forschung gehen. Allerdings hat er im Studium nur mäßig abgeschnitten und keinen Job bekommen. Mein Onkel hat ihm dann irgendwann angeboten, in seinem Delikatessenimport in Hamburg anzufangen. Mein Vater wollte eigentlich nie nach Deutschland, aber ihm blieb wohl nichts anderes übrig.«

»Und deine Mutter?«

»Sie ist gelernte Krankenschwester, allerdings arbeitet sie seit Meleks Geburt nicht mehr. Manchmal glaube ich, dass sie ihren Job vermisst. Als Melek Kinder bekommen hat, hat meine Mutter jedenfalls darauf gepocht, dass sie mit der Arbeit nicht zu lange pausiert. Und sie hat Elif darin unterstützt, ihre Ausbildung zur Bankkauffrau abzubrechen und Flugbegleiterin zu werden, obwohl mein Vater nicht gerade begeistert von der Idee war.« Ein Lächeln flog über Canos Gesicht. »Nicht, dass er auch nur den Hauch einer Chance gegen meine Mutter hätte. Oder gegen meine Schwestern. Die machen eh, was sie wollen.«

Nachdenklich sah ich Cano an. »Und du? Du machst, was *er* will?«

Er stutzte. »Wie meinst du das?«

»Na ja, wolltest du seinetwegen unbedingt in eine der Topkanzleien?« Zu den letzten Worten malte ich mit den Fingern Anführungszeichen in die Luft. »Um seinen Wunsch zu erfüllen, dass seine Kinder tolle Jobs bekommen und es besser haben als er?«

Für eine Weile schwieg Cano und starrte auf die Tischplatte. Schließlich machte er eine wegwischende Handbewegung und sagte: »Keine Ahnung. Vielleicht auch. Aber in erster Linie war und ist es *mein* Ziel, Partner in einer der Topkanzleien zu werden. Es ist *mein* Ehrgeiz. Ich will zu den Besten gehören, so einfach ist das.« Nach einer kurzen Pause fügte er hinzu: »Mal ganz abgesehen davon, dass ich einen Haufen Kohle verdienen will.«

Plötzlich war der nette, humorvolle und einfühlsame Cano verschwunden, und ich hatte es wieder mit dem Karrieretypen zu tun, dem scheinbar nichts wichtiger war, als nach oben zu kommen und ordentlich Geld zu scheffeln – selbst wenn er dafür über Chemieunfälle im Breisgau gehen musste. Aber war es wirklich das, was er wollte? Irgendwie fiel es mir inzwischen schwer, das zu glauben.

In dem Moment brummte Canos Handy. Er las die Nachricht, wobei seine Stirn sich zunächst ein bisschen kräuselte und dann immer mehr in Falten zog.

»Schlechte Nachrichten?«

»Nein. Meine Cousine belästigt mich nur wieder mit einem Vermittlungsangebot.«

»Vermittlungsangebot?«, echote ich.

»Ja, seit ich wieder solo bin, fühlt meine liebe Cousine Gülcan sich zu meiner persönlichen Partnervermittlerin berufen und präsentiert mir eine Singlefreundin nach der anderen.«

»Oh«, sagte ich, weil ich keine Ahnung hatte, was ich sonst sagen sollte. »Das ist ja ... nett.« Ich bemühte mich um einen unbeteiligten Gesichtsausdruck und fragte: »Und da war bislang nichts Passendes für dich dabei?« Cano sah mich so empört an, dass ich kichern musste. »Entschuldige.«

»Zum einen habe ich überhaupt nicht vor, mich in eine Beziehung zu stürzen. Ich bin noch nicht so lange wieder Single.« Ein Schatten flog über Canos Gesicht, als würde ihm in genau diesem Moment wieder einfallen, dass er Liebeskummer hatte. Dass er seine Ex vermisste. »Und zum anderen nervt es mich grundsätzlich, dass Gülcan sich einmischt. Diese ...« Er schaute nochmals in die Nachricht und las vor: »Aylin, 30, Rechtsanwältin, interessiert mich jedenfalls nicht.«

Mit der Hand fuhr ich mir durch mein vom langen Tag zerzaustes Haar und zupfte an meinem *Alles-Fischköppe-hier*-Schlafshirt. »Aber eigentlich ist es ja wirklich nett von deiner Cousine.«

»Nett? Es gibt nichts auf der Welt, das ich mehr hasse als Blind Dates.«

»Ich hasse Blind Dates eigentlich auch«, gestand ich ein. »Ich hatte zwar erst zwei, aber das sind seeehr lange Abende gewesen. Trotzdem, ich finde, wenn sich eine vielversprechende Gelegenheit ergibt, sollte man sie auch nutzen. Es hätten ja auch Volltreffer sein können.«

»Wenn ich auf der Suche wäre, würde ich dir recht geben. Ich bin aber absolut nicht auf der Suche.«

»Okay, verstanden.« Verlegen steckte ich eine Haarsträhne hinter mein Ohr.

Cano sah mich an, als würde er versuchen, sich einen Reim auf mich zu machen. Ich wollte wegsehen, aber aus irgendeinem Grund gelang es mir nicht. Tief in meinem Magen spürte ich ein verdächtiges Flattern. »Ähm, ich …«, setzte ich an, nur um festzustellen, dass in meinem Hirn gähnende Leere herrschte.

»Hm?«, machte Cano.

Wie um den Bann zu lösen, schlug ich leicht mit den Händen auf die Tischplatte. »Es ist echt spät, und es war ein langer Tag, also …«

Cano schüttelte leicht den Kopf, als wäre er gerade ganz woanders gewesen und müsste sich in die Realität zurückholen. »Klar. Lass uns schlafen gehen. Ich muss morgen in aller Herrgottsfrühe raus, um den ersten Bus nach Göttingen zu erwischen.«

Wir regten uns beide nicht einen Millimeter.

Schließlich hörte ich mich fragen: »Was für ein Fall ist das eigentlich, zu dem du so dringend musst? Es geht hoffentlich nicht um irgendeine Umweltsauerei?« Mir war selbst nicht klar, warum ich mit diesem Thema anfing. Vielleicht wollte ich mir damit einfach nur wieder in Erinnerung rufen, wie unterschiedlich wir waren. Das vergaß ich nämlich allzu häufig, und dann erwischte ich mein Herz dabei, ins Stolpern zu geraten.

»Nein, wie kommst du darauf?«, fragte Cano. »Als Arbeitsrechtler habe ich mit Umweltsauereien relativ wenig zu tun.«

»Du bist Arbeitsrechtler?«

Cano nickte.

Arbeitsrechtler. Das war doch gar nicht so schlimm. »Dann willst du deinen Mandanten davor bewahren, von seinem Ausbeuterarbeitgeber ungerechtfertigt gekündigt zu werden?«

Cano hob eine Augenbraue. »Nee, ich fürchte, unser Mandant *ist* der Ausbeuterarbeitgeber.«

In meinem Inneren hörte ich das Geräusch von zerspringendem Glas. »Na super. Und was für ein Mandant ist das nun genau?«

»Viel sagen darf ich dir über diese Sache nicht. Es geht um einen Energiekonzern, der …«

»Ein Energiekonzern?« Ich war entsetzt. »Das ist ja fast noch schlimmer als die *FIB Chem!*«

Cano zuckte mit den Schultern. »Aber warm haben willst du es schon, oder?«

Für einen Moment war ich sprachlos. Was sollte ich auf diesen eiskalten Kommentar auch erwidern? »Ich nehme an, du eilst nicht nach München, um diesem netten Energiekonzern dabei zu helfen, faire Arbeitsverträge zu erstellen?«, sagte ich schließlich.

»Nein, ich muss nach München, weil das Unternehmen eine Sammelklage von entlassenen Arbeitnehmern am Hals hat. Der Termin mit der Gegenseite ist übermorgen, und …«

»Das ist doch zum Kotzen«, fiel ich Cano ins Wort. »Das heißt also, ich kutschiere dich den ganzen Tag lang durch die Gegend und hetze mich ab, damit du es pünktlich zu deinem Mandanten schaffst …«

»Dass du dich abhetzt, habe ich gar nicht mitbekommen.«

»… und damit helfe ich letzten Endes einem umweltverpestenden Energieriesen, unschuldige Mitarbeiter ohne Abfindung abzustoßen«, fuhr ich unbeirrt fort. »Um den Gewinn zu maximieren, damit die Bilanzen stimmen und die Aktionäre gnädig gestimmt sind. Na, bravo.«

Canos Stimmung schien genauso eine 180-Grad-Drehung hinzulegen wie meine. Das Freundschaftliche, beinahe Flirtige hatte sich ins komplette Gegenteil umgekehrt. Aber so war es leichter. So passte wieder alles, so machte es Sinn. »Erstens würde mich interessieren, wie du darauf kommst, dass die Mitarbeiter keine Abfindung bekommen haben«, sagte Cano verärgert, »und zweitens kann ich dich beruhigen: Du überschätzt deine Rolle in diesem …«

»Jetzt hör auf, so kaltschnäuzig zu sein! Wahrscheinlich hilfst du den Unternehmen auch noch dabei, dieses lästige Geschmeiß von Arbeitnehmern loszuwerden.«

»Komm mal wieder runter, Elli. Es ist nicht meine Schuld, dass Menschen ihren Job verlieren, das entscheiden andere, lange bevor ich ins Spiel komme. Ich organisiere das Ganze nur und sorge dafür, dass alles arbeitsrechtlich korrekt und nach Sozialplan …«

»Jaja, und falls es doch nicht so korrekt abläuft und der Mandant später Kündigungsschutzklagen am Hals hat, paukst du ihn raus. Und würgst damit armen Menschen eins rein, die ihre Arbeit und somit ihre Lebensgrundlage verloren haben. Macht dir das etwa Spaß?«

In Canos Augen blitzte es wütend auf, und ein Muskel in seinem Kiefer begann zu zucken. »Was hast du nur immer mit Spaß? Das hat doch mit Spaß nichts zu tun!«

»Warum machst du es dann?«

»Weil ich …« Für einen Moment hielt er inne und runzelte irritiert die Stirn.

Ich nutzte die Gelegenheit und beantwortete die Frage selbst. »Weil es viel mehr Kohle bringt, Energieriesen und Chemiekonzerne zu vertreten, als dich für den kleinen Arbeitnehmer einzusetzen. Richtig? Ist es dir echt scheißegal, dass du auf der falschen Seite stehst?«

»Dass es die falsche Seite ist, ist *dein* Maßstab, kein allgemeingültiger Fakt. Ich glaube nun mal an das Prinzip, dass jeder das Recht auf einen Anwalt und einen fairen Prozess hat – auch die Seite, die dir persönlich nicht gefällt, und ja, auch Arbeit*geber* und sogar Energiekonzerne.« Ich wollte etwas einwerfen, doch Cano brachte mich mit einer Handbewegung zum Schweigen. »Hör verflucht noch mal auf, mir ins Wort zu fallen! Natürlich ist es nicht schön, wenn Menschen ihre Arbeit verlieren, aber manchmal müssen Unternehmen sich von Mitarbeitern trennen, um zu überleben. Denn wenn sie pleite sind, hat keiner mehr einen Job.«

Eine Stimme tief in meinem Innersten sagte mir, dass an seinen Worten durchaus etwas dran war. Aber ich wollte diese Stimme nicht hören, Cano nichts zugestehen, dazu war ich viel zu wütend auf ihn. »Das ändert nichts daran, dass du für die Bösen kämpfst. Du stehst für all das, wogegen ich auf die Straße gehe. Du gehörst zu den reichen, rücksichtslosen Profitgeiern, die diese Welt zu einem schlechteren Ort machen. Ihr wisst doch überhaupt nicht, wie es ist, wenn man vom Mindestlohn leben muss und am Ende des Gehalts noch viel zu viel Monat übrig ist. Leute wie wir sind euch scheißegal, ihr schaut nur herab auf uns. Wenn jemand wie ich in deine Kanzlei spazieren würde, würden du und deine Anwaltsfreunde mich doch schneller wieder hinausbefördern, als ich Kündigungsschutzklage sagen kann! Du bist … ja, du gehörst zu meinen schlimmsten Feinden.«

Cano schnaubte. »Ich kann gar nicht fassen, wie selbstherrlich du bist. Du weißt nichts von mir, Elli, gar nichts. Vom ersten Moment an hast du mich in eine Schublade gesteckt, aus der du mich unter keinen Umständen mehr herauslassen willst, denn es ist ja viel zu unbequem, die Dinge mal aus einer anderen Perspektive zu betrachten. Soll ich dir mal was sagen? In Wahrheit bist du diejenige, die auf mich herabschaut.«

»Das stimmt doch gar nicht! Im Gegensatz zu dir bin ich tolerant.«

»Ach ja? Also, wenn ich in deine Umweltgruppe kommen würde, in Arbeitskleidung, mit Anzug, Krawatte und Aktentasche – wie würdet ihr reagieren, du und deine Guerilla-Freunde? Willst du mir ernsthaft weismachen, dass ihr mich vorbehaltlos und mit offenen Armen aufnehmen würdet?«

Ich zögerte einen winzigen Augenblick, doch dann sagte ich: »Natürlich.«

»Schwachsinn! Ein Blick würde euch reichen, um festzustellen, dass ihr nicht die geringste Lust habt, euch mit einem Spießer wie mir abzugeben, der auch noch auf der dunklen Seite der Macht steht. Du siehst dich meilenweit über mir, schließlich gehörst du zu den Guten und hast die Moral für dich gepachtet.«

»Aber ich stehe ja nun mal auch auf der richtigen Seite«, sagte ich trotzig.

Cano verdrehte die Augen. »Alles klar, Elli. Du hast das letzte Wort. Geschenkt.«

Ich wollte schon protestieren, doch damit hätte ich Canos Behauptung nur bewiesen, und diese Genugtuung gönnte ich ihm auf keinen Fall.

Für eine Weile sagten wir beide nichts, sondern saßen einfach nur da und starrten vor uns hin. Im Flur ertönte das schauerliche Quietschen der Eingangstür, vermutlich trudelten ein paar andere Gäste ein. Bald darauf knarzten die Treppenstufen, und schließlich schlug irgendwo eine Tür zu. Dann war alles wieder still. Ich räusperte mich und schob mein Weinglas von mir weg. »Wie auch immer. Einigen wir uns einfach darauf, dass wir uns niemals einig sein werden.«

Cano nickte. »Natürlich. Wie könnten *Feinde* sich auch jemals einig sein?«

Ich stand so abrupt auf, dass mein Stuhl laut über den Bo-

183

den scheuerte. »Na, dann lege ich mich schlafen. Gute Nacht.«
Die Worte klangen irgendwie so symbolträchtig und endgültig.

»Gute Nacht«, erwiderte Cano. Nach einem Blick auf die Uhr fuhr er fort: »Um sieben geht der Bus nach Göttingen, ich vermute also, wir sehen uns morgen nicht mehr.«

Nun konnte ich es doch nicht länger vermeiden, ihn anzusehen. »Dann heißt es wohl Abschied, die Zweite.«

Cano nickte langsam. »Ja. Das heißt es wohl.«

Ich fummelte am Knopf meiner Strickjacke und suchte nach Worten, doch mir fiel nichts ein. »Also dann … Tschüs.«

»Tschüs, Elli.«

Eigentlich hätte einer von uns jetzt gehen müssen, so wie es bei Abschieden gemeinhin üblich war. Nur übernachteten wir ja beide in diesem Gasthaus, in *einem* Raum. Also fand der Abschied zwar jetzt statt, die eigentliche Trennung aber erst in ein paar Stunden. Was zur Folge hatte, dass keiner von uns sich von der Stelle bewegte, was wiederum die ohnehin schon angespannte Situation nicht gerade angenehmer machte. »Irgendwie ein bisschen seltsam, dieser Abschied, was?«, fragte ich.

»Schon irgendwie, ja.«

Schließlich gab ich mir einen Ruck, nahm die Weingläser und die leere Flasche und stellte sie auf dem Tresen ab. Ich spürte förmlich Canos Blick in meinem Rücken, als ich den Gastraum verließ, um mir am Waschbecken auf der Damentoilette noch mal die Zähne zu putzen. Als ich wieder zurückkam, hatte Cano sich auf die Bank gelegt, die am weitesten von Paulas Sofa entfernt war. Im Vorbeigehen nahm ich wahr, dass seine Augen geschlossen waren, aber ich kaufte ihm nicht ab, dass er schlief.

Ich löschte das Licht und tappte im Dunkeln zum Sofa.

Paula machte sich so breit, dass für mich kaum noch Platz war, darüber hinaus nahm sie beide Kopfkissen in Beschlag und hatte sich wie ein Wrap mehrfach in ihre Decke eingerollt. Und in meine. Ich schob meine Tochter zur Seite und legte mich neben sie. Ohne Decke fing ich in meinem kurzen Schlafshirt schon bald an zu frieren, also zog ich meine Hose wieder an und kramte ein paar Kleidungsstücke aus meiner Tasche, um sie über meine Beine zu legen. Aber viel brachte das nicht. Mit offenen Augen lag ich da, und nach und nach tauchten immer mehr Engel in meinem Blickfeld auf. Ich hatte schwören können, dass sie sich jedes Mal bewegten, wenn ich kurz die Augen schloss. Seufzend drehte ich mich auf die andere Seite, woraufhin Paula Rosa losließ, ihre Arme um mich schlang und mich an sich drückte, als wäre ich ein riesengroßer Teddybär.

Ich schloss die Augen, aber obwohl ich todmüde war, konnte ich nicht einschlafen. Canos Gegenwart war mir auf seltsame Art bewusst. Auch wenn die Dinge zwischen uns wieder so waren, wie sie sein sollten, wünschte sich ein Teil von mir, dass wir als Freunde hätten auseinandergehen können. Stattdessen würden wir einander auf ewig als Feinde in Erinnerung bleiben. »Gute Nacht, Cano«, flüsterte ich in die Dunkelheit.

Für ein paar Sekunden blieb es still, und ich dachte schon, er würde schlafen oder einfach nicht antworten. Doch schließlich erwiderte er ebenso leise: »Gute Nacht, Elli.«

Ich lag noch eine ganze Weile wach, fror vor mich hin, lauschte Paulas und Canos Atem und passte auf, dass die Engelsarmee uns nicht überfiel. Doch schließlich überrollte mich die Müdigkeit, ich konnte die Augen nicht mehr offen halten und schlief endlich ein.

Als Elli das ~~fette schwere~~ Kaninchen ~~stahl~~ rettete

Ich befand mich mitten in einem Angriff von Zombieengeln und verteidigte Paula und mich verzweifelt mit meinen nicht vorhandenen Krav-Maga-Künsten. Es sah brenzlig aus für mich, die Zombieengel kamen immer näher. Aus der Ferne hörte ich ein irres Lachen, und als ich mich umdrehte, sah ich, dass es der Teufel höchstpersönlich war, der sich über meine hoffnungslosen Fluchtversuche amüsierte.

»Sie kann gar kein Krav Maga«, sagte Cano, der wie aus dem Nichts neben Mephisto aufgetaucht war.

»War ja klar, dass sie diese Situation nicht im Griff hat«, meckerte Onkel Heinz, der auf seinen Stock gestützt neben Cano stand. »Nichts hat sie im Griff.«

»Jetzt lauf schon, Elli«, feuerte Cano mich an. »Und vergiss deinen Schild nicht.«

Ich wollte etwas erwidern, doch die Engel zückten ihre Bogen, spannten Pfeile ein und zielten auf mich.

»Von der Liebe darfste dich nich feddichmachen lassen.« Knut, der Taxifahrer, winkte mir aus dem Fenster seines Taxis zu.

»Wieso Liebe, welche Liebe?«, fragte ich verwirrt. »Du musst mich retten. Die wollen mich abschießen.«

»Zu spät.« Knut lachte dröhnend, und nach und nach stimmten Cano, Paula, Onkel Heinz, Mephisto und die Engel in das Gelächter ein. Als ich an mir runterblickte, entdeckte ich, dass mehrere Pfeile in meiner Brust steckten. Es blutet gar nicht, dachte ich, wie merkwürdig. Und dann: Ich muss aufwachen. Das ergibt doch alles keinen Sinn. Aus irgendeinem Grund wollte ich zu Cano schauen, doch da traf mich etwas hart an der Nase. Immerhin war es kein Pfeil, das wusste ich.

»'Tschuldigung, Mama, das wollte ich nicht«, murmelte Paula und kuschelte sich an mich. »Warum zappelst du denn so?«

»Pass auf, Motte, die Engel schießen, und Cano … Cano ist …«

»Was ist denn mit Cano?« Paula drückte mit den Fäusten gegen meine Brust, um sich aus meiner Umarmung zu befreien. »Du träumst ja noch.«

»Hm?« Ich spürte, wie etwas Spitzes in meinen Rücken drückte. Überhaupt war es so unbequem.

»Mami, aufwachen!« Nun kitzelte Paula mich mit ihren kleinen Händen, während sie weiterrief: »Mamilein. Mamaaaa!«

»Was denn?« Die Engel lösten sich in Rauch auf, ich öffnete die Augen und blickte in Paulas Gesicht, das nur etwa fünf Zentimeter von meinem entfernt war.

»Bist du jetzt endlich wach?«

»Ich glaube schon«, murmelte ich. Mein Umfeld wurde immer klarer, und ich begriff, dass ich nicht wirklich auf der Flucht vor Zombieengeln gewesen war. Noch immer bohrte sich etwas in meinen Rücken. Es war eine Sprungfeder aus dem Sofa, auf dem Paula und ich lagen. Ich setzte mich auf und reckte und streckte meine schmerzenden Glieder.

»Was hast du denn geträumt?«, erkundigte Paula sich. »Was von Cano? Du hast immer Cano gesagt.«

Mein Blick glitt auf die andere Seite des Gastraums, aber Cano war schon weg. In meinem Bauch zog es unangenehm.

»Keine Ahnung, was ich geträumt habe«, wich ich aus. Gähnend rieb ich mir den schmerzenden Nacken.

Paula kniete sich hinter mich und fing an, mit ihren kleinen Händen meinen Rücken zu kneten, als würde sie mich abgrundtief hassen. »Ich massiere dich, Mama, dann tut es nicht mehr so weh. Kirsten macht das bei Antje auch immer.«

»Das ist total lieb, Süße«, erwiderte ich mit zusammengebissenen Zähnen. Wenn Kirsten *das* bei Antje machte, fragte ich mich, wie sie noch aufrecht laufen konnte. »Es ist schon viel besser.«

»Cool. So schnell«, sagte Paula mit selbstzufriedener Miene.

»Mhm. Danke schön. Wie sieht's aus, machen wir ein paar Yogaübungen?«

»Klar.«

Ich schlug meine Decke zurück und schwang die Beine vom Sofa. Moment mal. Wo kam die Decke denn her? Hatte Paula etwa doch mit mir geteilt? Aber nein, da lagen zwei zerknautschte Decken auf ihrer Seite, meine musste also aus dem Nichts aufgetaucht sein, während ich geschlafen hatte. Ich schielte zu den Engeln, die über dem Sofa schwebten. Na ja, wahrscheinlicher war wohl, dass Mephisto nach seiner Theaterprobe noch mal hier reingeschaut und dabei gesehen hatte, dass ich fror. Wie lieb, dass er doch noch eine Decke für mich aufgetrieben hatte.

Nachdem Paula und ich zusammen ein paar Sonnengrüße geübt und unsere Wirbelsäulen ordentlich durchbewegt hatten, machten wir uns auf der Damentoilette fertig für den Tag. Was hätte ich nicht für eine heiße Dusche gegeben! Voller Neid dachte ich an Onkel Heinz und sein Luxusbadezimmer, während ich meine Haare unter dem Wasserhahn des Waschbeckens wusch. Ich schlüpfte in schwarz-weiß gemusterte

Sindbadhosen und ein schwarzes langärmeliges Shirt, band meine noch nassen Haare zu einem lockeren Dutt hoch und kümmerte mich dann um Paula, die mit ihrer Katzenwäsche schon längst durch war und nun mit den Artikeln in meinem Kulturbeutel Budni-Verkäuferin spielte.

Als wir zurück in den Gastraum kamen, stand Mephisto hinter dem Tresen und räumte die Gläser und die leere Weinflasche von Cano und mir weg. Fast hätte ich ihn nicht erkannt, ohne sein Teufelsoutfit.

»Hallo, Herr Teufel«, begrüßte Paula ihn, woraufhin er uns fröhlich anstrahlte.

»Guten Morgen, die Damen. Ich hoffe, Sie konnten einigermaßen schlafen?«

»Ja, voll gut«, erwiderte Paula, während meine Hand an meinen noch immer steifen Nacken wanderte. »Vielen Dank, dass Sie mir gestern noch die Decke gebracht haben. Das war echt supernett.«

Verwirrt sah er mich an. »Ich würde ja jetzt gern den Helden spielen, aber ich möchte mich nicht mit fremden Federn schmücken. Ich habe Ihnen keine Decke gebracht.«

Nicht? Aber wer sollte es sonst gewesen sein?

»Vielleicht hast du das ja auch geträumt«, schlug Paula vor.

»Ich glaube nicht, es sei denn, ich kann neuerdings Gegenstände herbeiträumen.«

Paulas Augen weiteten sich. »Das wäre ja wohl megacool! Wäre das nicht megacool?«

»Allerdings.«

»Stell dir das mal vor, Mama, dann könntest du einfach ...«

Paula verlor sich in Fantasien, was ich alles herbeiträumen könnte, aber ich war nicht ganz bei der Sache. Wenn Mephisto mir die Decke nicht gebracht hatte, dann konnte es ja nur Cano

189

gewesen sein. Und das nach dem Streit, den wir beide gehabt hatten.

»Cano«, rief Paula unvermittelt.

»Ja, Süße«, sagte ich gedankenverloren. »Der ist jetzt wahrscheinlich schon in München.«

»Nein, ist er leider nicht«, erklang eine tiefe Stimme hinter mir, die eindeutig Cano gehörte. Mein Herz machte einen Riesensatz und schlug dann in einer Geschwindigkeit, als ob es dringend irgendwo hinmüsste. Und als ich mich umdrehte, stand dort tatsächlich Cano und wehrte sich nicht dagegen, dass Paula Anlauf nahm, um ihn anzuspringen und sich an ihn zu klammern wie ein Äffchen an seine Mama. »Hey, Prinzessin«, sagte er grinsend. »Schön, dich zu sehen.«

»Wieso … wolltest du nicht …«, stammelte ich. Dann schüttelte ich den Kopf und startete einen neuen Versuch: »Bist du immer noch hier?« Na toll, Elli. Es kommt ja immer wahnsinnig intelligent rüber, das Offensichtliche zu fragen.

»Sieht ganz danach aus. Es scheint unmöglich zu sein, aus diesem Kaff wegzukommen.«

Nun mischte Mephisto sich ein. »Unmöglich ist es nicht. Aber ich gebe zu, dass es momentan nicht ganz einfach ist. Die Busse nach Göttingen fallen ständig aus, weil sie im Schienenersatzverkehr eingesetzt sind. Genau wie die Taxis in der Region.«

»Und es gibt hier am Tag nur vier Busse in die Zivilisation«, erklärte Cano Paula und mir. »Den nächsten Versuch kann ich in einer Stunde starten.«

»Fahr doch wieder mit uns«, schlug Paula vor. »Ist doch viel lustiger.«

Lustig? Als »lustig« würde ich das nun nicht bezeichnen. Cano wollte doch eh schnellstmöglich von uns weg, und so wäre es auch besser für alle Beteiligten. Es machte mich wahnsinnig, wie langsam dieses Abschiedspflaster abgezogen wurde. Cano öffnete den Mund, um eine Antwort zu geben, doch ich kam ihm schnell zuvor. »Das geht nicht, Süße. Wir müssen doch warten, bis das Auto repariert ist. Bis wir es abholen können, ist Cano längst weg.«

»Abwarten«, meinte er trocken.

Ich legte Paula einen Arm um die Schulter. »Komm, Motte, jetzt frühstücken wir erst mal, und dann gucken wir, was es in Harderburg Spannendes zu entdecken gibt.«

»Na gut. Aber du frühstückst mit uns, oder, Cano?«

»Dafür hat er bestimmt keine Zeit.«

Cano sah mich stirnrunzelnd an, dann sagte er zu Paula: »Gute Idee. Ein Kaffee wäre nicht schlecht.«

»Cool«, sagte Paula strahlend. »Wir könnten auch frühnicken.«

»Cano ist doch viel zu beschäftigt für so was.« Als würde er es auch nur in Erwägung ziehen, mit uns zu frühnicken.

»Elli, ich fände es echt nett, wenn du mich selbst antworten lassen würdest«, meinte Cano. Dann wandte er sich an Paula. »Was ist denn frühnicken?«

»Na, wenn man gleichzeitig frühstückt und picknickt«, sagte Paula in einem Ton, als wäre das ein Konzept, das nun wirklich jeder kennen müsste.

»Ah, verstehe. Hätte ich eigentlich auch selbst draufkommen können.«

Paula nickte. »Ja, echt. Das machen wir öfter morgens. Dann nehmen wir unser Frühstück mit und essen das am See oder irgendwo auf einer Bank und begrüßen den Tag. Mama sagt immer, Frühstück ist zu wichtig, um das schnell zu machen.«

Ich spürte Canos Blick auf mir, doch ich weigerte mich, ihn anzusehen. Er fand das bestimmt albern.

»Das klingt schön«, sagte Cano zu meiner Überraschung, und nun sah ich ihn doch an. Er wollte doch nicht ernsthaft mit uns ... Nein, niemals. »Nur leider hat Cano keine Zeit zum Frühnicken. Ist doch so, oder nicht?«

Er zögerte, und fast glaubte ich, dass er mir widersprechen würde, einfach nur, weil ich schon wieder für ihn geantwortet hatte. Doch dann sagte er: »Das stimmt leider.«

Nachdem Mephisto uns den Weg zum Frühstücksraum erklärt und uns guten Appetit gewünscht hatte, machten Paula, Cano und ich uns auf in den ersten Stock. Paula hüpfte neben Cano die Treppe hoch und plauderte munter auf ihn ein. »Frühnicken ist total super, du verpasst echt was, Cano. Ich fänd's jedenfalls voll gut, wenn du mitkommen würdest. Und Mama bestimmt auch. Die hat ja heute Nacht schließlich die ganze Zeit deinen Namen gesagt.«

Für einen Moment blieb mir die Luft weg, und ich spürte, wie meine Wangen heiß wurden. »Paula! Das stimmt doch gar nicht.«

»Stimmt ja wohl. Ich wollte schlafen, und sie war die ganze Zeit so ›Caaaano, Caaaaaanooooo‹.« Theatralisch hielt sie sich eine Hand an die Stirn.

Canos Augenbraue schoss förmlich nach oben. »Tatsächlich?«

»Nein!« Ich griff nach Paulas Hand, um sie von ihrer Stirn wegzuziehen. »Beziehungsweise, ja, es kann schon sein, dass ich deinen Namen gesagt habe. Aber nur, weil ich von dir geträumt habe.«

»Weswegen denn auch sonst?«, fragte Cano mit übertrieben unschuldigem Blick.

»Es war ein Albtraum.«

»Klar«, sagte er sachlich. »Was habe ich denn gemacht?«

»Ach, so genau weiß ich das nicht mehr. Es hatte wohl mit, ähm, Schotter zu tun. Du hast alle Naturgärten auf der Welt zugeschottert, so was in der Art.«

Cano nickte. »Das sieht mir mal wieder ähnlich.«

Inzwischen hatten wir den ersten Stock erreicht, und ich öffnete die Tür zum gut besuchten Frühstücksraum. Paulas Augen fingen beim Anblick des großzügigen Frühstücksbüfetts an zu strahlen, immerhin war sie ein erklärter Fan von Büffets jeglicher Art.

Das Engelsthema setzte sich auch hier fort, wenn auch etwas dezenter als unten. Es gab lediglich ein paar Kunstdrucke von Raffael-Motiven und eine riesige Putte, die auf dem Büffet thronte und ein Tablett mit Croissants reichte.

Mein Blick fiel auf Onkel Heinz, der an einem Zweiertisch direkt neben dem Büfett saß. Der Teller vor ihm quoll beinahe über von Brötchen, Wurst und Käse, Rührei und Speck. Es war ihm sogar gelungen, ein paar Scheiben Ananas und Melone zwischen die Mininürnberger zu quetschen. Er nahm einen Schluck Kaffee, wobei er geradezu zufrieden auf mich wirkte. Lag da etwa ein Lächeln auf seinen Lippen? Der Komfort seines Luxuszimmers hatte ihm offensichtlich sehr gutgetan. Als Onkel Heinz Paula, Cano und mich entdeckte, war es mit der Ruhe und dem Frieden für ihn allerdings auf einen Schlag vorbei. Das einem Lächeln ähnliche Dingsbums verschwand, stattdessen verzog sein Mund sich wieder zu einer miesepetrigen schmalen Linie, und seine Stirn legte sich in Falten.

»Guten Morgen«, sagte ich, als wir bei ihm angekommen waren, doch eine Antwort bekam ich nicht. Stattdessen starrte er Cano aus zusammengekniffenen Augen an. »Was macht der denn hier? Ich dachte, den wären wir los.«

Cano hob die Schultern. »Es war so schön mit Ihnen, dass ich mich nicht trennen konnte.«

Paula, die sich ein Schokocroissant vom Büfett gemopst hatte, setzte sich zu Onkel Heinz an den Tisch. Herzhaft biss sie ein großes Stück ab. »Vielleicht fährt Cano jetzt wieder mit uns, wir müssen ihn nur überreden«, nuschelte sie mit vollen Backen.

»Mit vollem Mund spricht man nicht«, maßregelte Onkel Heinz sie prompt. »Haste wohl noch nie was von gehört, was?«

»Onkel Heinz, du bist so ziemlich der letzte Mensch auf der Welt, der meinem Kind etwas zu sagen hat«, fuhr ich ihn an.

»Deswegen hat es ja auch kein Benehmen.«

Cano stieß einen Schwall Luft aus und fuhr sich mit der Hand durchs Haar. »So, wisst ihr, was ich jetzt mache? Ich setze ich mich ganz, ganz, ganz weit weg an einen *Einzel*tisch, an dem ich in aller Ruhe Kaffee trinken und arbeiten kann.«

Paula kaute hastig und schluckte runter. »Können wir mit dir zusammen Kaffee trinken?«

»Nee, Paula, wir hatten doch abgemacht, frühnicken zu gehen«, erwiderte ich entschieden. »Verabschiede dich schon mal von Cano, ich hole uns schnell was zu essen und dann geht's los.« Zu Onkel Heinz sagte ich: »Um elf sind wir wieder hier. Dann rufe ich bei der Werkstatt an, und wir sehen weiter.«

Ich ließ die drei zurück und machte mich auf die Suche nach einem Angestellten des Engels (oder Teufels?). Zum Glück fand ich schnell eine hilfsbereite Kellnerin, die offensichtlich auch gern frühnickte und mir Butterbrottüten und Thermobecher zur Verfügung stellte. Ich machte uns ein paar Rührei-

brötchen, schnappte mir zwei Äpfel, goss Kaffee und Früchtetee in die Thermobecher und packte alles in meinen Turnbeutel.
Auf dem Weg in die hinterste Ecke des Frühstücksraums, in
der Cano tatsächlich einen unbesetzten Zweiertisch gefunden
hatte und mit Paula sprach, kam ich an Onkel Heinz vorbei.
Mit eingesunkenen Schultern saß er da und starrte in seinen
Kaffee. Er wirkte so einsam und verloren auf mich, dass es mir
ganz unerwartet einen Stich ins Herz versetzte. Paula hatte
recht. Er sah traurig aus. Doch kaum hatte er mich entdeckt,
richtete er sich wieder zu voller Größe auf, kniff die Augen zusammen und stopfte sich eine Mininürnberger in den Mund.

Kopfschüttelnd ging ich weiter zu Cano und bekam gerade
noch mit, dass Paula ihm das Versprechen abrang, ihr mehr
von Istanbul zu erzählen, wenn sie sich das nächste Mal sahen.
Ach, Paula.

»Dann gehen wir mal frühnicken«, sagte ich zu den beiden.

Cano nickte langsam. »Alles klar.«

»Ähm, ich …« Ich biss mir auf die Lippen, während ich
nach Worten suchte. »Tut mir leid, das mit dem Zuschottern.
Ich bin nicht so der Morgenmensch.«

»Schon gut, kein Problem.«

»Außerdem möchte ich mich bei dir bedanken.«

»Wofür denn?«

»Na, für die Decke, die du mir heute Nacht gebracht hast.«

»Welche Decke?«, fragte er verdutzt. »Ich hab dir keine
Decke gebracht. Wo hätte ich die denn hernehmen sollen?«

»Oh. Ach so. Ich dachte nur …« Mein Blick fiel auf Onkel
Heinz, der am anderen Ende des Raums missmutig mit seinem
Essen kämpfte. Ob am Ende *er* …? Sofort verwarf ich die Idee
wieder. Nein. Nie im Leben. »Dann werden es wohl die Engel
gewesen sein.«

»Bestimmt«, sagte Cano mit einem Lächeln. »Ist ja schließlich ihr Job.«

Wir tauschten einen Blick, und ich konnte nichts dagegen tun, dass mein Herz schwer wurde. Das Schlimme war, dass ich das Gefühl hatte, wir könnten eigentlich ganz gut miteinander auskommen, wenn … na ja, wenn er nicht er und ich nicht ich wäre. »Gut, also dann … Tschüs. Mal wieder.«

»Ja. Tschüs mal wieder. Viel Spaß bei eurem Frühnick.« In seinen Augen lag ein Ausdruck, den ich nicht deuten konnte. Ob ihm dieser Abschied genauso schwerfiel wie mir?

Paula umarmte Cano, so gut es eben ging, während sie stand und er saß. »Tschüs, Cano. Echt schade, dass du nicht mehr mit uns fährst.«

Unbeholfen tätschelte er ihren Rücken. »Tschüs, Prinzessin. Pass gut auf dich auf.«

»Klar. Bis bald.« Sie schien sich ganz sicher zu sein, dass wir uns wiedersehen würden.

Cano nickte nur, und auch ich brachte es nicht übers Herz, Paula zu sagen, dass dieser Abschied ein Lebewohl war und kein Auf Wiedersehen. Ich ging mit ihr zum Ausgang, und ohne es wirklich zu wollen, drehte ich mich an der Tür noch mal um, um einen letzten Blick auf Cano zu werfen. Zu meiner Überraschung starrte er nicht auf sein Handy oder sein Laptop, sondern er schaute uns nach. Ich hob die Hand und lächelte ihm zu, dann folgte ich Paula auf den Flur.

An der Rezeption erkundigte ich mich bei Mephisto nach einem guten Platz für unser Frühnick.

»Puh, das ist schwierig«, erwiderte er, während er sich mit Daumen und Zeigefinger den Bart rieb. »Harderburg hat so viel zu bieten. Rund um den Ort gibt es etliche ausgewiesene

Wanderwege und Naturlehrpfade mit traumhaften Rastplätzen, die zum Verweilen einladen.« Ich wollte mich gerade nach einem der traumhaften Rastplätze erkundigen, als er den Zeigefinger hob und eine geradezu feierliche Miene aufsetzte. »Das absolute Highlight ist allerdings unsere mittelalterliche Burgruine und Namensgeberin für unseren schönen Heimatort. Burg Harder. Dort findet alljährlich das weitbekannte Mittelalterspektakel statt, das zu den fünfzehn größten Mittelalterspektakeln Norddeutschlands zählt.«

Paula sog hörbar die Luft ein. »Eine Burg? Aus dem Mittelalter? Wie cool! Gibt es da auch Drachen und Burgfräulein und Ritter?«

Mephisto wiegte den Kopf. »Drachen sind ja heutzutage leider selten geworden, und die Burg ist, wie gesagt, eine Ruine. Man braucht schon ein kleines bisschen Fantasie, um sich auszumalen, wie es mal ausgesehen hat.«

»Umso besser«, meinte ich. »Fantasie haben wir, stimmt's, Paula?« Ich liebte Ruinen. Ausgetretene Treppenstufen, verfallene Ballsäle, in denen, wenn man ganz genau hinhörte, Melodien aus lang vergangenen Tagen von den Mauern hallten, zugige Flure, durch die Generationen von Adelsfamilien und deren Dienerschaft gewandelt waren. Einen besseren Ort zum Frühnicken konnte es doch wohl kaum geben. »Also, nichts wie auf zur Burgruine.«

Mephisto nickte anerkennend. »Eine gute Wahl. Wie gesagt, wir Harderburger sind sehr stolz auf unsere Burg. Immerhin handelt es sich dabei um die älteste Burgruine im südlichen Südniedersachsen. Sie ist überall im Ort gut ausgeschildert. Ihr könnt sie gar nicht verfehlen.«

Paula und ich machten uns auf den Weg durch Harderburg. Bei Tageslicht war der Ort noch hübscher, als ich es gestern im Dunkeln vermutet hatte. Die kopfsteingepflasterten engen Gassen und windschiefen Fachwerkhäuser machten richtig Lust auf die Burgruine. Mephisto hatte nicht übertrieben – sie war tatsächlich gut ausgeschildert. Schon nach kurzer Zeit kamen wir an einem brachliegenden Feld an, auf dem ein Schild stolz verkündete: *Burg Harder – Wahrzeichen der Stadt Harderburg – älteste und bedeutendste Burgruine im südlichen Südniedersachsen.* »Wir sind anscheinend da.«

»Hä?« Verdutzt sah Paula sich um. »Wo ist die Ruine denn?«

Das fragte ich mich auch. Ich reckte den Hals, konnte allerdings bis auf ein paar Findlinge weit und breit nur Wiese, Felder und Wälder entdecken. Es gab nicht mal eine Informationstafel. Um dieses ... *Nichts* als Burgruine und größte Attraktion Harderburgs zu verkaufen, musste man schon ordentlich Arsch in der Hose haben, da gab's nix. Und bei aller Liebe: Wenn das hier eine Burgruine war, dann hatte ich in meinem Gemüsegarten auch eine. Aber egal. Wem nützte es was, sich darüber aufzuregen? »Wenn man ganz genau hinschaut, können die Steine dort drüben doch zur Burg gehören, oder?«

Paula sah mich zweifelnd an. »Ja?«

»Ja, sieh doch nur. Die sind doch so angeordnet, als wären sie Teil eines Tores gewesen«, behauptete ich.

Paula legte den Kopf schief und kniff die Augen zusammen. »Stimmt. Das ist echt ein Tor.«

»Ja, und schau mal, dahinter ist eine Vertiefung. Das war der Burggraben, über den die Zugbrücke führte.« Ich überquerte den imaginären Burggraben über die imaginäre Zugbrücke. »Und hier«, sagte ich mit ausgebreiteten Armen, »war die Burg. Guck mal, da kannst du sogar noch Ansätze der dicken Burgmauern erkennen. Die sind jetzt allerdings von Gras überwachsen.«

Paula kam zu mir in die Burg. »Cool«, meinte sie, sah aber nur mittelmäßig beeindruckt aus. »Irgendwie hatte ich mir das anders vorgestellt.«

»Ich auch. Aber ist doch nicht so schlimm. Die Ruine ist halt schon sehr stark verfallen. Kein Wunder, überleg doch mal, wie alt sie ist.« Ich legte Paula einen Arm um die Schulter. »Na los, wir frühstücken beim Burgtor, einverstanden?«

Wir setzten uns auf die Findlinge, futterten unsere Rühreibrötchen und tranken Kaffee beziehungsweise Früchtetee. Es war kühl und windig, aber das machte nichts. Alles schmeckte im Freien besser, außerdem machte es Paula und mir Spaß, uns vorzustellen, wie es hier vor fünfhundert Jahren ausgesehen hatte.

»Sind Burgfräulein eigentlich auch Prinzessinnen?«, wollte Paula wissen, als sie den letzten Schluck ihres Tees getrunken hatte und anfing, auf den Findlingen herumzuklettern.

»Nicht unbedingt Prinzessinnen. Aber auf jeden Fall feine adelige Damen.«

Paula sprang von einem Stein zum nächsten und wäre fast abgerutscht, konnte sich aber gerade noch fangen. »Und kämpfen Könige wie Papa auch gegen Drachen? So wie die Ritter?«

»Mensch, Paula«, seufzte ich. »Ich hab dir doch gesagt, dass dein Vater kein König ist.«

»Klar ist er das«, sagte sie mit diesem sturen Zug um den Mund, der klarmachte, dass sie keinen Millimeter von ihrer Überzeugung abrücken würde. Ich musste unbedingt deutlicher werden, ihr die Wahrheit sagen. Aber wie? Das Problem blieb immer dasselbe: Paula müsste die bittere Pille schlucken, dass sie keinen Vater hatte und niemals haben würde. War es da nicht doch besser, ihr die Fantasie vom afrikanischen König zu lassen? Wenigstens bis wir wieder zu Hause waren. Am besten hatte ich dann schon mit Sami alles in trockenen Tüchern, sodass ich Paula wenigstens eine Art Ersatzvater anbieten konnte. Mich beschlich ein komisches Gefühl bei diesem Gedanken, aber ich schob es schnell beiseite.

Ein Blick auf die Uhr zeigte mir, dass es erst neun war. »Was stellen wir denn jetzt noch an, bis wir das Auto abholen können? Wollen wir zurück ins Hotel gehen?«

»Nö, lass uns doch hierbleiben. Hier kann ich Drachen jagen und Burgfräulein retten.«

Lachend schüttelte ich den Kopf. »Na gut, aber sei auch mal das Burgfräulein, das den Ritter rettet.« Aus meinem Turnbeutel kramte ich Skizzenblock und Stifte hervor und lehnte mich an einen der Steine. Ich ließ die Umgebung eine Weile auf mich wirken, sog die Stimmung in mich auf. Die Findlinge, die wie zufällig über die Wiese verstreut lagen und gar keine Findlinge waren, sondern Teil eines Bauwerks aus lang vergangenen Tagen. Den grauen Himmel, die Bäume in der Ferne, die sich im Wind wiegten, den Nebel, der an den höher gelegenen Hügeln festhing. Paula, der Farbklecks in diesem Grau in Grau. Sie hatte sich einen Stock gesucht, der ihr als Schwert diente, und inzwischen mindestens sechzehn Drachen bekämpft und doppelt so viele Ritter gerettet. Irgendwann war ich so vertieft in meine Zeichnung, dass ich kaum mitbekam, was um mich herum passierte.

»Cano fände es hier bestimmt auch cool, oder?«, fragte Paula irgendwann wie aus weiter Ferne.

»Mhm«, machte ich nur und verfeinerte Paulas Gesichtszüge auf dem Bild.

»Ich glaub, mit Cano kann man voll gut Ritter spielen.«

»Er könnte jedenfalls gut die Rolle des Drachen übernehmen«, murmelte ich, woraufhin Paula anfing zu lachen.

In dem Moment klingelte mein Handy, das zum Glück noch ausreichend Akku für ein zweiminütiges Gespräch hatte. Stephan Sauer von der Autowerkstatt war dran und verkündete, dass der Wagen fertig war. Ich rief im Hotel an und ließ Onkel Heinz ausrichten, dass er sich schon mal startklar machen sollte, damit wir gleich loskonnten, wenn wir da waren.

Wir packten unsere Sachen zusammen und machten uns auf den Weg zurück zum teuflischen *Engel*. Doch kurz bevor wir dort ankamen, blieb Paula abrupt stehen und deutete auf ein Poster, auf dem drei niedliche Kaninchen abgebildet waren. »Oh, die sind aber süß«, rief sie verzückt. »Das eine sieht fast aus wie Rosa, oder?«

Ich betrachtete die Karnickel genauer, doch keines von ihnen erinnerte mich an Paulas zerfledderten und kaputtgekuschelten Stoffhasen, der inzwischen nur noch ein Schatten seiner selbst war.

»Was steht denn auf dem Plakat?«, wollte Paula wissen.

»Das ist Werbung für eine Kaninchenausstellung.«

»Wo ist die denn?«

Ich studierte das Plakat. »In der Mehrzweckhalle hier in Harderburg.«

»Und wann?«

»Jetzt«, antwortete ich und hätte mir im gleichen Moment am liebsten auf die Zunge gebissen.

Paula machte einen Luftsprung. »Gehen wir dahin? Bitte, Mama, nur ganz kurz mal gucken.«

Nur ganz kurz mal gucken, klar. Dieses Konzept existierte in Paulas Welt einfach nicht, es sei denn, es ging um etwas, das *ich* gerne sehen wollte. Damit war sie meist in Sekundenbruchteilen durch.

»Bitte, bitte, Mamilein.« Sie lehnte ihren Kopf an mich und

schaute mich von unten an wie Bodo, wenn er um Käse bettelte. »Ich würde soooo gern die Kaninchen sehen.«

Ach, warum denn eigentlich nicht? Paula hatte gestern schon den ganzen Tag im Auto gesessen, und heute würden wir auch wieder ewig unterwegs sein. Ob wir nun eine Stunde früher oder später bei meiner Mutter ankamen, war doch egal. Und Onkel Heinz würde sich schon noch ein Weilchen gedulden können. »Na schön. Dann gehen wir ein halbes Stündchen Kaninchen gucken. Okay?«

»Yay, wie cool!« Paula führte ein paar Freudentanz-Moves auf, die sie im Kinder-Hip-Hop-Kurs gelernt hatte und die mich jedes Mal zum Lachen brachten.

Ich nahm meine strahlende Tochter an die Hand und machte mich auf die Suche nach der Mehrzweckhalle. Zum Glück war sie ebenso sorgfältig ausgeschildert wie die Burgruine, sodass wir schon ein paar Minuten später am Eingang standen und drei Euro Eintritt bezahlten. Kaum hatte ich die Tür geöffnet, schlugen uns ein Schwall Wärme und der stechende Geruch von Kaninchenausscheidungen entgegen. Ich wollte schon jemanden auffordern, die Fenster zu öffnen, als mir klar wurde, dass es hier gar keine Fenster gab. Zudem war die Decke so niedrig, dass sich automatisch ein bedrücktes Gefühl in mir breitmachte. Aus Neonröhren schien künstliches Licht grell auf uns herab, die Wände waren kahl und schmucklos. Von einem Ende der Halle ans andere zogen sich lange Reihen von Käfigen, in denen Kaninchen auf Stroh hockten, dicht an dicht, und begafft wurden. Es schien mir ein äußerst freudloses Dasein zu sein. Mir war klar, dass ich wahrscheinlich wieder Tiere vermenschlichte, und im Geiste hörte ich Antje, wie sie mich darauf hinwies, dass Nutztiere nun mal keine Kuscheltiere waren. Trotzdem deprimierte mich die Atmosphäre dieses Orts.

In der Mitte der Halle befand sich eine Art Arena, in der gerade ein Kaninchen von drei Männern mittleren Alters begutachtet wurde. Zwei von ihnen machten eifrig Notizen auf Klemmbrettern, während einer das Kaninchen vermaß. Ich kniff die Augen zusammen. Was zum … War das echt ein *Kaninchen?* Von hier aus betrachtet hätte man es auch für einen Hund halten können, einen Riesenmops zum Beispiel oder eine von diesen Bulldoggen. Als der Typ mit dem Maßband allerdings ein Ohr hob, um es zu vermessen, war klar, dass es sich nur um Kaninchenlöffel handeln konnte. Wahnsinn! Das war mit Abstand das riesigste Kaninchen, das ich je in meinem Leben gesehen hatte. Der Typ verkündete scheinbar das Ergebnis, woraufhin einer der beiden Klemmbretttypen naserümpfend den Kopf schüttelte. Vermutlich waren die Ohren zu groß oder zu klein oder sonst irgendwie nicht der Norm entsprechend. Ich schnaubte empört. Das war ja wohl Body Shaming vom Allerfeinsten!

»Du, Mama? Meinst du, die Kaninchen finden es schön hier?«

»Keine Ahnung. Vermutlich kennen sie es nicht anders.«

Langsam gingen wir an den Käfigen entlang, wobei etliche Paare Kaninchenaugen zu uns hochschauten. Auf mich wirkten die Tiere traurig.

»Die sehen so traurig aus«, sagte Paula prompt. »Guck mal, die da lassen sogar die Ohren hängen.«

Ein Mann, der hinter einem der Käfige stand, sagte: »Die lassen immer die Ohren hängen. Das muss so.«

Paula sah zu dem Mann hoch. »Echt? Also sind die nicht traurig?«

»Quatsch.«

»Ja, aber würden die nicht lieber über Wiesen hoppeln und Salat fressen und so was?«

»Salat fressen können sie doch auch im Käfig«, meinte der Mann.

Nachdenklich betrachtete Paula die Schlappohrkaninchen, und ich war mir sicher, dass sie große Lust auf ein längeres Gespräch hatte. Doch ich zog sie am Ärmel weiter. »Na komm, Süße, wir haben nicht mehr so viel Zeit, und wir wollen die anderen Kaninchen doch auch noch sehen. Zu Hause haben sie bestimmt schöne große Käfige und Freigehege auf Wiesen.«

Je weiter wir in die Halle hineinkamen, desto größer wurden die Kaninchen. Die Zwerg- und Schlappohrkaninchen hatte Paula noch süß gefunden, aber jetzt war sie schwer beeindruckt. »Guck dir das mal an«, stieß sie immer wieder aus, wenn sie mich auf ein besonders voluminöses Exemplar aufmerksam machte. Ich konnte mir nicht helfen, aber je größer die Viecher wurden, desto unheimlicher fand ich sie. So ein Kaninchen in Mops- bis Schäferhundgröße konnte bestimmt ordentlich zubeißen. Da kam mir die Bezeichnung Kaninchen viel zu niedlich vor. Kampfhase würde viel besser passen. Aber gut, es konnten ja nicht alle Kaninchen klein sein. Das hier waren halt quasi die Biker unter ihnen, und die waren ja auch nicht automatisch bösartig.

»Boah, Alter«, rief Paula und blieb abrupt stehen. »Guck dir das mal an, Mama.«

Sie deutete auf einen Mann, der eben noch bei den Kaninchenvermessern gestanden hatte und nun direkt auf uns zukam, auf dem Arm den vermeintlichen Riesenmops, dessen Ohrmaße eben noch für nicht gut befunden worden waren. Der Anblick war geradezu grotesk. Der Mann hatte meine Statur, ein Meter sechzig groß und zierlich. Das … Tier, das er auf dem Arm hielt, wog sicher mindestens so viel Paula. Vor lauter Kaninchen sah man den Menschen, der es trug, kaum.

»Aus dem Weg«, rief er und ging mit zitternden Beinen an uns vorbei zu einem der Käfige. Dort angekommen setzte er das Kaninchen mit einem Ächzen ab und schloss den Deckel. Anschließend gab er einem Mann, der hinter dem Käfig stand, ein paar DIN-A4-Zettel. »Bitte schön. Die Wertung«, sagte er und suchte schnell das Weite. Der Mann las begierig. Dann feuerte er die Blätter auf den Boden und fluchte: »Das darf ja wohl nicht wahr sein! Verdammtes hässliches Mistvieh!«

Wenn mich nicht alles täuschte, lag ein Ausdruck von Demütigung in den runden braunen Augen des Kaninchens. Okay, das Tier war furchterregend und zählte zu den Bikern seiner Rasse, aber hässlich war es deswegen noch lange nicht.

»Ist das ein Mädchen oder ein Junge?«, wollte Paula wissen. Ohne die Antwort abzuwarten, feuerte sie eine Salve von Fragen auf den Mann ab. »Wie schwer ist das? Wieso ist es so riesig? Wie viel frisst es am Tag? Wie heißt es denn überhaupt? Kann ich es mal streicheln?« Am Ende überschlug sich ihre Stimme beinahe vor Aufregung.

Der Mann fuhr sich mit den Fingern durch das schüttere graue Haar. »Sieht das hier aus wie ein Streichelzoo?«, fragte er im besten Onkel-Heinz-Ton.

Paula sah sich nach allen Seiten um. »Eigentlich nicht.«

»Und sehe ich aus wie der Erklärbär?«

»Äh …« Paula runzelte die Stirn, wahrscheinlich hatte sie keine Ahnung, was ein Erklärbär war. »Nein?«

»Richtig. Ich bin Züchter, nicht der Erklärbär.«

»Aha. Aber kann ich das Kaninchen streicheln? Und wie heißt es denn?«

»Nein, du kannst es nicht streicheln. Und das Vieh hat keinen Namen.«

Ich legte Paula einen Arm um die Schulter und zog sie an

mich. »Sie hat doch nur gefragt. Kein Grund, gleich so ausfallend zu werden. Waren Sie als Kind nicht neugierig?«

»Kann ich mich nicht dran erinnern. Gegenfrage: Sind Sie als Erwachsene nie sauer?«

Bevor ich antworten konnte, erkundigte Paula sich: »Warum bist du denn sauer?«

»Weil ich gerade erfahren habe, dass diese Fachidioten in der Jury mein Kaninchen nicht zur Zucht zugelassen haben. Alles umsonst, für den Arsch, außer Spesen nichts gewesen.«

Paula betrachtete das Tier. »Und was heißt das, dass es nicht zur Zucht zugelassen wurde?«

»Das heißt, dass ich mit diesem Vieh weder Preise abräumen noch Nachwuchs produzieren kann. Bevor du jetzt fragst: Lass dir von deiner Mama erzählen, wie das mit dem Nachwuchs funktioniert. Und bevor du *danach* fragst: Das Karnickel wurde nicht zur Zucht zugelassen, weil die Löffel nicht den Vorgaben entsprechen. Das muss man sich mal vorstellen.« Er öffnete den Deckel des Käfigs und zeigte uns die langen Ohren. »Diese Löffel sind angeblich nicht kompakt und lang genug. Da hat doch jemand was mit den Augen«, rief er in Richtung der Maßband- und Klemmbretttypen. Die zuckten nur desinteressiert mit den Schultern und wandten sich wieder dem Kaninchen zu, über dessen Wohl und Wehe sie in diesem Moment entschieden.

»Und zu fett ist sie auch noch«, meckerte der Züchter weiter. »Zwölf Kilo bringt sie auf die Waage, das sind zweihundert Gramm über der Höchstgrenze. Was frisst sie auch so viel, und wieso kackt sie nicht anständig? Gestern wog sie noch elf Komma sieben.«

Ha! Body Shaming, ich hatte es doch gewusst. Mein Herz flog dem Kaninchenmädchen zu, als es verschämt auf den

Boden ihres Käfigs blickte und ein paarmal mit der Nase wackelte. Kein Wunder, dass es auf den ersten Blick so böse gewirkt hatte. Wenn ich wegen meines Gewichts und guten Appetits diskriminiert werden würde, wäre ich auch sauer. »Nur weil dieses Kaninchen etwas zu schwer ist und nicht den Standardmaßen entspricht, müssen Sie es ja nicht gleich beleidigen.«

»Genau«, pflichtete Paula mir bei. »Das ist megafies.«

»Im Übrigen haben *Sie* sie doch gefüttert«, fügte ich hinzu, »also brauchen Sie sich auch nicht zu wundern, wenn sie frisst, was Sie ihr hinstellen.«

Der Züchter winkte ab. »Die frisst bald gar nichts mehr, die kriegt den Kopp ab.«

Paula und ich schnappten entsetzt nach Luft.

»Willst du echt dein eigenes Kaninchen ermorden?«, rief Paula.

Der Mann hob ungerührt die Schultern. »Ich will es nicht ermorden, ich will es schlachten und aufessen.«

»Schlachten«, wiederholte ich fassungslos. »Aber … Sie können doch nicht … Sie wollen sie *essen?*« Das arme Kaninchen riss die Augen auf (zumindest sah es für mich so aus) und wackelte ängstlich mit der Nase.

Der Züchter nickte. »Ja, natürlich. Schmeckt sehr gut, wenn man es mit Senf einreibt, und dann …«

»Das will ich überhaupt nicht hören!« Am liebsten hätte ich mir die Ohren zugehalten.

»Ich auch nicht«, sagte Paula. »Das ist voll eklig, sein eigenes Kaninchen zu essen. Wir würden unsere Hühner nie essen.«

Das stimmte. Antjes Hühner waren ehemalige Legehennen aus der Massentierhaltung, die sie vor der Schlachtung gerettet hatte. Bei uns führten sie nun ein regelrechtes Luxusleben und wurden heiß und innig geliebt.

»Nicht jeder Züchter schlachtet seine zuchtuntauglichen Tiere«, sagte ein Mann am Nachbarstand.

»Schön zu hören«, erwiderte ich.

»Ach«, ertönte eine heisere Stimme hinter uns. »Jetzt wird uns auch noch verboten, Fleisch zu essen, oder was?«

Ich drehte mich um und entdeckte drei Jungs, deren Alter ich auf siebzehn bis zwanzig schätzte. Einer war groß und schlaksig, einer klein und rund, und der dritte hatte ein unglaublich hässliches Adler-Tattoo auf dem Unterarm. Der Lange und der Kleine trugen Hoodies mit Thor-Steinar-Logo, der Tätowierte ein T-Shirt, auf dem eine schwarz-weiß-rote Flagge abgebildet war mit einem Slogan in altdeutscher Schrift: Heimatliebe ist kein Verbrechen. Na toll. Die rechte Dorfjugend gab sich die Ehre. Automatisch legte ich einen Arm um Paula und beschloss, den Rückzug anzutreten.

»Quatsch.« Ich setzte ein Lächeln auf, das vermutlich ziemlich gequält rüberkam. »Wir wollen niemandem etwas verbieten.« Ich biss mir auf die Lippen, doch ich konnte mir einfach nicht verkneifen hinzuzufügen: »Wobei es natürlich schon *wünschenswert* wäre, wenn ganz allgemein weniger Fleisch …«

»Wusste ich es doch«, tönte der Lange. »Man darf ja heutzutage gar nichts mehr in seinem eigenen Land.«

»Nicht mal mehr unsere Karnickel dürfen wir essen«, pflichtete der Kleine ihm bei.

»Alles wird uns verboten von euch Gutmenschen«, rief der Tätowierte und sah sich Beifall heischend um. Allerdings blickten sämtliche Umstehenden geflissentlich überallhin, nur nicht zu uns – einschließlich des Züchters, der soeben noch verkündet hatte, sein Kaninchen mit Senf einreiben und verspeisen zu wollen. Fast schien es, als hätte Harry Potter seinen Tarnumhang über die Jugendlichen, Paula und mich ausgebreitet.

»Ähm, wie gesagt, ich verbiete niemandem etwas«, betonte ich und sah mich nach dem Ausgang um. Um dorthin zu gelangen, mussten Paula und ich leider an den Jugendlichen vorbei, die sich wie ein Rachekommando vor uns aufgebaut hatten. Ein beklommenes Gefühl machte sich in meinem Bauch breit, doch vor Paula konnte ich mir natürlich nichts anmerken lassen. Die stand halb hinter mir versteckt und betrachtete die drei Jungs aus großen Augen. »Mama, wollen wir woanders hingehen?«

Ich zog die Schultern zurück und hob das Kinn. »Tja, wie meine Tochter schon sagt, müssten wir jetzt auch mal los.« Ich drückte Paula noch enger an mich und wollte an den Typen vorbeigehen, doch der Lange stellte sich mir in den Weg.

»Jetzt fallen dir keine Argumente mehr ein, was?«

Ich schüttelte den Kopf. »Argumente wofür oder wogegen denn?«

»Na, was sagst du denn dazu, dass wir in unserem Land bald gar nichts mehr dürfen? Kein Fleisch essen, kein Winnetou gucken, keine Heizung anmachen, kein Auto fahren ...«

Der Tätowierte motzte: »Jetzt heißt es auf einmal *Paprika*schnitzel und *Schoko*kuss, und geilen Weibern darf man auch nicht mehr an den Arsch packen, weil man sie dann angeblich gleich belästigt.«

»Ja, aber eigentlich dürfte es doch nicht so schwer sein, ein paar neue Wörter zu lernen und seine Finger bei sich zu behalten«, bemerkte ich, weil ich angesichts von so viel Dämlichkeit nicht meine Klappe halten konnte.

»Da haben wir's doch! Lässt dich von so 'nem Afromann ficken und schwängern, aber willst uns jetzt Vorschriften machen«, rief der Tätowierte. »Von einer wie dir lassen *wir* uns nicht den Mund verbieten. Hier sagen wir immer noch, was wir wollen.« Grinsend schaute er seine Kumpanen an, dann ließ er den Blick über Paula wandern und sagte langsam: »Zum Beispiel Ne…«

»Lasst meine Tochter da raus, ihr bescheuerten Dorftrottel-Nazi-Spackos!« Die Wut, die ich nur mühsam zurückgehalten hatte, platzte endgültig aus mir heraus.

Der Lange beugte sich zu mir herab. »Also du meinst, du darfst uns beleidigen? Sollen wir *dich* mal beleidigen? Wollen wir mal sehen, wie dir das gefällt?«

Ein fieser Zwiebelmundgeruch wehte mir entgegen. Ich trat zwei Schritte zurück. »Ihr dürft *mich* beleidigen, so viel ihr wollt, solange ihr meine Tochter da rauslasst.«

Paula zog mich am Ärmel. »Mama, ich find's blöd hier«, piepste sie. »Können wir bitte woanders hingehen?«

Nichts lieber als das. Aber leider blockierten diese Typen uns immer noch den Weg, und alle anderen Anwesenden stellten sich weiter taub und blind. Selten hatte ich mich so alleingelassen gefühlt.

Jetzt kam uns auch der Tätowierte viel zu nah. Er klopfte Paula auf den Helm und fragte: »Wo willste denn hin? Zurück zu den Hottentotten, hoffe ich? Dann sind wir dich wenigstens los.«

»Ey, sag mal, hast du sie noch alle?« Reflexartig schubste ich ihn von Paula weg und stellte mich schützend vor sie.

Sein Gesicht lief knallrot an, und er presste seine dünnen Lippen so fest zusammen, dass sie weiß wurden. Er trat noch näher an mich heran und baute sich in bedrohlicher, herrischer Pose vor mir auf. Obwohl ich wusste, dass ich Paula schnappen und abhauen sollte, und zwar genau *jetzt*, konnte ich einfach

210

nicht. Statt zu kämpfen oder zu fliehen, war ich eingefroren. Wie immer, wenn es darauf ankam. Wie in Zeitlupe hob der Tätowierte die Hand und bewegte die Lippen, als würde er etwas sagen, doch ich hörte ihn nicht. In diesem Moment bekam ich nur eine Sache wirklich mit: wie sich eine Hand um meinen Arm legte und mich von dem Typen wegzog. Im ersten Moment dachte ich, es wäre Paulas, aber die Hand war zu groß, als dass es ihre hätte sein können. Sie fühlte sich gut an. Irgendwie … sicher. Dann drang doch eine Stimme an mein Ohr, und zwar eine mir sehr gut bekannte Stimme. »Hallo zusammen. Das scheint hier ja ein netter Klönschnack zu sein. Kann man da mitreden?«

Wie von unsichtbaren Fäden gezogen drehte ich den Kopf zur Seite, und tatsächlich – da stand Cano. Neben mir. Vor Paula. Vor Erleichterung zitterten mir die Knie, und erst jetzt, als ich tief Luft holte, wurde mir klar, dass ich den Atem angehalten hatte.

»Ich wüsste nicht, was wir mit *dir* zu besprechen hätten«, ätzte der Tätowierte und musterte Cano von oben bis unten. »Du hast hier nichts zu suchen.«

»Doch, tatsächlich habe ich die beiden hier gesucht«, erwiderte Cano und deutete auf Paula und mich. »Aber mit einer Sache hast du vermutlich recht: Mit euch habe ich nichts zu besprechen. Weswegen wir jetzt auch verschwinden.« Er gab mir einen leichten Schubs, als wollte er mich zum Losgehen animieren, doch bevor ich mich von der Stelle bewegen konnte, mischte sich der Lange ein.

»Ist das dein Stecher?«, fragte er mich. »Du treibst es echt mit jedem, was? Fehlt nur noch, dass du dir von so 'nem Teppichpiloten auch 'n Blag andrehen lässt. Kannst mit deutschen Männern wohl nicht viel anfangen.«

Mit einem Schlag erwachte ich aus meiner Erstarrung. »Was ist eigentlich euer Problem? Gibt es einen bestimmten Grund dafür, dass ihr uns so blöd anmacht? Seid ihr frustriert und müsst das an uns auslassen? Oder haben wir euch irgendwas getan?«

Cano drückte meine Schulter. »Elli, ich glaube, es ist sinnlos, auf dieser Ebene mit den Typen diskutieren zu wollen. Das ist eindeutig zu hoch für sie. Komm jetzt, lass uns abhauen.«

»Du gehst uns einfach derbe auf den Sack, Bitch«, stieß der Lange hervor, als hätte Cano gar nichts gesagt. »Sorgst dafür, dass die Ausländerplage sich verbreitet. Hier ist bald nichts Deutsches mehr, nur noch Ausländer. Es gibt inzwischen mehr Moscheen als Kirchen.«

»Das wage ich zu bezweifeln«, erwiderte Cano. Es war mir ein völliges Rätsel, wie er so ruhig bleiben konnte. »Und wenn dem so ist, liegt es vermutlich schlicht und ergreifend daran, dass Moslems ihre Religion auch praktizieren, statt wie ihr Christen reihenweise aus dem Verein auszutreten. Angebot und Nachfrage, verstehst du?« Cano winkte ab. »Nein, vermutlich nicht. Egal. Bis irgendwann mal.« Entschlossen schob er mich und die völlig verschüchterte Paula in Richtung Ausgang, doch weit kamen wir nicht. Der Tätowierte stellte sich uns in den Weg und legte Cano eine Hand auf die Brust, um ihn am Weitergehen zu hindern.

»Nicht anfassen«, presste Cano zwischen zusammengepressten Zähnen hervor.

»Ach nein?« Jetzt stieß der Tätowierte ihm gegen die Schulter.

»Alter, ganz ehrlich«, sagte Cano mühsam beherrscht. »Nicht. Anfassen.«

So hatte ich ihn, seit ich ihn kannte, noch nicht erlebt. Er wirkte geradezu gefährlich. Seine Augen sprühten Funken, die Hände hatte er zu Fäusten geballt. Fast schien es, als wären seine Schultern breiter und seine Arme muskulöser geworden. In diesem Moment kam ich mir vor wie die holde Maid in Nöten, die von ihrem Helden gerettet wurde. Oder wie das Burgfräulein, für das Ritter Cano ohne mit der Wimper zu zucken drei furchterregende Drachen töten würde. Und ja, aus feministischer Sicht war das total unangemessen, und streng genommen müsste es sowieso Burgfrau und nicht Burgfräulein heißen, aber es war das erste Mal in meinem Leben, dass ich mich nicht allein aus einer Gefahrensituation rausboxen musste, sondern von jemandem gerettet wurde. Und ich fand es super. Sorry, Asche auf mein Haupt. »Mit ihm würde ich mich nicht anlegen«, sagte ich und deutete auf Cano. »Er kann Krav Maga.«

Cano warf mir einen Seitenblick zu, und ich konnte es nicht genau erkennen, aber ich hätte schwören können, dass er eine Augenbraue hob. »Sie auch«, sagte er, wobei er auf mich zeigte.

»Uuuuh, da hab ich aber Angst«, ätzte der Kleine, wobei er die Augen aufriss und in übertriebener Geste eine Hand vor den Mund legte.

Der Tätowierte stieß Cano erneut gegen die Schulter, dieses Mal noch stärker. »Dann zeig doch mal, was du draufhast, du Hurensohn.«

Cano schloss für einen kurzen Moment die Augen. »Ich will mich nicht schlagen, ich bin Rechtsanwalt.«

Der Tätowierte verpasste ihm noch einen Schubser, mit beiden Händen und so stark, dass Cano zurücktaumelte und sich gerade noch abfangen konnte. »Ich fick deine Mutter«, stieß der Tätowierte hervor. »Und deine Schwester, und äh, äh …«

»Deine Oma«, kam ihm der Kleine zur Hilfe.

Cano schüttelte fassungslos den Kopf. »*Was?* Wie dämlich seid ihr eigentlich?«

Inzwischen hatte Harry Potter seinen Tarnumhang offenbar wieder einkassiert, denn ein ganzer Pulk an Neugierigen stand nun um uns herum und sah sich das Schauspiel an. Entschlossen nahm ich Paula auf den Arm. »Komm, Cano, lass uns abhauen.« Erneut machten wir einen Versuch, von dieser Horror-Veranstaltung wegzukommen. Weit gelangten wir nicht, dann spürte ich eine Hand auf meiner Schulter, und ich wusste genau, dass es nicht Canos war. Ich drehte mich gleichzeitig mit Cano um und blickte in das picklige Gesicht des Tätowierten. Für einen kurzen Moment stand er einfach nur vor uns, als zögerte oder überlegte er. Dann sagte er: »Geht's jetzt zurück nach Taka-Tuka-Land, Bananen fressen?«, und zog Paula an einem ihrer Zöpfe.

Und dann passierten auf einmal tausend Dinge gleichzeitig, wie in Zeitlupe und trotzdem rasend schnell. Cano beförderte den Tätowierten mit zwei gezielten Kampfgriffen auf den Rücken und sagte in einem Tonfall, der mir das Blut in den Adern gefrieren ließ: »Fass nie wieder die Kleine an.«

Der kann ja wirklich Krav Maga, schoss es mir durch den Kopf.

Der Tätowierte hielt sich mit schmerzverzerrter Miene die Schulter, da eilten seine beiden Kumpels herbei, und nahmen Cano in den Schwitzkasten. Der Tätowierte rappelte sich auf und half den beiden, Cano auf den Boden zu drücken, dessen Krav-Maga-Künste wohl doch nicht reichten, um sich gegen drei prügelwillige Arschlöcher zur Wehr zu setzen. Auf dem Boden entstand ein Handgemenge, ein Gewühl aus Armen und Beinen, in dem ich kaum ausmachen konnte, welches Körperteil zu welchem Menschen gehörte. Nur dass

Cano unter den drei widerlichen Typen begraben lag, das war klar.

»Lasst sofort Cano los, ihr Blödmänner!«, rief Paula in diesem Moment. Sie befreite sich aus meinem Arm, stürzte mit einem wilden Kampfschrei auf die Meute zu und sprang dem Langen auf den Rücken, um sich beherzt in seiner Schulter zu verbeißen. Der schrie auf, vor Überraschung oder Schmerz oder beidem, und versuchte verzweifelt, Paula wieder abzuschütteln. Doch die ließ nicht locker.

Ohne weiter zu überlegen, folgte ich meiner Tochter, um sie aus dieser Prügelei herauszuziehen. Doch ich war kaum bei dem Handgemenge angekommen, als mir der Boden unter den Füßen weggezogen wurde und ich auf das Gewühl aus Leibern stürzte. Etwas traf mich an der Nase, gleich darauf hörte ich Cano aufschreien, und das war der Moment, in dem ich vergaß, dass ich eigentlich Pazifistin war. »Ihr blöden Penner«, schrie ich und verpasste dem Tätowierten einen Hieb mit dem Ellbogen. Dann versuchte ich, gleichzeitig Paula vom Rücken des Langen zu ziehen und mit den Beinen den Kleinen von Cano runterzuschubsen.

»Elli, jetzt schnapp dir Paula und dann verschwindet endlich«, rief Cano.

»Wir lassen keinen zurück!«, erwiderte ich. Mir fiel auf, dass inzwischen noch etliche andere an dem Tumult beteiligt waren. Wer gegen wen kämpfte, war für mich allerdings überhaupt nicht ersichtlich. Das absolute Chaos war ausgebrochen auf der Kaninchenschau in der Harderburger Mehrzweckhalle. Ich nahm Lärm wahr, Schreie, Wut, Schläge, Angst und vor allem das elementare Bedürfnis, Paula und Cano zu beschützen – und wenn es das Letzte war, das ich tat. Endlich gelang es mir, den Kleinen von Cano runterzukicken, doch dafür hatte sich der Tätowierte wieder berappelt und griff erneut an. Ich bekam den Kragen seines ekelhaften T-Shirts zu fassen und wollte ihn von Cano fernhalten, doch dann fiel mein Blick auf Paula. Sie hing immer noch am Rücken des Langen, der verzweifelt versuchte, sie abzuschütteln, und dabei immer giftiger wurde. Kurzerhand beschloss ich, erst mal meine Tochter in Sicherheit zu bringen, bevor ich weiter um Cano kämpfte. »Halte durch, Cano, ich bin gleich wieder da«, rief ich und meinte, ein Schnauben als Antwort wahrzunehmen, doch das hätte jeder sein können. Ich wühlte mich durch das Chaos zu Paula und zerrte sie vom Rücken des Langen. Ich wollte sie gerade aus der Gefahrenzone befördern, als ein ohrenbetäubender Knall durch die Mehrzweckhalle tönte, der uns alle heftig zusammenfahren ließ.

»Schluss jetzt!«, donnerte eine Stimme.

Das war doch … Ich schaute hoch, und da stand tatsächlich in drei Meter Entfernung Onkel Heinz wie Clint Eastwood höchstpersönlich. Er stützte sich auf seinen Gehstock, den anderen Arm hielt er zur Decke ausgestreckt, in der Hand eine Waffe. Eine Waffe, die er offensichtlich soeben abgefeuert hatte. Onkel Heinz hatte eine Waffe?

»Ich sagte, Schluss jetzt!«, rief er erneut, woraufhin auch die erbittertsten Kämpfer innehielten. Alle schauten schwer atmend zu meinem zweiundachtzigjährigen Großonkel. Er ließ seinen stechenden Blick über die Menge schweifen. »Keiner rührt meine Nichten an«, befahl er und fügte nach einer kurzen, doch deutlich vernehmbaren Pause hinzu: »Und ihn da auch nicht.« Dabei fuchtelte er mit der Knarre in Canos Richtung, der auf dem Boden lag, wobei der Tätowierte rittlings auf seiner Brust thronte.

Als Onkel Heinz die Waffe schwang, schrien ein paar der Anwesenden auf, und mir selbst stockte der Atem.

Der Tätowierte sah zu, dass er von Cano runterkam. Hastig rutschte er auf dem Hintern ein paar Meter rückwärts, dann nahm er die Hände hoch und stammelte: »Alles gut, alles gut, ganz ruhig bleiben, ja?«

»Ich bin vollkommen ruhig«, erwiderte Onkel Heinz kühl, wobei er den Typen geradezu mit seinem Blick durchbohrte. »Solange keiner meine Familie anrührt.«

Nach wie vor waren alle Anwesenden wie erstarrt. Offenbar wagte es keiner, auch nur einen Mucks von sich zu geben.

»So«, sagte Onkel Heinz zu Paula, Cano und mir. »Nachdem das geklärt ist, können wir ja gehen. Darf ja wohl nicht wahr sein, da will man sich einmal in Ruhe 'ne Kaninchenausstellung ansehen, und schon muss man euch aus der Scheiße ziehen.«

Paula und ich rührten uns nicht, sondern starrten Onkel Heinz nach wie vor in einer Mischung aus Faszination und Furcht an. Cano hatte sich inzwischen zwar aufgesetzt und hielt sich den Magen, doch er blieb auf dem Boden sitzen, als wüsste er nicht recht, wie ihm geschah.

»Abmarsch jetzt«, donnerte Onkel Heinz, woraufhin endlich Bewegung in uns kam. Cano rappelte sich vom Boden auf und folgte humpelnd Onkel Heinz, während Paula und ich die Nachhut bildeten. Als wäre Onkel Heinz Moses, der das Meer teilt, bildete sich in der Menge eine Schneise, durch die wir zum Ausgang gehen beziehungsweise in Canos Fall humpeln konnten. Kühle, stürmische Luft schlug uns entgegen, als wir aus der Halle traten. Zum ersten Mal seit Langem atmete ich tief durch. Schnell untersuchte ich Paula, doch zum Glück war ihr nichts passiert. Dann fiel mein Blick auf Cano. Wie durch ein Wunder sah er zwar ziemlich derangiert aus, aber er blutete nicht, und bis auf das Humpeln deutete nichts darauf hin, dass er verletzt war. »Alles okay mit deinem Bein?«

Er nickte und fuhr sich mit der Hand durchs Haar. »Ja, alles gut. Ich hab mich nur vertreten oder so.«

»Das Auto steht auf dem Parkplatz«, informierte uns Onkel Heinz.

»Was, das Auto?«, fragte ich verwirrt. In meinem Kopf überschlugen sich die Gedanken, ich kam kaum mit. »Wo kommt das denn her?«

»Das habe ich abgeholt«, brummte Onkel Heinz.

»Aber dein Führerschein … du hast doch gar keinen Führerschein mehr«, wandte ich ein.

»Na und? Den wollten sie auch gar nicht sehen. Interessiert doch eh keinen, bei den paar Metern.«

Im Grunde war es mir ohnehin vollkommen egal, wie und warum das Auto auf dem Parkplatz stand. Ich war nur unendlich froh, dass es so war, denn ich wollte einfach nur noch weg hier. Noch nie in meinem Leben hatte ich mich geschlagen. Alles, was ich gewollt hatte, war, mit meiner Tochter ein paar süße Kaninchen anzuschauen, und … In dem Moment fiel mir das arme übergewichtige Vieh ein, das da drinnen in seinem Käfig hockte, dem Tod geweiht. »Ich muss noch mal zurück.«

»Was?«, fragte Cano entsetzt. »Auf *keinen Fall* gehst du da wieder rein, Elli.«

Doch da hatte ich schon auf dem Absatz kehrtgemacht und lief zurück, in die Halle hinein, bahnte mir einen Weg durch die Menschen, die aufgeregt durcheinanderredeten und sich über die sensationellen Ereignisse austauschten. Ich hielt nach dem Langen, dem Tätowierten und dem Kleinen Ausschau und entdeckte sie am anderen Ende der Halle. Sie steckten in einer hitzigen Diskussion mit ein paar Männern und schenkten mir zum Glück keine Beachtung. Unbehelligt konnte ich zum Stand des Züchters laufen. Als ich den Stall meines armen Kaninchenmädchen entdeckt hatte, hörte ich Canos ungeduldige Stimme hinter mir. »Elli, was soll der Scheiß? Jetzt komm raus hier.«

Überrascht drehte ich mich um. Cano war offensichtlich sauer, aber er war da. Er war tatsächlich da, er hatte mich nicht zurückgelassen, sondern war mir in die Höhle des Löwen gefolgt. Schon zum zweiten Mal. Ich hatte keine Zeit, mir einen Kopf zu machen, warum er mir gefolgt war oder warum sich da plötzlich dieses warme Gefühl in meinem Bauch und in meinem Herzen ausbreitete. Es gab gerade Wichtigeres zu tun. Entschlossen griff ich nach dem Käfig und wuchtete ihn hoch. »Okay, wir können.«

»Das ist nicht dein Ernst.«

»Doch«, erwiderte ich trotzig und erwartete, dass Cano protestieren würde, doch er atmete nur hörbar aus. »Na dann, los jetzt«, sagte er, legte eine Hand an meinen Rücken und drängte mich vorwärts.

Die drei Dorfnazis wurden noch immer von den Männern in Schach gehalten. Die übrigen Anwesenden glotzten Cano und mich nur an, niemand hielt uns auf, als wir erneut die Halle durchquerten, ich mit dem – tatsächlich ziemlich schweren – Kaninchen bewaffnet und Cano dicht hinter mir, leise auf Türkisch vor sich hin murrend. Zum Glück humpelte er nicht mehr. Kurz darauf waren wir am Auto angekommen, wo Onkel Heinz und Paula auf uns warteten.

»Du hast ja das Kaninchen mitgenommen«, rief Paula und strahlte über das ganze Gesicht.

»Mitgenommen«, schnaubte Cano. »So kann man es auch formulieren.«

In der Ferne verkündete ein Martinshorn, dass die Polizei im Anmarsch war. Für einen Moment blieben wir reglos stehen und lauschten in die Richtung, aus der das Geräusch kam.

»Hauen wir ab«, sagte Onkel Heinz und ließ seine Knarre in der Manteltasche verschwinden.

»Moment mal, wir können doch nicht einfach abhauen«, protestierte Cano. »Wir müssen hierbleiben und eine Zeugenaussage machen, Elli muss das Kaninchen bezahlen und …«

»Wieso ist der überhaupt immer noch hier und nicht auf dem Weg nach München?«, fragte Onkel Heinz, während ich das Kaninchen mitsamt Käfig auf den Rücksitz beförderte.

In dramatischer Geste hob Cano beide Arme. »Keine Ahnung. Vermutlich lastet ein Fluch auf mir.«

Die Martinshörner wurden lauter, allmählich machte sich Panik in mir breit. Was sollte ich jetzt machen, was?

»Mama, kommen wir jetzt ins Gefängnis?«, fragte Paula, doch sie wirkte nicht ängstlich auf mich, sondern eher … neugierig. Aufgeregt. Als fände sie das alles furchtbar spannend, und wahrscheinlich tat sie das auch, weil ihr gar nicht bewusst war, was in den vergangenen Minuten passiert war. Mir wurde es allerdings allmählich klar, und es lief mir eiskalt den Rücken runter. »Nein, Süße, natürlich kommen wir nicht ins Gefängnis«, sagte ich beruhigend, obwohl ich mir da gar nicht so sicher war. »Jetzt steig mal ein und kümmere dich um das Kaninchen, ja?«

Nachdem ich die Tür hinter ihr geschlossen hatte, wandte ich mich an Onkel Heinz. »Wieso hast du eine gottverdammte Knarre dabei, und wieso zur Hölle fuchtelst du damit vor meiner Tochter herum?« Mein Herz begann zu rasen, und meine Knie wurden weich, sodass ich mich haltsuchend gegen den Kofferraum lehnen musste. »Oh shit, was mach ich denn jetzt?«, stieß ich aus. Mein Atem wurde immer flacher und schneller. Jetzt konnte ich das Polizeiauto sogar sehen, wie es auf den Parkplatz der Mehrzweckhalle einbog und im

Schritttempo auf uns zukam. In meinem Kopf drehte sich alles. »Die sind hier, um mich … zu holen …« Ich schnappte nach Luft. »Und zwar völlig zu Recht, ich bin doch eindeutig … die schlimmste Mutter der Welt. Es stimmt, was damals alle gesagt haben, ich bin … Oh mein Gott! Ich prügele mich mit … Neonazis, und dann … Knarre.«

In dem Moment hielt neben uns das Polizeiauto. Das Blaulicht wurde abgeschaltet, dann stiegen zwei Uniformierte aus. Jeden Moment würde ich umkippen, da war ich mir sicher. Doch ohne uns auch nur eines Blickes zu würdigen, gingen die Beamten an uns vorbei und verschwanden kurz darauf in der Mehrzweckhalle.

»Siehst du, die wollen gar nichts von uns«, meinte Onkel Heinz. »So wie du das Ganze darstellst, klingt es viel dramatischer, als es war. Kein Grund zu hyperventilieren.«

»Was?«, piepste ich, obwohl ich gern geschrien hätte, aber dafür fehlte mir die Luft. »Hast du … das ist doch …«

Cano trat dicht an mich heran und legte die Hände auf meine Schultern. »Elli, jetzt beruhige dich erst mal. Atme tief ein und aus, okay?«

Ich nickte, aber das mit dem Atmen wollte nicht so recht klappen.

Cano nahm mein Kinn zwischen Daumen und Zeigefinger und zwang mich, ihn anzusehen. »Einatmen«, sagte er langsam und machte es mir vor.

Für einen Moment gestattete ich mir, alles andere um mich herum auszublenden und mich einzig und allein auf ihn zu konzentrieren. Ich atmete ein.

»Sehr gut. Und ausatmen.« Wieder machte er es mir vor, und ich tat es ihm nach. »Gut. Weiter. Tief einatmen, und tief ausatmen.« Ein Lächeln erschien auf seinem Gesicht und brachte ein Funkeln in seine dunklen Augen. »Das hast du doch bestimmt gelernt beim Yoga.«

Hatte ich auch, aber das musste ich ihm ja nicht auf die Nase binden. Stattdessen atmete ich in den Bauch, füllte anschließend die Lunge und zog die Luft hoch bis ans Schlüsselbein, um sie anschließend langsam von oben nach unten wieder hinauszulassen. Das Ganze wiederholte ich mehrmals. Frieden einatmen, Panik ausatmen. Ich fixierte Cano und fand in ihm für ein paar Augenblicke meinen Ruhepol. Seine Hände auf meiner Schulter und an meinem Kinn fühlten sich warm und stark an. Frieden einatmen, Panik ausatmen. Ich entdeckte goldene Sprenkel in dem tiefen Braun seiner Augen und feine Linien in seinen Augenwinkeln. Frieden einatmen, Panik ausatmen.

»Geht's wieder?«, fragte Cano nach einer Weile.

Ich nickte. »Mhm. Ja.«

»Gut.« Er trat einen Schritt zurück.

Kaum hatte er mich losgelassen, schien die Luft um mich herum ein paar Grad kühler zu werden. Das war genau das, was ich brauchte, endlich sah ich wieder klar. »Los, wir hauen ab«, sagte ich entschlossen.

»Na endlich.« Onkel Heinz öffnete die Beifahrertür und machte sich ans Einsteigen, was bei ihm natürlich ein Weilchen dauerte.

»Nein«, rief Cano. »Das wäre das Blödeste, was wir machen können.«

Entschlossen ging ich um den Wagen herum zur Fahrertür. »Ich hab keine Zeit, das auszudiskutieren, also steig bitte ein und komm mit, ja? Oder bleib hier. Deine Entscheidung.« Damit setzte ich mich hinters Lenkrad, knallte die Tür zu und schnallte mich an. Für einen Moment blieb ich reglos sitzen und hielt den Atem an. Drei Sekunden gab ich ihm. Zwei. Ich startete den Motor. Eine Sekunde. Er würde nicht mitkommen. Natürlich würde er nicht mitkommen. Dann hörte ich, wie sich die hintere Tür öffnete, und ein Lächeln breitete sich auf meinem Gesicht aus.

»Cano«, rief Paula erfreut. »Voll cool, dass du jetzt doch wieder mit uns fährst. Guck mal, wir haben ein Kaninchen.«

Cano betrachtete den Käfig mitsamt Karnickel, der zwischen den beiden auf der Rücksitzbank stand.

»Süß, oder?«

»Hm«, machte er nur.

»Ich hab es Rosa genannt, genau wie meine Stoffrosa. Rosa ist voll der gute Name, oder?«

Ich beobachtete die beiden im Rückspiegel, bis Onkel Heinz neben mir ungeduldig wurde. »Jetzt gib endlich Gas, Elisabeth.«

Und ich hätte es gemacht. Ich wäre losgefahren. Ich hatte die Handbremse schon gelöst, den Blinker gesetzt, und mein Fuß war nur noch Millimeter vom Gaspedal entfernt.

Doch dann klopfte es an meine Fensterscheibe, und ich fuhr heftig zusammen. Langsam wandte ich den Kopf zur Seite, und mein Herz blieb stehen, als ich einen der beiden Polizeibeamten entdeckte, der mit strengem Blick hereinschaute. Verdammt.

Cano murmelte einen Schwall türkischer Wörter, während der Polizist mir mit den Händen zu verstehen gab, dass ich das Fenster runterkurbeln sollte.

»Gib Gas«, zischte Onkel Heinz.

»Spinnst du?«, zischte ich zurück.

»Wie wäre es, wenn du mal das Fenster öffnest?«, meldete Cano sich ungeduldig vom Rücksitz.

223

Ich holte tief Luft und kurbelte das Fenster runter.

»Tach zusammen«, grüßte der Polizist, und sah jeden Einzelnen von uns prüfend an.

»Hi«, grüßte Paula ihn munter. Sie liebte alles an der Situation, so viel stand fest. »Hast du auch ein Gewehr so wie Onkel Heinz?«

Cano stöhnte auf.

Der Polizist runzelte die Stirn, antwortete jedoch nicht. Stattdessen fragte er: »Wohin denn des Wegs?«

»Wir wollten kurz unsere Sachen aus dem Hotel holen und dann wieder hierherkommen«, behauptete Cano.

Ich nickte eifrig, während Onkel Heinz und Paula sich ausschwiegen.

Der Polizist hob eine Augenbraue. »Ach, tatsächlich?« Mit dem Kopf deutete er auf das Kaninchen. »Und das Vieh da? Gehört das Ihnen?«

»Ja, Mama hat es mitgenommen«, plapperte Paula. »Es heißt Rosa.«

»Soso. Und von was für einem Gewehr sprechen wir hier?«

»Dazu sage ich nichts«, antwortete Onkel Heinz. »Ich verweigere die Aussage. Kein Wort werde ich sagen, nicht ein Wort!«

»Hm«, machte der Polizist. »Gut. Dann schlage ich vor, wir unterhalten uns alle mal ganz in Ruhe auf dem Revier.«

»Geil«, rief Paula mit leuchtenden Augen. »Darf ich vorne sitzen und das Blaulicht anmachen?«

Sabine

Kurze Zeit später kamen wir auf dem Harderburger Polizeirevier an. Ja, in diesem winzigen Örtchen gab es tatsächlich ein Polizeirevier – wobei das Wort Revier ganz schön hochtrabend war für den kleinen Flachdachbau neben der Post. Auch von innen wirkte es nicht besonders einschüchternd. Hinter dem Empfangstresen, der nicht mal mit Plexiglas abgetrennt war, wie ich es normalerweise von Polizeirevieren kannte, gab es den Arbeitsbereich mit ein paar Aktenschränken und grauen Büromöbeln – alles zweckmäßig, funktional und schmucklos. Wobei … bei näherem Hinsehen fiel mir auf, dass auf dem Tresen ein blau glasierter Kuchen stand, mit einer silbernen Aufschrift: *Tschüs Sabine*. Einer der Schreibtische war mit Luftschlangen und Konfetti geschmückt. Sah ganz danach aus, als würde hier heute eine Abschiedsparty stattfinden. Darauf deutete auch die altersschwache Kaffeemaschine auf dem Sideboard hin, die gerade dampfend und röchelnd ihre Arbeit verrichtete. Drei Tassen standen daneben, und es gab drei Schreibtische. Von einem der Beamten waren wir hierhergebracht worden, der andere war auf der Kaninchenschau geblieben. Von dem oder der Dritten im Bunde fehlte bislang jede Spur.

Mir war übel vor Aufregung, und mein Herz pochte unangenehm. Der Polizist war so unfreundlich. Nachdem er Onkel Heinz' Waffe einkassiert und uns in den Wagen hatte einsteigen lassen, hatte er kein Wort mehr mit uns gesprochen, geschweige denn, Paulas unzählige Fragen beantwortet. Noch immer befürchtete ich, dass mir Ärger drohte. Selbst wenn ich nicht in den Knast kam, blieb die Gefahr, dass das Jugendamt informiert werden würde. Was, wenn sie mir Paula wegnahmen? Ich durfte mir keinen Fehltritt erlauben, kein Widerwort geben, keine flammende Rede für die Gerechtigkeit halten, nichts. Stattdessen würde ich mich komplett kooperativ zeigen. Vielleicht würde ich dann mit einem blauen Auge davonkommen.

Der strenge Polizist deutete auf die Stühle, die neben dem Eingang aufgereiht standen. »Setzen Sie sich. Kleinen Moment noch.«

Ächzend ließ Onkel Heinz sich auf den linken Stuhl sinken. Cano nahm auf dem rechten Platz, sodass für Paula und mich der mittlere blieb. Rosa stellte ich mitsamt Käfig vor mir ab. Ich wollte Paula auf meinen Schoß ziehen, doch die hatte keine Zeit zum Sitzen. Stattdessen folgte sie dem Polizisten durch die Absperrung in den Arbeitsbereich. »Habt ihr hier auch Zellen, wo die Verbrecher reinkommen? Sperrst du mich da mal ein? Das fänd ich echt cool.«

»Paula, hör auf.« Mit drei Schritten war ich bei meiner Tochter, nahm sie auf den Arm und ging mit ihr zurück zu den Stühlen. »Wir müssen uns jetzt benehmen«, raunte ich. »Bei der Polizei darf man nicht einfach rumlaufen und Fragen stellen.«

Cano, der mal wieder mit seinem Handy beschäftigt war, warf mir einen Seitenblick zu. »Du scheinst dich ja gut auszukennen.«

In dem Moment ging eine Tür auf, und eine Polizeibeamtin kam herein. Sie balancierte klirrend Teller, Gabeln und Sektgläser, die sie neben der Kaffeemaschine abstellte. Dann fiel ihr Blick auf uns, und sie hielt mitten in der Bewegung inne. »Och nee«, stieß sie aus, über unsere Anwesenheit offensichtlich alles andere als erfreut. Sie musste in den Sechzigern sein und hatte graues langes Haar, das sie zu einem Zopf geflochten trug. Ihr Gesicht war von Fältchen durchzogen, auf ihrer Nase saß eine Halbbrille, und ihr Körper war gemütlich rund und weich – sie hätte als Rotkäppchens Omi gecastet werden können, wären da nicht der angepisste Gesichtsausdruck und die Polizeiuniform gewesen. Was allerdings weder zu Rotkäppchens Omi noch zur genervten Polizistin passen wollte und so befremdlich war, dass ich zweimal hingucken musste, waren die bunten Luftschlangen, die um ihren Hals gewickelt waren. Und auf ihrem Kopf thronte eine Pappkrone von Burger King. Messerscharf kombinierte ich, dass es sich um die Sabine vom Kuchen handelte, die heute verabschiedet wurde.

»Was machen die denn hier?«, wandte sie sich an den Polizisten, der damit beschäftigt war, etwas in den Computer einzugeben. »Ich dachte, ihr erledigt die Karnickelzüchter schnell und formlos?«

»Ging nicht, da war die Hölle los«, erwiderte ihr Kollege. Dann drückte er ihr Onkel Heinz' Waffe in die Hand und redete leise auf sie ein. Obwohl ich angestrengt die Ohren spitzte, konnte ich nicht hören, was er sagte. Über Sabines Gesichtsausdruck zogen mehr und mehr Gewitterwolken, und schließlich verdrehte sie die Augen. »Nicht die drei schon wieder.«

In entschuldigender Geste hob der Polizist die Schultern. »Leider doch. Ich fahr zurück zur Halle, Marco ist ja noch da. Dann bringen wir die anderen her.« Damit nickte er ihr zu und verließ das Revier, ohne uns weiter zu beachten.

Für ein paar Sekunden blieb Sabine reglos stehen, als würde sie mit ihrem Schicksal hadern. Dann trat sie mitsamt Onkel

Heinz' Knarre an den Tresen und ließ ihren Blick langsam über jeden Einzelnen von uns wandern.

»So«, sagte sie schließlich finster. »Das ist ja mal 'ne schöne Scheiße an meinem letzten Tag. Sechsundzwanzig Jahre habe ich mir hier als Dienstgruppenleiterin den Arsch plattge… äh, aufgerissen. Da dachte ich, ist es nicht zu viel verlangt, wenn ich an meinem letzten Tag 'ne ruhige Kugel schieben will. Bisschen Kuchen essen und mittags in die wohlverdiente Pension gehen, so hatte ich mir das gedacht.« Missbilligend schnalzte sie mit der Zunge. »Tja. Da hab ich mich wohl getäuscht.«

Hätte sie nicht so eine grimmige Miene gezogen, hätte sie mir fast leidtun können.

Mitleid war Onkel Heinz offenbar sehr fern. »Ich möchte sofort jemanden anrufen«, rief er. »Außerdem fordere ich energisch, auf Kaution freigelassen zu werden!«

Ich fragte mich, wen er anrufen wollte und wer seine Kaution zahlen sollte, aber letzten Endes war es sowieso egal. »Das kannst du vergessen.«

»Ach, und warum? Ich habe mir nichts zuschulden kommen lassen.«

»Weil wir hier nicht in einer amerikanischen Polizeiserie sind«, erwiderte Cano an meiner Stelle.

Sabine musterte Onkel Heinz durchdringend über den Rand ihrer Halbbrille. »Das wollen wir erst noch mal sehen, ob Sie sich was zuschulden haben kommen lassen.« Sie hob die Waffe. »Das Ding gehört Ihnen, nehme ich mal an?« Ich fand es unverantwortlich, wie sie mit der Knarre umging, aber ich beschwerte mich lieber nicht.

Onkel Heinz verschränkte die Arme vor der Brust und sah demonstrativ zur Seite. »Ich verweigere die Aussage.«

»Ich würde mit ihr sprechen«, raunte Cano ihm zu. »Sonst kann sich das hier ewig in die Länge ziehen.«

»Ich habe nichts Unrechtes getan, sondern euch den Arsch gerettet«, knurrte Onkel Heinz.

»Wenn du dich kooperativ zeigst, kommst du bestimmt nicht in den Knast«, flüsterte ich. »Jetzt rede mit ihr, die Frau ist doch eh schon sauer. Also geh ihr nicht noch mehr auf den Keks.«

Paula fand offenbar, dass sie lange genug still gewesen war, denn sie schaltete sich in die Unterhaltung ein. »Warum hast du eigentlich eine Krone auf?«, fragte sie die Polizistin. »Bist du auch eine Prinzessin?«

Sabine runzelte verwirrt die Stirn, doch dann zog sie sich schnell die Krone vom Kopf. »Äh, nein. Das war nur ein Scherz von meinen Kollegen.« Ihr Gesichtsausdruck wurde etwas weicher. »Sag mal, Kleine, hast du Lust, was zu malen?«

»Voll gerne. Ich heiße Paula, und du?«

»Sabine Ehrmann. Dann komm mal her, Paula.«

Sie hüpfte von meinem Schoß, und nachdem Sabine die Waffe auf den Tresen gelegt hatte, führte sie Paula an einen der Schreibtische, wo sie mit Textmarkern auf der Papierunterlage kritzeln durfte.

»Vielen Dank«, sagte ich, als die Polizistin wieder am Tresen stand. Je weniger Paula von dieser unseligen Situation mitbekam, desto besser. Es war schon schlimm genug, was sie bei der Kaninchenausstellung hatte miterleben müssen, da fehlte es gerade noch, dass sie dabei war, wenn ihre Mutter und ihr Großgroßonkel von der Polizei vernommen wurden.

Sabine nickte nur und nahm sich wieder die Waffe vor. Dafür, dass die Beinahe-Pensionärin vorhin noch behauptet hatte, sie wolle hier heute eine ruhige Kugel schieben, betrachtete sie das Ding äußerst geflissentlich von allen Seiten. »Tse. Was für ein Quatsch.«

»Ich hoffe, du hast einen Waffenschein«, raunte ich Onkel Heinz zu.

»Dafür braucht man keinen Waffenschein«, behauptete er laut.

Sabine sah auf. »Danke für den Hinweis, aber ich weiß durchaus, dass Feuerzeuge nicht unter das Waffengesetz fallen.«

Mir fiel eine ganze Wagenladung Steine vom Herzen. »Ein Feuerzeug? Warum hast du das denn nicht gleich gesagt? Und was hat da vorhin so geknallt?«

»Da lag ein Gasluftballon auf dem Boden, den hab ich zertreten.«

Cano schlug mit den Händen auf seine Oberschenkel und sprang auf. »Sehr schön, dann wäre das ja geklärt. Ich schlage vor, dass wir alles Weitere schriftlich ...«

»Nee, nee, nee, junger Mann, nicht so schnell. Da wären schon noch ein paar Fragen offen.«

Cano zögerte kurz, doch dann setzte er sich wieder. Nachdem er einen Blick auf seine Uhr geworfen hatte, sagte er: »Natürlich, klar. Aber wissen Sie, ich bin Rechtsanwalt und habe einen dringenden Termin in München. Daher wäre ich Ihnen dankbar, wenn wir das hier zügig erledigen könnten.«

Ich konnte förmlich sehen, wie Sabine sich aufplusterte. »Na, so ja schon mal gar nicht, junger Mann. Ich muss mir nach sechsundzwanzig Jahren als Dienstgruppenleiterin ganz sicher nicht von irgendeinem Rechtsverdreher sagen lassen, dass ich mich beeilen soll. Also schön eins nach dem anderen. Erst mal nehme ich Ihre Personalien auf, und dann werden wir in aller Ruhe klären, was hier heute abgelaufen ist.« Mit dem

Kopf zeigte sie auf Rosa. »Da wäre zum Beispiel noch die Sache mit dem Kaninchen und der Prügelei.«

»Könnt ihr beide bitte aufhören, diese Frau so zu provozieren?«, raunte ich Onkel Heinz und Cano zu. »Es sieht eh schon schlecht genug für mich aus.«

»Wenn ich dann bitte Ihre Personalausweise haben dürfte?«, sagte Sabine ungeduldig.

Wir drei traten an den Tresen, und Onkel Heinz und Cano reichten Sabine ihre Ausweise, während ich damit beschäftigt war, in meinem Portemonnaie danach zu suchen. Doch ich fand ihn nicht. Verdammt. Hektisch fing ich an, meinen Turnbeutel zu durchwühlen. Nach und nach zog ich eine Packung Hygienetücher, zwei Conni-Bücher, die vom Frühnick übrig gebliebenen Äpfel und Paulas halb aufgegessenes Rühreibrötchen, eine Tüte Ingwerbonbons, vier Tampons und meinen Skizzenblock nebst Stiften hervor und reihte alles auf dem Tresen auf. »Sorry, ich hab's gleich«, beteuerte ich und kramte noch hektischer in dem Beutel. Nach einer Weile war der Tresen voll mit meinen Sachen, aber den Ausweis hatte ich immer noch nicht. »Ich weiß genau, dass ich das blöde Ding dabeihabe!« Mit zitternden Händen durchforstete ich meine Hosen- und Jackentaschen zum dritten Mal. Onkel Heinz hatte sich schon wieder gesetzt, doch Cano beobachtete mich in einer Mischung aus Faszination und Anteilnahme. »Cool bleiben, Elli«, sagte er leise. »Es gibt keinen Grund, so nervös zu sein.«

»Du hast gut reden«, murmelte ich, doch dann atmete ich durch und schaute noch mal in aller Ruhe in meinem Portemonnaie nach. Und tatsächlich – wie durch ein Wunder war er zurückgekehrt und klemmte unschuldig zwischen EC- und Budni-Karte: mein Perso. »Ich hab ihn«, rief ich und konnte mir gerade noch einen Freudensprung verkneifen. »Oh mein

Gott, ich hab ihn.« Nachdem ich meinen Turnbeutel wieder eingeräumt hatte, ließ ich mich auf meinen Stuhl fallen. Cano setzte sich neben mich und schrieb auf dem Handy eine E-Mail oder einen Vertrag oder was auch immer er da die ganze Zeit tippte. Ich beobachtete die inzwischen offenbar hochmotivierte Sabine dabei, wie sie meinen Ausweis ausführlich studierte. Das ungute Gefühl, das ohnehin in meinem Bauch waberte, verstärkte sich noch, als sie etwas in den PC eingab und dann auf den Monitor starrte. Oh Mann, jetzt warf sie bestimmt einen Blick ins System und ließ sich mein gesamtes Sündenregister anzeigen. Ich meine, ich war doch polizeibekannt. Da stand garantiert alles drin. Und spätestens, wenn sie schwarz auf weiß vor sich sah, was ich auf dem Kerbholz hatte, würde diese Frau das Jugendamt schneller anrufen, als ich »Jugendsünden« sagen konnte. Hektisch wippte ich mit dem Bein und kaute auf meinem Daumennagel.

Cano blickte von seinem Handy auf. »Könntest du bitte aufhören, so rumzuzappeln? Das macht mich wahnsinnig.«

Ich versuchte es, wirklich, aber ich bekam es einfach nicht hin. Für drei Sekunden hielt ich still, dann zappelte ich wieder, hielt wieder kurz still, zappelte wieder.

Cano legte eine Hand auf meinen Oberschenkel, um mein Bein am Wippen zu hindern. »Warum bist du denn so nervös?«

Ich spürte seine Finger durch den dünnen Stoff meiner Hose und nahm das Kribbeln wahr, das seine Berührung auf meiner Haut verursachte. Als wären seine Finger elektrisch aufgeladen. Doch ich konnte mir jetzt keine Gedanken darum machen, denn mein Blick klebte an der Polizistin, die angestrengt auf ihren Monitor starrte.

»Elli«, sagte Cano etwas lauter. »Rede mit mir, gib mir was, womit ich arbeiten kann.«

»Es ist nur …«

Sabine sah von ihrem Monitor auf, über ihre Brille hinweg zu mir. Alles klar. Jetzt wusste sie alles, sie wusste *alles*, und sie verurteilte mich. Gleich würde sie das Jugendamt einschalten.

»Sie wissen schon, dass …«, setzte sie an, doch bevor sie weiterreden konnte, sprang ich von meinem Stuhl auf und rief: »Es ist nicht das, wonach es aussieht! Ich kann das alles erklären.« Kooperation, das war das Zauberwort. Ich trat an den Tresen und versuchte, mich irgendwie aus dieser Nummer herauszureden. »Bei der Mai-Demo im Schanzenviertel war ich erst sechzehn, und ich bin da irgendwie so reingeraten, Sie wissen ja, wie da ist. Ich war mit meinen Freunden unterwegs, und alles war gut, bis es irgendwann immer voller wurde und die Stimmung kippte. Es wurde voll aggro rings um ums, echt beängstigend. Dann wurde ich im Gedränge von meinen Freunden getrennt, und auf einmal stand ich mitten im schwarzen Block. Ich hätte mir beinahe in die Hose gemacht, weil ich so Schiss hatte. Ich hab versucht, da wieder rauszukommen, aber es war so chaotisch, und ich wurde immer wieder zurückgedrängt, und dann waren auch schon Ihre Kollegen zur Stelle. Aber ich wurde nur vernommen und durfte wieder nach Hause gehen.«

Die Polizeibeamtin sah mich stirnrunzelnd an, sagte jedoch nichts dazu.

»Äh, Elli?«, sagte Cano, doch ich hörte nicht auf ihn. Ich musste dringend meinen Ruf verteidigen.

»Okay, ich gebe zu, bei dieser Occupy-Geschichte in Frankfurt war ich schon aktiv dabei, aber ich war damals gerade mit meinem Freund zusammengekommen und wollte ihn unbedingt beeindrucken. Ja, ich weiß, Sie denken jetzt, dass es das nicht besser macht, sondern eher noch schlimmer. Aber ich war damals halt ein bisschen naiv. Und überhaupt, man konnte

233

mir nie nachweisen, dass ich mit roter Farbe ›Schweinesystem‹ an die Eingangstür der Börse geschrieben habe, und das müsste eigentlich auch in Ihrem Computer so drinstehen.«

Sabine hob die Augenbrauen, und hinter mir schnaubte es. Onkel Heinz, mit Sicherheit.

»Elli«, sagte Cano erneut, jetzt war er dicht neben mir. »Hör auf damit.«

»Nein, ich möchte das klarstellen. Dann ist da natürlich diese Nummer mit der Hausbesetzung in Ihrem System aufgelistet, und die ist echt richtig blöd gelaufen.«

»Noch blöder als die anderen Sachen?«, erkundigte sich Sabine.

Ich nickte. »Ja, das war nämlich so: Mein damaliger Freund hat gesagt, dass die Eltern eines Kumpels längere Zeit verreist sind und deswegen in deren Haus immer was los ist. Also haben wir halt öfter mit seinen Freunden da abgehangen. Als irgendwann die Polizei vor der Tür stand, sind auf einmal alle abgehauen. Ich war nicht schnell genug, weil ich erst nicht verstanden habe, was los war. Und bis ich spitzhatte, dass das Haus gar nicht den Eltern gehörte, sondern dass mein Freund und seine Kumpels es quasi besetzt hatten, war es zu spät. Da ich die anderen nicht verpfeifen wollte, musste ich alles allein ausbaden, dabei wusste ich ja noch nicht mal, dass das überhaupt eine Hausbesetzung war.«

Sabine hob eine Augenbraue. »Ich hoffe, mit dem Freund haben Sie ganz schnell Schluss gemacht.«

»Ja, habe ich. Niemand hat mir damals geglaubt, deswegen halt diese Strafsache mit dem Hausfriedensbruch. Aber wie sicherlich auch in Ihren Akten steht, musste ich nur ein paar Sozialstunden ableisten, weil die Richterin meinte, ich wäre schon genug gestraft mit …«

»Elli!«, rief Cano energisch.

»Außerdem ist das Ganze schon acht Jahre her«, fuhr ich unbeirrt fort, »und seitdem habe ich mir absolut nichts mehr zuschulden kommen lassen. Die Sache im Hambacher Forst ist absolut friedlich abgelaufen, wir haben dort nur Bäume gesetzt. Ich bin ein vollkommen weißes Blatt. Und was dieses Kaninchen angeht …« Mit ausgestrecktem Finger zeigte ich auf Rosa. »Das habe ich vor dem sicheren Tod bewahrt, da wird mir ja wohl niemand einen Strick draus drehen. Auch wenn es mir natürlich von Herzen leidtut, dass ich …«

»So, Elli, das reicht«, sagte Cano und packte mich entschlossen am Oberarm. »Darf ich mich mit meiner Mandantin kurz zur Beratung zurückziehen?«, fragte er Sabine.

Die seufzte tief. »Ich bitte darum.«

Cano führte mich zum Ausgang und besaß tatsächlich die Dreistigkeit, mit mir rauszugehen.

»Spinnst du?«, flüsterte ich. »Die denkt doch, wir hauen ab.«

Cano stöhnte auf. »Boah, Elli! In was für einem Film bist du da eigentlich gerade? Wenn du so weitermachst, gestehst du noch das Kennedy-Attentat.«

»Ich will mich doch nur kooperativ zeigen.«

»Wieso?«

»Weil ich Angst habe, dass sie mir Paula wegnehmen! Mein Anwalt damals bei der Hausbesetzungsgeschichte hat auch gesagt, ich solle einfach alles zugeben und mich entschuldigen, weil das mildernde Umstände gibt.«

Cano schnaubte. »Dann sei froh, dass der jetzt nicht hier ist, sondern ich. Und ich rate dir dringend, da drinnen nichts weiter zu sagen, sondern mich das regeln zu lassen.«

»Aber was, wenn sie mir Paula wegnehmen?«

»Niemand wird dir Paula wegnehmen.« Cano legte die Hände auf meine Schultern und sah mich eindringlich an. »Und für den unwahrscheinlichen Fall, dass sie es versuchen, werde ich das ganz sicher nicht zulassen. Deine Jugendsünden gehen niemanden etwas an und haben mit dieser Sache überhaupt nichts zu tun.«

»Aber das steht doch alles im Register.«

»Nein, nichts von dem, was du da gerade gebeichtet hast, steht in irgendeinem Register.«

»Echt nicht?«

»Nein.«

»Gut, aber …« Ich schaute mich nach rechts und links um und raunte: »Da ist ja noch die Sache mit dem Kaninchen, das ich …«

»Ah, ah, ah«, machte Cano und schüttelte den Kopf. »Sag es nicht. Lass mich das einfach regeln.«

Zweifelnd sah ich ihn an. Sollte ich mich wirklich auf ihn verlassen? Ich war es nicht gewöhnt, dass jemand anderes meine Angelegenheiten regelte, und irgendwie gefiel es mir auch nicht.

Cano drückte noch mal meine Schultern und ließ mich dann los. Als hätte er meine Gedanken gelesen, sagte er: »Hör zu, ich weiß, dass es dir schwerfällt, mir zu vertrauen, aber ich bin nun mal Rechtsanwalt, und wenn ich sehe, wie jemand sich selbst so dermaßen in die Scheiße reitet, kann ich nicht einfach tatenlos danebenstehen. Also spring über deinen Schatten und lass mich dir helfen, okay?«

»Das klingt ja geradezu superheldenmäßig.«

Cano lachte auf. »Ja, und ich habe doch so selten die Gelegenheit, ein Superheld zu sein.«

Für ein paar Sekunden zögerte ich noch, doch dann gab

ich nach. »Okay. Du darfst mir helfen und dein Karma polieren.«

»Perfekt. Es ist ganz einfach, du musst im Grunde nur Ja und Amen zu allem sagen, was ich sage.«

»Das nennst du einfach?«

Wir waren schon auf dem Weg zurück, doch bevor er die Tür öffnen konnte, hielt ich ihn zurück. »Cano? Danke, dass du mir hilfst. Ehrlich, ich weiß das sehr zu schätzen.«

»Kein Problem. Dafür hat man schließlich Feinde.« Grinsend zwinkerte er mir zu.

Augenblicklich spürte ich, wie ich knallrot vor Scham anlief. »Hey, es tut mir leid, dass ich dich meinen Feind genannt habe. Und überhaupt … ich glaube, ich war ganz schön unfair dir gegenüber.«

Cano winkte ab. »Schon gut, ich war dir gegenüber ja auch nicht gerade charmant. Jetzt lass uns wieder reingehen, in Ordnung?« Er hielt mir die Tür auf und ließ mich eintreten.

Super, jetzt gefiel es mir auch noch, dass er mir die Tür öffnete. Dabei hatte ich solche Gentleman-Gesten bislang immer albern und überflüssig gefunden.

Cano und ich traten an den Tresen, wo Onkel Heinz gerade ein Formular unterschrieb.

»So, das war's dann auch schon mit uns, Herr Brandner«, sagte die Polizeibeamtin, nahm das Formular und legte es beiseite.

Onkel Heinz steckte seine Feuerzeug-Knarre ein und humpelte an seinem Stock zurück zu den Stühlen, wo er sich ächzend niederließ.

Ich sah schnell nach Paula, die völlig vertieft in ihre Malerei war und von diesem Drama scheinbar kaum was mitbekam. Schnell gab ich ihr eine Flasche Wasser und den Rest ihres

Rühreibrötchens und gesellte mich dann zu Cano und Sabine an den Tresen. Inzwischen war ich ruhiger und froh, dass ich keine Angst haben musste, das Falsche zu sagen oder mich reinzureiten. Schließlich war Cano ja da, und außerdem trug Sabine immer noch die Luftschlangen um den Hals, die sie viel weniger streng und bedrohlich erscheinen ließen. Sabine nahm meinen Perso vom Schreibtisch und gab ihn mir zurück.

»Bevor Sie mir wieder die Dramen Ihrer Jugend erzählen: Ich wollte Sie vorhin schon darauf aufmerksam machen, dass Ihr Personalausweis in zwei Wochen abläuft. Das haben Sie im Blick, richtig?«

»Klar, das hab ich voll im Blick«, log ich. Deswegen hatte sie so streng geguckt? Das war alles gewesen?

»Gut. Dann schildern Sie mir doch jetzt mal bitte kurz und knackig, was sich auf der Kaninchenausstellung zugetragen hat, damit wir hier hoppi galoppi durch sind.«

Hoppi galoppi, na, das war doch ganz in Canos Sinne. Ich warf ihm einen Seitenblick zu, doch er nickte nur aufmunternd. Hatte er nicht gesagt, dass er für mich sprechen würde? Allerdings war er anfangs ja noch gar nicht dabei gewesen auf der Kaninchenschau, also blieb mir wohl nichts anderes übrig, als zu erzählen, was passiert war. So hoppi galoppi wie möglich schilderte ich die Ereignisse von dem Moment an, als wir auf der Kaninchenschau angekommen waren, bis wir auf den Langen, den Kleinen und den Tätowierten gestoßen und von ihnen gepiesackt worden waren. Sabine tippte dabei flink auf ihre Tastatur ein und stellte gelegentlich Fragen. Nachdem ich berichtet hatte, wie Cano uns zu Hilfe gekommen war, wie die Prügelei angefangen und wie Onkel Heinz sie beendet hatte, stieß Cano mir leicht in die Seite. Offenbar sollte ich an dieser Stelle Schluss machen.

Über ihre Brille hinweg schaute Sabine mich nachdenklich an. »Hm. Soso. Gut, dann kommen wir mal zu der Sache mit dem Kaninchen.« Mit einer Geste bedeutete sie mir weiterzusprechen.

Nun übernahm jedoch Cano für mich und berichtete, wie ich das Kaninchen vom Züchter hatte kaufen wollen, ihn aber nicht angetroffen hatte. Da ich kein Geld dabeigehabt hatte, wollte ich kurz zum EC-Automaten, anschließend ins Hotel, um die Sachen zu holen und dann zurück zur Kaninchenschau, um dem Züchter sein Geld zu geben. Natürlich war es unüberlegt, das Kaninchen schon mal mitzunehmen, aber dabei hatte ich mir nichts gedacht. Behauptete Cano, und ich nickte eifrig während seines Berichts.

»Aha«, sagte Sabine lang gezogen, als Cano geendet hatte. »Na, das ist ja 'ne schöne Geschichte.« Dann hämmerte sie wieder auf ihre Tastatur ein.

Nervös schaute ich zu Cano, doch er sagte nichts, sondern lächelte mir nur beruhigend zu.

Schließlich stand die Beamtin auf, holte zwei DIN-A4-Seiten aus dem Drucker und legte sie vor mir auf den Tresen. »So, dann bitte einmal durchlesen und unterschreiben.«

Ich hatte gerade meinen Namen unter das Dokument gekritzelt, als die Tür sich öffnete und ein ganzer Pulk Menschen in die kleine Wache strömte. Als Erstes schoss der Kaninchenzüchter herein. Mit wutverzerrter Miene zeigte er auf mich und rief: »Da, das ist sie! Sie hat mein wertvollstes Zuchttier geklaut!«

»Ich habe nichts ge...«, setzte ich an, doch dann fiel mein Blick auf den Langen, den Kleinen und den Tätowierten, und die Worte blieben mir im Hals stecken. Alle drei redeten zeitgleich auf die beiden Polizeibeamten ein, von denen sie hereingeführt wurden. Ich verstand nicht, was die Typen sagten, nur einzelne Satzfetzen und Wörter konnte ich ausmachen: »unfair«, »immer wir«, »man darf ja nicht mal mehr« und »der Türke hat uns provoziert«.

Einer der Polizisten beförderte den Langen und den Kleinen auf die Stühle neben Onkel Heinz, woraufhin der ein Stück von ihnen wegrückte und Rosas Käfig in Sicherheit brachte. Der andere Polizist führte den Tätowierten zu einem der Schreibtische hinter dem Tresen, wo er ihn unsanft auf den Stuhl drückte.

Als Paula sah, wer da gerade hereingekommen war, verdrehte sie die Augen. »Oh nee, nicht die schon wieder«, rief sie und lief zu Cano und mir, wo sie sich zwischen dem Tresen und Canos Beinen verschanzte.

Die Lage im Revier spitzte sich so rasend schnell zu, dass ich gar nicht wusste, wo mir der Kopf stand. Der Lange zeigte anklagend auf Onkel Heinz. »Ich hoffe, ihr habt dem alten Sack die Knarre abgenommen. Der wollte uns alle abknallen.«

»Genau«, pflichtete der Kleine ihm bei. »Abknallen wollte er uns. Und der Türke hat uns grün und blau geschlagen, dabei haben wir überhaupt nichts gemacht. Aber *ihn* lasst ihr natürlich mal wieder laufen.«

»Jaja, da haben wir aber vierunddreißig Zeugen, die etwas ganz anderes aussagen«, warf der Polizist ein, der uns hergebracht hatte.

»Was ist das denn überhaupt für ein Ton?«, blaffte Onkel Heinz den Kleinen an. »Kein Respekt mehr vor dem Alter«, woraufhin eine feurige Diskussion zwischen Onkel Heinz und den beiden Typen über Respekt, das Alter und Waffen entbrannte. Derweil beschimpfte der Tätowierte lautstark die Polizei im Allgemeinen sowie die Harderburger Polizei im

Besonderen, und der Kaninchenzüchter versuchte energisch, Sabine davon zu überzeugen, dass ich ihm sein wertvollstes Zuchttier entwendet hatte.

»Es stimmt überhaupt nicht, dass Rosa sein wertvollstes Zuchttier ist«, protestierte ich, obwohl es mir in all dem Lärm schwerfiel, mich auf meine Argumentation zu konzentrieren. »Er hat vorhin erst gesagt, dass sie nicht zur Zucht zugelassen ist und nur noch für den Kochtopf taugt.«

»Genau, er wollte Rosa mit Senf einreiben und aufessen«, rief Paula von ihrer Position unter dem Tresen. »Und Cano hat keinen grün und braun geschlagen, die lügen alle voll.«

Auf der kleinen Harderburger Polizeiwache herrschte eine Lautstärke wie auf einem Jahrmarkt, nur passte die Stimmung leider so gar nicht dazu. Beschimpfungen, Vorwürfe, wüste Flüche, Diskussionen, alle redeten gleichzeitig, keiner hörte zu – es hätte mich nicht gewundert, wenn die Prügelei jeden Moment von vorn losgegangen wäre.

Doch dann ertönte der schrille Pfiff einer Trillerpfeife, und Sabine rief: »Schnauze!« Die meisten Stimmen versiegten, nur der Tätowierte, Onkel Heinz und der Kaninchenzüchter wetterten weiter, bis Sabine nochmals energisch in die Trillerpfeife blies. »Jetzt ist hier aber mal Ruhe im Puff!«

Endlich kehrte Stille ein auf dem Revier. Sabine war entweder auf magische Art gewachsen oder auf einen Tritt geklettert, denn sie überragte uns alle. Sie hatte die Stirn in tiefe Falten gezogen, ihre Wangen waren hochrot angelaufen, und ich meinte, eine Ader in ihrem Hals pochen zu sehen. Jetzt jagte sie mir doch Angst ein, trotz der fröhlichen Luftschlangen. »Habt ihr alle den Arsch offen? So eine Scheiße muss ich mir nicht geben, nicht am letzten Tag vor der Pension!«

»Kann ich jetzt gehen?«, fragte der Tätowierte gelangweilt.

»Nee, Freundchen«, schnaubte Sabine. »Ich schwöre dir, du bist der Letzte, der hier rauskommt. Seit zwei Jahren geht ihr drei mir auf den Sack, und jetzt auch noch an meinem *letzten Diensttag*. Das werdet ihr bereuen, das verspreche ich euch. Und eure Eltern auch.« Dann deutete sie mit dem Kopf in die Richtung von Cano, Onkel Heinz, Paula, dem Kaninchenzüchter und mir. »Der Rest kann gehen.«

»Was?«, empörte sich der Kaninchenzüchter. »Diese Frau hat mein wertvollstes Zuchttier gekl...«

»Moooment«, fiel Cano ihm ins Wort. »Meine Mandantin hatte die Absicht, das Tier zu bezahlen, und ...«

»Schluss jetzt«, rief Sabine und zeigte auf mich. »Sie! Geben Sie dem Mann einfach seine Kohle, und dann will ich Sie und Ihre verrückte Kombo hier nie wieder sehen. Es sei denn, Sie wollen Anzeige gegen die drei erstatten.«

Cano und ich tauschten einen Blick. Eigentlich hatte ich schon Lust, diese blöden Nazi-Idioten anzuzeigen, und ich wusste, dass es Cano genauso ging. Doch schließlich schüttelten wir beide gleichzeitig den Kopf. »Nein, wir verzichten«, erwiderte Cano.

»Na gut.« Dann wandte Sabine sich an den Kaninchenzüchter: »Also, was soll das Vieh kosten?«

»Zweihundert.«

Ich schnappte nach Luft. »Euro?«

»Was denn sonst? Hundert für den Käfig, hundert für das Karnickel«, erwiderte der Züchter.

»Das ist doch Abzocke«, protestierte Onkel Heinz.

»Mir kommt das auch übertrieben vor.« Cano zückte sein Handy. »Wenn ich mich beim Zuchtverein erkundige, wie viel ein gebrauchter Käfig und ein zuchtuntaugliches Tier in etwa kosten, was, meinen Sie, werden die mir ...«

»Na schön, dann eben hundert«, sagte der Züchter missmutig.

»Oh Mann.« Ich holte mein Portemonnaie hervor und wühlte darin herum. »So viel hab ich bar gerade gar nicht. Äh, deswegen wollte ich ja auch zum EC-Automaten.« Beifall heischend sah ich Cano an, woraufhin er grinste und unterm Tresen den Daumen hob.

Ich wollte gerade fragen, wo der nächste Automat war, doch da hielt Onkel Heinz dem Züchter zwei Fünfziger hin. »So. Das wäre geklärt.«

Der Züchter äußerte sich nicht dazu, sondern hielt die Fünfziger gegen das Licht und steckte sie dann in die Hosentasche.

»Ich hab auch alles geklärt«, informierte Paula uns.

Cano lachte und hob sie auf seinen Arm. »Wunderbar, Meleğim.« Dann wandte er sich an mich. »Na los. Wir können gehen.«

Ich konnte es kaum glauben. Wir durften hier einfach so herausspazieren? »Tja, also dann … Tschüs«, sagte ich zu Sabine. »Trotz allem einen guten Start in die Pension.« Ich schnappte mir Rosas Käfig und folgte den anderen nach draußen, ohne den Züchter oder die drei Idioten eines Blickes zu würdigen.

Als ich vor der Tür stand, atmete ich erleichtert die frische Luft ein. Ich legte meine Hand auf Canos Arm und sah ihn ernst an. »Tausend Dank. Ehrlich, ich habe keine Ahnung, wie das da drin ohne dich gelaufen wäre.«

»Vielleicht wärst du bei deiner Lebensbeichte inzwischen im Heute angekommen«, erwiderte er, setzte Paula auf dem Boden ab und griff nach dem Käfig, um ihn mir abzunehmen.

Wir gingen durch das verschlafene Fachwerkörtchen zurück zur Mehrzweckhalle, um das Auto zu holen. »Und du so?«, fragte ich Cano, nachdem wir eine Weile still nebeneinander hergegangen waren. »Wie lautet dein Plan jetzt?«

»Keine Ahnung. Den Bus nach Göttingen habe ich«, er warf einen Blick auf seine Uhr, »um zwei Stunden verpasst.«

»Sollen wir dich irgendwo hin mitnehmen? Wir könnten dich nach Göttingen bringen.« Mein Herz schlug schneller. »Oder nach München.«

Canos Blick wanderte kurz zu Onkel Heinz und dann zu Paula. Schließlich schaute er mich nachdenklich an. Ein Lächeln erschien auf seinem Gesicht. »München klingt gut.«

Ich musste einfach zurücklächeln, ich war machtlos dagegen. »Dann auf nach München.«

Rosa wird schlecht

Nachdem wir unsere Sachen aus dem *Engel* geholt und uns von Mephisto verabschiedet hatten, beluden wir den Wagen und machten uns endlich auf die Weiterfahrt nach München. Die Episode auf dem Polizeirevier hatte uns ganze drei Stunden gekostet, sodass es schon auf drei Uhr zuging.

Paula betrachtete verzückt unsere neue Reisegefährtin Rosa. Eingequetscht zwischen Cano und Paula mümmelte sie an einem Kohlrabiblatt, das Mephisto uns mitgegeben hatte, zusammen mit ein paar Karotten und Selleriestangen.

Cano war mit seinen Akten und dem Laptop beschäftigt, das er auf dem Schoß balancierte. Erst jetzt wurde mir bewusst, dass er um diese Zeit eigentlich den Termin mit seinen Münchner Kollegen und dem Mandanten gehabt hätte, von dem er redete, seit ich ihn im Tankstellenshop in Hamburg getroffen hatte. »Bist du deinen Arschloch-Fracking-Mandanten jetzt los?«, erkundigte ich mich, während ich den Blinker setzte und auf die knüppelvolle Autobahn fuhr.

»Das würde dir gefallen, oder?«

»Schon irgendwie, ja.«

»Dann muss ich dich leider enttäuschen. Angesichts des Ausnahmezustands durch das Unwetter reagieren alle erstaunlich verständnisvoll, dass ich es nicht zum Termin schaffe. Zumindest nicht persönlich.« Cano sah auf und hielt sein Handy hoch. »Aber zum Glück gibt es ja Zoom, Teams, Skype und Co., sodass ich mich trotzdem einklinken kann.«

»Yay«, erwiderte ich wenig begeistert. »Sag mal, wieso bist du überhaupt bei der Kaninchenschau aufgetaucht?«

»Weil der Zehn-Uhr-Bus auch nicht gekommen ist und ich auf den Dreizehn-Uhr-Bus hätte warten müssen. Also dachte ich, ich frage euch, ob ihr mich bis Göttingen mitnehmt. Auf dem Weg zur Werkstatt habe ich Paula und dich in die Kaninchenausstellung gehen sehen. Der Rest ist Geschichte. Wenn ich nicht noch hätte telefonieren müssen, wäre ich eher da gewesen. Und hätte uns vielleicht einiges erspart.«

Allmählich konnte ich echt nur noch mit dem Kopf schütteln. Da winkte das Schicksal ein ums andere Mal mit dem Zaunpfahl und gab Cano deutlich zu verstehen, dass er den verdammten Termin in München nicht wahrnehmen sollte. Aber er verschloss seine Augen komplett vor dieser Tatsache und gab sich nicht geschlagen. Auf der anderen Seite fand ich es irgendwie bewundernswert, dass er nicht aufgab. Er war ein Mensch, auf den man sich verlassen konnte, so viel stand fest.

»Und du?«, wandte ich mich an Onkel Heinz, der wie üblich mit verschränkten Armen neben mir saß. »Was hat dich auf die Kaninchenausstellung verschlagen?«

»Na, die Viecher. Meine Eltern haben gezüchtet, und als ich das Plakat für die Ausstellung gesehen hab, dachte ich, ich guck mir das mal an. Und dann entdecke ich euch drei, wie ihr in der Misere steckt. Ich konnte euch ja schlecht euch selbst überlassen.«

Für einen Moment war ich sprachlos. Ich spürte, wie meine Augen feucht wurden, und mein Herz schien plötzlich viel zu klein zu sein für all die Emotionen. Erst jetzt sickerte langsam durch, was Paula und ich in den letzten Stunden durchgemacht hatten. Die Beleidigungen, die wir uns hatten anhören müssen, die unterschwellige Drohung, die Angst, dass diese

Typen Paula etwas antun könnten. Und vor allem wurde mir erst jetzt vollends bewusst, dass wir nicht allein gewesen waren. »Hey, Onkel Heinz, Cano. Ich bin mir nicht sicher, ob ich mich schon bei euch bedankt habe. Dafür, dass ihr für Paula und mich da wart und uns geholfen habt und …«

»Jaja, ist ja gut«, fiel Onkel Heinz mir barsch ins Wort. »Achte lieber auf die Straße, Elisabeth.«

»Das tue ich doch, und jetzt lass mich bitte mal ausreden.« Ich suchte nach Worten, doch irgendwie schienen alle Worte zu klein zu sein. »Einfach danke. Dafür, dass ihr euch für uns eingesetzt habt. Ohne Scheiß, ihr habt uns gerettet.«

Onkel Heinz schnaubte. »So 'n Quatsch. Euch war eh schon die halbe Halle zur Hilfe geeilt.«

»Ja? Das war mitten im Gewühl nicht so ohne Weiteres zu erkennen.«

»Stimmt«, meinte Cano. »Ich konnte auch nicht einordnen, ob die Leute uns oder diesen Typen helfen wollten.«

»Na uns«, mischte Paula sich ein und hielt Rosa eine Karotte hin. »Ich wusste das wohl, weil der eine Mann Mama und mich immer an die Seite ziehen wollte. Aber wir mussten ja Cano helfen.«

»Dabei wollte ich doch eigentlich euch helfen.«

»Hast du ja auch.« Paula grinste ihn an. »Und dann haben wir dir geholfen. Und Onkel Heinz hat uns allen geholfen.«

»Bleibt nur noch die Frage, wieso du dieses Waffenfeuerzeug überhaupt dabeihast, Onkel Heinz«, sagte ich.

»Das hab ich immer dabei. So unsicher, wie die Straßen heutzutage sind, will ich wenigstens das Gefühl haben, mich verteidigen zu können. Macht ja erst mal Eindruck, so 'n Ding.«

»Ich fand das megacool«, sagte Paula. »Wir sind voll das gute Team, oder?«

Keinem von uns Erwachsenen fiel etwas dazu ein. Waren wir das wirklich? Ein gutes Team? Das ging vielleicht ein bisschen weit. Aber gemessen an den Umständen waren wir doch ein ganz passables Team, und das war schon viel mehr, als man gestern noch hätte ahnen können.

Onkel Heinz fuhr mit dem Zeigefinger an seinem Augenwinkel entlang, wahrscheinlich, weil ihn etwas juckte. Vielleicht sollte ich damit aufhören, ihm immer nur das Schlechteste zu unterstellen. Mir fiel ein, dass ich ja in Harderburg aller Wahrscheinlichkeit nach einen weiteren Beweis für seine weiche Seite bekommen hatte. »Übrigens, Onkel Heinz, was ich noch fragen wollte: Hast du mir gestern Nacht zufällig eine Decke gebracht?«

Er kratzte sich noch mal am Auge und räusperte sich zweimal, bevor er antwortete: »Sehe ich so aus, als würde ich nachts Decken an Bedürftige verteilen, oder was?« Seine Stimme klang barsch, aber ich hatte den Eindruck, als müsste er sich um diesen Tonfall geradezu bemühen.

»Eigentlich nicht. Aber falls doch … Vielen, vielen Dank. Es war ganz schön kalt gestern Nacht, ich konnte die Decke gut gebrauchen. Und die Kohle für die Reparatur des Wagens und für Rosa werde ich dir natürlich …«

»Jetzt will ich aber kein Wort mehr hören«, unterbrach er mich rigoros. »Konzentrier dich lieber auf die Straße, statt sentimentales Zeug von dir zu geben.«

Na ja. Zu viel durfte ich wohl nicht erwarten. Canos und mein Blick trafen sich im Rückspiegel. Ich verdrehte die Augen und schüttelte langsam den Kopf, woraufhin er mit den Augenbrauen wackelte und dabei so breit grinste, dass ich mir ein Kichern verkneifen musste. Doch dann fing Canos Handy an zu läuten, und zwar mit dem Weißer-Hai-Klingelton, der seinen Chef ankündigte, und der Moment war auch schon wieder vorbei.

»Oh, Mist«, murmelte Cano wenig begeistert, bevor er das Gespräch annahm. »Ja, Herr Dr. Auerbach«, sagte er und rieb sich mit Daumen und Zeigefinger die Nasenwurzel. »Nein, noch nicht, aber ich klinke mich in«, er warf einen kurzen Blick auf seine Uhr, »fünf Minuten per Zoom ein.« Für einen Moment hörte er seinem Chef zu, dann sagte er: »Ja, genau. Wir haben die Strategie ja bereits mehrmals besprochen.« Wenn mich nicht alles täuschte, klang Cano ein ganz kleines bisschen … gereizt. Huch, bislang war er seinem Chef doch nur mit äußerster Ehrerbietung begegnet. Wieder hörte er kurz zu und fuhr sich mit den Händen durch die ohnehin schon von der Schlägerei zerwühlten Haare. (Hatte er sich vorhin tatsächlich für Paula und mich geprügelt? Der überkorrekte Cano?) »Ich weiß, wie wichtig es dem Mandanten ist, Herr Dr. Auerbach. Beim Termin mit der Gegenseite werde ich auf jeden Fall persönlich dabei sein.« Nach einer kurzen Pause fuhr er fort: »Mir ist klar, dass ich das schon mehrmals gesagt habe, aber bis morgen um fünfzehn Uhr schaffe ich es auf jeden Fall nach München. Immerhin bin ich schon fast in … Nürnberg«, behauptete er und hatte damit mal eben locker vier Stunden Fahrtzeit unterschlagen. Tatsächlich waren wir gerade an Göttingen vorbei und somit immer noch in Niedersachsen. »Alles klar, Herr Dr. Auerbach. Ich muss mich jetzt beim Meeting einwählen. … Ja. Natürlich. Wir telefonieren später.« Damit beendete er das Gespräch und murmelte auf Türkisch vor sich hin.

Mir lag schon eine spitze Bemerkung auf der Zunge über seinen Chef, den Kontrollfreak, und dass es schön sein musste, wenn einem so viel Vertrauen entgegengebracht wurde. Doch dann presste ich meine Lippen zusammen und sagte nichts. Cano wusste ohnehin genau, was für ein Arsch sein Chef war.

»Du, Cano?«, fragte Paula, die, wie mir ein Blick in den Rückspiegel zeigte, immer noch damit beschäftigt war, Rosa mit Gemüse vollzustopfen. »Kannst du eigentlich so machen?« Dann streckte sie ihm die Zunge raus und rollte sie zu einem U zusammen.

Für einen Moment starrte Cano sie völlig perplex an, dann fing er an zu lachen. »Klar kann ich das«, sagte er und lieferte gleich daraufhin den Beweis.

»Cool«, lobte Paula. »Manche können das nicht. Ich kann es aber. Mama auch. Und du, Onkel Heinz? Kannst du das?«

Ich rechnete schon damit, dass er Paula abkanzeln würde, doch stattdessen sagte er »Logisch«, und drehte sich zu ihr um. »Siehst du, ich kann's.«

»Hä? Du hast deine Zunge gar nicht gerollt.«

»Natürlich hab ich das.«

»Hast du nicht. Oder, Cano?«

»Nö. Da war kein Zungenrollen zu sehen.«

»Kann ja gar nicht sein«, murrte Onkel Heinz. »Dann guckt mal genau hin.«

Für einen Moment war es still im Auto, dann fing Paula an zu kichern. »Du kannst das voll nicht, Onkel Heinz«, prustete sie, woraufhin Cano und ich auch lachen mussten.

»So einen Unsinn braucht man eh nicht«, sagte Onkel Heinz und drehte sich wieder um.« Seine Worte waren barsch, aber sein Tonfall war viel weicher, als ich es von ihm gewöhnt war. Wenn mich nicht alles täuschte, schmunzelte er sogar.

»Oh, verdammt«, sagte Cano plötzlich. »Das Telefonat! Ich muss mich da jetzt dringend einklinken.« Im Rückspiegel sah ich, wie er mit den Fingern seine Haare in Ordnung brachte

250

und seine Krawatte richtete, dann tippte er etwas in seinen Laptop. »Könntet ihr bitte für die nächsten, sagen wir, zwei Stunden ganz, ganz ruhig sein? Das wäre nett, danke schön.«

»Na klar«, versprach Paula großspurig, die sicher als Erste die Stille brechen würde, und zwar bereits nach weniger als fünf Minuten.

Ich lachte ungläubig. »Seit wann kennst du uns, Cano?«

Er steckte sich den Kopfhörer seines Handys ins Ohr. »Es muss ja nicht … Hallo zusammen«, sagte er unvermittelt. »Ja, ich bin auch froh, dass ich wenigstens per Zoom dabei sein kann.«

Während Paula sich auch ihren Kopfhörer einsteckte und Bibi Blocksberg oder dergleichen hörte, nahm Cano den Termin mit seinen Münchner Kollegen und dem Schweinemandanten wahr. Ich bekam nur Canos Seite des Gesprächs mit und verstand nicht viel von dem Fachchinesisch, das er von sich gab. Es ging um irgendwelche Klauseln in irgendwelchen Arbeitsverträgen, die er offenbar für problematisch hielt. Warum nur musste er so einen miesen Job haben? Es passte überhaupt nicht zu dem Cano, den ich inzwischen kennengelernt hatte, dass er sich für derart unsympathische Unternehmen einsetzte, und ich konnte mir nicht vorstellen, dass es ihn glücklich machte. Ich wünschte, ich könnte ihn irgendwie da herausholen und seine Seele retten. Doch kaum hatte ich es gedacht, kam ich mir ganz schön arrogant vor. Wie hatte Cano noch gesagt: In Wahrheit bist du diejenige, die auf mich herabschaut. Dass ich glaubte, ihn retten zu müssen, bestätigte seine Behauptung ja nur.

Je weiter wir uns von Göttingen entfernten, desto hügeliger wurde die Landschaft und desto kurviger die Strecke. Was für eine hübsche Gegend. Ich musste unbedingt mit Paula eine Deutschlandtour machen und all das mit ihr zusammen entdecken. In diesem Moment lachte Cano, und unwillkürlich schlich sich ein Lächeln auf meine Lippen. Ich mochte sein Lachen. Es war tief und aus dem Bauch heraus, und es riss mich jedes Mal mit. Es wäre schön, ihn öfter lachen zu hören. Entnervt stöhnte ich auf. Jetzt reichte es aber echt. Sobald ich Cano in München abgesetzt hatte, würde er für immer aus meinem Leben verschwunden sein. Dass wir uns wiedersehen würden, stand überhaupt nicht zur Debatte. Wieso also dachte ich immer wieder in diese Richtung?

Weil du ihn maaahaaagst, trällerte eine Stimme in meinem Kopf.

»Nein!«, rief ich laut, woraufhin Onkel Heinz, der ein Nickerchen hielt, zusammenzuckte und sich anschließend noch tiefer in seinen Sitz kuschelte, um weiterzuschlafen.

Paula zog ihren Kopfhörer aus den Ohren und flüsterte: »Was ist denn, Mama?« Wie rücksichtsvoll sie war, um Cano bei seinem Telefonat nicht zu stören. War da etwa Bestechung im Spiel?

»Nichts, Süße. Mir ist nur eingefallen, dass ich vergessen habe, Oma Bescheid zu sagen, dass wir später kommen.«

»Ach so«, flüsterte Paula so laut, dass sie es auch in normaler Lautstärke hätte sagen können. »Wir können Oma ja gleich anrufen. Wenn Cano fertig ist, meine ich.« Beifall heischend sah sie ihn an, woraufhin er ihr grinsend zuzwinkerte. Alles klar. Da waren eindeutig Bestechungsgelder geflossen.

Es wurde wieder still im Auto, abgesehen von Canos gelegentlichen fachchinesischen Abhandlungen. Er wirkte total souverän und intelligent. Seine Kollegen und der Mandant fraßen ihm bestimmt aus der Hand. Im Grunde konnte ich Cano nur dafür bewundern, mit wie viel Energie und Leidenschaft er seinen Job machte. Sein Ehrgeiz war mir völlig fremd. Dabei wäre es doch schön, etwas zu tun, für das ich brannte. Stattdessen hatte ich immer wieder das Gefühl, in einer Sackgasse zu stecken. Ich war erst siebenundzwanzig, im Grunde noch kein Alter. Aber es kam mir vor, als wäre mein Leben in beruflicher Hinsicht bereits gelaufen, als wäre klar, wie es weitergehen würde, bis ans Ende meiner Tage: Obst und Gemüse verkaufen im Bioladen, und an den Wochenenden während der Saison Touristen im Restaurant bedienen. Manchmal fand ich diese Aussicht erschreckend langweilig. Aber egal. Ich musste ja nicht heute eine Lösung finden. Statt unbequemen Gedanken nachzuhängen, konzentrierte ich mich lieber auf die schöne Landschaft. Das triste Grau hatte sich inzwischen verzogen. Nun hingen dicke Wattewolken an einem strahlend blauen Himmel. Die Sonne guckte freundlich auf uns herab und ließ das Grün der Wälder und Felder noch grüner erscheinen. Die Strecke war in der letzten Stunde immer kurviger geworden, und es ging steil rauf und runter. Der Passat musste sich ganz schön anstrengen, um die Berge hinaufzukommen, trotz des nagelneuen Auspuffs.

»Du, Mama?«, meldete Paula sich laut flüsternd vom Rücksitz. »Ich glaube, Rosa ist übel.«

»Ja? Wie kommst du darauf?«

»Guck mal, sie ist ganz blass.«

Ich warf einen Blick in den Rückspiegel, doch die Gegend um Rosas hübsches Näschen war noch genauso fellig braun wie vorher. Paula hingegen schaute ziemlich unglücklich aus der Wäsche. Sie war in sich zusammengesunken, hatte die Schultern vorgebeugt und die Arme über dem Bauch verschränkt. Oh nein, mein armes Mäuschen.

»Hast du Bauchweh, Motte?«

»Ich? Nee. Rosa auch nicht. Aber Rosa ist wirklich sehr übel. Ich glaube, sie muss gleich spucken.«

Oh, verdammt, bitte nicht. Es musste an all den Kurven und dem ständigen Auf und Ab liegen. Paula war Autofahren nicht gewöhnt, und eine Strecke wie diese erst recht nicht.

»Ist schon gut, Schätzchen«, beruhigte ich sie. »Alles ist gut. Atme schön langsam ein und aus. Und vor dem Ausatmen bis drei zählen.« Mist, was sollte ich denn jetzt machen, mitten auf der Autobahn bei einer siebenprozentigen Steigung? Ich hatte keine Ahnung, wie weit es bis zum nächsten Parkplatz war. Onkel Heinz schnarchte immer noch vor sich hin, Cano telefonierte, doch er beobachtete Paula und mich und schien mitzubekommen, was passierte.

»Mama, Rosa ist echt richtig doll schlecht.«

»Ich halte beim nächsten Parkplatz an, Motte. Mach doch mal dein Fenster ein bisschen auf. Und guck am besten auf einen Punkt, der ganz weit weg ist. Siehst du den Kirchturm da hinten am Berg?«

»Mhm«, machte Paula unglücklich.

Ich suchte im Fahrerraum nach irgendetwas, das ich als Spucktüte entfremden konnte, doch während der Fahrt war das gar nicht so einfach.

»Bei meiner Mitfahrgelegenheit gibt es gerade einen kleinen Notfall. Ich schalte mich gleich wieder ein«, sagte Cano und beendete das Telefonat. »Was ist los, Meleğim?«

»Rosa ist schlecht«, flüsterte sie, ohne den Blick vom Horizont abzuwenden. »Und mir auch ein bisschen.«

»Oje, ihr Armen.« Ich hörte es rascheln, und bald darauf sagte Cano: »Wenn du spucken musst, nimm einfach die alte Butterbrottüte hier.«

»Ist gut.«

»Du brauchst nicht mehr flüstern«, sagte Cano. »Denk dran zu atmen, wie deine Mama es dir gesagt hat, ja?«

»Okay«, erwiderte sie kläglich, und dann hielt sie sich auch schon die Papiertüte vor den Mund, um sich all das, was sie im Laufe des Tages verputzt hatte, noch mal durch den Kopf gehen zu lassen.

Wann kam endlich der nächste Parkplatz? Zum Glück war Cano da und half Paula dabei, die Papiertüte festzuhalten, während er beruhigend auf sie einredete. Kaum zu glauben, dass es derselbe Mensch war, der gestern noch mit seiner Aktentasche einen Schutzwall zwischen sich selbst und meiner Tochter errichtet hatte. In dem Moment bemerkte ich den rettenden Hinweis am Straßenrand, dass die nächste Haltemöglichkeit nur zwei Kilometer entfernt war. »Gleich haben wir's geschafft. Dann hört das Geschaukel auf, und dir geht's ganz schnell besser«, sagte ich aufmunternd, doch Paula war schwer damit beschäftigt, die Papiertüte zu füllen, und nahm meine Worte gar nicht wahr.

Als ich auf den Parkplatz abbog und das Tempo verringerte, grunzte Onkel Heinz ein paarmal, streckte sich und schlug die Augen auf. »Sind wir endlich da?«

»Nein, wir legen einen Notstopp ein.«

»Was ist denn jetzt schon wieder?« Eine Antwort war allerdings nicht nötig, denn Onkel Heinz schnupperte ein paarmal und warf einen Blick über die Schulter. Gleich darauf verzog er das Gesicht. »Ach du Schande, das Kind kotzt. Das hat mir gerade noch gefehlt. Halt an, Elisabeth!« Hektisch kurbelte er das Fenster runter.

»Was glaubst du, was ich hier gerade versuche?«, rief ich, während ich nach einem freien Parkplatz Ausschau hielt. »Es ist alles voll.«

»Verdammt noch mal, das kann doch nicht wahr sein.« Onkel Heinz hielt sich am Fensterrahmen fest und reckte die Nase in die Luft wie ein Golden Retriever, der zum ersten Mal mit im Auto fahren durfte. »Mach schon, beeil dich!«

»Geht das auch mit ein bisschen weniger Drama?«, fragte Cano. »Wir haben das Schlimmste schon überstanden, stimmt's, Meleğim?«

»Glaub schon.«

Zum Glück entdeckte ich endlich einen freien Parkplatz. Kaum hatte ich den Wagen geparkt, sprang ich hinaus, öffnete Paulas Tür und kniete mich neben sie. Die Arme saß wie ein Häufchen Elend auf ihrem Kindersitz und sah mich mit Tränen in den Augen an. Entschlossen schnallte ich sie ab, hob sie aus ihrem Kindersitz und trug sie zu einer der Sitzgruppen.

»Ich kann doch auch selber gehen, Mama«, sagte Paula, doch da hatte ich sie schon auf der Bank abgesetzt.

»Klar kannst du das.« Ich griff nach meinem Turnbeutel, stellte aber fest, dass ich ihn im Wagen gelassen hatte. Ich wollte ihn gerade holen, da sah ich, wie Cano die vollgespuckte Butterbrottüte im Mülleimer entsorgte und mitsamt Turnbeutel zu uns kam.

»Ich nehme an, den brauchst du?«

»Ja. Danke.«

»Gern geschehen.« Cano sah so gelassen aus, als würde er den ganzen Tag nichts anderes tun, als sich um kotzende Mitmenschen zu kümmern.

»Vielen Dank«, sagte ich noch mal. »Ehrlich.«

Ein Lächeln huschte über sein Gesicht. »Gern geschehen. Ehrlich.« Für einen Moment verfingen unsere Blicke sich ineinander, doch dann wandte er sich von mir ab und kniete sich vor Paula. »Na, Prinzessin? Besser?«

Sie nickte. »Mir ist immer noch schlecht, aber spucken muss ich nicht mehr.«

»Gut. Meiner kleinen Schwester Elif ist damals im Auto auch immer schlecht geworden. Vor allem in den Bergen. Ich kann mich noch gut an eine Fahrt nach Istanbul erinnern.« Cano verzog das Gesicht. »Oh Mann, hat die Arme mir leidgetan. Aber weißt du, was ihr immer geholfen hat?«

Paula schüttelte den Kopf.

»Ingwerbonbons. Und dieser Trick von meiner Oma.« Er hielt Paula die Hand hin. »Gibst du mir mal deine Hand?«

Bereitwillig reichte sie sie ihm. Er drehte sie um, sodass der Handteller nach oben zeigte, und drückte mit dem Daumen seiner anderen Hand auf einen Punkt auf der Innenseite ihres Unterarms.

Ich staunte nicht schlecht. »Du kennst dich mit Akupressur aus?«

»Ich würde nicht behaupten, dass ich mich damit auskenne«, erwiderte er, während er weiter mit kreisenden Bewegungen den Punkt drückte.

Paula schaute fasziniert zu, und auch ich beobachtete ihn genau. Diesen Akupressurpunkt kannte ich noch nicht, und es kratzte an meinem Stolz, dass Cano mir in dieser Hinsicht etwas voraushatte. »Verrückt. Ich hätte gedacht, du hältst so was für Spinnerei.«

Er wechselte zu Paulas anderem Unterarm, um die Behandlung dort zu wiederholen. »Nein, das ist keine Spinnerei, das ist TCM. Meine Oma beschäftigt sich viel damit. Sie hat sich schon immer für die verschiedensten Heilmethoden interessiert und sieht sich auch selbst als eine Art Heilerin. Sie hat einen selbst angebauten Tee für beinahe jede Krankheit und für jede Lebenslage.«

Ich wusste nicht, zum wievielten Mal ich heute das Gefühl hatte, Cano ganz neu kennenzulernen. »Das finde ich unfass-

257

bar cool. Ich habe auch einen Kräutergarten und mache meine eigenen Tees.«

»Dann würdest du dich gut mit meiner Oma verstehen.« Cano ließ Paulas Arm los und schaute sie gespannt an. »Und? Wie geht's dir?«

Paula horchte angestrengt in sich hinein. Ein Lächeln erschien auf ihrem Gesicht und wuchs nach und nach zu einem Strahlen heran. »Gut. Mir ist fast gar nicht mehr schlecht.«

»Sehr schön.« Er klopfte leicht auf Paulas Fahrradhelm und stand auf. »Kann ich sonst noch irgendwie helfen?«

»Nein, danke«, erwiderte ich schnell. »Du hast schon mehr als genug getan.«

»Okay. Dann muss ich mal zurück ins Meeting.« Er zog sein Handy aus der Hosentasche, und nachdem er uns ein Lächeln geschenkt hatte, drehte er sich um und ging zum Auto, aus dem Onkel Heinz sich gerade herausquälte.

»Er ist echt nett, oder?«, fragte Paula.

»Ja. Ist er.«

Paula und ich sahen Cano nach, bis er eingestiegen war und die Tür hinter sich zugeschlagen hatte. Seufzend stand ich auf und hielt Paula meine Hand hin. »Na komm, Süße. Lass uns mal auf die Toilette gehen.«

Bevor wir den Plan in die Tat umsetzen konnten, kam Onkel Heinz auf seinen Stock gestützt zu uns. Brummig sah er auf uns herab. »Und? Was macht die Kotzerei?«

»Geht wieder.«

»Na dann.« Er wandte sich ab, doch dann drehte er sich noch mal um und öffnete den Mund, nur um ihn gleich wieder zu schließen. Schließlich stieß er ein Grummeln aus und zog aus seiner Manteltasche ein zerfleddertes Etwas hervor, um es Paula unter die Nase zu halten. »Willste 'n Pfefferminz?«

Unschlüssig sah sie zwischen ihm und dem zerfledderten Etwas hin und her, das offensichtlich vor langer, langer Zeit eine Tüte Pfefferminzbonbons gewesen war. Es war das erste Mal, dass Onkel Heinz nett zu Paula war, und offenbar konnte sie es kaum glauben. Da ging es ihr genau wie mir.

Nachdem sie sich von dem Schockmoment erholt hatte, popelte Paula mit ihren kleinen Fingern in der Tüte, um ein äußerst zweifelhaftes Gebilde hervorzuholen. »Danke«, sagte sie, steckte es in den Mund und grinste ihn an.

»Schon gut«, erwiderte Onkel Heinz und kratzte sich am Kopf.

Nach einem kurzen Räuspern sagte ich: »Paula und ich gehen jetzt erst mal aufs Klo und machen uns frisch, und danach können wir weiterfahren. Oder was meinst du, Süße?«

Paula nickte zustimmend.

Auf dem Weg zu der Blechbüchse, die sich Toilette nannte, sah sie unglücklich zu mir auf. »Der Pfefferminz ist voll scharf.«

»Dann spuck ihn lieber aus.«

»Aber den hat Onkel Heinz mir doch geschenkt. Wenn ich ihn ausspucke, ist er bestimmt traurig.«

»Wir müssen es ihm ja nicht sagen, hm?«

Nachdem wir auf der Toilette gewesen waren und Paula sich das Gesicht gewaschen und den Mund ausgespült hatte, gingen wir zurück zum Auto, wo Cano nach wie vor am Handy hing. Ich startete den Wagen und fuhr zurück auf den bei allen Eltern reisekranker Kinder gefürchtetsten Abschnitt der A7: die Kasseler Berge. Immerhin passierten wir endlich das »Auf Wiedersehen in Niedersachsen«-Schild und wurden in Hessen willkommen geheißen. Vierundzwanzig Stunden nach Fahrtantritt hatten wir es also tatsächlich aus Niedersachsen hinausgeschafft. Blieb nur abzuwarten, wie Paula die Fahrt durch die Kasseler Berge gefiel.

Eine halbe Stunde später war klar: Paula fand die Fahrt durch die Kasseler Berge zum Kotzen – zwar glücklicherweise nicht mehr wortwörtlich, aber schon kurz nach Fahrtantritt wurde ihr wieder übel. Nichts schien zu helfen, weder geöffnete Fenster noch der Blick auf einen festen Punkt am Horizont, weder Hörspiele zur Ablenkung noch Ingwerbonbons. Nicht mal die Akupressur brachte etwas, die Cano bei Paula anwendete, während er zeitgleich telefonkonferierte. Paula wurde von Minute zu Minute ruhiger und sackte immer mehr in sich zusammen, woran ich erkannte, dass es ihr wirklich schlecht ging.

»Das reicht«, sagte ich schließlich. »Wir machen eine Pause.«

Onkel Heinz sagte zu meinem Erstaunen nichts dazu. Auch Cano, der die ganze Zeit mit einem Ohr bei uns und mit dem anderen in seinem Meeting war und den ich für sein Multitasking nur bewundern konnte, legte keinen Protest ein. Ich fuhr auf die nächste Raststätte, wo ich mit Paula ein bisschen an der … Luft (frisch mochte ich sie hier an der Autobahn eigentlich nicht nennen) herumspazierte und mich in Canos Akupressurbehandlung versuchte. Tatsächlich ging es ihr bald darauf besser, und wir konnten weiterfahren.

Die nächsten Kilometer kamen wir dank eines Staus nur im Schneckentempo voran. Doch hinter Kassel ging es wieder los: Paula wurde übel, auch wenn sie behauptete, das Problem wäre nicht sie, sondern Rosa. Also hielt ich regelmäßig für ein paar Minuten an, damit sich ihr Magen etwas beruhigen konnte, und fuhr ansonsten so schnell es ging.

Ein paar Stunden später waren wir noch immer in Hessen. Zu meiner Erleichterung lagen die Kasseler Berge hinter uns, und Paula ging es wieder besser. Sie hatte inzwischen sämtliche Hörspiele zweimal durch und kraulte nun Rosa. Onkel Heinz schnarchte vor sich hin, und Cano telefonierte unfassbarerweise noch immer.

Allmählich spürte ich, wie die Ereignisse der letzten vierundzwanzig Stunden ihren Tribut forderten: Ich war müde, hungrig, gestresst, in meinem Kopf befand sich nur noch Watte, mein Rücken tat weh. Ich sehnte mich nach einer Dusche, etwas Leckerem zu essen, ein paar Yogaübungen für den Rücken, zwanzig Minuten Meditation und einer ordentlichen Portion Schlaf. Und zwar bevorzugt in genau der Reihenfolge. Wenn wir jemals in München ankommen wollten, blieb mir aber nichts anderes übrig, als durchzufahren. Laut Canos Navi waren es noch vier Stunden. Und von München aus noch mal zwei bis Oberstdorf. Aber hey, alles von der positiven Seite sehen. Sechs Stunden Fahrtzeit saß ich doch auf einer Arschbacke ab. Wobei … machten wir uns nichts vor, es war viel. Je nach Verkehr konnten auch sieben oder acht Stunden daraus werden. Ich öffnete das Fenster und atmete Frische und Vitalität ein und Stress aus. Frische und Vitalität ein, Stress aus. Frische und …

»Wie wär's mal mit 'ner Pause?«, fragte Onkel Heinz und riss mich abrupt aus meinen Gedanken. Offenbar hatte er sein Nickerchen beendet.

»Später«, erwiderte ich entschieden. »Wenn wir in Bayern sind.« Bis dahin würde ich weiterfahren, denn psychologisch war das für mich ein wichtiger Etappensieg auf dem Weg nach München. Außerdem hatte ich ja inzwischen eine Menge Frische und Vitalität eingeatmet und mich an der Landschaft erfreut. Ich spürte Onkel Heinz' bohrenden Blick auf mir. »Du siehst müde aus.«

Ich winkte ab. »Geht schon. In Bayern gibt's Kaffee.«

»Den soll es in Hessen auch geben, hab ich gehört«, meldete Cano sich von der Rücksitzbank. Offensichtlich hatte er sich kurz mal aus dem Meeting ausgeklinkt.

»Hab ich auch gehört«, brummte Onkel Heinz.

Ach, hatten die beiden sich plötzlich gegen mich verschworen? Hashtag »Team Hessen«? »Das mag sein, aber ich möchte nun mal in Bayern Kaffee trinken.« Ha! Hashtag »Wer fährt, bestimmt«!

»Und was, wenn es noch ewig dauert, bis wir in Bayern sind?«, erkundigte Cano sich. »So wie es bislang gelaufen ist, sollten wir diese Möglichkeit unbedingt in Betracht ziehen.«

Während ich nach einer Antwort suchte, fiel mein Blick auf ein relativ unspektakuläres Schild am Straßenrand, das ich glatt hätte übersehen können, hätte es für mich nicht diese riesige psychologische Bedeutung gehabt: Freistaat Bayern stand da. Einfach nur so, viel bescheidener, als man es von den selbstbewussten Bayern hätte erwarten können. Kein »Mir san mir« oder »Mir zahlen euch den ganzen Spaß« oder »Geilstes Bundesland ever«. Nein, einfach nur gediegenes Understatement.

»Da«, rief ich aufgeregt und zeigte nach draußen, obwohl wir am Schild schon längst vorbei waren. »Habt ihr's gesehen? Wir sind in Bayern!« Meine Stimme überschlug sich fast.

»Ich hab's gesehen, Mama«, behauptete Paula, »und Rosa auch.«

Ich konnte mir nicht verkneifen, begeistert Wo-hoo zu rufen und ein kleines Freudentänzchen aufzuführen, soweit das sitzend während des Fahrens möglich war. »Freistaat Bayern, bämm! In. Your. Face.«

»Bämm«, rief Paula enthusiastisch und tanzte ebenfalls.

»Halleluja, sag i«, sagte Cano trocken und in wenig überzeugendem bayerischen Dialekt.

»Onkel Heinz, wie geht die bayerische Hymne?«, wollte ich wissen.

»Was weiß ich?«, brummte er, doch seine Stimme klang gar nicht so brummig, sondern fast schon amüsiert.

»Aber du hast hier doch jahrelang gelebt.«

»Na und? Dann sag du mir doch mal, wie die Hamburger Hymne geht.«

Ich runzelte die Stirn. Gute Frage. »*In Hamburg sagt man Tschüs?*«

»*Hamburg, meine Perle*«, war Canos Vorschlag.

»Oder *An der Eck steiht 'n Jung mit'n Tüdelband*. Das haben wir im Kindergarten gelernt.«

»Quatsch«, meinte Onkel Heinz und … grinste! »Die Hamburger Hymne ist natürlich *Auf der Reeperbahn nachts um halb eins.*«

Cano und ich fingen an zu lachen, und Paula stimmte in das Gelächter ein, obwohl sie wahrscheinlich gar nicht wusste, was so lustig war. So lustig war es ja auch eigentlich nicht, aber dass ausgerechnet Onkel Heinz sich an unserem Geblödel beteiligte und *grinste* – das war es, was mich so fröhlich machte.

Cano hielt sein Handy hoch. »Tut mir leid, aber ich muss zurück ins Gespräch.« Leise fügte er hinzu: »Hoffentlich zum letzten Mal für heute.«

Damit war er auch schon wieder mit Multitasking beschäftigt, während Paula und ich ein paar Runden *Ich sehe was, was du nicht siehst* spielten. Gelegentlich riet sogar Onkel Heinz mit, aber er sah nie das, was wir sahen. Ich fand es schön, dass wir vier (oder fünf, wenn ich Rosa mitzählte) unsere letzten ge-

meinsamen Stunden so friedlich und freundschaftlich miteinander verbrachten, anstatt uns gegenseitig anzugiften. Unsere
letzten gemeinsamen Stunden. Bald würden wir München erreichen, und wir mussten uns von Cano verabschieden. Schon
wieder. Dieses Mal wirklich und für immer. Plötzlich bekam
meine ausgelassene Stimmung einen Dämpfer, und für einen
Moment wünschte ich mir, Bayern wäre noch immer weit weg.

Schützenelli

Eine Stunde später, wir hatten gerade die A7 verlassen und auf die A70 in Richtung Nürnberg gewechselt, fuhr ich von der Autobahn ab. Ich wollte die Diskussion, wo genau wir unsere Pause verbrachten, von vornherein umgehen und stellte die Herren einfach vor vollendete Tatsachen. Ungern erinnerte ich mich an die verlorene Raststätte-versus-Hildesheim-Abstimmung gestern, und ich hatte nicht vor, der Raststätten- und Toilettenmafia noch mehr Kohle in den Rachen zu schieben.

»Wieso fährst du hier ab?«, fragte Onkel Heinz prompt.

»Weil es Zeit ist für unsere Pause. Und die möchte ich gerne in …« Ich studierte den Wegweiser am Ende der Ausfahrt. Links ab ging es nach Schweinfurt, rechts ab nach Lichterheim. Die Wahl fiel mir leicht. »… Lichterheim verbringen.« Lichterheim, das klang doch nett. Dort gab es bestimmt eine urige Gaststätte oder zumindest einen Bäcker, der köstliche Semmeln und Brezn verkaufte. Paula liebte Leberkäsesemmeln. Bestimmt bekam sie hier eine richtig gute. Und ich hatte Appetit auf Obatzda. Mir lief das Wasser im Mund zusammen. Entschlossen setzte ich den Blinker und bog ab.

»In Lichterheim?« Onkel Heinz runzelte die Stirn.

»Jetzt sag nicht, du hältst nichts von Lichterheim«, witzelte ich.

Er kniff die Lippen zusammen, als wollte er sich daran hindern, etwas zu sagen, das er hinterher bereuen würde. »Schön«, sagte er schließlich gepresst. »Lichterheim also.«

Wer war dieser Mann, und was hatte er mit Onkel Heinz angestellt?

»Sehr gut«, sagte Cano, und ich dachte schon, er meinte die Tatsache, dass wir in Lichterheim Pause machten, doch er telefonierte noch immer. »Dann ist für heute alles geklärt.«

Wurde ja auch Zeit, nach drei Stunden.

»Alles klar, bis morgen.« Cano drückte auf sein Handy, zog den Kopfhörer aus den Ohren und klappte seinen Laptop zu. »Erledigt.« Mit beiden Händen fuhr er sich durchs Haar und rieb sich die Augen. »Und, was steht jetzt an? Pause in Lichtershof?«

»Lichterheim«, korrigierte ich. »Es ist echt erstaunlich, dass du die ganze Fahrt über gleichzeitig telefonieren und unserem Gespräch folgen konntest.«

»Das täuscht. Ich habe euch eigentlich komplett weggefiltert und nur gelegentlich mal reingehört.«

»Aber gestern hat dich unser *Gequatsche* doch noch total gestört.«

»Ja, aber dann ist mir wieder eingefallen, dass ich aus einer sehr lauten Familie stamme. Wenn ich damals lernen wollte, musste ich auch immer sämtliche Hintergrundgeräusche wie streitende Schwestern, türkische Soap Operas oder singende Väter wegfiltern. Wie es aussieht, hab ich es immer noch drauf«, sagte er überaus selbstzufrieden.

»Haben deine Schwestern sich oft gestritten?«, wollte Paula wissen. Sie hörte immer gern Geschichten über Geschwister.

Während Cano von seinen Schwestern erzählte, passierten wir das Ortsschild von Lichterheim. Es war ein kleiner Ort. Hübsche Fachwerkhäuser säumten die Straßen, die so sauber und ordentlich wirkten, dass ich hier ohne zu zögern die Drei-Sekunden-Regel befolgen würde. Rote, weiße und pinke Blumen blühten in großen Kübeln am Straßenrand und in Kästen an den Fenstern. Quer über den Straßen spannten grün-weiße Wimpelgirlanden, die munter im Wind wehten. Ein Schild verkündete, dass hier in dieser Woche das vierhundertste Schützenfest stattfand.

»Ah, Glück gehabt«, sagte Onkel Heinz. »Hier ist Schützenfest, da wird's ja wohl was zu essen geben.«

Nachdenklich betrachtete ich das Plakat. »Ich weiß nicht. Schützenfeste sind eigentlich nicht so mein Ding. Die Männer in ihren Uniformen mit Holzgewehren über der Schulter finde ich sehr befremdlich. Und dann diese Schießerei. Das hat so was von Krieg spielen.«

»Herrgott noch mal, du musst dich ja nicht aktiv beteiligen«, maulte Onkel Heinz. »Wir gehen da einfach nur was essen, einen Kaffee trinken und hauen wieder ab.«

»Gibt es Kaffee auf Schützenfesten?«, überlegte ich laut.

»Warum finden wir es nicht heraus?«, fragte Cano.

Hm. Ich hatte wirklich keine große Lust auf ein Schützenfest, auf dem sich eine ganze Horde mittelalter bis alter Männer mitsamt Ehefrauen und Holzgewehren herumtrieb. Wir würden da hereinplatzen wie bunte Vögel und angeglotzt werden, und am Ende würde jemand Paula in die Wange kneifen und sie als süßes Schokokind bezeichnen. Hatten wir alles schon gehabt. Oder, noch schlimmer, man würde uns anfeinden wie heute Morgen bei der Kaninchenausstellung. Darauf konnte ich nun wirklich gut verzichten.

»Mamaaaa«, sagte Paula in ihrem allerfeinsten Bettelton. »Bitte, bitte, lass uns doch zu diesem Schützenfest gehen. Da gibt es bestimmt Pommes.«

Das war allerdings ein gutes Argument. Pommes waren *immer* ein gutes Argument. Außerdem hatte ich schon wieder

Vorurteile (verdammt!), und in den letzten zwei Tagen hatte ich doch nun wirklich mehr als einmal die Erfahrung gemacht, dass ich damit oftmals danebenlag. »Okay. Dann mischen wir mal das Lichterheimer Schützenfest auf.«

»Yay!« Paula reckte die Fäuste in die Luft.

Ich quetschte den Wagen in die kleinste Parklücke, die die Welt je gesehen hatte, stieg aus, reckte und streckte mich erst mal ausgiebig und gähnte herzhaft. Dann befreite ich Paula vom Kindersitz und ging zum Kofferraum, um Rosas Gemüse zu holen. Auf dem Weg dorthin lief ich geradewegs in Cano hinein, der sich wie aus dem Nichts vor mir materialisiert hatte. Ich sah zu ihm auf, mein Blick fand seinen, und mein Herz machte einen so heftigen Hüpfer, dass mir die Luft wegblieb. In meinem Magen feierten tausend Schmetterlinge eine Party. Es war völlig verrückt, aber es fühlte sich an, als würde ich Cano nach einer Ewigkeit endlich wiedersehen. Nach einer Ewigkeit, in der ich ihn wahnsinnig vermisst hatte. Ihm schien es ebenso zu ergehen wie mir, denn er machte keine Anstalten, für größeren Abstand zwischen uns zu sorgen. Er lächelte mich an, was die Fältchen um seine Augen zum Tanzen brachte. »Hi«, sagte er.

Ich konnte förmlich spüren, dass auch sein Herz schneller schlug. Ich lächelte zurück und sagte ebenfalls »Hi«, weil es Sinn ergab, vielleicht für niemanden außer für uns beide. Ich musste mich förmlich dazu zwingen, diesen Moment zu beenden. Ich trat einen Schritt zurück und hielt den Bund Karotten hoch. »Ähm, ich werde mal …«

»Klar.«

Ich lächelte Cano noch mal an, dann drehte ich mich um und ging zu Rosa, um sie mit ein paar Karotten zu versorgen. Kurz überlegte ich, ob wir sie im Auto lassen konnten. Es war nicht besonders warm, der Wagen stand im Schatten, und wenn ich das Fenster etwas aufließ, würde es schon gehen. »Bis später, Rosa«, sagte ich und kraulte sie zwischen den Ohren. »Wir sind nicht lange weg. Du musst keine Angst haben.«

Rosa erwiderte meinen Blick und wackelte zufrieden mit der Nase. Ich hatte den Eindruck, dass sie gern bei uns war und es zu schätzen wusste, dass hier niemand ihre Ohren vermaß oder ihr ihr Gewicht vorhielt.

Das Schützenfest war leicht zu finden. Wir mussten einfach nur der Wumtata-Musik und dem köstlichen Pommesduft folgen. Das Erste, was mir auffiel, als wir beim Schützenplatz ankamen, war, dass mitnichten nur Männer in Uniformen und mit Holzgewehren über der Schulter dort herumliefen. Nein, es gab fast ebenso viele Frauen. Es machten auch nicht nur Menschen jenseits der sechzig mit, sondern alle Altersgruppen waren vertreten. Schützinnen und Schützen mischten sich mit Menschen in Zivil, und es war erstaunlich voll für einen Mittwochspätnachmittag. Niemand starrte uns an. Die meisten beachteten uns gar nicht oder lächelten uns nur kurz zu und kümmerten sich nicht weiter um uns. Während wir über den Platz schlenderten, hörten wir viel Gelächter, laute Gespräche, Musik vom Kinderkarussell (*Boom Schakkalakka* von DIKKA und Wincent Weiss), die mit einer Blaskapelle (*Schützenliesl*) konkurrierte.

Okay, die Uniformen und Holzgewehre waren nicht mein Ding, und ich fuhr jedes Mal zusammen, wenn jemand am Schießstand versuchte, den armen Holzadler abzuknallen, der hoch oben an einem Stab befestigt war. Aber ansonsten fand ich es eigentlich ganz nett hier. Paula ging beziehungsweise hüpfte zwischen Cano und mir. Sie liebte Jahrmärkte und Festivitäten jeglicher Art, und wenn sie auch noch so klein waren.

»Darf ich Karussell fahren, Mama? Biitttteeeee!«

»Klar darfst du Karussell fahren. Aber nicht mehr als drei Runden, ja?«

»Ist gut«, rief sie und beteuerte, dass drei Runden ihr reichten, obwohl ich genau wusste, dass sie öfter würde fahren wollen.

Während Onkel Heinz sich beim Imbisswagen anstellte, spendierte Cano Paula drei Fahrchips fürs Karussell.

»Cool! Danke, Cano.« Sie schaute ihn an, als wäre er der Weihnachtsmann höchstpersönlich.

»Gern geschehen.« Grinsend zwinkerte er ihr zu. »Ich bin dir doch eh noch was schuldig.«

Paula versuchte zurückzuzwinkern, wobei sie jedoch beide Augen zusammenkniff, was Cano und mich zum Lachen brachte. Dann stürmte sie das Karussell und suchte sich wie immer das Feuerwehrauto aus. Jedes Mal, wenn sie an uns vorbeifuhr, winkte Paula Cano und mir zu.

Ich seufzte tief. »Eigentlich ist sie schon zu alt für das Kinderkarussell, oder?«

»Zu alt? Mit sechs?«

»Ja, ich sag's dir, bald ist ihr das zu uncool und babymäßig. Dann will sie nur noch Autoscooter und Achterbahn fahren.«

»Freu dich doch. Da kannst du mitmachen.«

»Stimmt auch wieder.«

Wir lächelten uns an, und wieder schlugen die Schmetterlinge in meinem Bauch aufgeregt mit den Flügeln. Mist, verdammter, wieso nur musste ausgerechnet Cano diese Empfindungen in mir auslösen? Das mit uns konnte nichts werden, wir beide passten einfach nicht zusammen. Sami und ich, wir passten zusammen, an ihn sollte ich denken. Stattdessen konnte ich nicht aufhören, Canos Blicke zu suchen, mich nach seiner Nähe zu sehnen, ihn besser kennenlernen zu wollen. Wie konnte das so schnell passieren? Innerhalb von nicht mal zwei Tagen? Es ergab alles keinen Sinn mehr.

Paula fuhr erneut winkend an uns vorbei, und nachdem ich zurückgewinkt hatte, schaute ich Cano mit gespielt strengem Blick an. »Jetzt aber mal Tacheles: Wie hast du Paula dazu gebracht, heute während deines Telefonats so ruhig zu bleiben? Sind da etwa Bestechungsgelder geflossen?«

»Nein, Bestechung war nicht im Spiel. Ich habe lediglich mit ihr gewettet, dass sie es nicht schafft, während meines Telefonats ruhig zu bleiben.«

»Und wenn sie es doch schafft?«

»Bekommt sie eine Süßigkeit ihrer Wahl, zwei Conni-Bücher und eine kostenlose anwaltliche Beratung«, gestand Cano vergnügt.

»Ah, verstehe. Da hast du dich aber ordentlich über den Tisch ziehen lassen.«

Cano fing an zu lachen. »Ich weiß. Paula ist ein echtes Verhandlungsgenie.«

Nachdem Paula fünf Runden auf dem Karussell gedreht hatte, gingen wir zum Imbisswagen, wo Onkel Heinz bereits an einer der Bierzeltgarnituren saß und eine Currywurst mit Pommes mampfte. Paula und ich bestellten für uns Pommes rot-weiß, und ich bekam endlich meinen Kaffee. Während wir auf unser Essen warteten und unsere Getränke schlürften, studierte Cano immer noch stirnrunzelnd den Aushang.

»Weißt du nicht, was du essen sollst?«, fragte ich.

»Nee, das ist alles nicht so mein Ding.«

Verwirrt sah Paula ihn an. »Aber hier gibt es doch Pommes.«

»Da stand ich noch nie drauf.«

»Auf Pommes?«, wiederholte ich entsetzt und fasste mir ans Herz. »Was stimmt mit dir denn nicht?«

»Pommes haben außer Glutamat, Transfetten und leeren Kalorien absolut nichts zu bieten. Ich esse diesen Quatsch nicht.«

»Zugegeben, da hast du nicht ganz unrecht. Aber ab und zu kann man sich doch mal eine Pommes gönnen. Wann hast du das letzte Mal eine gegessen?«

Cano überlegte kurz. »Vor zehn Jahren, oder so?«

Wie bitte? Seit zehn Jahren keine Pommes? Das war doch krank! »Das geht so nicht weiter, Cano. Du musst dringend mal wieder Pommes essen, sonst verpasst du echt was.«

»Wieso? Ich mag sie nun mal nicht, und ich habe meine Grundsätze.«

»Ach, Quatsch. Also pass auf, jetzt kommt eine Challenge: Hiermit fordere ich dich heraus, einen deiner Grundsätze zu brechen und eine Pommes mit Mayo und Ketchup zu essen.«

Angewidert verzog er das Gesicht. »Echt jetzt?«

»Ja klar. Du musst deine Komfortzone auch mal verlassen. Spring über deinen Schatten, überwinde dich, trau dich was. Mach neue Erfahrungen. Denn nur dann kannst du innerlich wachsen. Also? Was sagst du? Nimmst du die Herausforderung an?«

Cano ließ den Blick langsam von mir zu Paula und dann wieder zurück zu mir schweifen. In seinen Augen erkannte ich, dass sein Kampfgeist geweckt war, und ich wusste genau, dass ich ihn am Haken hatte. »Na schön. Herausforderung angenommen.«

»Hey, ich bin stolz auf dich«, sagte ich und bestellte für ihn: »Eine Pommes mit extra viel Glutamat, Transfetten, Ketchup und Mayo, bitte.«

»Sehr witzig«, kommentierte Cano.

Bald darauf standen drei Schalen mit dampfenden, duftenden und dick mit Mayo und Ketchup bedeckten Pommes vor uns. Das Wasser lief mir im Mund zusammen. Mitsamt unseren Pommes gesellten wir uns zu Onkel Heinz an den Tisch, der immer noch mit seiner Currywurst kämpfte, sich aber natürlich wie üblich lieber den Magen verrenkte als dem Wirt was schenkte. »Schmeckt's?«, erkundigte ich mich höflich.

»Hab schon schlechter gegessen«, brummte er.

Paula hatte sich bereits mehrere Pommes in den Mund gestopft, und auch ich futterte genüsslich. Cano starrte auf die Schale vor sich. »Muss ich echt?«

»Nein, du darfst«, betonte ich. Dann tunkte ich ein Pommesstäbchen erst in die Mayo und dann in den Ketchup. »Denk dran, es ist eine Erfahrung, an der du wachsen wirst.« Ich hielt die Pommes direkt vor seinen Mund. »Also los, Augen auf und durch.«

»Na schön, dann gib schon her, das Zeug.« Er öffnete den Mund, und ich schob die Pommes hinein.

Er kaute ausgiebig, viel länger, als eigentlich nötig gewesen wäre. Fasziniert starrte ich auf seine Lippen. Warum war mir bislang nicht aufgefallen, wie sexy Canos Lippen waren? Er hatte etwas Ketchup im Mundwinkel, den er mit der Zungenspitze ableckte. Den Schmetterlingen in meinem Bauch klappte prompt die Kinnlade herunter, und auf einmal konnte ich an nichts anderes denken als daran, wie es wohl wäre, Cano zu küssen. Mit diesen Lippen konnte er nur ein großartiger Küsser sein. Ich schluckte schwer im gleichen Moment, in dem Cano seine Pommes hinunterschluckte. Mein Blick wanderte von seinen Lippen zu seinen dunklen Augen, die mich so intensiv anschauten, als wüsste er genau, was gerade in mir vor-

273

ging. Als hätte er den gleichen Gedanken wie ich. Also, warum taten wir es nicht einfach? Wir waren uns so nahe, wir brauchten doch nur …

»Und, wie ist es?«, fragte Paula.

Es war, als würde das Geräusch einer Nadel ertönen, die über eine Schallplatte kratzte. Mit einem harten Rumms landete ich wieder im Hier und Jetzt.

Cano brauchte einen Moment, um sich zu sammeln, bis er auf Paulas Frage antwortete. »Ziemlich verwirrend.«

Ha, ich wusste genau, was er meinte.

»Wieso?«, hakte Paula nach.

Er riss seinen Blick von mir los und steckte sich noch eine Pommes in den Mund. »Na ja, da denkt man immer, dass Pommes nichts für einen sind und dass man nicht auf sie steht. Aber dann muss man plötzlich feststellen, dass man es offensichtlich doch tut.«

Mein Herz schlug heftig gegen meine Rippen. Redete er jetzt von mir? Ach, Quatsch, was für ein Blödsinn. Mann! Schluss jetzt!

Onkel Heinz sah betont langsam von mir zu Cano und dann wieder zu mir. Na toll, wenn selbst Onkel Heinz mitbekam, dass ich dabei war durchzudrehen, dann war ich wirklich viel zu leicht zu durchschauen. Fehlte nur noch, dass Cano es merkte. Betont locker sagte ich: »Jetzt bist du froh, dass du die Herausforderung angenommen hast, was?«

»Ähm … Das weiß ich nicht so genau.«

Ich wandte mich von ihm ab und aß weiter. Mmmm, so leckere Pommes hatte ich schon lange nicht mehr gehabt. Kein Wunder, ich war ja völlig ausgehungert.

Paula war inzwischen mit ihrer Portion fertig und mopste sich eine Pommes von Onkel Heinz' Teller.

»Paula, nicht!«, zischte ich.

Onkel Heinz wurde stocksteif und schaute auf sie hinab. Er öffnete den Mund, und ich wollte mich schon schützend vor Paula stellen, um das drohende Donnerwetter von ihr abzuwehren. Doch dann grinste sie ihn an und sagte: »Schmecken gut, deine Pommes«, und Onkel Heinz entspannte sich. Wortlos schob er seine Schale näher an Paula heran und aß weiter.

Mir fiel die Pommes aus der Hand, und auch Cano hörte auf zu essen. Wir tauschten einen Blick, als wollten wir uns beim anderen vergewissern, ob das gerade wirklich passiert war. Er hob die Augenbrauen, und ich zuckte kopfschüttelnd mit den Schultern.

»Was machen wir denn gleich noch?«, fragte Paula und stibitzte sich noch eine von Onkel Heinz' Pommes. »Wieder Karussell fahren?«

»Nee, wir müssen weiter. Sonst kommen wir nie in München an.« Was eigentlich gar nicht so schlimm wäre, aber das konnte ich natürlich nicht laut sagen.

»Aber ich find's voll gut hier.«

Ich hatte meine Pommes inzwischen aufgegessen und leckte mir das Salz von den Fingern. Als ich Canos Blick auf mir spürte, sah ich auf. Er beobachtete mich intensiv. Waren seine Augen noch dunkler geworden? Meine Wangen wurden heiß, und ich nahm schnell eine der Servietten aus dem Ständer, um meine Hände daran abzuwischen.

Cano räusperte sich und wandte sich an Paula. »Ich find's eigentlich auch ganz gut hier.«

»Geht so«, kommentierte Onkel Heinz.

Es war wohl besser, für Abstand zwischen Cano und mir zu sorgen. Irgendjemand musste uns was ins Essen getan haben, ein Aphrodisiakum oder so. »Wie wäre es, wenn wir uns noch was vom Süßigkeitenstand holen?«, schlug ich vor. »Und dann machen wir uns auf den Weg.«

Paula überlegte kurz, dann zupfte sie Cano am Hemdsärmel und flüsterte ihm was ins Ohr. Der flüsterte etwas zurück und sah dann zu mir. »Darf ich Paula zum Ausgleich meiner Wettschulden ein Lebkuchenherz kaufen?«

Paula zupfte erneut an seinem Ärmel und flüsterte ihm was ins Ohr.

»Ein großes Lebkuchenherz«, korrigierte Cano sich. »Und Zuckerwatte.«

Ich lachte. »Von mir aus.«

Nachdem wir unsere leeren Schalen im Müll entsorgt hatten, deckten wir uns am Süßigkeitenstand mit Wegzehrung ein. Paula suchte sich ein Lebkuchenherz aus, das größer war als ihr Brustkorb und auf dem »kleine Prinzessin« stand – was auch sonst? Als wir am Schießstand vorbeigingen, ließ ein lauter Knall mich zusammenfahren, der gar nicht so klang wie der Luftballon, den Onkel Heinz heute Morgen hatte platzen lassen. So hörte sich also ein richtiger Schuss an. Ich fühlte mich unwohl in meiner Haut, aber die Leute rund um den Schießstand lachten und johlten, weil offenbar wieder ein Anwärter den Adler verfehlt hatte.

»Was macht ihr da eigentlich?«, fragte Paula den Schützen, der uns am nächsten stand.

Es war ein älterer Herr mit beeindruckendem weißen Schnauzbart und noch beeindruckenderem Bauch. Sein Hemd spannte so sehr, dass die Knöpfe Mühe hatten, es zusammenzuhalten. In breitem Dialekt antwortete er: »Mir suchen den Schützengönig.«

»Oder die Schützenkönigin, Papa«, sagte die Frau neben ihm, die ebenfalls uniformiert war.

»Geh, du und dei Gschmarri!«, erwiderte der Mann gutmütig. »Des hat's hier do no nie gegeben.«

»Einmal ist immer das erste Mal«, meinte seine Tochter. Dann erklärte sie Paula: »Normalerweise ermitteln wir die Schützenkönigin oder den König anders, aber in diesem Jahr hat sich der Vorstand was ganz Besonderes ausgedacht: Wer es schafft, den Adler so zu treffen, dass er herunterfällt, ist neuer Schützenkönig. Oder Schützenkönigin.« Mit einem leicht genervten Seitenblick auf ihren Vater fuhr sie fort: »Der Adler muss *komplett* herunterfallen. Deswegen dauert die Chose schon fünf Tage.«

»Cool! Schieß doch auch, Mama«, forderte Paula mich mit leuchtenden Augen auf. »Überleg mal, dann wirst du Königin, und ich bin Doppelprinzessin.«

»Nee, lass mal, Motte. Schießen ist nicht so mein Ding. Du weißt doch, dass ich für Gewehre noch nie was übrighatte.«

Ich spürte, wie Cano sich neben mir aufrichtete. »Was hast du da gerade gesagt, Elli?« Ein geradezu teuflisches Funkeln erschien in seinen Augen. »Das ist nicht so dein Ding? Willst du etwa sagen, du machst das sonst nie?«

Oje. Ich ahnte, worauf das hinauslief. »Ähm, na ja, ich … bin ja auch gar nicht im Schützenverein.«

»Des macht fei nix«, sagte ein älterer Herr. »Des is a offenes Schießen. Jeder kann mitmachen. Sie brauchen nur a weng Glück und Zielsicherheit.«

Cano sah mich ernst an, doch das Funkeln in seinen Augen blieb. »Weißt du, Elli, ich denke, Paula hat recht. Du solltest dein Glück versuchen. Es würde dir so guttun, deine Komfortzone mal zu verlassen. Das ist doch die perfekte Gelegenheit zum inneren Wachsen.« Um seine Mundwinkel zuckte es verdächtig. »Ist das nicht eine großartige Challenge?«

»Los, Mama.« Paula stieß mich aufmunternd in die Seite. »Schieß!«

»Aber ich bin ja nicht mal aus Bayern.« Ich sah den Mann mit dem beeindruckenden Schnurrbart beschwörend an.

»Mir sind hier ned in Bayern«, erwiderte er empört. »Mir sind in Franken.«

»Okay, nur im Grunde *will* ich ja gar nicht …«

»Oh doch, du willst«, widersprach Cano.

»Äh, hallo? Die Fünfzigerjahre haben angerufen, sie hätten gern ihr Frauenbild zurück.«

»Moment«, sagte Cano mit erhobenem Finger. Dann griff er nach seinem Handy und tat so, als würde er jemanden anrufen. »Ja, hallo, Fünfzigerjahre? Sie haben mir von Fräulein Schuhmacher ausrichten lassen, dass Sie gern Ihr Frauenbild zurückhätten? Tut mir leid, aber das brauche ich noch.« Er machte eine kurze Pause, dann fuhr er fort: »Verstehe. Vorschlag zur Güte: Wenn es keinen Spaß mehr macht, Fräulein Schuhmacher damit zu ärgern, lasse ich es Ihnen umgehend zukommen. Einverstanden? Gern geschehen, auf Wiederhören.« Cano steckte das Handy wieder in die Hosentasche. »So, das wäre geklärt.«

Sprachlos sah ich ihn an. Auf diesen genialen Konter fiel mir beim besten Willen nichts ein.

»Na los«, sagte Cano und deutete auf den Schießstand. »Oder willst du etwa kneifen?«

»Meine Mama kneift nicht«, sagte Paula mit in die Hüften gestemmten Händen. »Das wäre nämlich voll unfair, weil du ja auch die Pommes essen musstest.«

»Also gut«, gab ich mich schließlich geschlagen. »Dann mach ich halt mit.«

»Perfekt.« Cano beugte sich zu mir herab und sagte leise in

mein Ohr: »Weißt du, Elli, Rache wird am besten heiß genossen.«

Sein Atem strich über mein Ohr, meinen Nacken hinab und hinterließ eine prickelnde Gänsehaut. »Ich dachte, kalt«, flüsterte ich.

»Nee. Definitiv heiß.«

Wieder spürte ich seinen Atem auf meiner Haut. Unwillkürlich schloss ich die Augen und legte den Kopf zur Seite, als wollte ich Cano den Zugang zu meinem Hals erleichtern.

»Geh, Sie, junge Frau«, dröhnte der Schnauzbart neben mir, und ich fuhr zusammen. »Wissen Sie, wie des hier geht?«

Ich strich fahrig eine Haarsträhne aus meiner Stirn und trat näher an den Schießstand. »Nee. Keinen blassen Schimmer.«

»Im Grund is des ganz einfach«, behauptete der Mann. Mir fiel auf, dass die Leute hier sehr beherzt das R rollten, was ich irgendwie ganz niedlich fand. Er erklärte mir die Vorrichtung, auf der das Gewehr angebracht war. Dann zeigte er mir, wie ich es halten musste, und deutete schließlich auf den Adler. »Dann müssen S' jetzt nur nur noch des Viech abknallen. Viel Erfolg.«

Um mich herum wurde es still, und ich spürte deutlich alle Blicke auf mir. Sogar die Blaskapelle hatte aufgehört zu spielen, nur am Kinderkarussell gaben Dikka und Wincent Weiß unermüdlich *Boom Schakalakka* zum Besten. Zögernd trat ich an das Gewehr, nahm es mit einigem Widerwillen auf und hielt es so, wie der Mann es mir gezeigt hatte. Es fühlte sich kühl an in meinen Händen, anders als alles andere, was ich je angefasst hatte. Ich zielte auf den Adler und stellte fest, dass er ziemlich klein und ziemlich weit weg war. Es bestand nicht der Hauch einer Chance, dass ich ihn treffen würde. Doch dann musste ich an eine Szene aus dem Film *Drei Haselnüsse für Aschenbrödel* denken, in der Aschenbrödel den Tannenzapfen heruntergeholt und Königin der Jagd geworden war. Sie hatte es allen gezeigt, sowohl ihrem hochnäsigen Prinzen als auch sämtlichen Macho-Höflingen, die ihr das allesamt nicht zugetraut hatten.

»Los, Mama, knall des Viech ab!«, hörte ich Paula geradezu blutrünstig rufen.

Ich blendete alles um mich herum aus, schloss die Augen, atmete tief ein, hielt den Atem für ein paar Sekunden und atmete langsam wieder aus. Ich spürte den Abzug unter meinem Finger, den Kolben an meiner Wange, den schlanken Lauf in meiner Hand. Dann nahm ich den Adler ins Visier, zielte und … drückte ab. Erst nahm ich wahr, wie das Gewehr mich nach hinten schubste, dann hörte ich den Knall, und schließlich schaute ich zum Adler – der nicht mehr auf seiner Stange thronte.

Um mich herum herrschte Totenstille.

»Ach, du Scheiße«, rief ich und schlug die Hände vor den Mund. Ich hatte getroffen. Ich hatte tatsächlich eine Aschenbrödelnummer abgezogen. Ich! Rings um mich starrten alle Schützen, Schützinnen und Menschen in Zivil auf den Adler, der am Boden lag. Oder auf mich.

»Allmächd!«, stieß irgendjemand aus.

Mein Blick fiel auf Cano, der sich offenbar bestens amüsierte. Er legte eine Hand an seine Brust und verneigte sich ehrerbietig vor mir.

»Ist Mama jetzt Königin?«, fragte Paula in die Stille hinein.

Der ältere Schütze rieb sich seinen gewaltigen Schnauzbart. »Des schaut fei so aus.«

»Boom Schakalakka«, rief Paula begeistert, und dann fingen alle an zu lachen und zu jubeln. Als Erste flog Paula mir um den Hals, danach umarmte mich die Tochter des Schnauzbarts, und dann standen auf einmal etliche Leute um mich herum, gaben mir die Hand, klopften mir auf die Schulter und gratulierten mir. Wie durch einen Nebel nahm ich wahr, dass die Blaskapelle zum Schießstand gekommen war und *Tage wie diese* von den Toten Hosen spielte. Eigentlich sollte ich mich nicht so darüber freuen, dass ich diesen blöden Holzadler heruntergeholt hatte. Es war Unsinn und gegen alles, woran ich glaubte, aber … verdammt noch mal, ich konnte nicht anders, ich fand es großartig, dass ich es geschafft hatte. Mein Herz hüpfte vor Freude, ich konnte nicht aufhören zu lachen, und am liebsten hätte ich mit Paula zusammen ihre Hip-Hop-Freudentanz-Moves aufgeführt, aber das ging nicht, weil ich Glückwünsche entgegennehmen und Hände schütteln musste. Noch nie hatte ich bei etwas gewonnen oder war die Beste gewesen. Und selbst wenn das hier ein absoluter Zufallstreffer gewesen war, egal. Ich war Schützenkönigin von Lichterheim. Wie geil war das denn bitte?

Irgendwann legte das Chaos sich etwas, sodass nur noch Paula an mir klebte. »Ich bin Doppelprinzessin, Mama! Und du bist Königin!«

Onkel Heinz schüttelte den Kopf. »Schützenkönigin, so ein Unfug.« Nach einer kurzen Pause brummte er: »Aber ich muss schon sagen, der Schuss hat gesessen. Respekt.«

Cano gesellte sich zu uns und neigte leicht den Kopf vor mir. »Majestät.«

Ich pikste mit dem Zeigefinger in seine Brust. »Na? Damit hast du nicht gerechnet, was?«

»Damit habe ich absolut nicht gerechnet, nein«, gab er zu.

Erneut pikste ich ihn. »Ich würde doch mal sagen: Herausforderung« – Piks – »so was von« – Piks – »gemeistert.« Ich wusste selbst nicht, was das Piksen sollte, aber Cano schien es nicht zu stören. Er lachte nur und sagte: »So was von.«

»Äh, Sie?«, ertönte die dröhnende Stimme des Schnauzbarts hinter mir. »Frau äh ... Wie heißen S' denn überhaupt?«

»Elisabeth Schuhmacher, aber einfach Elli ist mir lieber.«

»Na dann, willkommen in Lichterheim, Elli, und herzlichen Glückwunsch. I bin der Reinhard.« Mit leicht bedröppelter Miene fuhr er fort: »Des is mir jetz a weng unangenehm, aber i hab no mal mit'm Vorstand gsprochen. Wissen S', die Statuten ... so a Schützengönig hat ja scho Aufgaben, übers Jahr gsehen. Und Sie kommen ja ned von hier.« Er rieb sich den Schnauzbart. »Des wird fei schwierig mit Ihrem Amt, gell?«

Meine Freude bekam einen gewaltigen Dämpfer verpasst. War mein Moment des Triumphs etwa schon wieder vorbei? Das war wahrscheinlich die kürzeste Regentschaft, die es in der Geschichte der Schützenmonarchie je gegeben hatte.

»Sie ham sich des fraali scho verdient«, beteuerte er. »Es muss ja alles fair zugehen, gell? Daher ham mir überlegt, ob es für Sie bassen würd, unsere Ehrenschützengönigin zu sein.«

Das Lächeln kehrte auf mein Gesicht zurück. Schützenkönigin, Ehrenschützenkönigin – das war mir doch so was von egal. »Ja, klar. Es wäre mir eine Ehre.«

Reinhard schlug vergnügt in die Hände. »Wunderbar. Dann müssen S' natürlich mit uns feiern, gell? Nachher kommt der DJ Fränki und spielt zum Tanz auf, und zum Essen und Drinken gibt's a reichli.«

»Oh.« Ich schaute Onkel Heinz, Paula und Cano an. »Eigentlich sind wir nur auf der Durchreise. Wir müssen unbedingt heute noch nach München.«

»Och Mann, Mama«, maulte Paula.

Cano schüttelte den Kopf. »Aber Elli, wenn du schon mal Schützenkönigin wirst, musst du doch auch feiern.«

»Und du? Fährst dann allein mit dem Zug?«

In seinen Augen blitzte etwas auf. »Nein, ich könnte mir schon vorstellen mitzufeiern.«

Für einen Moment blieb ich reglos stehen, während seine Worte nach und nach in mein Hirn sickerten. »D-Du willst hierbleiben? Freiwillig? Mit mir? Äh, mit *uns*? Echt jetzt?«

Die Fältchen um Canos Augen vertieften sich. »Ja, klar.«

»Aber was ist denn mit deinem Termin?«

»Der ist erst morgen um fünfzehn Uhr. Das dürfte doch locker zu schaffen sein.«

»Ja, Mama, lass uns feiern«, rief Paula.

Ich spürte, wie sich ein fettes Grinsen auf meinem Gesicht ausbreitete, bei dem Gedanken, mich doch noch nicht von Cano verabschieden zu müssen. »Na dann. Klar feiern wir.«

Reinhards Tochter, die sich als Tina vorstellte, trat zu uns. »Wenn Sie möchten, können Sie hier übernachten. Wir bieten unserer Königin natürlich gerne Herberge. Und ihrer Familie auch. Ich meine, ihrem Gefolge.«

Beim Wort Familie fiel mein Blick automatisch auf Cano. Aber von ihm kam nichts, kein Protest, keine siebenundzwanzig Neins, gar nichts. Er lächelte einfach nur.

»Das wäre supernett«, sagte ich und wandte mich an mein »Gefolge«. »Ist das für euch okay?« Cano und Paula nickten. Onkel Heinz zögerte. Er sah von mir zu Cano, dann zu Paula und dann wieder zurück zu mir. Schließlich sagte er: »Von mir aus.«

»Dann ist es abgemacht.« Ich konnte mich gerade noch davon abhalten, vor Freude in die Luft zu springen. Für Paula würde es zwar schon wieder viel zu spät werden, aber wenn ihre Mutter schon mal Schützenkönigin wurde, musste sie doch dabei sein. Denn eines stand fest: Diese Erfahrung würde sie in ihrem Leben kein zweites Mal machen.

283

»Des freut uns.« Reinhards Schnauzbart schien beim Grinsen noch breiter zu werden. »Vom Brodogoll her is des ganz a schlichte Angelegenheit.«

Brodo… Ah, Protokoll. Stimmt, Monarchen und Monarchinnen hatten sich ja an Protokolle zu halten. Hach, immer diese Verpflichtungen. Erst siebenundzwanzig, und schon Königin. Eigentlich war ich doch noch viel zu jung für die Verantwortung, die auf meinen zarten Schultern lasten würde.

»Wollen Sie vorher noch in den Gasthof und sich a weng frisch machen?«, fragte Reinhards Frau Susanne. »Ein Stündchen hätten S' scho noch Zeit bis zur Grönung.«

Kurze Zeit später fanden wir uns im Gasthof *Zur Post* wieder. Fast war ich enttäuscht, dass der Name nicht Programm war, so wie im *Engel*. Wobei das Motto Post wohl auch schwerer umzusetzen war als das Engelsthema. Dieser Gasthof war schlicht gehalten und hatte seine besten Tage bereits gesehen, aber es war sauber, und vor allem gab es tatsächlich noch drei Zimmer. Ich konnte mein Glück kaum fassen, als ich das große Doppelbett und das angeschlossene Bad mit Dusche sah.

Paula verfrachtete Rosa ins Bett (die Stoffrosa, nicht die echte), schmiss sich daneben und hüpfte ein bisschen herum. »Voll gemütlich«, lautete ihr Urteil. Dann war sie mit dem Liegen auch schon durch und beschloss, Onkel Heinz' und Canos Zimmer zu begutachten, die direkt neben unserem waren.

Rosa hockte in ihrem Käfig neben dem Nachttisch und schaute sich neugierig um.

»Tja, da sind wir nun«, sagte ich, woraufhin sie mit der Nase zuckte.

Ich setzte mich aufs Bett und lauschte der Stille. Der erste ruhige Moment seit zwei Tagen. Und doch hatte ich keine Zeit, ihn zu genießen, denn mir blieb nur eine halbe Stunde. Jetzt hieß es Vollgas!

Als Erstes zog ich Handy und Ladegerät aus meinem Turnbeutel. Ich stöpselte beides ein und setzte mich auf den Boden neben der Steckdose, um meine Mutter anzurufen und ihr zu sagen, dass unsere Ankunft sich noch mal um einen Tag verschob. Begeistert war sie nicht, aber ich argumentierte, dass es schlechtes Benehmen wäre, als frisch gebackene Schützenkönigin die Einladung ihrer Untertanen, äh, der Lichterheimer auszuschlagen. Und dass ihre Tochter sich schlecht benahm, konnte meine Mutter natürlich nicht zulassen. Anschließend kramte ich meinen Kulturbeutel, frische Unterwäsche und das schwarze schlichte Cocktailkleid hervor, das ich auf Tante Finis Geburtstag anziehen wollte. Ich trat an den Spiegel und hielt es vor mich. Ach herrje, was hatte ich mir denn dabei gedacht? Damit sah ich aus wie eine Politikerfrau, und ja, ich meinte die Frau eines Politikers, keine Politikerin. Das Kleid suggerierte nämlich keine eigene Meinung und kein eigenes Standing, es sagte: »Was er gesagt hat.« Ich schmiss das Kleid aufs Bett und wühlte wieder in meiner Tasche. Endlich fand ich das hübsche Kleid im Boho-Stil, das zwar weit und romantisch-verspielt geschnitten war, aber eine großzügige Portion Dekolleté und Bein zeigte. Ja, das war viel eher ich, darin würde ich mich wohlfühlen. Ich hetzte ins Bad und duschte im Rekordtempo, schlüpfte in meine Klamotten und föhnte meine langen roten Haare. Anschließend kramte ich nach Wimperntusche und legte Lippenstift in einem Rosenholzton auf, den ich seit 2016 besaß. Das war übrigens auch das Jahr, in dem ich schwanger geworden und das letzte Mal richtig ausgegangen war. Kein Wunder, dass mein Magen sich anfühlte, als hätte eine Armee Ameisen sich darin verirrt. Schließlich förderte ich noch ein Fläschchen Nagellack zutage, das seit Jahren ungenutzt in meinem Kulturbeutel vor sich hin dümpelte, und lackierte mir akribisch die Fingernägel, mit der Zunge im Mundwinkel.

Ich hatte gerade den kleinen Nagel der linken Hand fertig, als mein Handy anfing zu läuten. Ich ging zur Steckdose, in der es an der Ladung hing, um ranzugehen. »Hallo?«

Es war Kirsten. »Hi, Elli, ich wollte nur mal hören, wie es euch geht. Ist mit dem Auto alles wieder okay? Wo seid ihr? Schon in Bayern?«

Ich setzte mich auf den Boden neben die Steckdose. »Nein, in Franken.«

»Ist das nicht dasselbe?«

»Nein«, rief ich entschieden. »Und ja, das Auto ist wieder in Ordnung. Onkel Heinz hat die Reparatur bezahlt, und nun will er nicht, dass ich ihm das Geld dafür gebe.«

»Aha? Na gut, wenn er nicht will … Wie bist du überhaupt in Franken gelandet?« Ihre Stimme klang fröhlich. Im Hintergrund hörte ich es klappern und klirren. Wahrscheinlich war sie in der Küche und kochte gemeinsam mit Antje.

»Das ist eine lange Geschichte, und eigentlich hab ich gar keine Zeit.«

In knappen Worten schilderte ich, was passiert war. Weit kam ich jedoch nicht, da rief sie: »Wie bitte, habe ich das richtig gehört? Du bist Schützenkönigin?«

»Genau«, erwiderte ich und fuhr fort mit meiner Kurzzusammenfassung. Doch schon bald wurde ich wieder unterbrochen.

»Warte, warte, warte. Moment mal. Du hast den *Schnöselanwalt* an einer Tanke in Hamburg getroffen und kutschierst ihn nach München? *Den* Schnöselanwalt von der *FIB-Chem-*Aktion? Den du aus tiefster Seele hasst?«

»Äh … na ja, also *hassen* ist eigentlich …«, setzte ich an, doch da brach Kirsten in Gelächter aus. »Ist ja krass! Den hast du uns gestern am Telefon aber unterschlagen. Warte mal kurz.« Ich hörte Kirsten etwas murmeln, dann sagte sie: »Ich hab dich auf laut gestellt, Elli. Diese Geschichte ist so genial, dass Antje sie unbedingt live hören muss.«

»Freut mich, dass ich zu eurer Unterhaltung beitragen kann«, sagte ich beleidigt. »Dabei habe ich, wie gesagt, eigentlich keine Zeit, weil gleich meine Krönung ist. Anschließend wird gefeiert, und ich brezle mich gerade auf.«

»Ach, tatsächlich?«, hakte Antje nach.

»Ja, na ja, Fingernägel lackieren, schminken, Haare föhnen, all so was, ihr wisst schon.«

»Das hast du doch schon seit sechs Jahren nicht mehr gemacht«, meinte Kirsten. »Muss dich dann wohl doch sehr beeindruckt haben, der Schnöselanwalt.«

»Ich würde ihn nicht mehr unbedingt als Schnösel bezeichnen … Aber trotzdem möchte ich betonen, dass ich mich nicht für Cano aufbrezele, sondern für meine Unter… äh, für mein Volk.« Dann fügte ich hinzu: »Aber eigentlich mache ich es für mich selbst. Es ist mal wieder ein richtig gutes Gefühl.«

»Mhm, klar«, meinte Antje. »Also, der Schnösel ist kein Schnösel mehr, verstehe ich das richtig?«

Ich räusperte mich. »Nein, wenn man Cano näher kennenlernt, ist er eigentlich ziemlich nett. Wobei, nett ist ein blödes Wort, das trifft es nicht. Er ist …« Hilflos hielt ich inne.

»Ja?«, hakte Antje nach.

»Ich kann Cano nicht beschreiben. Nicht am Telefon, wenn ich nur so wenig Zeit habe. Es würde wahrscheinlich Stunden dauern, alles zu schildern, jeden Blick, jedes Wort, jedes Lächeln. Er hat Paula und mir geholfen, mehrmals. Er hat uns verteidigt und sich für uns eingesetzt, versteht ihr?« Ich fummelte am Ladekabel herum. »Jedenfalls ist er ganz anders, als ich dachte. Er hat so viele verschiedene Seiten. Und Paula vergöttert ihn.«

Für einen Moment war es still, und ich war mir sicher, dass Antje und Kirsten einen bedeutsamen Blick tauschten.

»Nicht nur Paula, wie mir scheint«, sagte Kirsten schließlich. Ich konnte ihr Grinsen förmlich hören.

»Ich vergöttere ihn nicht«, sagte ich empört.

»Nein«, erwiderte Kirsten trocken, »du lackierst dir die Fingernägel.«

Ich starrte auf die dunkelroten Nägel meiner linken Hand. »Oh Mann«, stieß ich aus. »Ich benehme mich echt albern, oder?«

»Quatsch«, sagte Antje. »Und selbst wenn – du hast Paula mit einundzwanzig bekommen und lebst seitdem das Leben einer wunderlichen Mittfünfzigerin.«

»Hey!«, protestierte ich.

»Du weißt, dass das die Wahrheit ist. Es ist höchste Zeit, dass du dich mal albern benimmst.«

»Stimmt«, pflichtete Kirsten ihr bei. »Ich finde es auch schön, dich so zu erleben. Ich meine, als du deinen letzten richtigen Freund hattest, gab es noch die Occupy-Bewegung.«

»Wieso Freund? Jetzt übertreib mal nicht. Wir haben ein Date, das noch nicht mal ein richtiges Date ist. Da kann man ja wohl kaum von einer Beziehung sprechen.«

»Na schön, vergiss, dass ich das gesagt habe, Süße.« Kirsten klang amüsiert. »Lackier dir die Nägel zu Ende und genieß deinen Abend. Es wird bestimmt schön.«

»Genau«, pflichtete Antje ihr bei. »Oh, und vergesst nicht, ein Kondom zu benutzen.«

»Haha. Ich werde ganz sicher nicht mit Cano schlafen.«
Wenn ich das tun würde, wäre es völlig um mich geschehen, da
war ich mir sicher. Dann würde ich mehr wollen, ich würde ihn
wiedersehen wollen, aber für ihn wäre es sicher nur ein kurzes
Abenteuer. Genau wie damals bei Will. Aber das konnte ich
Kirsten und Antje nicht sagen. Nicht am Telefon in aller Eile.
Also sagte ich einfach: »Also, ich muss dringend weitermachen. In einer halben Stunde ist meine Krönung.«

Kirsten und Antje lachten bei diesem Stichwort wieder los.
»Deine Krönung«, wiederholte Kirsten kichernd. »Es ist eine
Schande, dass wir nicht dabei sein können.«

Ich verabschiedete mich von den beiden und legte mein
Handy zur Seite. Für ein paar tiefe Atemzüge blieb ich auf dem
Boden sitzen. Im Grunde hatten Kirsten und Antje ja recht.
Ich führte tatsächlich das Leben einer wunderlichen Mittfünfzigerin. Es wurde höchste Zeit, mal wieder eine alberne junge
Frau zu sein. Den heutigen Abend wollte ich einfach nur genießen, dieses Kribbeln zwischen Cano und mir auskosten. Ich
wollte tanzen und feiern. Und was morgen passierte, würden
wir dann sehen.

Ich lackierte die Nägel der rechten Hand und hielt anschließend den Föhn drüber, damit sie schneller trockneten. Meine
roten Locken ließ ich offen über die Schultern hängen. Schließlich schlüpfte ich in meine klobigen schwarzen Doc Martens
und betrachtete mich im Spiegel. Wie eine Königin oder Schützenkönigin sah ich nun wirklich nicht aus. Nein, ich sah aus
wie die alberne, viel zu kleine, rothaarige und sommerspros-
sige junge Frau, die ich nun mal war. Und ich gefiel mir so.

Killer Queen

Ich war gerade dabei, ein letztes Mal meine Haare zu bürsten, als es an der Tür klopfte.

»Mama, wir sind's«, hörte ich Paula rufen.

Ich legte die Bürste beiseite, streckte meinem Spiegelbild die Zunge raus und öffnete die Tür.

»Wusstest du, dass Onkel Heinz voll gut Geschichten erzäh…« Mitten im Wort unterbrach Paula sich und riss die Augen auf. »Wow, du siehst ja wohl megaschön aus!« Ehrfürchtig sah sie mich an, und mein Herz quoll über vor Liebe. Sie war so süß mit dem unvermeidlichen Fahrradhelm auf dem Kopf, unter dem ihre dicken geflochtenen Zöpfe hervorlugten.

»Danke schön. Du aber auch.«

Paula war nicht allein gekommen. Sie hielt Onkel Heinz an der rechten Hand, der grau und grummelig wie eh und je dastand. Allerdings hatte er sich die Haare zu einem adretten Scheitel gekämmt, auch wenn er das schlichtweg leugnen würde, wenn ich ihn darauf ansprach. Und an der linken Hand hielt Paula Cano. Wir musterten uns gegenseitig von oben bis unten, wortlos und fasziniert. Offenbar hatte Cano ebenfalls geduscht, denn sein Haar war noch nass und sah ein bisschen so aus, als hätte er es nach dem Abtrocknen einfach mit den Fingern gekämmt. Ich mochte diesen Look. Ich mochte auch die dunklen Bartstoppeln an seinem Kinn. Und das schwarze T-Shirt, das eng genug anlag, um erkennen zu können, dass er bei all der Aktenwälzerei noch ausreichend Zeit fand fürs Fitnessstudio und sein Krav-Maga-Training. Ich schluckte, als mir die Muskeln in seinen Armen auffielen. Er war nicht übertrieben bodybuildermäßig muskulös, aber definitiv durchtrainiert. Und schließlich nahm ich wahr, dass er Jeans anhatte. Blaue Jeans. Und Sneakers. Fast schien es mir, als hätte er einen komplett anderen Typen aus seinem Koffer gezaubert. Ich wollte etwas sagen, doch mein Mund fühlte sich trocken an, und eigentlich wusste ich auch gar nicht, was ich hätte sagen sollen.

Canos Blick hing nun schon länger an meinen Beinen, als es sich im Sinne meiner Mutter »gehörte«. Dann wanderte er über mein Dekolleté, wobei seine linke Augenbraue minimal nach oben zuckte, und schließlich schauten wir uns in die Augen. In seinem Blick flackerte etwas auf, und er schaute mich an, als hätte er Lust auf etwas ganz anderes als darauf, mit mir aufs Lichterheimer Schützenfest zu gehen. Meine Handflächen fühlten sich plötzlich feucht an, und ich rieb sie möglichst unauffällig an meinem Kleid.

»Wieso guckt ihr denn so komisch?«, hörte ich Paulas Stimme wie aus weiter Ferne.

»Hm?«

»Wieso ihr so komisch guckt, will sie wissen«, brummte Onkel Heinz.

Bei seinen Worten lachten Cano und ich nervös.

»Nur so«, erwiderte ich lahm. Dann machte ich eine unbestimmte Geste in Canos Richtung und sagte: »Du siehst … anders aus.«

»Ich sehe aus, wie ich in meiner Freizeit eben aussehe. Aber du, du siehst …«, auch er machte eine unbestimmte Geste, brachte den Satz aber nicht zu Ende.

Meine Hand fuhr unwillkürlich an mein Haar. »Oh, äh …
Danke.«

Paula sah stirnrunzelnd zwischen uns hin und her. »Ihr seid
echt voll komisch.«

»Dann gehen wir doch am besten, oder?«, fragte ich und
zog die Tür hinter mir zu.

Vom Gasthof war es nicht weit bis zum Schützenplatz,
sodass wir bequem zu Fuß gehen konnten. Wir schlenderten angepasst an Onkel Heinz' Gehtempo durch die Straßen
Lichterheims. Der Ort zeigte sich von seiner besten Seite mit
den grün-weißen Wimpeln und den bunten Blumen vor den
Fensterbänken. Die Vögel zwitscherten im Wettstreit gegen die
Musik, die vom Fest herüberwehte. Ein lauer Wind strich mir
durchs Haar und über die nackten Beine. Als wir am Schützenplatz ankamen, war deutlich mehr los als noch vorhin. An
den Getränkepavillons und Fressbuden gab es lange Schlan-
gen, das Kinderkarussell spielte keine Kindermusik mehr, sondern Lady Gaga. Die Leute, egal ob in Uniform oder in Zivil,
tranken Bier oder Wein, lachten laut und redeten wild durcheinander. Ich spürte dieses Kribbeln in meinen Beinen, die Hummeln in meinem Hintern. Ich hatte richtig Lust zu feiern, viel
zu lange hatte ich das nicht mehr gemacht.

»Da schau her, da is ja unsere Gönigin!« Reinhard und seine
Frau Susanne tauchten neben mir auf und strahlten mich an.
»Dann kann es ja gleich fei losgehen mit den Feierlichkeiten.«

Die beiden führten uns ins Zelt, in dem sich scheinbar halb
Franken versammelt hatte. Die langen Bierzeltgarnituren waren voll besetzt, und auch entlang der Theken und Stehtische
feierten, lachten und tranken die Lichterheimer. Auf einer großen Bühne gab die Blaskapelle ein Ständchen.

»Da heroben is gleich die Broglamation«, rief Reinhard mir

über den Lärm von gefühlt zweitausend Menschen und einer
Blaskapelle hinweg zu.

Broglamation? Ich stutzte, doch dann fiel mir ein, dass es
den Franken ja unangenehm war, die harten Konsonanten aus-
zusprechen. Proklamation sollte es wohl heißen. Bei diesem
hochoffiziellen Wort bekam ich nun doch etwas Lampenfieber,
und ich griff Paulas Hand fester.

Reinhard führte uns an einen der Stehtische neben der
Bühne, an dem ein paar schwer mit Orden behängte Schützen sich ein Bierchen gönnten. »Ah, die Frau Gönigin!«, rief
der am schwersten Dekorierte und kam mit offenen Armen
auf mich zu. »Reife Leisdung, des hätt i gern mit eignen Augen g'sehen.« Er schüttelte beherzt meine Hand, die in seinen
Pranken förmlich verschwand, und beugte sich zu mir. »Oder
hat da wer fei a weng Dusel ghabt?«

»Ähm, na ja …«

Gutmütig stieß er mir in die Seite. »Ah geh, sei's drum. I
bin übrigens der Anton und Vorsitzender vom Schützenverein.
Und i mach Sie glei offiziell zur Ehrenschützengönigin, gell?«
Dann wandte er sich an Paula, Onkel Heinz und Cano. »Und
ihr seid's des Gefolge?«

»Ja, das sind meine Tochter Paula und mein Großonkel
Heinz«, erwiderte ich. »Und das ist Cano, mein …« Hilfe,
Knoten im Hirn! »Äh, mein …« Ich schaute ihn flehend an,
doch er hob nur amüsiert eine Augenbraue und ließ mich
schmoren.

Erneut stieß Anton mir in die Seite. »Bassd scho, Frau Gönigin. Muss ja ned alles an Didel ham, gell?«

»Mein Vasall«, rief ich, als ich eine verspätete Eingebung
hatte. »Er ist quasi mein treuer Vasall.«

Canos Augenbraue wanderte noch höher.

»Soso«, erwiderte Anton. »Guad, denn bagg mers, gell?« Er führte mich zur Bühne und deutete meinem »Gefolge« an, mitzukommen. Die anderen hoch dekorierten Schützen folgten uns auf die Bühne. Oben waren ein Mikrofon aufgebaut sowie ein kleiner Tisch, auf dem ein rotes Kissen mit einem Diadem lag.

»Ist das für mich?«, fragte ich völlig baff.

»No fraali«, erwiderte Anton. Dann trat er ans Mikrofon, und mich überkam ein feierliches Gefühl. So hatte Queen Elizabeth sich bei ihrer Krönung bestimmt auch gefühlt. Ich schaute mich um und war froh, dass Paula, Cano und Onkel Heinz da waren und diesen Moment mit mir gemeinsam erlebten. Paula hüpfte von einem Bein aufs andere und strahlte über das ganze Gesicht. Onkel Heinz schaute auf seine Fußspitzen und wünschte sich wahrscheinlich ganz weit weg. Cano beobachtete mich, noch immer mit diesem Lächeln in den Augen.

Dann fing Anton an zu reden, und ich schaute wieder nach vorne. Er bat um Ruhe und begann seine Rede in einem Wortlaut, dem ich einigermaßen folgen konnte. Doch schon bald rutschte er mehr und mehr in den Dialekt, bis er so hart Fränkisch sprach, dass ich kaum noch was verstand. Schließlich legte er einen Arm um meine Schulter und zog mich weiter nach vorne. »Liebe Schützenbrüder und -schwesdern, liebe Gäsde, hier is sie, unsre Ehrengönigin aus dem hohen Norden: Elisabeth Elli Schuhmacher!«

Die Menge brach in Jubel aus, die Schützen und Schützinnen warfen ihre Hüte in die Luft, und die Blaskapelle spielte *We are the champions*, wobei mir auffiel, dass diese Kapelle wirklich coole Lieder draufhatte. Anton setzte mir das Diadem auf und drückte mir einen riesigen Blumenstrauß in die Hand. Ich hatte keine Ahnung, was jetzt von mir erwartet wurde, und in meinem Kopf drehte sich alles. So war das also, wenn man unverhofft Ehrenschützenkönigin wurde. Wunderschön. Ich lachte und winkte in die Menge und verbeugte mich, als wäre ich eine Theaterschauspielerin, die den Applaus für eine große Darbietung entgegennahm. Paula, Onkel Heinz und Cano tauchten neben mir auf, wahrscheinlich hatte Anton sie zu mir geführt. Ich nahm Paula auf den Arm, die diesen Rummel liebte. Sie winkte enthusiastisch in die Menge, ganz die geborene Prinzessin. Onkel Heinz und Cano hielten sich im Hintergrund, aber als ich Canos Blick erwischte, lachte er mich an, und ich lachte zurück.

Mir wurde bewusst, dass ich diese vollkommen verrückte Erfahrung nie gemacht hätte, wenn ich ihn an der Tankstelle in Hamburg nicht wiedergesehen hätte. Wenn ich mich nicht dazu bereit erklärt hätte, ihn mitzunehmen, obwohl ich das Gefühl gehabt hatte, einen riesengroßen Fehler zu machen. Es hatte sich als großartiger Fehler herausgestellt, denn um nichts in der Welt hätte ich das hier verpassen wollen, nichts von dem, was passiert war, seit wir uns gemeinsam auf den Weg gemacht hatten.

Die Menge klatschte und jubelte noch ein bisschen, Paula und ich winkten noch ein bisschen, und dann begrüßte Anton den DJ und verkündete, dass die Ehrenschützenkönigin nun den Tanz eröffnen würde. Ach, echt? Aber wie, mit wem? Hilfesuchend schaute ich zu Anton, doch da setzte auch schon das Lied ein. Dem Intro nach hatte der DJ eine der etlichen Coverversionen von *Can't take my eyes off you* aufgelegt. Anton nahm mir die Blumen ab, nickte mir aufmunternd zu und deutete auf die Tanzfläche. Äh … okay. Und nu? Ach, ich würde mir einfach irgendjemanden schnappen. Der Königin würde ja wohl niemand einen Tanz verwehren.

Ich drehte mich entschlossen um und knallte fast mit Cano zusammen, der von mir unbemerkt hinter mich getreten war.

»Oh, du«, stieß ich aus. »Würdest du vielleicht …«

Im gleichen Moment sagte er: »Würdest du mit …«

Wir hielten inne, um den anderen ausreden zu lassen, doch dann schwiegen wir beide.

»Bitte«, sagte ich schließlich mit einer grazilen Geste. »Du zuerst.«

»Sehr wohl.« Cano verbeugte sich und streckte mir seine Hand entgegen. »Würde Ihre Hoheit Ihrem treuesten Vasallen die Ehre des ersten Tanzes zuteilwerden lassen?« Aus seiner vorgebeugten Haltung schaute er zu mir herauf und grinste mich an.

»Sehr gerne«, erwiderte ich lachend und legte meine Hand in seine.

Er führte mich von der Bühne die Stufen hinunter zur Tanzfläche. Gerade war das Intro zu Ende, und das Lied setzte richtig ein. Cano legte einen Arm um meine Taille und ich meine Hand auf seine Schulter. »Ich hab diese Paartanzgeschichte eigentlich nicht so drauf«, warnte ich ihn.

»Keine Sorge.« Cano zog mich enger an sich. »Bei der Paartanzgeschichte reicht es, wenn ich sie draufhabe.«

»Hast du sie denn …«, setzte ich an, doch da fing er auch schon an zu tanzen, und nach kurzer Zeit wurde mir klar, dass er diese Paartanzgeschichte absolut draufhatte. Erst war ich noch etwas verunsichert, weil so viele Leute um die Tanzfläche herumstanden, um uns zuzusehen, und weil ich im Gegensatz zu Cano die Schritte nicht kannte. Ich schaute nach unten, damit ich ihm nicht auf die Füße trat, doch Cano hob mein Kinn an und zwang mich, ihn anzusehen. »Hey. Eine Königin senkt niemals den Blick.«

Und dann schüttelte ich meine Unsicherheit ab, denn letzten Endes war ich doch hier, um Spaß zu haben und diesen Abend zu genießen. Ich machte mir keinen Kopf mehr, sondern vertraute Cano voll und ganz. Er ließ mir ohnehin keine Zeit, über irgendwelche Schritte nachzudenken. Er wiegte mich, drehte mich und wirbelte mich herum, stieß mich von sich und zog mich wieder heran, sodass alles um mich verschwamm und ich nur noch ihn und die Musik wahrnahm. Ich hatte diesen Song schon immer gemocht, und es war so leicht, mit Cano zu tanzen.

Viel zu schnell war das Lied zu Ende, und Cano brachte mich weit hinab in eine filmreife Fallfigur. Wenn er mich jetzt losließ, würde ich wie ein Stein auf den Boden fallen, doch er hielt mich so fest in den Armen, dass ich mich sicher fühlte. Die Welt um uns herum verschwand, die Zeit blieb stehen. Alles verstummte. Wir waren einander so nah, dass unser schwerer Atem sich vermischte. Ich spürte Canos muskulösen Körper dicht an meinem, sog seinen Duft ein, nach Zitrusfrüchten, Sandelholz und etwas Wunderbarem, Einzigartigem, das wahrscheinlich Cano selbst war. Er lächelte und erweckte damit diese süßen Fältchen zum Leben, die ich so mochte. Mein Blick fiel auf seinen Mund, auf seine weichen Lippen, die ich küssen wollte. Und zwar unbedingt, jetzt. Cano beugte sich noch näher zu mir, und …

»Hey, Mama, megacool, wie ihr getanzt habt«, rief Paula aus nächster Nähe.

Abrupt wurden wir herauskatapultiert aus unserem Moment und landeten wieder in der Echtzeit. Die Tanzfläche war inzwischen voll, aus den Boxen dröhnte ein Song von DJ Ötzi, rund um uns wurde getanzt, gelacht, getrunken und geredet. Cano befreite mich aus der Fallfigur und brachte uns beide wieder aufrecht zum Stehen. Neben uns hüpfte Paula von einem Bein auf das andere und zupfte an Canos T-Shirt. »Tanzt du mit mir auch mal?«

»Ja klar.« Er strich leicht über meine Taille, dann ließ er mich los, um nach Paulas Händen zu greifen. Während ich an den Rand trat und versuchte, mein wild klopfendes Herz zu beruhigen, fegten Cano und Paula über die Tanzfläche wie zwei Derwische. Sogar eine Hebefigur baute Cano mit ein. Paula quietschte vor Vergnügen, Cano lachte, und mein Herz dachte gar nicht daran, langsamer zu schlagen.

Reinhard tauchte neben mir auf. »Derf i uns're Gönigin zum Tanz auffordern?«

Er durfte, und so begann meine Krönungsparty. Ich tanzte mit Reinhard, Anton, Paula, Cano, mit Paula und Cano zusammen und mit etlichen anderen Lichterheimern. Ständig drückte mir jemand einen Wein oder ein Bier in die Hand, aber dann wurde ich wieder zum Tanzen aufgefordert, sodass ich mein volles Glas irgendwo abstellte und vergaß. Mein Volk war ebenso in Feierlaune wie ich und unglaublich nett. Immer wieder wurde ich beglückwünscht, vor allem von Frauen, die mich umarmten und mir sagten, wie cool sie es fanden, dass endlich mal eine Frau den Thron bestiegen hatte. Es gab so viele Menschen kennenzulernen, und jeder hatte eine Geschichte zu erzählen.

Wenn ich nicht tanzte oder quatschte, zog ich mit Paula und Cano über den Platz. Wir teilten uns noch eine Pommes, plünderten den Süßigkeitenstand und überlegten uns Gesetze, die wir als Königin beziehungsweise Prinzessin von Lichterheim erlassen würden. Cano hielt sich zurück, was das anging, aber er fand all unsere Pläne super und stand voll und ganz hinter uns. Nur hier und da brachte er mal einen kleinen Einwand hervor, aber seine kritischen Anmerkungen waren immer konstruktiv und hilfreich. So gab er zum Beispiel zu bedenken, dass wir uns ziemlichen Ärger mit der Schulbehörde einhandeln würden, wenn die Lichterheimer Schulen montags geschlossen blieben. Oder er merkte an, dass es zwar grundsätzlich eine schöne Idee war, den Fußballplatz in eine Wildblumenwiese zu verwandeln, dass dann aber den Lichterheimern ein Ort zum Fußballspielen fehlte.

»Hmm.« Ich tat so, als würde ich intensiv nachdenken. Dann machte ich eine wegwischende Geste. »Meine Unterta... äh, mein Volk muss ja nicht unbedingt Fußball spielen. Sollen sie doch golfen.«

Cano lachte. »Getreu dem Motto ›Wenn sie kein Geld für Brot haben, sollen sie doch Kuchen essen‹?«

Ha, er hatte meinen Witz tatsächlich sofort verstanden. Und sogar darüber gelacht, obwohl es kein besonders guter Witz gewesen war. Ich nickte eifrig und versuchte, ernst zu bleiben.

»Ich glaube, die Macht steigt dir allmählich zu Kopf, Hoheit.«

Ich zuckte mit den Schultern und rückte mein Diadem zurecht. »Ein bisschen vielleicht? Schon verrückt, wie Macht einen Menschen verändert. Wie sieht's aus, gehen wir wieder rein?«

Drinnen war es laut, stickig und voll, die Leute hatten inzwischen schon das ein oder andere Kaltgetränk genossen und waren dementsprechend ausgelassen. Der DJ steckte offenbar gerade in einer Oldie-Rock-Phase und bewies ausgezeichneten Musikgeschmack, indem er *Don't stop me now* von Queen spielte. Cano und Paula stürmten die Tanzfläche, während ich Ausschau nach Onkel Heinz hielt. Ich entdeckte ihn an einer der Bierzeltgarnituren, wo er mit Anton saß und sich unterhielt. Besser gesagt, Anton unterhielt sich mit Onkel Heinz, während der nur zuhörte und gelegentlich nickte.

»Hey, Onkel Heinz, wie wär's, tanzt du mit mir?«

Er sah mich an, als wäre mir ein zweiter Kopf gewachsen. »Sehe ich etwa so aus, als würde ich tanzen?«

»Ähm, jetzt gerade nicht, aber …«

»Nein«, fiel er mir ins Wort. »Ich tanze nicht. Ich möchte einfach nur in Frieden hier sitzen.«

Autsch, das hatte gesessen. »War ja nur so eine Idee.« Warum lernte ich es einfach nicht? Selbst wenn Onkel Heinz hier und da mal eine weichere Seite von sich zeigte, war und blieb er ein alter Stinkstiefel. »Na gut, dann gehe …«

»Nein, warte.« Fahrig rieb er sich über die Stirn und klammerte sich mit der anderen Hand an seinem Bierglas fest. »Mein Knie macht dieses wilde Rumgehüpfe nicht mehr mit. Das überlasse ich lieber euch jungen Leuten.«

Okay, das klang schon anders. »Ist gut. Das verstehe ich.« Unschlüssig blieb ich stehen. Ob ich mich zu ihm setzte, um ein bisschen mit ihm zu plaudern? Anton hatte sich inzwischen aus dem Staub gemacht, und ich wollte nicht, dass Onkel Heinz mutterseelenallein hier am Tisch saß.

»Geh schon, Elisabeth«, sagte er. »Geh tanzen. Mit mir kannst du dich noch lang genug herumplagen, aber dieser Abend kommt nie wieder.«

Ich zögerte noch kurz, dann sagte ich: »Ist gut. Lange kann ich ohnehin nicht mehr bleiben, Paula müsste eigentlich längst im Bett sein. Nur noch ein oder zwei Lieder.« Auf einmal überkam mich Traurigkeit. Nur noch ein oder zwei Lieder, dann war es vorbei. Dann hieß es vernünftig sein, ins Hotel gehen, schlafen. Dabei war die Zeit, die uns blieb, so kurz, dass ich sie eigentlich gar nicht mit Schlafen verschwenden wollte. Doch dann straffte ich die Schultern und versuchte, diese finsteren Gedanken abzuschütteln. Ich nickte Onkel Heinz noch mal zu und ging zurück zu Paula und Cano, um zu tanzen.

Der DJ steckte immer noch in seiner Oldie-Schleife und spielte *Billie Jean* und *Eye of the Tiger*. Seit dem Sommer in Indien war ich nicht mehr tanzen gewesen, und ich genoss es so sehr, mich jetzt endlich wieder zur Musik zu bewegen und alles um mich herum zu vergessen. Aus zwei Liedern wurden drei, vier, fünf. Paula hüpfte und lachte und wurde immer wieder von Cano im Kreis gedreht und hochgehoben. Ich konnte meinen Blick nicht von Cano abwenden, nicht nur, weil er so gut tanzte. Sondern weil mein Blick einfach zu ihm wollte.

Irgendwann waren wir heiser vom vielen Lachen und Reden über die Lautstärke hinweg. Wir setzten uns zu Onkel Heinz an den Tisch, um etwas Wasser zu trinken. Paula gähnte und lehnte den Kopf an seine Schulter. Er versteifte sich augenblicklich und erwiderte Paulas Berührung nicht ein bisschen. Aber er ließ die Nähe zu.

Eines war nun leider endgültig klar: Es war spät, viel zu spät für Paula, der vor Müdigkeit die Augen zufielen. Und egal, wie groß mein Wunsch war, die Nacht bis auf die letzte Minute auszukosten – ich wusste, dass wir gehen mussten.

Cano schien meinen Gedanken lesen zu können, denn er sagte: »Es wird Zeit, oder?«

Ich suchte seinen Blick, natürlich, und erkannte darin das gleiche Zögern, das ich empfand. »Ja, Paula muss unbedingt ins Bett.« Ich strich eine Strähne aus meinem Gesicht, wobei ich das Diadem berührte, das noch immer auf meinem Kopf thronte – inzwischen wahrscheinlich reichlich windschief. Ich berührte Paula leicht am Arm. »Hey, Dancing Queen, lass uns gehen.«

Sie gähnte so herzhaft, dass ich eine Mandelentzündung ausschließen konnte. »Na gut.« Die Tatsache, dass sie nicht mal Widerstand leistete, bewies, wie müde sie war.

»Du kannst doch noch hierbleiben, Elisabeth«, sagte Onkel Heinz.

»Wie denn? Ich kann Paula wohl kaum allein im Hotel lassen.«

»Und was ist mit mir? Glaubst du, ich bin nicht in der Lage, sie ins Bett zu stecken und aufzupassen, dass niemand sie klaut?«

Im Grunde hatte er ja recht. Paula war so k.o., dass sie einschlafen würde, sobald sie in der Waagerechten lag. Er musste sie einfach nur ins Bett stecken und bei ihr bleiben, bis ich wieder da war, mehr nicht. Mein Blick wanderte zu Cano, der mich mit leicht schief gelegtem Kopf ansah. »Deine Untertanen würde es bestimmt freuen, wenn du noch bleibst.«

»Ich weiß nicht so recht.«

Doch dann sagte Paula: »Von mir aus kannst du ruhig noch hierbleiben, Mama. Ich will wohl mit Onkel Heinz gehen. Vielleicht erzählt er mir ja noch ein bisschen, was er als Kind alles nicht hatte.«

Wann hatten sie denn darüber geplaudert? Bestimmt vorhin, als Paula ihn in seinem Zimmer besucht hatte. Der Gedanke, noch bleiben zu können, und wenn es nur für ein oder zwei Stündchen war, gefiel mir – sehr gut sogar. Wieder schaute ich Cano an. Aber was, wenn ich in eine ganz andere Richtung dachte als er und er gar nicht mit mir bleiben wollte? »Und du? Würdest du mit ins Hotel gehen oder …?«

Neben mir stöhnte Onkel Heinz auf.

Ein Lächeln flog über Canos Gesicht. »Als dein treuer Vasall würde ich dir natürlich zur Seite stehen.«

Yes! Oh Mann, in meinem Bauch fand ein spontanes Schmetterlings-Bungee-Jumping statt. »Oh. Okay.« Ich bemühte mich um einen beiläufigen Tonfall, aber ich war mir sicher, dass meine roten Wangen mich verrieten. Ich zögerte noch immer, überlegte, ob ich das echt bringen konnte. Aber verdammt, ich *wollte* bleiben, feiern, tanzen, das Leben genießen. Ich wollte ein Date haben, mit Cano, selbst wenn es kein richtiges Date war. »Also gut«, sagte ich schließlich. »Dann gehst du mit Onkel Heinz ins Hotel, Paula. Wenn was ist, kannst du mich … Mist. Ich hab mein Handy nicht dabei.«

Cano holte eine Visitenkarte aus seinem Portemonnaie und drückte sie Paula in die Hand. »Dann ruft ihr auf meinem Handy an, ja?« Er zeigte auf die Karte. »Da ist die Nummer.«

Ich gab Onkel Heinz unseren Zimmerschlüssel. Dann kniete ich mich vor Paula und drückte ihr einen Kuss auf die Wange. »Zähne putzen und Schlafanzug anziehen kannst du ja schon, und …«

»Boah, Mama.« Paula verdrehte die Augen. »Du tust so, als wäre ich ein Baby.«

»Sorry. Ich weiß, ihr beide kriegt das hin. Grüß mir Rosa. Schlaf gut, und träum was Schönes.«

Sie nickte. »Mhm, mach ich.« Dann nahm sie Onkel Heinz' Hand, winkte Cano und mir noch mal zu und ging mit ihm gemeinsam davon.

Seufzend sah ich den beiden nach.

Neben mir lachte Cano leise. »Kommt nicht so oft vor, dass Paula ohne dich nach Hause geht, was?«

»Machst du Witze? Das kommt nie vor.«

Nachdenklich sah er mich an. »Wollen wir vielleicht kurz frische Luft schnappen?«

Es war tatsächlich eine gute Idee, für einen Moment dem Zelt zu entfliehen. Wir gingen nach draußen, wo ich auf die Tische und Bänke deutete, die unter den mit Lampions geschmückten Eichen standen. »Setzen wir uns dahin?«

»Klar. Willst du was trinken?«

»Ein Alster wäre nett. Irgendwie sind alle Getränke, die mir heute in die Hand gedrückt wurden, verschollen, noch bevor ich etwas trinken konnte.«

Ich setzte mich an einen der Tische, während Cano zum Bierpavillon ging. Hier draußen wehte ein lauer Wind, der nach der stickigen Luft im Zelt eine echte Wohltat war. Die Musik drang gedämpft herüber, der DJ schien gerade in einer Schlagerphase zu stecken.

Bald darauf kam Cano mit zwei großen Gläsern zurück und stellte sie auf den Tisch. Dann setzte er sich, so wie ich, rittlings vor mich auf die Bank, sodass wir einander im schummrigen Licht der Lampions anschauen konnten.

»Vielen Dank.« Ich hob mein Glas.

»Gerne. Alster heißt hier übrigens Radler«, informierte er mich und stieß sein Glas an meines.

»Natürlich. Jetzt sag nicht, du hast Alster bestellt.«

»Doch.«

»Tse. Und morgen früh willst du beim Bäcker auch noch Brötchen, oder was?«

Er lachte. »Was soll ich machen, ich bin halt ein simpel gestricktes Nordlicht.«

Wir prosteten uns zu und tranken einen Schluck. In diesem Moment war ich Onkel Heinz unendlich dankbar, dass er es

304

mir möglich gemacht hatte, hier zu sitzen und mit Cano Alster zu trinken. »Soll ich dir mal was verraten?«

»Unbedingt.«

»Ich bin heute das erste Mal tanzen, seit ich schwanger geworden bin.«

»Ernsthaft?«

»Mhm. Es war das Jahr 2016. *Can't stop the feeling* von Justin Timberlake wurde rauf und runter gespielt, und ich hatte blaue Haare.«

»Blau?«, hakte Cano nach. »Echt?«

»Ja. Ich fand's super, aber rückwirkend betrachtet ... Ich war halt jung.«

»Du bist immer noch jung.«

»Ich weiß nicht so recht. Klar, siebenundzwanzig ist alles andere als alt. Diese Mama-Sache ist manchmal ganz schön hart, und dann denke ich, ich bin doch eigentlich noch viel zu jung, um Mutter zu sein. Eigentlich müsste ich jetzt feiern, das Leben genießen, verstehst du?«

»Ja. Mit siebenundzwanzig habe ich über Kinder noch nicht mal nachgedacht, geschweige denn mit einundzwanzig. Und die meisten meiner Freunde auch nicht.«

»Eben. Ich meine, ich liebe Paula über alles, und ich bin wahnsinnig froh, sie zu haben. Aber dass ich sie habe, stellt mich halt vor Probleme, die viele andere in meinem Alter nicht haben. Und dann fühle ich mich überhaupt nicht jung, dann bin ich einfach nur müde. Erst heute wurde mir gesagt, dass ich das Leben einer wunderlichen Mittfünfzigerin führe.«

Cano verzog das Gesicht. »Autsch. Das tut weh.«

»Allerdings.« Ich trank noch einen Schluck. »Ich hab das Tanzengehen echt vermisst, das hab ich heute gemerkt.«

»Ich auch. Ich war auch schon ewig nicht mehr tanzen.«

Mit dem Zeigefinger fuhr ich über den Rand meines Glases. »Weil du so viel arbeitest?«

»Ja, auch. Während der Woche komme ich meist vor acht Uhr nicht aus dem Büro. Samstags arbeite ich oft von zu Hause aus, und abends bin ich zu müde, um noch auszugehen. Außerdem sind meine Freunde fast alle in festen Beziehungen und fangen allmählich an, Kinder zu bekommen. Die wilden Zeiten sind vorbei.« Nach einer Kurzen Pause fuhr er fort: »Im Übrigen war ich ja selbst bis vor kurzem in einer festen Beziehung und hab die Samstagabende mit meiner Freundin auf dem Sofa verbracht. Und wir haben auch über Kinder gesprochen.«

Es fühlte sich an, als hätte ich mir den Finger an einem Blatt Papier geschnitten. »Echt?«

Cano nickte. »Ja. Aber dann hat sie sich in einen Typen verliebt, der zwanzig Jahre älter ist als sie. Sie ist von mir direkt zu ihm gezogen.«

Mein Mund klappte auf. »Bitte? Wie kann denn so etwas passieren?«, entfuhr es mir empört, und gleich darauf hätte ich am liebsten mit dem Kopf auf die Tischplatte geschlagen. Was war das denn bitte für eine blöde Frage?

Cano hob die Schultern. »Tja, so kann's gehen. Aber dieser Taxifahrer gestern – war das wirklich erst gestern? – hat mir gesagt, ich soll mich nicht feddichmachen lassen. Und das habe ich auch nicht vor«, fügte er beinahe grimmig hinzu.

»Ein guter Rat.« Ich konnte sie nicht ausstehen, diese mir vollkommen unbekannte Ex von Cano. »Wie lange wart ihr denn zusammen?«

»Sechs Jahre. Wir haben uns über die Arbeit kennengelernt. Sie ist Richterin.«

Oje, auch das noch. Seine Ex war bestimmt eine dieser

hochintelligenten Powerfrauen, die alles im Griff hatten. Was es nur noch schlimmer machte, weil ich den größten Respekt vor hochintelligenten Powerfrauen hatte. Nur musste Cano ja nicht unbedingt auf sie stehen. Ich war nämlich keine, zumindest fühlte ich mich nicht wie eine. »Wann habt ihr euch denn eigentlich getrennt?«

»Vor vier Monaten.«

Dann war es also noch ganz frisch. Er war noch mitten in der Liebeskummerphase. Vielleicht war Cano auch deshalb anfangs so unfreundlich rübergekommen. Weil diese Kuh ihm das Herz gebrochen hatte. »Es tut mir leid. Dass sie dir das Herz gebrochen hat, meine ich. Ich weiß, wie weh das tut.«

»Paulas Vater?«

Ich ließ mir Zeit mit der Antwort. Es war merklich leerer um uns herum geworden, nur noch ein paar Gestalten standen am Pavillon. Der Rest der Meute hatte sich wohl ins Zelt verzogen, um zu Rex Gildo abzuhotten. »Paulas Vater, ja«, sagte ich schließlich. »Ich war unglaublich verliebt in ihn, aber er hatte mich wahrscheinlich vergessen, kaum dass ich ins Flugzeug gestiegen war. Es hat so wehgetan, von ihm geghostet zu werden. Aber nicht nur Will hat mir das Herz gebrochen. Mein Vater auch. Er ist abgehauen, als ich zwölf war, um eine neue Familie zu gründen. Seine Besuchswochenenden hat er ständig abgesagt. Es hat sich angefühlt, als würde er mich nicht mehr brauchen, weil er neue Kinder hatte.« Gedankenverloren spielte ich mit einer Haarsträhne. »Und dann war da mein Ex Leon, der mich so eiskalt hat auflaufen lassen mit dieser Hausbesetzungsnummer. Er hat hinterher gesagt, er und seine Kumpels hätten sich einen Spaß daraus gemacht, mich in dem Glauben zu lassen, dass das Haus den Eltern gehört. Ich fand's nicht so witzig, vor Gericht zu müssen.«

Cano schüttelte den Kopf. »Klingt nach einem totalen Vollidioten.«

»Ja. Deswegen bin ich auch sehr vorsichtig geworden. Seit Will hatte ich keinen Freund mehr. Wobei er ja noch nicht mal mein Freund war, auch wenn es sich für mich so angefühlt hat.«

Cano sah mich ungläubig an. »Echt? Du bist Single, seit du Paula hast?«

Ich nickte und trank den Rest meines Alsters aus. Oder meines Radlers. »Jo.«

»Wow. Das ist ... ich meine ...«

»Was?«, fragte ich lachend. »Du hast mich wohl für eine Femme fatale gehalten. Ich hoffe, es zerstört nicht dein Weltbild, dass ich nur mit zwei Typen geschlafen habe.« Oh, oh. Zu viel Information, Elli.

»Nein«, beteuerte Cano. »Überhaupt nicht.«

Stand ich jetzt wie eine Loserin da? »Ich meine, es ist nicht so, als hätte ich keine Möglichkeiten gehabt. Außerdem hatte ich vor Leon schon noch ein paar andere Beziehungen, aber halt nicht so ernst. Außerdem ist da ja auch die Sache mit Sami«, plapperte ich.

Cano zuckte leicht zusammen. »Ist das dein Freund?«

»Nein. Ich meine, jein, er ist nicht *mein* Freund, er ist *ein* Freund, ein sehr guter. Und mein Mitbewohner. In letzter Zeit scheint es so, als ob ... na ja. Aus uns was werden könnte. Er ist echt nett, ein toller Kerl. Wir verstehen uns wirklich extrem gut.«

»*Extrem* gut? Beeindruckend.«

»Ja. Er ist auch bei den Garten-Guerillas, und wir haben überhaupt superviel gemeinsam. Das mit uns würde einfach passen. Paula mag ihn, und sie braucht einen Vater. Ein Vater ist total wichtig, finde ich.«

Cano sah mich nachdenklich an, sagte aber nichts dazu.

»Das mit Sami ergibt Sinn«, blubberte ich weiter. »Und ich denke, das ist eine solide Basis für eine Beziehung.«

»Wenn du das sagst. Ich hätte gedacht, dass es Liebe ist, aber was weiß ich schon?«

»Liebe, ja. Aber du und ich, wir haben doch beide gemerkt, wie weit man damit kommt. Vielleicht klappt es ja besser, wenn man auf Freundschaft aufbaut. Oder?«

»Willst du jetzt etwa meinen Ratschlag in Liebesangelegenheiten?«

Ich zuckte mit den Schultern. »Keine Ahnung. Vielleicht denke ich einfach nur laut nach.«

»Das hoffe ich. Ich habe nämlich nicht den blassesten Schimmer, was ich dir raten sollte. Es ist ja noch nicht mal eine Liebesangelegenheit, sondern nur eine eventuelle Beziehung zwischen zwei Freunden, die Sinn ergeben würde. Und weißt du, was wirklich verrückt ist?«

»Nein, was?«

»Diese verkopfte Herangehensweise würde man eher von mir erwarten, nicht von dir.« Er sah mich nachdenklich an, dann fuhr er fort: »Weißt du, was ich glaube? Ich glaube, du bist gar nicht so unbeschwert, chaotisch und spontan, wie du immer tust.«

»Tue ich denn wirklich so? Oder hast du dir nur dieses Bild von mir gemacht?« Ich ließ Cano keine Chance zum Antworten, sondern fuhr fort: »Und du bist gar nicht so spießig, rational und langweilig, wie du immer tust.«

»Oookay, das nehme ich mal als Kompliment. Sieht so aus, als hätten wir beide uns ein falsches Bild voneinander gemacht.«

Für eine Weile saßen wir still da und schauten einander an.

309

Im Zelt wurde ein Herzschmerzschlager gespielt, am Bierpavillon lachten zwei Frauen ausgelassen. Die bunten Lampions in den Bäumen wiegten sanft im Wind, und eine Brise strich mir über die nackten Beine. Aber nichts von alldem nahm ich so bewusst wahr wie Cano, der mir so nah wahr, dass ich nur meinen Arm ausstrecken musste, um ihn zu berühren. Und obwohl Cano mir gerade erst erzählt hatte, dass er frisch verlassen wurde und er wahrscheinlich noch Liebeskummer hatte, und ja, obwohl ich darüber nachdachte, eine Beziehung mit Sami einzugehen, wollte ich Cano berühren, wollte ihm noch näher sein, viel näher.

»Wir haben diese Sache mit dem Feiern echt voll raus, was?«, fragte Cano in die Stille hinein.

»Hm?«

»Na ja, sind wir nicht hiergeblieben, um zu tanzen und deine Regentschaft zu feiern? Jetzt sieh uns an: Hier sitzen wir, starren in unsere Biergläser und jammern über unser erbärmliches Liebesleben.«

Ich musste lachen. »Stimmt. Sieht so aus, als wären wir feiermäßig ziemlich aus der Übung.«

»Kann man so sagen. Tut mir leid, dass ich mit Julia angefangen habe.«

Julia. So hieß die Powerfrau also, die ihm das Herz gebrochen hatte. Pah. Diesen Namen hatte ich noch nie gemocht. »Kein Problem.«

»Nein, das war bescheuert. Ich …« Er hielt kurz inne und runzelte die Stirn. »Mir fällt gerade auf, dass ich seit gestern Mittag keine fünf Sekunden an sie gedacht habe.«

Ach ja? Die Schmetterlinge in meinem Bauch horchten auf. »Es war ja auch viel los«, sagte ich vorsichtig.

»Ja. Ja, das stimmt. Jedenfalls ist es doch dämlich, an einem

Abend wie diesem solche Stimmungskiller-Themen auszupacken.«

Ich legte meine Hand auf seine. »Hey, ist doch nicht schlimm. Jeder schleppt Ballast mit sich rum, und manchmal tut es gut, ihn mit anderen zu teilen. Damit man ihn für eine Weile nicht mehr ganz allein auf dem Buckel hat.«

Cano starrte auf meine Hand, die auf seiner lag. Sie sah so klein aus im Vergleich zu seiner.

»Außerdem gehört der Mist halt zum Leben dazu«, fuhr ich fort, ohne meine Hand wegzunehmen. »Hell und finster, lustig und traurig, tanzen und tiefschürfende Themen bequatschen. Yin und Yang. Du weißt schon.«

Ich drückte seine Hand fester, und nun sah Cano zu mir auf. In seinen Augen tobte ein Sturm, als würden tausend verschiedene Emotionen miteinander kämpfen. Er drehte seine Hand um und verschränkte seine Finger mit meinen. »Weißt du, worüber ich wirklich froh bin?«

Ich schluckte und schüttelte den Kopf.

»Darüber, dass wir uns an dieser Tanke in Hamburg wiedergetroffen haben. Dass ich die Chance hatte, dich richtig kennenzulernen. Mein erster Eindruck von dir war so falsch, ich habe so dermaßen danebengelegen, du kannst es dir nicht vorstellen.«

»Doch«, sagte ich. »Doch, ich kann es mir vorstellen, weil es mir mit dir genauso geht. Und ich bin froh, dass es Poldi gab, denn ohne ihn hätten wir uns an der Tanke ja gar nicht getroffen.«

»Poldi?«, fragte Cano verwirrt.

»Na, der Orkan, der für die ganze Misere verantwortlich ist. Oder nein, anders ausgedrückt: der Orkan, der das alles möglich gemacht hat.«

»Ach, *der* Poldi.« Cano strich mit dem Daumen leicht über die Innenseite meiner Handfläche.

Ich räusperte mich, damit ich nicht mit heiserer Stimme sprach und preisgab, was seine Berührung mit mir machte. »Was hältst du davon, wenn wir das Feiern einfach wieder aufnehmen? Noch ein Alster, äh, Radler trinken und auf Poldi anstoßen?«

Cano grinste. »Und auf zweite Chancen.«

»Aber auch auf unser erbärmliches Liebesleben.«

»Unbedingt auch darauf. Nicht zu vergessen auf das Verlassen unserer Komfortzonen.«

Jetzt lachten wir beide.

»Darauf am allermeisten.«

Cano stand auf und zog mich mit sich zum Pavillon, wo er uns noch zwei Radler bestellte. Die schon reichlich angeschickerten Lichterheimer vor und hinter der Theke lobten ihn überschwänglich, dass er es dieses Mal richtig gemacht hatte. Cano nahm die Gläser entgegen und gab mir meines. »Also dann.« Er hob sein Glas und schaute mich bedeutungsvoll an.

»Also dann«, erwiderte ich und stieß mein Glas an seines, ohne seinen Blick loszulassen.

»Worauf dringgn mer denn?«, wollte einer der Schützen wissen.

»Auf Lichterheim«, sagte Cano.

Alle um uns herum stießen begeistert mit uns an, und nachdem wir noch ein bisschen Fränkischunterricht bekommen hatten, verabschiedeten Cano und ich uns, um zurück ins Zelt zu gehen.

Die Luft war mittlerweile zum Schneiden, aber es wurde ausgelassen gefeiert, und die Stimmung war ansteckend. Cano und ich stürmten die Tanzfläche, denn der DJ hatte die Schlagerphase inzwischen zum Glück abgeschlossen. Jetzt spielte er einen so wilden Mix, dass er entweder nur betrunken sein konnte oder einfach jeden Songwunsch erfüllte. Cano und ich lachten, riefen uns über die Musik hinweg kurze belanglose Sätze zu, und wir tanzten, jeder für sich, aber trotzdem zusammen. Als *Sieben Tage lang* gespielt wurde, war ich insgeheim heilfroh, weil es mir die perfekte Ausrede bot, ihn endlich anzufassen. Ich schlang meinen Arm um seine Taille und er seinen um meine. Aber wir blieben nicht lang allein, denn wie es bei dem Lied nun mal üblich war, schlossen sich nach und nach immer mehr an, bis wir in einem riesigen Kreis tanzten. Egal, es machte trotzdem Spaß, und ich konnte Cano berühren, und … Hilfe! Wann war ich zu so einer Grapscherin mutiert?

Wir tanzten weiter und weiter, folgten dem verrückten Mix des DJ. Zwischendurch gingen wir an die Theke, um Wasser zu trinken. Hier kamen wir mit den Umstehenden ins Gespräch, und schon bald hatte ich das Gefühl, mit ganz Lichterheim befreundet zu sein. Die ganze Zeit über fanden Cano und ich immer wieder Gelegenheiten, einander näher zu kommen. Cano legte einen Arm um meine Taille, ich strich wie zufällig über seine Hand, er wischte einen Tropfen Wasser weg, den ich angeblich in meinem Mundwinkel hatte, obwohl ich mir ziemlich sicher war, dass ich nicht gekleckert hatte.

Als wir feststellten, dass wir beide alte Musik mochten, am liebsten aus den Siebzigern und Achtzigern, wünschte ich mir beim DJ *I'm still standing* für Cano und seinen Liebeskummer und auch ein bisschen für meinen. Cano revanchierte sich, indem er sich für mich *Killer Queen* wünschte, weil ich eine Killer Queen war, wie er sagte.

»Ist das was Gutes?«, rief ich über die Musik hinweg, weil ich da so meine Zweifel hatte.

»Das ist was Großartiges«, behauptete er und zog mich in seine Arme. Es war uns egal, dass die Paartanzphase schon seit Stunden vorbei war – wir tanzten trotzdem zusammen, inklusive Drehungen und Fallfiguren, die von Mal zu Mal eleganter wurden. *Killer Queen* war der genialste Song überhaupt, beschloss ich. Aber dieser Gedanke wurde wohl auch befeuert durch die Nähe zu Cano, die Hitze seines Körpers, die Bewegungen seiner Muskeln und Sehnen unter meinen Händen. Als der nächste Song anfing, ließ ich Cano widerstrebend los. Wir waren beide verschwitzt und völlig außer Atem, und das nicht nur vom Tanzen, zumindest war es bei mir so. »Gehen wir frische Luft schnappen?«, rief ich.

»Gerne.«

Wir kämpften uns durch die Menge und traten hinaus an die kühle Nachtluft. Ich atmete tief ein, pumpte meine Lunge voll und genoss die leichte Brise, die über meine vom Tanzen nass geschwitzte Haut strich. Hier draußen war es inzwischen fast menschenleer, an den Bierzeltgarnituren saß niemand mehr, und am Pavillon wurde alles für den Feierabend zusammengeräumt. Da ich die Königin war, konnte ich die Barfrau dazu überreden, uns noch zwei Radler zu zapfen, und damit bewaffnet gingen Cano und ich zurück zu unserem alten Tisch. Wieder setzten wir uns rittlings auf die Bank, sodass wir einander ansehen konnten. Wir stießen an und tranken einen großen Schluck, um den Durst zu stillen. Ich stellte mein Glas auf den Tisch und schaute Cano an, der sich etwas Schaum von der Lippe wischte.

Wir tauschten einen Blick, und die Luft zwischen uns begann förmlich zu flirren.

»Wenn du wieder in Plön bist«, sagte Cano unvermittelt, »was machst du dann?«

Ich öffnete den Mund, doch bevor ich etwas sagen konnte, hob Cano eine Hand. »Bitte erzähl mir jetzt nichts davon, dass du dann eine Vernunftbeziehung mit deinem Mitbewohner eingehst. Ich will einfach nur wissen, wie dein Leben so ist.« Nach einer kurzen Pause fügte er hinzu: »Bist du glücklich?«

»Wow«, sagte ich ungläubig lachend. »Was für eine Frage.«

»Bist du's?«

»Ich … Puh. Wer ist schon vollkommen glücklich? Eigentlich wollte ich Künstlerin werden oder in einer Galerie oder einem Museum arbeiten. Ich dachte immer, das würde mich glücklich machen. Daraus ist nichts geworden, aber trotzdem gibt es tausend andere schöne Dinge in meinem Leben. Es ist nicht so, wie ich es mir vorgestellt habe, aber es ist meins, und ich mag es.«

»Könntest du nicht immer noch Künstlerin werden?«

Ich wich seinem Blick aus. »Ich glaube, die Option bestand im Grunde nie. Obwohl ich in der Schule immer der Liebling meiner Kunstlehrerinnen war. Sie haben mir eine große Karriere vorausgesagt.« Mit dem Zeigefinger wischte ich ein paar Kondenstropfen vom Glas. »Als ich siebzehn war, hatte ich mit meiner Kunstgruppe eine Ausstellung, und das *Abendblatt* hat mich und meine Arbeiten als Aufhänger für eine Story genutzt. Der NDR wurde drauf aufmerksam, und das Ganze hat sich verselbstständigt. Eine Zeit lang galt ich in der Szene quasi als Wunderkind.« Ich nahm einen Schluck Alster und legte eine Pause ein.

»Und dann?«, hakte Cano nach.

»Dann kam die Uni, und mir wurde schnell klar, dass das Wunderkind-Blabla totaler Schwachsinn war. Die Profs fanden mein Zeug alles andere als toll. Der eine hat meine Werke als Einhornerbrochenes bezeichnet, die andere meinte, einen Leon Löwentraut gäbe es bereits, und zwar einen deutlich besseren als mich. Ein dritter fand, mein Zeug sei zwar keine Kunst, aber gut verkäuflicher Mainstream und recht *dekorativ*.« Ich schüttelte mich.

Cano schnaubte. »Es muss wahnsinnig motivierend sein, sich als junge Studentin so was von ein paar alten Säcken anzuhören.«

»Auf jeden Fall. Als ich schwanger wurde, habe ich dann beschlossen, eine Pause zu machen, davon habe ich dir ja erzählt. Um mir darüber klar zu werden, ob ich wirklich richtig bin an der Kunsthochschule.« Ich hob die Schultern. »Tja. Diese Pause dauert nun schon sechs Jahre. Das Studium ist eigentlich kein Thema mehr, aber in letzter Zeit habe ich immer öfter das Gefühl ... durchzuhängen. Als wäre das, was ich gerade tue, nur eine Übergangslösung. Ich arbeite ganz gern im Bioladen, aber bin ich nicht zu jung, um bis zur Rente etwas zu tun, das ich lediglich ganz okay finde?«

»Und was hält dich davon ab, wieder zur Uni zu gehen? Die alten Säcke?«

Ich dachte kurz darüber nach. »Nein. Doch. Die auch. Aber das allein ist es nicht. Da ist auch noch Paula, die ich ernähren muss.«

»Hm. Aber wenn deine Bilder so *dekorativ* und gut verkäuflich sind, vielleicht könntest du sie dann ja ... keine Ahnung, verkaufen?«

»Verkaufen?«, fragte ich verdattert.

»Ja. Einhörner scheinen doch momentan ganz gefragt zu sein. Einhornerbrochenes bestimmt auch. Allerdings kenne ich mich nicht aus in der Szene. Vielleicht ist es ja abartig, von seinen Bildern leben zu können.«

Ich konnte nicht anders, ich musste lachen. »Ekelhaft geradezu.«

»Du könntest dich nirgends mehr blicken lassen.«

»Es wäre *so* peinlich.« Mein Lachen verebbte allmählich. »Es ist das erste Mal, dass ich darüber lachen kann. Vielen Dank dafür.«

Cano neigte leicht den Kopf. »Jederzeit.«

War das wirklich alles? War gekränkte Eitelkeit der Grund dafür, dass ich mich so lange dagegen gesträubt hatte, wieder zu studieren? Und was war mit der Ausstellung, die Kirsten unbedingt mit mir machen wollte? Vertröstete ich sie, weil ich Angst hatte, nichts zu verkaufen? Oder weil ich Angst hatte, dass ich was verkaufen könnte? »So sieht es also aus bei mir«, sagte ich schließlich. »Ich bin so mittelglücklich. Und du?«

Cano ließ sich ebenfalls Zeit mit der Antwort. »Ich dachte, ich wäre glücklich. Mal abgesehen von der Sache mit Julia. Aber was das angeht, bin ich auf einem guten Weg, du weißt schon, ich lass mich nicht feddichmachen und so.«

Spielerisch schlug ich ihm auf die Schulter. »Sehr gut, Bro.«

Cano sah mich an, als hätte ich den Verstand verloren. »Hast du mich gerade Bro genannt?«

Ich zog eine peinlich berührte Grimasse. »Ist mir so rausgerutscht.«

»Echt jetzt, Elli? Bro?« Er klang geradezu entsetzt.

»Sorry! So habe ich noch nie jemanden genannt. Ich wollte dir nur so freundlich-aufmunternd … ach, keine Ahnung. Vergiss es einfach.«

»Ja, aber *Bro?* Wie soll ich das jemals vergessen?«

Ich blickte auf, direkt in Canos dunkle Augen. Er musste sich ganz offensichtlich ein Lachen verkneifen. »Du kannst mich mal«, sagte ich, und nun fing Cano wirklich an zu lachen.

Mit dem Zeigefinger strich er sanft über die Stelle zwischen meinen Augenbrauen. »Die Falte da. Kann jeder die so leicht herbeizaubern oder nur ich?«

»Dir gelingt es besonders leicht«, erwiderte ich heiser.

»Dann sind wir also keine Bros?«

»Nee. Sind wir nicht.«

Jetzt wäre doch ein guter Moment, mich zu küssen. Hatte ich ihm nicht eine super Vorlage geliefert? Er musste den Ball nur noch ins Tor befördern, gewissermaßen. Aber Cano machte keine Anstalten, mich zu küssen. Er zog seine Hand zurück und lächelte mich lediglich an. Natürlich könnte ich auch ihn küssen. Aber … Ich traute mich nicht. Stattdessen strich ich mir eine Haarsträhne aus der Stirn und nahm unser eigentliches Gespräch wieder auf. »Und mit deinem Job bist du glücklich?«

Cano zögerte. »Na ja …«

»Ich kann es mir einfach nicht vorstellen«, platzte es aus mir heraus. »Ich meine, ich will gar nicht darauf herumreiten, dass du für die Bösen arbeitest, bla, bla, bla, du allein entscheidest, wie du dein Leben leben willst. Aber wenn du mich fragst …«

»Was ich ja streng genommen gar nicht tue.«

»Nein, aber wenn du mich fragen *würdest* … als du mir erzählt hast, warum du Rechtsanwalt werden wolltest, ging es überhaupt nicht um Prestige und Kohle. Sondern um Gerechtigkeit. Und nachdem ich dich besser kennengelernt habe, fällt es mir schwer, diesen Großkonzernanwalt in dir zu sehen.«

Canos Hand fuhr an seinen Hals, als wollte er eine Krawatte richten, die er gar nicht trug. »Vielleicht willst du mich auch einfach nur so sehen, wie du mich gern hättest. Damit es in dein Weltbild passt.«

»Nein, das ist es nicht. Vielleicht ist es dir selbst nicht klar, aber du …« Ich holte tief Luft und fuhr fort: »Du bist klug und hilfsbereit, du hast ein großes Herz und einen riesigen Gerechtigkeitssinn. Ich denke einfach, dass es dich viel glücklicher machen würde, für etwas zu kämpfen, an das du wirklich glaubst. Und das, was du gerade tust, ist nicht das, an das du glaubst.«

Cano sah mich so intensiv an, dass ich seinen Blick förmlich auf meiner Haut spürte. »So siehst du mich?«

Ich nickte.

»Nachdem ich so scheiße zu dir war? Du weißt schon, als wir dich erwischt haben, bei der *FIB-Chem*-Gartenaktion? Und gestern, als wir uns wiedergesehen haben, und überhaupt … nach alldem siehst du echt diesen Robin-Hood-artigen Typen in mir?«

Ich nickte abermals.

Cano rückte näher an mich heran, sodass unsere Knie sich berührten. Sein Blick hielt meinen fest, und er legte den Kopf schief, als ob er versuchte, ein besonders schwieriges Rätsel zu lösen. Dann hob er die Hand und legte sie an mein Kinn. Mit dem Daumen strich er sanft über meine Wange. Es war eine federleichte, zärtliche Berührung, und wie von selbst schmiegte ich meine Wange in seine Hand. »Elli, du bist echt …«, flüsterte Cano. Er schüttelte den Kopf und versuchte es noch mal: »Du bist …« Wieder fand er keine Worte.

»Was Gutes?«

Er lachte leise und legte auch seine andere Hand an mein Gesicht. »Ja. Was Gutes.«

Er küsste mich immer noch nicht, sondern schaute mich

nur an und hielt mein Gesicht in seinen Händen. Ohne weiter darüber nachzudenken, überbrückte ich die Distanz zwischen uns und drückte meine Lippen auf seine. Für den Bruchteil einer Sekunde versteifte Cano sich, als hätte er nicht damit gerechnet, dass ich ihm zuvorkam. Aber verdammt noch mal, wie lange hätte ich denn noch warten sollen? Sein Mund lächelte an meinem, und dann erwiderte er meinen Kuss. Seine Lippen waren wunderbar weich, genau wie ich es erwartet hatte. Ganz im Gegensatz zu den Bartstoppeln, die an meinem Kinn kratzten. Mein ganzer Körper und meine Seele befanden sich auf Hochspannung, als säße ich in einer Achterbahn, in diesem winzigen Moment, in dem der Wagen in der Schwebe war, bevor er in die Tiefe stürzte.

Als wüsste Cano genau, was in mir vorging, und als wollte er die Spannung erhöhen, löste er seine Lippen von meinen. Wir sahen uns in die Augen, als könnten wir beide nicht glauben, was hier gerade passierte. Dann küsste Cano mich erneut, dieses Mal ohne Zögern und nicht länger sanft und federleicht. Der Achterbahnwagen stürzte in die Tiefe, nur um gleich darauf einen Looping zu drehen. Canos Zunge eroberte meinen Mund, während seine Hände an meine Taille wanderten, um mich näher an sich heranzuziehen. Wie von selbst schlang ich meine Beine um seine Hüfte, saß zwischen seinen Oberschenkeln auf der schmalen Bank und presste mich an ihn. Er schmeckte nach Radler, nach Zuckerwatte und nach Cano, eine Mischung, von der ich nicht genug bekommen konnte. Mit den Fingern fuhr ich durch sein Haar, das sich so weich anfühlte, dass ich mich am liebsten hineingelegt hätte. Seine Hände wagten sich vor an meinen Hintern, drückten mich noch enger an ihn, sodass ich genau spüren konnte, wie sein Körper auf mich reagierte. Er vertiefte seinen Kuss, und mir entfuhr ein leiser Seufzer, der ihn erst recht anzuspornen schien und den er mit einem Stöhnen beantwortete. Das mich wiederum wild machte. Ich zog ihn am T-Shirt näher zu mir, küsste die zarte Haut an seinem Hals und sog seinen Duft ein.

»Elli«, flüsterte Cano.

»Hm?«

»Wir sollten besser aufhören, bevor das hier FSK 18 wird.« Mit den Lippen strich Cano zärtlich über mein Haar, atmete tief ein. »Was sollen denn die Lichterheimer von ihrer Königin denken?«

Ich verbarg für einen Moment mein Gesicht an seiner Brust, bevor ich mich von ihm löste. »Ach, die.«

Cano strich eine Haarsträhne aus meinem Gesicht. Für einen Moment hielt er sie in den Händen und betrachtete sie. »Blaue Haare also, ja?«

»Mhm.«

»Ich hätte dich gern mal mit blauen Haaren gesehen, aber ich glaube, deine natürliche Haarfarbe gefällt mir besser.«

Ich lachte. »Süß, dass du denkst, dass das meine natürliche Haarfarbe ist.«

»Ist es nicht?«

»Nö. Ein Rotschopf bin ich zwar von Natur aus, aber ich hab noch ein bisschen nachgeholfen, mit kupferbraunen Strähnchen.«

»Schön. Sieht schön aus, ich meine, du bist … weißt schon.«

Ich schüttelte langsam den Kopf. »Im Komplimentemachen bist du nicht besonders gut.«

Cano strich mit dem Zeigefinger sanft über meine Wange, mein Kinn und fuhr dann meinen Mund entlang. Ich umklammerte seine Hüfte fester mit meinen Beinen und küsste

321

ihn, diesen eingebildeten, arroganten Anwaltsschnösel, der eigentlich gar keiner war und dem es innerhalb kürzester Zeit gelungen war, mich so sehr um den Finger zu wickeln, dass ich mich fast dafür schämte. Aber nur fast, denn ich genoss seine Anziehungskraft viel zu sehr, und ich liebte die Chemie zwischen uns. Liebte es, wie er mich küsste, am Hintern packte und an sich presste, um mich spüren zu lassen, dass wir noch immer in höchster Gefahr waren, in den FSK-18-Bereich zu rutschen. Seine Lippen verließen meinen Mund, und er küsste die empfindliche Stelle hinter meinem Ohr, so zielsicher, als wüsste er genau, dass das *die* Stelle bei mir war. Mein Rock war unanständig weit hochgerutscht, was Cano allerdings nicht im Mindesten zu stören schien. Er fuhr mit den Händen meine Oberschenkel hoch, höher und höher, fast war er an meinem Slip angekommen …

Ich schnappte nach Luft und sagte heiser: »Warte, Abbruch … Butterblume!«

Cano hob abrupt seinen Kopf und sah mich verwirrt an. »Was?« Sein Atem ging ebenso heftig und schnell wie meiner.

»Keine Ahnung, mir fiel nichts anderes ein, als Safeword, quasi«, stammelte ich.

Cano saß für fünf volle Sekunden reglos da. »Als Safeword?«, wiederholte er. »Du hast ein Safeword? Du, wir … brauchen ein Safeword?«

»Du sagst zu oft Safeword.«

»Ich weiß.«

»Vorhin hast du auch schon zu oft Bro gesagt.«

»Ja.« Er ließ meinen Hintern los und küsste mich auf die Nasenspitze. »Das wäre übrigens auch ein super Safeword. Bro.« Sanft löste er meine Beine von seinen Hüften, und ich rückte ein Stück von ihm ab, setzte mich wieder anständig hin,

322

beide Beine auf einer Seite der Bank. Ich seufzte tief, während ich meinen Rock herunterzog. Cano nahm meine Hand und drückte einen Kuss auf die Knöchel.

»Du weißt aber schon, dass ich dich nicht für immer und ewig gebutterblumt habe, oder?«, fragte ich sicherheitshalber.

Er grinste. »Ja, ich hab's auch eher auf diese Situation bezogen. Von wegen FSK 18 in der Öffentlichkeit.«

»Gut.« Ich verschränkte meine Finger mit seinen und fasste mir ein Herz. »Vielleicht könnten wir ja einfach die Situation wechseln?«

Canos Lächeln vertiefte sich. »Wir könnten mal gucken, wie die Situation im Hotel so ist.«

»In deinem Zimmer?«

»Mhm.«

»Okay, gehen wir.« Ich stand so enthusiastisch auf, dass ich gegen den Tisch stieß, aber egal. Wir hatten es zwar beide plötzlich sehr eilig, ins Hotel zurückzukommen, aber trotzdem gingen wir noch mal ins Zelt, um uns von Reinhard, Anton und allen anderen zu verabschieden. Ich wurde gedrückt, schüttelte Hände und musste versprechen, spätestens im nächsten Jahr zum Schützenfest zurückzukommen.

Der Weg ins Hotel war eigentlich nicht weit, zog sich aber ganz schön in die Länge – eine köstliche, wunderbare Länge. Die Straßen waren menschenleer, und Cano und ich im totalen Endorphinrausch. Entweder zerrte ich Cano in einen Hauseingang, wo ich ihn förmlich ansprang und an seinem Hals hing wie ein Klammeräffchen, um ihn zu küssen und seine Haut zu spüren. Oder Cano nutzte eine dunkle Ecke, um mit seiner Zunge und seinen Fingern Stellen an meinem Körper zu finden, bei denen ich ähnlich heftig reagierte wie bei der hinter meinem Ohr. Womit er übrigens äußerst erfolgreich war. Wir benahmen uns wie zwei außer Rand und Band geratene Teenager, aber es war mir völlig egal.

»Du bist so was von überhaupt kein knochentrockener Anwaltsschnösel«, stieß ich irgendwann atemlos hervor.

Cano gab nur ein tiefes Grummeln von sich, während er den Übergang zwischen meinem Hals und meiner Schulter küsste. Ich wimmerte leise und bog den Kopf zur Seite, um ihm besseren Zugang zu gewähren, doch ausgerechnet in diesem Moment hörte der Mistkerl auf. Wahrscheinlich war das die Rache für den knochentrockenen Anwaltsschnösel.

»Butterblume! Butterblume!«, rief ich aufgebracht. »Nicht aufhören!«

Cano lachte leise und sexy, *so* sexy. »Ich glaube, so funktioniert das mit dem Safeword nicht. Es sind nur noch zweihundert Meter bis ins Hotel. Komm, die schaffen wir.«

»In einem durch?«, fragte ich zweifelnd.

»In einem durch.« Entschlossen nahm er meine Hand und zog mich mit sich.

Ich atmete ein paarmal tief ein und aus und versuchte verzweifelt, auf andere Gedanken zu kommen. In meinem übersexten Hirn suchte ich nach einem Gesprächsthema, das garantiert jugendfrei war und keinesfalls Raum für irgendwelche Anspielungen oder Doppeldeutigkeiten bot. »Was ist denn jetzt mit deinem Job?«, kam mir der rettende Gedanke.

Cano beschleunigte das Tempo, als in einiger Entfernung das Hotel in Sicht kam. »Was soll damit sein?«

»Na, wir haben doch festgestellt, dass der eigentlich gar nichts für dich ist.«

»Ach, haben wir das?«

»Ja, zumindest nicht in der Form, wie du ihn jetzt machst. Du müsstest dir nur einen anderen suchen.«

»Soso.«

»Und ... machst du das dann jetzt?« Cano äußerte sich nicht dazu, also sagte ich: »Als Königin könnte ich es dir auch einfach befehlen.«

Blitzschnell wirbelte Cano mich herum, legte seine Hände an meine Taille und schob mich zur nächstgelegenen Hauswand, bis ich mit dem Rücken daran stieß. Er stützte seine Arme rechts und links von mir ab, sodass er mich gefangen hielt. In seinen Augen funkelte es gefährlich, als er sich zu mir herabbeugte und leise in mein Ohr sagte: »Deine Macht hat Grenzen, Königin Elli.«

Mein Herz hämmerte in meiner Brust, als ich seinen Atem an meinem Ohr und Hals spürte, und die Härchen in meinem Nacken stellten sich auf. »Ich dachte, du als mein Vasall ...«, setzte ich an, aber da verschloss er meinen Mund mit einem Kuss. Wie von selbst schlang ich die Arme um seinen Hals, und mein Bein wanderte an seinem hoch, bis er in meine Kniekehle griff und mich noch näher an sich zog. Mein Verstand hatte endgültig ausgesetzt, doch zum Glück kam Cano zu sich, als ich anfing, beherzt an seinem Hosenknopf herumzufummeln. »Hey, langsam, Bro«, sagte er heiser und hielt meine Handgelenke fest.

»Hm?«

»Hotel. Jetzt.« Er legte seinen Arm um meine Taille, um mich mit sich zu ziehen.

Dieses Mal schafften wir es tatsächlich in einem durch bis zu seiner Zimmertür. Erst hier küssten wir uns wieder, aus lauter Freude, dass wir es endlich hierher geschafft hatten. Und gerade als ich vorschlagen wollte, unsere Aktivitäten jenseits seiner Zimmertür fortzuführen, hörte ich eine Stimme, die ich in diesem Kontext beim besten Willen nicht hören wollte: die von Onkel Heinz.

»Ah, hab ich doch gewusst, dass ich euch gehört hab.«

Cano und ich fuhren auseinander und traten zwei Schritte zurück, wobei er gegen seine Zimmertür stieß. Mein Hirn war völlig überfordert mit dieser neuesten Entwicklung, und ich war schlichtweg nicht in der Lage zu antworten.

Zum Glück erwartete Onkel Heinz scheinbar gar keine Antwort. Er trat auf den Flur und schloss die Tür hinter sich. »Ich verschwinde jetzt in mein Zimmer«, brummte er. »Gute Nacht.« Auf seinen Stock gestützt schlurfte er an uns vorbei. Cano und ich sahen ihm schwer atmend nach, bis er am anderen Ende des Flurs angekommen war und seine Zimmertür hinter ihm ins Schloss fiel.

Wow. Wenn das keine kalte Dusche gewesen war, was dann?

»Tja«, sagte ich, weil ich keine Ahnung hatte, was ich sonst sagen sollte.

Cano rückte mein Kleid zurecht und strich den Rock glatt. »Tja.«

Wir tauschten einen Blick, und es war klar, dass dieser wunderschöne Höhenflug von Abend eine abrupte Bruchlandung hingelegt hatte. Nicht nur, dass Paula jetzt keinen Babysitter mehr hatte. Auf mich wartete mein Leben in Plön, mein Job, meine Freunde, die Garten-Guerillas. Cano würde zurückkehren nach Hamburg und wahrscheinlich immer höher die Karriereleiter hinaufklettern, indem er Firmen vertrat, gegen die ich kämpfte. Wie sollte das zusammenpassen? Mich beschlich das Gefühl, dass Cano und ich uns diesen einen Abend geklaut hatten, um ihn gemeinsam zu verbringen, außerhalb von Raum und Zeit, außerhalb von unserem richtigen Leben. Es war schwer vorstellbar, dass es mehr als diesen Abend für uns geben konnte.

Cano legte seine Stirn an meine und strich mir sanft über die Wange. »Butterblume?«, fragte er leise.

»Ich fürchte, ja, Bro.«

»Okay. Schlaf gut, Elli.« Er gab mir einen Kuss auf die Wange, dann drehte er sich um und öffnete seine Tür. Nachdem er mich noch einmal angelächelt hatte, schloss er sie mit einem leisen Klick und ließ mich allein im Flur zurück.

Ich halte nichts von München

Fast die ganze Nacht lang konnte ich nicht schlafen. Dieses Mal lag es allerdings nicht daran, dass es unbequem war oder Paula mir ständig ihre spitzen Ellbogen in die Rippen stieß. Nein, vielmehr kam es daher, dass ich noch immer voll auf Adrenalin, Endorphin, Dopamin und Hunderten anderer -ins war. Und voll auf Cano. Meine Gedanken drehten sich im Kreis, und ständig fasste ich neue Beschlüsse, nur um sie gleich wieder zu verwerfen. Ein paarmal war ich kurz davor, zu ihm rüberzugehen, um mit ihm zu reden. Ihn zu fragen, ob wir uns eine Chance geben und uns wiedersehen wollten. Aber dann würde ich um Zuneigung geradezu betteln, und die Erfahrung hatte mich gelehrt, dass meine Gefühle viel zu oft einseitig waren. Männern fiel es leicht, mich zurückzulassen und zu vergessen.

Also beschloss ich, so zu tun, als wäre nie etwas zwischen uns passiert. Ich würde Cano zum Abschied ganz locker auf die Schulter klopfen und Lebewohl sagen, ohne mich noch mal umzudrehen. Dieser Gedanke gefiel mir allerdings auch nicht. Stattdessen zog ich es in Erwägung, Cano kurzerhand zu entführen und einfach ins Allgäu mitzunehmen. Aber wollte ich seinetwegen wirklich kriminell werden? Eher nicht. Letzten Endes konnte ich nichts anderes tun, als Cano wie vereinbart nach München zu bringen. Und zu akzeptieren, dass unsere gemeinsame Zeit vorbei war.

Dann dachte ich wieder an den heutigen Abend, an Canos Küsse, seine Berührungen. Meine Haut kribbelte immer noch, und meine Lippen fühlten sich wunderbar geküsst an. Ich dachte daran, wie wir getanzt und gelacht hatten. Es war so leicht, mit ihm zu reden. Er war superlieb zu Paula. Wenn man den Anwaltsschnösel-Ökotussi-Kram außen vor ließ, lagen wir auf einer Wellenlänge, so seltsam es auch schien. Das waren die Momente, in denen ich wieder kurz davor war, zu ihm zu gehen. Aber ich tat es nicht, aus Angst davor, einen Korb zu kassieren. Schließlich war da ja auch noch die Sache mit Canos Ex, die sich erst vor vier Monaten von ihm getrennt hatte. Vielleicht war ich nur ein Trostpflaster, und er hatte heute Abend nichts als Rebound-Sex im Sinn gehabt. Das klang doch plausibel, viel plausibler, als dass Cano plötzlich in mich verliebt sein sollte. Und wieso überhaupt dachte ich ans Verliebtsein?

Erschöpft stand ich auf, ging ins Bad und ließ mir kaltes Wasser über die Hände laufen. Verliebt, pah! Ich war doch nicht verliebt, man verliebte sich nicht innerhalb von zwei Tagen. Wenn überhaupt, dann war das zwischen uns so eine Art ... Stockholm-Syndrom. Ja, genau. Ich hatte Cano zwar nicht entführt und er mich auch nicht, aber egal. Die erzwungene Nähe und das gemeinsame Ziel reichten vermutlich schon aus, um ein Stockholm-Syndrom herbeizuführen. Empfindungen unter dem Stockholm-Syndrom waren nicht echt, das wusste jeder. Zufrieden nickte ich meinem Spiegelbild zu. Da hatte ich doch meine Erklärung. Meine Gefühle waren nichts als ein gutes altes Stockholm-Syndrom, und dieser Wahnsinn würde nachlassen, je länger Cano und ich voneinander getrennt waren. Einigermaßen erleichtert legte ich mich wieder hin und fiel bald darauf in einen unruhigen Schlaf.

Um sieben Uhr klingelte der Wecker. Ich schaffte es kaum, die Augen zu öffnen, so müde war ich. Dann fiel mir ein, dass die Fahrt nach München anstand, und meine Motivation aufzustehen sank gegen null. Ich hielt überhaupt nichts von München, hatte ich noch nie.

»Mama, bist du wach?«, hörte ich Paulas verschlafene Stimme.

»Hm. Mhm.«

»Heißt das Ja oder Nein?«

»Jein.«

Gleich darauf wurde die Luft aus meiner Lunge gepresst, als Paula sich rittlings auf mich setzte. »Jein gibt es nicht, sagt Antje immer.«

»Na gut, dann Ja«, erwiderte ich nach einem herzhaften Gähnen. »Wie war es denn gestern mit Onkel Heinz?«

»Gut. Ich musste mir gar nicht die Zähne putzen oder den Schlafanzug anziehen. Aber die echte Rosa durfte nicht mit ins Bett.«

Ich öffnete die Augen und stellte fest, dass Paula noch immer ihre Klamotten vom Vortag trug.

»Fernsehgucken durfte ich auch, aber nicht Kika, sondern eine Sendung, die Onkel Heinz gucken wollte. Da saßen sie nur im Kreis und haben geredet und gestritten, und er ist voll sauer geworden. Dafür durfte ich im Bett meine Zuckerstange essen.«

Oookay. Onkel Heinz würde ich zukünftig wohl eher nicht mehr als Babysitter einsetzen. Nachdem wir uns fertig für den Tag gemacht hatten, packte ich unseren Kram zusammen und ging dann mit Paula in den Frühstücksraum.

Onkel Heinz und Cano waren bereits da und frühstückten – gemeinsam. An einem Tisch. Onkel Heinz las zwar

Zeitung, und Cano war mit seinem Handy beschäftigt, trotzdem vermittelten die beiden einen geradezu harmonischen Eindruck. Sobald ich den Raum betrat, sah Cano von seinem Handy auf. Als unsere Blicke sich trafen, machte mein Herz einen Riesensatz. Ich spürte das dringende Bedürfnis, ihn zu küssen und von ihm geküsst zu werden. Aber natürlich tat er nichts dergleichen und ich auch nicht. Stattdessen nickten wir einander nur zu und lächelten uns an. Es war so anders zwischen uns, jetzt, im hellen Tageslicht. Als wären wir einander auf einmal wieder fremd geworden. Ob es an diesem Anwaltsoutfit lag? War das wie eine Rüstung, in der er mich von sich fernhielt?

»Guten Morgen«, sagte ich betont locker, während mein Herz heftig gegen meine Rippen schlug.

»Guten Morgen. Ausgeschlafen?«

»Ja, klar. Ich hab tief und fest geschlafen, wie ein Murmeltier.«

»Schön. Ich auch.« Unter seinen Augen lagen dunkle Schatten, und ich hatte den Verdacht, dass er genauso schwindelte wie ich.

Derweil hatte Paula mithilfe der netten Kellnerin das Frühstücksbüfett geplündert und kam mit einem vollbeladenen Teller zurück, der Onkel Heinz mit Stolz erfüllt hätte, hätte der nur von seiner Zeitung aufgesehen. »Du kannst dir ruhig so viel nehmen, wie du willst, Cano«, ermutigte sie ihn fröhlich. »Das ist alles umsonst.«

Er lachte nur, und ich machte mir gar nicht erst die Mühe, Paula erneut darüber aufzuklären, dass sie das Konzept eines Büffets falsch verstanden hatte. Ich hatte es mehrmals versucht, da war nichts zu machen. Ich holte mir einen Kaffee und ein Brötchen und hoffte ein bisschen, dass Cano mir ans Büffet folgen würde, damit wir unter vier Augen sprechen konnten. Aber er tat es nicht, und als ich wieder an den Tisch kam, hatte Paula ihn in eine angeregte Unterhaltung über Pippi Langstrumpf verwickelt, während Onkel Heinz weiterhin vortäuschte, seine Zeitung zu lesen. Es war klar, dass er nur so tat, weil seine Augen sich nicht bewegten und er nie umblätterte.

Ich setzte mich auf den leeren Stuhl gegenüber von Cano und fing an zu essen. Mein Blick schweifte immer wieder zu ihm, möglichst unauffällig natürlich, und nicht nur einmal erwischte ich ihn dabei, dass er seinerseits zu mir herübersah. Manchmal hatte ich den Eindruck, dass er gern mit mir gesprochen hätte. Dass er mich bedeutungsvoll ansah, als wollte er etwas Wichtiges sagen. Aber letzten Endes schaute er doch immer wieder weg. Und ich auch. Nach dem Frühstück beluden wir den Wagen, setzten uns auf unsere altbekannten Plätze und machten uns auf den letzten Wegabschnitt nach München.

Alles war wie immer. Als hätte es die vergangene Nacht nie gegeben. Onkel Heinz saß schweigend neben mir, Paula blätterte in den Conni-Büchern, die Cano ihr als Einlösung seiner Wettschulden gekauft hatte. Und Cano telefonierte ewig mit seinem Chef, dem strengen Dr. Auerbach, der Angestellte feuerte, wenn sie nicht spurten, und bei dem es so etwas wie Spaß bei der Arbeit nicht gab. Ich konnte ihn fast noch weniger ausstehen als Canos Ex. Ich begegnete seinem Blick im Rückspiegel, und für einen kurzen Moment schauten wir einander an, bevor er sich wieder auf das Telefonat konzentrierte.

Wir kamen München immer näher, obwohl ich nur neunzig fuhr und mir alle Mühe gab, die Fahrt in die Länge zu ziehen. In meinem Hals steckte ein dicker Kloß, seit wir in Lichterheim losgefahren waren. Außerdem brannten meine Augen, wahrscheinlich, weil ich zwei Nächte hintereinander kaum geschlafen hatte. Cano hatte inzwischen aufgelegt, und wir alle spielten (jawohl, auch Onkel Heinz!) *Ich sehe was, was du nicht siehst*, aber ich war nur halbherzig dabei, weil meine Stimme zitterte und weil mir so schwer ums Herz war. Verdammt, niemand in diesem Wagen war so emotional wie ich. Aber klar, ich war ja immer die Einzige, die Gefühle entwickelte und sich in eine Sache hineinsteigerte.

Nur noch hundert Kilometer bis München, nur noch fünfzig. Moment mal, hörte sich der Motor nicht irgendwie komisch an? Da war doch ein seltsames Geräusch. Ich wies Onkel Heinz darauf hin, aber er hörte nichts.

Nur noch fünfundzwanzig Kilometer bis München. Paula sah blass um die Nase aus, fand ich. Ich fragte sie, ob ihr übel war, aber sie behauptete, es ginge ihr super.

Nur noch fünfzehn Kilometer. Wieso ging jetzt auf einmal alles glatt, verdammt noch mal? So, wie die Fahrt bislang gelaufen war, hatte ich mich doch eigentlich darauf verlassen können, dass irgendetwas schieflief. Es musste an München liegen, am schnieken München. München hatte alles im Griff, da lief der Laden. Keine Pleiten, kein Pech, keine Pannen, nichts dergleichen. Pah, München. Ich hielt überhaupt nichts von München, hatte ich das schon erwähnt? Der Kloß in meinem Hals wurde immer dicker und mein Herz immer schwerer. Allmählich verlor ich die Hoffnung, dass noch irgendetwas schiefgehen würde.

Und dann war es zu spät. Um elf Uhr einunddreißig und somit ziemlich genau vierundvierzig Stunden, nachdem wir in Hamburg losgefahren waren, fuhr ich auf den riesigen Parkplatz der Allianz Arena. Bis auf wenige Autos war er leer und verlassen, wirkte geradezu geisterhaft. Es fehlte nur noch der trockene Steppenroller, der vom Wind über den Asphalt geweht wurde. Ich hielt vor einem übergroßen Plakat, das man bestimmt noch vom Weltall aus sehen konnte. Patrick Weidinger und zwei andere Typen, die ich nicht kannte, machten darauf Werbung für Sportbekleidung. Weidinger lächelte fröhlich auf uns herab. Am liebsten hätte ich ihn angeblafft, dass er gefälligst damit aufhören sollte. Selbst wenn er heiratete, wie Knut, der Taxifahrer, erzählt hatte, musste er sein Glück ja nicht zwangsläufig jedem unter die Nase reiben.

Für einen Moment blieben Cano, Onkel Heinz, Paula und ich reglos im Wagen sitzen, nachdem ich den Motor abgestellt hatte. Als könnten wir nicht glauben, dass wir tatsächlich in München angekommen waren. Dass unsere gemeinsame Reise zu Ende war. Es war schon verrückt, wie sehr ich mir diesen Moment vor zwei Tagen herbeigesehnt hatte – und wie sehr ich mir jetzt wünschte, er wäre nie gekommen.

»Tja«, sagte Onkel Heinz schließlich. »Da wären wir.«

Cano steckte eine Hand in Rosas Käfig und kraulte sie zwischen den Ohren. »Mach's gut, du Hübsche. Pass gut auf m… die Mädchen auf.« Dann schnallte er sich ab, steckte seinen Laptop ein und sammelte die Akten zusammen.

Letzte Chance, mit quietschenden Reifen loszufahren und Cano zu klauen. Er hatte »*meine* Mädchen« sagen wollen, da war ich mir sicher. Aber nein, ich sollte da nicht so viel reinlesen, nicht wieder Gefühle vermuten, wo keine waren.

Cano stieg aus, und die Chance, ihn zu entführen, verstrich ungenutzt. Ich atmete tief ein und aus und wappnete mich innerlich für den Abschied. Schließlich öffnete ich die Fahrertür und trat an die laue Münchner Sommerluft. Auch Paula und Onkel Heinz waren inzwischen ausgestiegen. Paula reckte und streckte sich und betrachtete das Stadion. »Das ist ja riesig! Gehen wir da rein, Mama?«

»Nein, Motte. Oma und Tante Fini warten schon lange genug auf uns, meinst du nicht?« Ganz abgesehen davon wollte ich mich hier sowieso nicht länger als nötig aufhalten. Irgendwie übertrug ich sämtliche negativen Gefühle im Zusammenhang mit dem Abschied von Cano auf München. Dabei konnte die Stadt ja gar nichts dafür, dass ich mal wieder unerwiderte Gefühle entwickelt hatte.

Dann spürte ich, dass Cano hinter mich trat. Ich sah und hörte ihn nicht, aber ich fühlte seine Gegenwart mit jeder Faser seines Körpers. Als ich mich umdrehte, stand er direkt vor mir, den Rollkoffer mitsamt Aktentasche neben sich. Er schaute auf mich herab, mit ernstem, unergründlichem Gesichtsausdruck. »Elli, das Geld, die fünfhundert Euro und die zweihundertfünfzig für …«

Heftig schüttelte ich den Kopf. »Lass. Ich will dein Geld nicht.«

»Aber so war es doch abgemacht. So lautete der Deal, und ich halte mich an meine Deals.«

»Nein, hör auf«, rief ich beinahe verzweifelt. »Du warst in Not, ich habe dich aufgelesen und dir geholfen. Es wäre schäbig, Geld von dir zu nehmen. Von … Freunden nehme ich kein Geld.«

Cano sah mich prüfend an. Ich wusste nicht, was er an meiner Mimik ablas, aber was auch immer es war, es bewegte ihn dazu nachzugeben. »Na gut. Dann … Vielen, vielen Dank fürs Mitnehmen.«

»Mhm«, machte ich mit piepsiger Stimme. Dieser verdammte Kloß in meinem Hals!

Zum Glück kam ausgerechnet Onkel Heinz mir zur Hilfe. Er streckte Cano wortlos seine Hand entgegen und sah ihn an, brummig wie eh und je, aber ohne Abneigung. Cano ergriff sie und schüttelte sie, ebenfalls wortlos. »Manchmal …«, setzte Onkel Heinz schließlich an. Er räusperte sich und fuhr fort: »Manchmal liegt man daneben mit seiner Meinung. Ich … duzen wir uns jetzt, oder was?«, fragte er barsch.

»Äh … Ja, warum nicht?«

»Hm. Ich hab danebengelegen. Bei dir.« Dann brummte Onkel Heinz etwas, das ein »Tut mir leid« hätte sein können, aber sicher war ich mir da nicht.

Cano nickte. »Freut mich zu hören. War eine interessante Fahrt.«

»Jaja«, winkte Onkel Heinz ab und ließ Canos Hand los.

Nun wandte Cano sich an Paula. Sie sah ihn mit traurigen Augen an. »Müssen wir uns jetzt wieder verabschieden?«

Er hob sie hoch und strich über ihren geliebten Fahrradhelm, obwohl sie die Berührung gar nicht spüren konnte. »Ja. Ich fürchte, wir müssen uns wieder verabschieden.«

»Ich verabschiede mich aber überhaupt nicht gern von dir«, sagte Paula und schlang die Arme um seinen Nacken.

Cano drückte sie fest an sich und schloss für einen Moment die Augen. »Ich mich von dir auch nicht, Meleğim.«

Fast wünschte ich mir, ich könnte heulen, damit ich endlich diesen Kloß im Hals und den schmerzenden Druck in meiner Brust loswurde. Aber noch nicht, nicht vor Paula und Onkel Heinz, und schon gar nicht vor Cano. Erst heute Abend, wenn Paula schlief und ich im Bett lag, erst dann würde ich mir ein paar Tränen erlauben.

»Was heißt das eigentlich, das du immer zu mir sagst?«, fragte Paula.

»Meleğim? Das heißt mein Engel.«

Paula lächelte verzückt. »Oh, das ist aber schön.«

Cano drückte sie noch mal an sich. »Mach's gut, ja, Prin-

336

zessin?«, sagte er mit heiserer Stimme und setzte sie auf dem Boden ab.

Dann hieß es für mich jetzt also endgültig Abschied nehmen. Ich konnte das nicht. Hilflos fuhr ich mir durchs Haar, wobei ich meinen Dutt noch mehr durcheinanderbrachte, als er ohnehin schon war. Cano trat einen Schritt näher, aber ich schaffte es einfach nicht, meinen Blick vom Boden abzuwenden, denn ich hatte Angst, dass meine Augen ihm alles verrieten, was er nicht wissen sollte. »Hey.« Cano hob mein Kinn hoch und zwang mich, ihn anzusehen. Und da war er wieder, der Cano von gestern Abend, trotz seiner Anwaltsuniform. Ein Lächeln umspielte seine Lippen, und seine Augen … in seinen Augen tobten so viele Emotionen, dass es mir schwerfiel, auch nur eine davon auszumachen. Sicher war nur, dass er nicht *nichts* fühlte. »Hey«, sagte ich und zwang mein Kinn, nicht zu zittern.

Onkel Heinz sah zwischen Cano und mir hin und her. Dann nahm er Paula an die Hand und führte sie von uns weg, zurück zum Auto. Schon seltsam, dass er sich ausgerechnet diesen Moment aussuchte, um taktvoll zu sein. Dabei wäre es mir lieber gewesen, er hätte mich nicht allein mit Cano gelassen. Allein mit ihm zu sein machte alles nur noch schwieriger.

Cano öffnete den Mund, schloss ihn jedoch wieder. Mit der Hand fuhr er sich durch sein ordentlich zurückgekämmtes Haar, dann setzte er noch mal an: »Verdammt, ich habe keine Ahnung, was ich sagen soll.«

»Da sind wir schon zwei.« Ich schluckte schwer. »Aber eins weiß ich: Der Abend gestern war der schönste, den ich seit Langem hatte. Seit sehr Langem. Danke.«

»Dafür musst du dich nicht bedanken. Mir geht es genauso.«

Ich wich seinem intensiven Blick aus und studierte die Stelle, an der seine stahlgraue Krawatte in der Weste verschwand. Unvermittelt zog Cano mich an sich, drückte meinen Kopf an seine Brust und schlang den anderen Arm um meine Schultern. Er hielt mich fest, so fest, als wollte er mich nie mehr loslassen. Genau an der Stelle, an der seine Krawatte in der Weste verschwand, lag nun mein Kinn. Ein Knopf drückte in meine Haut, aber es war mir völlig egal. Ich schlang beide Arme um seine Taille, schloss die Augen und kostete seine Nähe aus. Ich nahm seinen Duft wahr, diesen typischen Duft nach Zitrus, Sandelholz und Cano. Seine Wange lag an meinem Kopf, und ich war mir nicht sicher, aber ich hatte das Gefühl, dass er tief einatmete. Schließlich umfasste Cano mein Gesicht und sah mir in die Augen, während er mit den Daumen meine Wangen streichelte. War er traurig? Unsicher? Sicher, das Richtige zu tun? Ich wusste es nicht, verdammt noch mal! Er beugte sich zu mir und küsste mich, nur für wenige Sekunden, aber trotzdem wurden meine Knie weich, als ich seine Lippen auf meinen spürte. »Tschüs, Elli«, sagte er leise. »Pass auf dich auf, ja? Und auf Paula.«

Mein Herz zog sich schmerzhaft zusammen, Tränen schossen in meine Augen. Ich wollte nicht, dass das mit uns vorbei war. Ich wollte Cano wiedersehen oder von mir aus auch nur ab und zu telefonieren, E-Mails schreiben oder wenigstens eine WhatsApp-Nachricht zum Geburtstag. Aber dass er komplett aus meinem Leben verschwand – das wollte ich nicht. »Ich könnte dir meine Handynummer geben«, platzte es aus mir heraus.

»Äh ...« Cano ließ mich los und trat einen Schritt zurück. Er sah mich stirnrunzelnd an, sagte aber nichts. War er peinlich berührt? Ich studierte sein Gesicht. Ja. Diese Situation war ihm unangenehm.

In dem Moment war endgültig alles klar. Cano wollte mich gar nicht wiedersehen. Offensichtlich hatte ich mich getäuscht, und wieder mal war nur ich diejenige, die Gefühle entwickelt hatte. Und wieder mal gab ich die Klette, obwohl ich inzwischen doch wissen müsste, dass Kletten der absolute Abturner für Männer waren. »Nur für den Fall, dass du eine Mitfahrgelegenheit zurück nach Hamburg brauchst«, beeilte ich mich zu sagen. Dann schlug ich mir an die Stirn. »Aber wie blöd von mir, du fährst ja heute Abend schon und wir erst in vier Tagen. Also brauchst du meine Nummer gar nicht.«

»Äh …«, sagte Cano erneut, aber weiter kam er nicht, weil ich ihm auf die Schulter klopfte und sagte: »Dann will ich dich nicht länger aufhalten. War nett, dich kennenzulernen.« Mit aller Kraft bemühte ich mich, nicht zu heulen und meine Stimme ganz normal klingen zu lassen. »Mach's gut.«

»Ja, nein, ich … Du auch.« Cano guckte ziemlich verwirrt aus der Wäsche und öffnete noch mal den Mund. Doch kein Ton verließ seine Lippen.

Also winkte ich ihm zu und ging zurück zum Wagen. Ich musste mich geradezu zwingen, einen Fuß vor den anderen zu setzen. Nicht heulen, Elli. Jetzt bloß nicht heulen.

Zum Glück waren Onkel Heinz und Paula schon eingestiegen, sodass ich gleich losfahren konnte. Ich schnallte mich an, versuchte, den Schmerz in meiner Brust zu ignorieren, der sich anfühlte, als hätte ich mich millionenfach an Papier geschnitten. Ich ließ den Motor an und fuhr langsam vom Parkplatz. Cano stand immer noch genau da, wo ich ihn zurückgelassen hatte.

»Tschüs, Cano«, rief Paula durchs geschlossene Fenster und winkte ihm zu.

Er konnte sie zwar nicht hören, aber anscheinend sah er sie, denn er hob den Arm und schaute uns nach.

Ich zwang mich weiterzufahren, zwang mich, nicht in Tränen auszubrechen. Ich war eine Killer Queen, und Killer Queens heulten nicht wegen Typen, die sie nur vierundvierzig Stunden gekannt und die Hälfte der Zeit nicht mal gemocht hatten. Fahrig wischte ich mir über die Wange. Mist. Sie war nass. Ich spürte Onkel Heinz' Blick auf mir, doch er sagte nichts, sondern schüttelte nur den Kopf.

»Wie lange dauert es denn noch, bis wir bei Oma sind?«, wollte Paula wissen.

»Nicht mehr lang. Zwei Stunden etwa.«

»Warum redest du denn so komisch? Weinst du?«

»Nein, mir tun nur die Augen weh. Wahrscheinlich hab ich zu wenig geschlafen.«

»Bist du traurig?«

»Nein, ich …«, setzte ich an, doch was für einen Sinn hatte es, Paula anzulügen? »Ein bisschen.«

»Wegen Cano?« Bingo. Manchmal war Paula komplett ahnungslos, aber manchmal hatte sie für eine Sechsjährige auch einen erstaunlichen Durchblick. »Du musst wegen Cano nicht traurig sein, Mama. Der kommt doch zurück.«

»Dieses Mal nicht, Motte.«

»Doch. Ganz bestimmt«, sagte Paula mit größter Überzeugung, und wenn sie von etwas überzeugt war, konnte niemand mehr sie davon abbringen. »Cano kommt immer zu uns zurück.«

Bis jetzt war das tatsächlich so gewesen, daher verstand ich, wie Paula auf diesen Gedanken kam. Aber ich hoffte inständig, dass sie von jetzt an nicht täglich nach ihm fragen und immer wieder aufs Neue enttäuscht werden würde. Dass Cano nicht genauso eine fixe Idee werden würde wie ihr Vater, der vermeintliche König von Afrika. Offensichtlich verlor meine

340

Tochter ihr Herz genauso schnell wie ich und leider auch bevorzugt an Leute, die es gar nicht haben wollten.

Wir fuhren schweigend weiter, hinunter vom Parkplatz der Allianz Arena, wo Cano kleiner und kleiner wurde, bis wir abbogen und er endgültig aus unserem Sichtfeld verschwand.

Für den Rest der Fahrt war es still im Auto. Onkel Heinz schaute aus dem Fenster, Paula hörte ein Hörspiel, Rosa mümmelte an einer Karotte. Und ich? Ich versuchte, mich auf die Straße zu konzentrieren, auch wenn ich mit den Gedanken ganz woanders war. Ich redete gut auf mich ein, um das Gefühlschaos in meinem Inneren zu beruhigen. Immer wieder führte ich mir vor Augen, dass Cano meine Telefonnummer nicht hatte haben wollen und dass das die Antwort auf alle Fragen war. Ab jetzt würde ich nach vorn blicken, in die Zukunft, wo mein Zuhause, meine WG, meine Jobs, die Garten-Guerillas und Sami auf mich warteten. Die vergangenen zwei Tage waren ein verrückter, wunderschöner Traum gewesen, doch nun war ich in die Realität zurückgekehrt.

Zweieinhalb Stunden später erreichten wir Oberstdorf, und Spoilerwarnung: Paula irrte sich. Cano kam nicht zurück.

Allgäuer Erkenntnisse

Das Allgäu empfing uns mit einem strahlenden Himmel, der den Hintergrund für das beeindruckende Alpenpanorama bildete. Unwirklich blaue Flüsse machten sich munter sprudelnd auf den Weg zum Mittelmeer. Auf saftigen Wiesen grasten Kühe, Bauernhöfe schmiegen sich in die Landschaft. Seit zwei Jahren war ich nicht mehr hier gewesen, und irgendwie hatte ich vergessen, wie idyllisch diese Gegend war. Beinahe wie eine Filmkulisse. Lebten die Menschen hier wirklich, oder waren sie für die Dreharbeiten gecastet worden und verschwanden wieder, wenn die Kulissen abgebaut wurden? Die friedliche Idylle stand jedenfalls in krassem Gegensatz dazu, wie es in meiner Seele aussah. In meinem aktuellen Gemütszustand sehnte ich mich eher nach Orten wie Bitterfeld, Sorge oder Elend.

Oberstdorf war – wie für Orte in Bayern üblich – wunderhübsch, sauber und ordentlich. Typisch bayerische weiß verputzte Häuser mit geschnitzten Holzbalkonen und Fensterläden säumten die engen Gassen. Paula war bei unserem letzten Besuch erst vier Jahre alt gewesen und kam nun aus dem Staunen gar nicht mehr raus. Sie bewunderte jede Kuh, jeden Bach und jeden Bauernhof, während Onkel Heinz wie üblich mit seiner Begeisterung sehr zurückhaltend war. Er stellte lediglich fest: »Ist ja so weit alles noch ganz gut in Schuss hier.«

Fini lebte ein Stück außerhalb von Oberstdorf im idyllischsten aller Bauernhäuser. Rote Geranien und pinke Petunien zierten die Fenster und Balkone, vor dem Haus lud eine

Holzbank, auf der ein Kuhfell lag, dazu ein, mit einem Kaffee in der Morgensonne zu sitzen. Das Land und die Stallungen hatte Tante Fini schon lange verpachtet und aus der oberen Etage des Hauses zwei kleine Ferienwohnungen gemacht. In einer dieser Wohnungen lebte seit acht Jahren meine Mutter.

»Ist das schön hier«, rief Paula, als ich langsam auf den Hof rollte.

Ich hatte gerade den Motor ausgestellt, da traten meine Mutter und Tante Fini aus dem Haus. Meine Mutter hatte sich verändert in den letzten zwei Jahren. Ihre dunklen Haare waren durchzogen von grauen Strähnen, die beim letzten Besuch noch nicht da gewesen waren. Außerdem zählte ich ein paar mehr Fältchen. Beides stand ihr gut. »Da seid ihr ja endlich. Wir dachten schon, ihr schafft es gar nicht mehr hierher«, rief sie zur Begrüßung und zog mich in eine Umarmung. Sie fühlte sich dünner an und kleiner irgendwie.

»Hallo, Mama. Ja, es war eine seeehr lange Fahrt.«

»Du kannst mir später alles in Ruhe erzählen, jetzt will ich erst mal meine Enkeltochter anschauen.« Sie musterte Paula. »Bist du das etwa?«

Paula nickte.

»Kaum zu glauben. Du bist ja eine richtige junge Dame geworden.« Mama hockte sich hin und breitete die Arme aus.

Nach einem kurzen Zögern lief Paula auf ihre Oma zu und drückte sie. »Hi, Oma.«

»Aber sag mal, was soll denn der Helm?«, fragte Mama, nachdem sie Paula losgelassen hatte. Um ihre Augen lag der gleiche strenge Zug wie um die von Onkel Heinz und Tante Fini – das war mir bislang noch nie aufgefallen.

»Den hat mein Papa mir geschenkt«, erwiderte Paula stolz. »Zu meinem Geburtstag. Ich bin nämlich schon sechs.«

Mama sah mich mit erhobenen Augenbrauen an.

»Später«, wich ich aus. »Sie ist komplett verrückt nach dem Helm und nimmt ihn nie ab, stimmt's, Paula?«

»Bitte? Nicht mal nachts?«

»Nö, nachts auch nicht«, erwiderte Paula. »Das ist nämlich der schönste Helm der Welt.«

Meine Mutter wandte sich an mich. »Und das erlaubst du ihr?«

»Es schadet ihr ja nicht, oder?«

»Hm.« Missbilligend verzog sie den Mund. »Auf Finis Achtzigstem setzt sie den aber ab.«

Na toll. Wir waren noch nicht mal fünf Minuten hier, und schon fühlte ich mich wie früher als Kind.

Onkel Heinz und Tante Fini hatten die ganze Zeit stumm neben uns gestanden und uns zugesehen. Die Verwandtschaft war klar zu erkennen. Beide waren groß, schlaksig und hielten sich kerzengerade. Auch die zerfurchten Gesichtszüge, langen Nasen und grauen Haare waren sich ähnlich. Nun musterten sie einander von oben bis unten, ohne eine Miene zu verziehen, bis Tante Fini einmal nickte und sagte: »Heinz.«

Onkel Heinz imitierte die Bewegung. »Josefa.«

Und das war es auch schon mit der Begrüßung.

Ich gab Tante Fini die Hand, denn umarmt hatte ich sie, so lange ich lebte, noch nie. Ich wusste nicht, ob Tante Fini überhaupt jemals irgendjemanden umarmt hatte.

»Wie sieht's aus, Paula, wollen wir mal Rosa aus dem Auto befreien?«, versuchte ich, die verkrampfte Situation aufzulösen. »Und dann brauch ich ein Klo und einen Kaffee. In genau der Reihenfolge.« Wir stellten Rosas Käfig auf dem Rasen unter dem Apfelbaum ab, wo sie sich umschaute und ein paarmal anerkennend mit der Nase zuckte.

344

»Ich glaub, es gefällt ihr hier«, meinte Paula.

»Ich glaub auch. Vielleicht finden wir morgen ja im Schuppen etwas, womit wir ihr einen Auslauf bauen können. Dann spürt sie mal Rasen unter den Pfoten.«

Gemeinsam suchten wir die Toilette auf und wuschen uns die Hände, denn Paula fremdelte noch und klebte förmlich an mir. Danach gingen wir in die Küche, die vollgestopft war mit antiken reich verzierten und bemalten Holzmöbeln. Es sah aus wie in einer Puppenstube. Paula fand es super, aber mir war das alles zu viel. Ich kam mir vor wie in einem Museum.

Tante Fini stellte Paula und mir je ein Paar Filzpantoffeln hin. »Du hättest übrigens keinen Sonntagsbraten mitbringen müssen, Elisabeth«, sagte sie. »Ich bin durchaus in der Lage, euch zu versorgen.«

»Hm?«, machte ich verwirrt.

»Na, das Karnickel.«

Ich lachte gezwungen, woraufhin sie mich irritiert ansah. Also hatte sie gar keinen Scherz gemacht? Oh Mann. »Ähm, nein, das ist unser Kaninchen, kein Sonntagsbraten. Wir haben es unterwegs … gekauft.«

»Mama hat Rosa gerettet«, erklärte Paula. »Sonst wäre sie nämlich echt gegessen worden.«

Mama klatschte in die Hände und rief: »So, jetzt gehen wir aber erst mal rüber ins Wohnzimmer und trinken Kaffee.«

Tante Fini hatte extra für uns in der guten Stube (es gab auch ein Alltagswohnzimmer) den Kaffeetisch gedeckt. Auch hier sah es aus wie im Heimatmuseum. Nur der supermoderne und riesengroße LED-Fernseher störte das Bild. Was mir ebenfalls völlig entfallen war (beziehungsweise, was ich seit meinem letzten Besuch verdrängt hatte), war Tante Finis Sammelleidenschaft für Porzellanpuppen. Die Dinger waren überall, saßen auf dem Sofa, lagen in Puppenwagen und standen in der Vitrine. Paula wollte natürlich gleich mit ihnen spielen, aber sie wurde von Tante Fini zurückgepfiffen. In diesem Haus hieß die Devise: Nur gucken, nicht anfassen!

Wir setzten uns an die festlich gedeckte Kaffeetafel, auf der ein Marillenkuchen und eine Schnittchenplatte darauf warteten, geplündert zu werden. Aber ich hatte keinen Appetit und stocherte nur in meinem Kuchen herum. Ob Cano gerne Kuchen aß? Während unserer gemeinsamen Zeit hatte ich ihn eigentlich kaum was essen sehen. Zu den Pommes gestern hatte ich ihn ja quasi zwingen müssen. Ansonsten hatte er fast nur gearbeitet. Ob er generell genug aß? Er war zwar gut in Form und wirkte nicht unterernährt, aber vermutlich war er trotzdem einer dieser Typen, die sich von Luft und Arbeit ernährten, und er hatte niemanden, der auf ihn aufpasste, damit er nicht …. Nein, Schluss mit dem Blödsinn! Ich würde keinen Gedanken mehr an Cano verschwenden, wenn er mich seinerseits sicher schon längst vergessen hatte. Genau jetzt, in diesem Moment war er bei seinem blöden Termin. Anschließend würde er wahrscheinlich in den Flieger nach Hamburg steigen, und es war mal wieder typisch für ihn, dass er überhaupt nicht an seinen ökologischen Fußabdruck dachte.

»Elli?«, riss die Stimme meiner Mutter mich aus meinen Gedanken. Aus ihrem Tonfall und den erwartungsvollen Gesichtern von Tante Fini und Onkel Heinz schloss ich, dass sie mich nicht zum ersten Mal ansprach.

»Ja?«

»Ich habe gefragt, wieso du nichts isst. Wo bist du denn mit deinen Gedanken?«

»Bestimmt bei Cano«, erwiderte Paula an meiner Stelle. »Mama ist traurig, weil er in München geblieben ist. Dabei habe ich ihr gesagt, dass er ganz bestimmt zu uns zurückkommt.«

»Cano?«, fragte Mama.

»Ich hab dir doch am Telefon von ihm erzählt«, erklärte ich. »Wir haben ihn von Hamburg nach München mitgenommen.«

»Ach, der Rechtsanwalt«, sagte sie mit besonderer Betonung auf dem letzten Wort. War ja klar, dass ihr das gefiel. So ein *Rechtsanwalt* machte schließlich was her, viel mehr als eine Bioladenverkäuferin mit abgebrochenem Kunststudium. Getoppt werden konnte ein *Rechtsanwalt* wohl nur von einem *Fondsmanager* in *Führungsposition*, der in *London* arbeitete, so wie mein Bruder. »Kommt Matthias eigentlich noch?«, erkundigte ich mich.

»Wohin?«, fragte Mama.

»Na, hierher. Auf Tante Finis Geburtstag.«

»Natürlich nicht. Du hast ja Vorstellungen, Elli. Er hat doch gar keine Zeit für so was, nachdem er kürzlich erst wieder befördert wurde.«

Hätte ich mir auch denken können. Matthias hatte seit Jahren keine Zeit mehr, vor allem nicht für seine Familie. Ich konnte mich nicht mal mehr daran erinnern, wann ich das letzte Mal mit ihm gesprochen hatte. Unser Kontakt beschränkte sich auf WhatsApp-Nachrichten zum Geburtstag. »Oh, cool. Befördert. Freut mich für ihn.« Ich schob mir eine Gabel Kuchen in den Mund und kaute ohne Appetit, obwohl er wirklich lecker war.

»Und was macht dein Job so?«, fragte Mama. »Du bist doch noch in diesem Bioladen?«

»Ja, bin ich.«

»Die Tochter einer Bekannten hat mit dreißig noch ein Me-

347

dizinstudium angefangen. Vielleicht wäre das ja auch was für dich.«

Fassungslos starrte ich Mama an. »Wie kommst du darauf?«

»Na, ich dachte nur, falls du dich doch noch mal weiterentwickeln willst.«

Für ein paar Sekunden saß ich schweigend da. »Ich finde nicht, dass ich mich weiterentwickeln muss. Ich liebe die Arbeit im Bioladen.« Was eine Lüge war, aber darum ging es mir im Moment überhaupt nicht. Ich fühlte mich angegriffen und wollte mich und das Leben, das ich führte, verteidigen. Allmählich dämmerte mir wieder, warum ich meine Mutter so selten besuchte: Sie gab mir ständig das Gefühl, nicht gut genug zu sein, ihren Ansprüchen nicht zu genügen. Und das wollte ich mir so selten wie möglich antun.

»Ist ja gut«, sagte Mama mit erhobenen Händen. »Sei doch nicht so empfindlich.«

Statt einer Antwort stocherte ich in dem Stück Marillenkuchen herum. Es konnte einem fast leidtun, so mitgenommen sah es inzwischen aus.

»Nimm dir ein Schinkenbrot, wenn du den Kuchen nicht magst«, forderte Tante Fini mich auf. Missbilligend schaute sie auf meinen Teller.

»Ich mag den Kuchen ja, aber ich habe keinen Appetit. Außerdem esse ich keinen Schinken.«

»Es ist auch Salami da.«

»Ich esse überhaupt kein Fleisch.« Tante Fini wusste das ganz genau. Diese Diskussion führten wir jedes Mal, wenn ich hier war.

»Was für ein Unsinn! Das ist doch nur Aufschnitt. Immer diese Vegetarier. Erwarten ständig, dass man ihnen Extrawürste brät.«

»Wohl kaum«, brummte Onkel Heinz. »Auf Würste können Vegetarier gemeinhin gut verzichten.«

Erstaunt sah ich von meinem Teller auf. Da hatte er doch tatsächlich einen Scherz gemacht *und* war mir zur Hilfe gekommen. Verrückt. Tante Fini durchbohrte ihn förmlich mit ihrem Blick, aber davon ließ Onkel Heinz sich nicht beirren. Im Gegenteil, er hatte den gleichen Blick drauf und starrte einfach genauso finster zurück.

Paula, die wohl dicke Luft witterte, versuchte, vermittelnd einzugreifen. Sie stopfte sich schnell den Rest ihres Kuchens in den Mund und sagte: »Iff hab nifftf mehr, iff kann Mamaf Kufen effen«, wobei die Krümel nur so sprühten.

Tante Fini schnalzte missbilligend mit der Zunge. »Mit vollem Mund spricht man nicht. Hat deine Mutter dir das nicht beigebracht?«

Paula sah zwischen mir und Tante Fini hin und her, während sie angestrengt weiterkaute und vermutlich überlegte, was die richtige Antwort auf diese Frage war. Aber es war nicht ihre Aufgabe, auf Tante Finis Angriff zu reagieren. »Wir haben darüber gesprochen«, erwiderte ich. »Aber mir ist es wichtiger, ihr Selbstbewusstsein, Respekt und Toleranz zu vermitteln.«

Tante Fini schnaubte, als wäre dies eine geradezu groteske Idee.

Vier Tage, dachte ich im Stillen. In vier Tagen hieß es nichts wie ab nach Hause in die WG, die sich tausendmal mehr wie eine Familie anfühlte, als meine tatsächliche Familie es je getan hatte.

Mama wandte ihre bevorzugte Konfliktvermeidungsstrategie an und wechselte das Gesprächsthema. »Gut, dass die Stürme bei euch im Norden vorbei sind, was? Hier unten war ja alles ruhig.« Nachdem dieses Thema abgehakt war, erkundigte sie sich nach der Fahrt, woraufhin ich von der Panne und der unfreiwilligen Übernachtung in Harderburg erzählte. Auch von dem Lichterheimer Schützenfest berichtete ich ausführlich und davon, wie ich Schützenkönigin geworden war. Nur über Cano mochte ich nicht sprechen und wich den Fragen meiner Mutter jedes Mal aus. Irgendwann ging Paula nach draußen zu Rosa, und ich reckte und streckte mich demonstrativ. »Mir steckt die Fahrt ganz schön in den Knochen. Ich ziehe mich mal für ein Päuschen zurück. Ist das okay?«

Mama nickte. »Ja, ich muss eh noch was fürs Abendessen einkaufen, also geh ruhig.«

Ich trank den letzten Schluck von meinem inzwischen kalt gewordenen Kaffee und nahm mir eine der Servietten aus dem Halter auf dem Tisch. Doch noch ehe ich mir den Mund damit abwischen konnte, wurde sie mir von Tante Fini entrissen und zurück in den Halter gesteckt.

»Da hört sich doch alles auf! Was fällt dir ein, die guten Servietten zu benutzen?« Ihre grauen Augen schossen wütende Pfeile auf mich ab, ihre Stirn war in tiefe Falten gelegt und der Mund zu einer schmalen Linie zusammengepresst.

»Ähm … Ich dachte, die Servietten stehen da, damit man sie benutzt.« Hilfe suchend schaute ich zu meiner Mutter, doch die hob nur die Schultern, als wollte sie sagen: Da kann man nichts machen.

»Hast du eine Ahnung, wie teuer die waren? Das sind die guten Servietten von Duni, die sind nur für hohen Besuch und ansonsten Dekoration.« Sie drückte mir eine Küchenrolle in die Hand. »Da, die kannst du benutzen. Deswegen steht sie auf dem Tisch, klar und deutlich für alle zu sehen.«

»Aha?« Völlig verdattert riss ich ein Blatt ab und wischte

mir damit über den Mund. »Sorry. Es ist nur so, dass die Servietten auch klar und deutlich für alle zu sehen auf dem Tisch stehen. Das *kann* man schon mal missverstehen.«

Tante Fini tötete mich förmlich mit ihrem Blick. »Das ist mein Haus, hier wird nach meinen Regeln gespielt. Kennst du so was überhaupt, Elli? Regeln?«

Vielleicht hätte ich die Klappe halten und ihren Rüffel einfach wegatmen sollen. Aber im Klappe halten war ich noch nie besonders gut gewesen, vor allem nicht, wenn ich ungerecht behandelt wurde. »Doch, Tante Fini, du wirst staunen, aber ich kenne tatsächlich ein paar Regeln. An manche halte ich mich sogar. Aber dazu gehört deine schwachsinnige Serviettenregel ganz sicher nicht, und woher hätte ich die auch bitte kennen sollen?«

»Ich kannte sie auch nicht«, meldete sich Onkel Heinz zu Wort.

Tante Fini schnaubte. »Wir haben alltags noch nie die guten Servietten benutzt, so lange ich lebe!«

Onkel Heinz setzte schon zu einer Antwort an, doch da funkte meine Mutter dazwischen. »Das Wetter ist ja momentan traumhaft. Fast schon zu warm, haben sie in den Nachrichten gesagt, aber besser zu warm als zu kalt, sage ich immer.«

Entschlossen stand ich auf. »Dann sehe ich mal nach Paula. Bis später.« Damit verließ ich das Haus und trat auf den Hof.

Tief atmete ich die würzige Luft ein und schloss für einen Moment die Augen. Es duftete nach Wiesen, Bergkräutern und Kühen. Die Sonne wärmte meinen Körper und meine Seele, und als ich zu Paula ging, die Rosa mit Butterblumen fütterte, zog ich meine Strickjacke aus und band sie mir um die Hüfte. Beim Anblick der Butterblumen zog mein Herz sich schmerzhaft zusammen. Für den Rest meines Lebens würde ich die kleinen gelben Blümchen mit Cano in Verbindung bringen. Aber egal. Nicht dran denken.

»Hey, Motte. Na, wie geht es Rosa?«

»Ganz gut. Vielleicht hat sie ein bisschen Heimweh.«

»Echt?« Ich pflückte ebenfalls eine Butterblume und hielt sie Rosa hin.

Paula nickte. »Ja, hier sind alle so streng.«

»Stimmt, ein bisschen schon. Aber wenn wir uns erst mal aneinander gewöhnt haben, sieht die Welt ganz anders aus. Und es ist doch superschön hier, oder?«

»Ja, schon.« Für eine Weile fütterten wir Rosa, die die Aufmerksamkeit sichtlich genoss. »Warum reden die Leute hier eigentlich nicht so wie in Lichterheim?«

»Weil wir woanders sind. Lichterheim ist in Franken, und jetzt sind wir im Allgäu.«

»Aber Oma und Tante Fini reden ganz normal. So wie wir.«

»Stimmt. Tante Fini, Onkel Heinz und deine Uroma sind in Hannover geboren und mit ihren Eltern hierher gezogen, als sie schon zwölf oder so waren. Den Eltern war es immer wichtig, dass die Kinder sich den Dialekt nicht angewöhnen, sondern Hochdeutsch sprechen. Und da deine Oma nach dem Tod deiner Urgroßeltern bei Tante Fini aufgewachsen ist, spricht sie eben auch Hochdeutsch.«

Paula sah mich nachdenklich an, obwohl sie die Verwandtschaftsverhältnisse wahrscheinlich nicht verstand. Aber die waren ja auch nicht so wichtig. »Fies, wenn man nicht so reden darf, wie man will. Oder?«

»Ja.« Auf einmal wurden mir Zusammenhänge klar, die ich vorher nie gesehen hatte. Ich fragte mich, was Tante Fini, Onkel Heinz und meine Oma noch alles nicht gedurft hatten. In

352

diese Familie war meine Mutter hineingeboren worden und letzten Endes auch ich.

»Ich bin jedenfalls froh, dass ich so reden darf, wie ich will«, meinte Paula und lehnte ihren behelmten Kopf an meine Schulter.

Ich zog sie an mich und drückte ihr einen Kuss auf die Wange. »Ist doch klar.«

Wir beschlossen, dass Rosa genug Butterblumen gegessen hatte, und ich zeigte meiner Tochter den Hof und die Scheune, in der alte Familienschätze unter Planen und in Kisten verborgen waren. Hier würden wir uns morgen näher umsehen, aber jetzt machten wir erst mal einen langen Spaziergang durch Berge, Wiesen, Felder und Wälder. Es gab so viel zu entdecken für Paula und wiederzuentdecken für mich. Ich hatte die Heimat meiner Mutter schon immer geliebt. Das alles zum ersten Mal bewusst mit Paula zusammen zu erleben, war toll. In schroffen Felswänden und Steinformationen erkannten wir Trolle und Zwerge. Es gab Blumen, die Paula noch nie gesehen hatte. Die Kühe waren braun, nicht schwarz-weiß, und sie trugen Glocken um den Hals, die jedes Mal bimmelten, wenn die Kühe sich bewegten. Und schließlich kamen wir beim Wasserfall an, den ich seit meiner Kindheit jedes Mal besuchte, wenn ich hier war. Wir zogen uns die Schuhe aus, um durch das eiskalte Wasser zu waten, wobei wir aufpassen mussten, auf den glitschigen Steinen nicht auszurutschen. Paula wollte unbedingt baden, und weil es so warm war, hatte ich nichts dagegen.

Und dann passierte etwas, was mich sprachlos machte und was ich beim besten Willen nicht hatte kommen sehen: Paula nahm ihren heiß geliebten roten Fahrradhelm vom Kopf, ohne Spektakel und Bohei, einfach so. Als wäre es das Normalste auf der Welt und als hätte sie sich nicht drei Wochen lang beharrlich geweigert, ihn auch nur für fünf Minuten abzusetzen. Sie drückte ihn mir in die Hand, stellte sich unter den Wasserfall und ließ das Wasser auf ihren Kopf prasseln. »Boah, ist das kalt!« Sie stieß Freudenschreie aus und lachte laut. »Das ist megacool, Mama!«

Es war so ungewohnt für mich, meine Tochter ohne Helm auf dem Kopf zu sehen, dass ich gar nicht aufhören konnte, sie anzustarren. So ein Herz war schon eine erstaunliche Sache: Während es wegen Cano schmerzte, platzte es gleichzeitig beinahe vor Liebe zu Paula.

Eine ganze Weile später hatte sie endlich genug und zog sich wieder an, damit wir zurück zum Hof gehen konnten. Doch den Helm setzte sie nicht wieder auf. So endete ihre Helmphase genauso schnell und unvermittelt, wie sie begonnen hatte.

Als Paula abends im Bett lag und Onkel Heinz und Tante Fini fernsahen, setzte ich mich mit Mama auf die Bank vor dem Haus und trank ein Glas Wein. Für eine Weile saßen wir einfach nur in der lauen Sommerabendluft und hingen unseren Gedanken nach. Doch irgendwann fragte ich in die Stille hinein: »Sag mal, ist Tante Fini eigentlich immer so?«

Mama seufzte. »Ja. Sie und Onkel Heinz sind sich unfassbar ähnlich.«

»Ach, Onkel Heinz ist eigentlich gar nicht so schlimm, wenn er erst mal etwas aufgetaut ist.«

»Das sind ja ganz neue Töne.«

Ich hob die Schultern. »Die lange Fahrt hat uns wohl ein bisschen zusammengeschweißt.«

»Aha?«, meinte Mama, doch sie hakte nicht weiter nach. »Was Tante Fini angeht – es ist zwar anstrengend mit ihr, aber wir hocken ja nicht permanent aufeinander. Ich bin ganz froh, dass ich mein eigenes Reich habe und die Tür hinter mir zuziehen kann, wenn es mir zu viel wird.«

Ich würde es selbst unter diesen Bedingungen keine zwei Wochen mit Tante Fini unter einem Dach aushalten, so viel stand fest. Aber es war ja Mamas Leben. Ich wechselte das Thema und erkundigte mich nach Matthias, woraufhin sie mir in aller Ausführlichkeit über seine neuesten beruflichen Errungenschaften berichtete. Sie endete ihren Bericht mit der beinahe beiläufigen Bemerkung: »Er ist übrigens verlobt, wusstest du das?«

Ich setzte mich aufrecht hin. »Nein, das wusste ich nicht. Seit wann?«

»Seit ein paar Monaten.«

»Und das erfahre ich erst jetzt? Wär schön gewesen, wenn er mir wenigstens eine Nachricht geschrieben hätte.« Zumindest meine Mutter hätte mal was fallen lassen können. Um des lieben Friedens willen sagte ich aber nichts weiter dazu und ließ mich wieder an die Rückenlehne sinken. »Hast du seine Verlobte schon kennengelernt?«

»Ach was, nur ein Foto gesehen. Sie ist Engländerin, sieht aus wie ein Model und macht irgendwas an der Börse.«

»Ist doch schön für Matthias.«

»Na ja. Wollen wir mal hoffen, dass es hält. Ich hab ihm schon gesagt, dass er vorsichtig sein soll. Sie ist erfolgreicher als er, verdient mehr Geld. Das kann ja eigentlich nicht gut gehen.«

Für einen Moment fror ich förmlich ein. Hatte sie das gerade wirklich gesagt? »Wieso nicht?«

»Wozu sollte sie bei ihm bleiben, wenn sie schon alles hat?«

»Weil sie *ihn* nicht hat, wenn sie nicht bei ihm bleibt.«

Mama lachte auf. »Ja. Das stimmt natürlich.«

Ich zog die Strickjacke an, die neben mir auf der Bank lag. Allmählich wurde es doch ganz schön frisch.

»Und bei dir so?«, fragte Mama nach einer Weile. »Was ist das für ein *Rechtsanwalt*, den ihr nach München gebracht habt?«

Ich schnupperte ausführlich an meinem Wein und nahm einen Schluck. Nachdem ich ihn über meine Zunge hatte rollen lassen wie ein echter Profi bei der Verkostung, konnte ich die Antwort nicht länger hinauszögern. »Ach, er ist im Grunde ganz nett. Ich mochte ihn, mag ihn, wirklich sehr, aber ... ich werde ihn wohl nicht wiedersehen.«

»Hm. Passt ja auch nicht wirklich zu dir, so ein hoher Herr.«

Ich biss mir auf die Lippen. »Nein. Natürlich nicht.« Eigentlich hätte ich gern über Cano geredet. Aber nicht mit ihr. Ich war noch nie besonders eng mit ihr gewesen, hatte ihr nie meine Sorgen und Nöte anvertraut. Und jetzt und hier, auf dieser Bank im hintersten Zipfel Deutschlands, wurde mir auch klar, warum: Sie fand überall das Haar in der Suppe und schaffte es, Zweifel zu streuen, wo ich mir eigentlich sicher gewesen war. Sie hatte keinen meiner Freunde gemocht und mir bei jedem prophezeit, dass es nicht gut ausgehen würde. Klar, letzten Endes hatte sie recht behalten, aber wie hatte sie sich da jedes Mal so sicher sein können? Vielleicht glaubte sie nach der Erfahrung mit meinem Vater nicht mehr an die Liebe.

»Was hat es eigentlich mit Paulas Helm auf sich?«, fragte sie in die Stille hinein. »Und mit dem Unsinn über ihren Vater?«

Noch ein Thema, das ich nicht wirklich mit ihr besprechen wollte. »Der Helm ist von mir, aber sie hat momentan eine Phase, in der sie ihren Vater dringend zu brauchen scheint. Da es keinen gibt, träumt sie ihn sich herbei.«

»Und du lässt ihr durchgehen, dass sie sich ihre Welt zurechtspinnt?«

Ich wusste, dass sie im Grunde recht hatte, aber ich konnte diesen Vorwurf trotzdem nicht auf mir sitzen lassen. »Wie gesagt: Es ist nur eine Phase, das geht schon wieder vorbei. Natürlich werde ich mit ihr darüber sprechen, aber es ist auch nicht unüblich, dass Kinder in dem Alter eine blühende Fantasie haben. Und wie ich meine Tochter erziehe, ist immer noch meine Sache, Mama.«

»Na ja. Wenn du meinst, es besser zu wissen.«

»Ja. Meine ich.«

Bald darauf sagte sie mir gute Nacht und ging rein, während ich auf der Bank sitzen blieb und in den Sternenhimmel hinaufsah. Etwas zog sich in mir zusammen, als mir bewusst wurde, wie fremd Mama und ich uns waren. Vielleicht lag es an dem räumlichen Abstand, den ich in den letzten Jahren zu ihr gehabt hatte, aber ich sah auf einmal klarer als je zuvor. Weder mein Vater noch meine Mutter waren wirklich liebevoll gewesen. Auch zu meinem Bruder hatte ich nie ein enges Verhältnis gehabt. In meiner Jugend hatte ich verzweifelt Anschluss gesucht, mich an Jungs mit großen Freundeskreisen und Familien geschmissen, ihnen mein Vertrauen und mein Herz geschenkt, getreu dem Motto: Bitte, bitte, hab mich lieb. Ich war blind in diese Beziehungen gestolpert, hatte mich Hals über Kopf verliebt, weil ich so naiv und hungrig nach Liebe gewesen war. Genau das Gleiche war mir mit Cano wieder passiert. Vierundvierzig gemeinsame Stunden, und ich war hin und weg. Das gleiche Muster. Ich musste ihm dankbar dafür sein, dass er meine Telefonnummer nicht hatte haben wollen. Wenn ich sie ihm gegeben hätte, hätte ich alle fünf Minuten auf mein Handy geschaut und auf seinen Anruf gewartet. Er hätte sich natürlich nicht gemeldet, aber dann hätte ich ihn eben angerufen, er war ja leicht zu finden. Paula hatte sogar seine Visitenkarte. Vielleicht wäre Cano so fair gewesen, mir zu sagen, dass er nichts von mir will. Vielleicht hätte er mich aber auch einfach geghostet, so wie Will es getan hatte. Es war ein Glück, dass die Sache mit Cano und mir in München geendet hatte, und zwar gerade noch rechtzeitig, bevor ich mich zum Affen hatte machen können. Die Einsicht tat zwar weh, fast noch mehr als der Abschied auf dem leeren Platz vor dem Stadion. Aber so war das Leben. Manchmal tat es eben weh, aus Erfahrungen zu lernen, um zukünftig bessere Fehler zu machen. Und was ich gelernt hatte, war, dass ein Gefühlsrausch wie mit Will und vor allem mit Cano nicht real war. Was ich mit Sami hatte, das war echt. Gemeinsame Interessen, gegenseitiges Vertrauen, Freundschaft – das war es, worauf ich meine Zukunft aufbauen wollte. Es war Zeit, vernünftig zu sein.

Am nächsten Vormittag bauten Paula und ich aus Materialien, die wir in der alten Scheune zusammengekramt hatten, einen riesengroßen Auslauf für Rosa. Als wir unser Werk vollendet hatten, hoppelte sie zufrieden auf ihrem Stück Wiese unter dem Apfelbaum herum, genoss die Bergluft und ließ sich Gras und Löwenzahn schmecken. Bestimmt war sie heilfroh darüber, dass ich sie auf der Kaninchenschau gekl… äh, gekauft hatte.

Während der Arbeiten an Rosas neuem Wohlfühltempel hatte Paula Leonie und Yannik kennengelernt, zwei Kinder aus Berlin, die mit ihrer Mutter auf dem Nachbarhof Urlaub machten. Für die drei war es Liebe auf den ersten Blick gewesen, es dauerte nur etwa zweieinhalb Minuten, bis sie absolute

Besties waren. Rosa durfte natürlich auch mitspielen. Onkel Heinz, der auf der Bank vor dem Haus saß, wollte allerdings nicht.

Ich machte ihm und mir einen Kaffee und setzte mich im Schneidersitz neben ihn. Während er mal wieder tat, als würde er Zeitung lesen, beobachtete er in Wahrheit Paula, Leonie und Yannik, die mit Rosa Tierärztin spielten. Zum Glück war diese sehr geduldig und hatte kein Problem damit, dass drei Kinder sie mit einem Spielzeugverbandskasten untersuchten.

»Ich glaube, Rosa fühlt sich wohl bei uns«, meinte ich.

»Das Vieh braucht Artgenossen.«

Ich hatte keine Ahnung von Kaninchen, aber es machte schon Sinn. Die meisten Tiere waren nicht gern allein. Genau wie Menschen. »Du meinst, ich sollte Rosa jemanden besorgen, mit dem sie ein bisschen Kaninchisch schnacken kann?«

»So hätte ich es nicht ausgedrückt, aber ja.«

»Alles klar. Wenn wir zu Hause sind, hol ich ihr ein oder zwei Kumpels aus dem Tierheim.«

Wir nahmen beide einen Schluck aus unseren Tassen.

»Ich will Tierärztin werden, wenn ich groß bin«, verkündete Leonie, während sie Rosas Herz abhörte.

»Ich auch«, meinte Jannik, der in Paulas Löffel schaute. »Oder für Menschen.«

Leonie rümpfte die Nase. »Ich lieber nicht für Menschen. Die bluten ja. Voll ekelig.«

»Tiere bluten auch«, wandte Paula ein. Sie trug mein Schützenköniginnen-Diadem, während sie Rosa die Pfote verband.

»Na gut«, sagte Leonie schulterzuckend. »Dann werde ich halt Kinderärztin.«

Dagegen hatten Paula und Yannik nichts einzuwenden.

»Was willst du denn werden?«, erkundigte Yannik sich bei Paula. »Auch Tierärztin?«

»Nee, das geht nicht. Mein Papa ist König von Afrika, und wenn ich groß bin, werde ich auch Königin.«

Ach, Paula.

Yannik und Leonie schauten sie misstrauisch an. »Ist dein Papa in echt König von Afrika?«, hakte Leonie nach.

»Klar. Und meine Mama ist Königin von Lichterheim. Deswegen bin ich Doppelprinzessin und habe eine Krone.«

»Das glaub ich dir nicht.« Yannik steckte das Stethoskop zurück in den Arztkoffer. »Dein Papa ist bestimmt in Afrika, weil er von deiner Mama geschieden ist und weil er sie nicht mehr lieb hat.«

»Shit«, murmelte ich.

Paulas Hand wanderte an das Diadem, als würde sie dort Unterstützung suchen. »Stimmt ja gar nicht! Mein Papa hat meine Mama voll lieb und mich auch. Er würde uns niemals einfach so alleine lassen.«

Ihre Worte versetzten mir einen heftigen Stich. Mein schlechtes Gewissen meldete sich so laut und deutlich, dass ich es nicht mehr überhören konnte. »Shit«, wiederholte ich. »Ich muss unbedingt mit ihr reden.«

»Mhm«, machte Onkel Heinz.

Viel zu lange schon hatte ich dieses Gespräch hinausgezögert. Aber gab es überhaupt den perfekten Moment oder auch nur einen guten Moment, um seiner Tochter zu erzählen, dass man keine Ahnung hatte, wo ihr Vater steckte, und dass man es aller Wahrscheinlichkeit nach auch niemals herausfinden würde? »Was, wenn sie mich danach hasst?«, flüsterte ich.

»Wird sie nicht.« Onkel Heinz klang sehr zuversichtlich,

was mich irgendwie beruhigte. »Es wäre viel schlimmer, wenn du es ihr *nicht* sagst und sie es irgendwann selbst herausfindet.«

Klar. Es wäre nur schön gewesen, wenn ich das Ganze noch ein paar Jahre hätte hinauszögern können. Aber so lief das Leben nun mal nicht. Ich konnte Paula nicht für immer und ewig vor allem schützen, was unangenehm war. Ich stellte meinen Kaffee auf dem Boden ab und fuhr mir mit beiden Händen durchs Haar. »Okay. Dann mach ich es jetzt. Ich sag ihr die Wahrheit.«

»Mach das.«

Mit klopfendem Herzen ging ich rüber zu Rosas Auslauf, wo Paula und Yannik sich gegenüberstanden und einander taxierten wie zwei Boxer im Ring. »Hey, Motte.« Ich legte ihr eine Hand auf die Schulter. »Tut mir leid, dass ich Rosas Tierarzttermin unterbrechen muss, aber wir wollten doch zum Wasserfall gehen.« Paula war offenbar ganz froh, die Situation mit Yannik verlassen zu können, denn sie kam anstandslos mit mir mit. Sie schob ihre Hand in meine, während wir die Wiesen hinterm Haus überquerten und in den Wald gingen. Es duftete nach Fichten und wilden Kräutern, und in der Ferne konnte man bereits das Wasser rauschen hören. Paula schwieg vor sich hin, was ungewöhnlich für sie war.

»Ich habe gerade mitbekommen, was Yannik zu dir gesagt hat. Und was du zu ihm gesagt hast.«

»Der ist voll blöd, oder?«

»Es war gemein, was er gesagt hat, das stimmt. Aber Süße, ich hab dir doch schon erklärt, dass dein Vater kein König ist.«

Sie wich meinem Blick aus und riss sich von meiner Hand los, um auf einen Felsen zu klettern. »Guck mal, der hier sieht aus wie die Nase von Onkel Heinz«, behauptete sie. Ein klassisches Ablenkungsmanöver. Aber ich würde nicht wieder nachgeben.

»Hey, Paula. Komm mal bitte da runter. Ich muss mit dir reden, und ich möchte, dass du mir gut zuhörst, ja?«

Widerwillig sah sie mich an, aber dann sprang sie vom Felsen und kam wieder zu mir. Wir setzten uns auf die Steine am Fluss und schauten stumm auf das munter sprudelnde Wasser.

»Was willst du mir denn sagen?«, fragte Paula irgendwann.

Ich atmete tief ein und aus. »Also, pass auf. Du weißt, dass ich dich lieb habe, oder? Richtig doll lieb.«

»Ja, weiß ich. Ich hab dich ja auch lieb.«

»Das ist gut. Ich bin supergern deine Mama. Aber manchmal ist es gar nicht so einfach, Mama zu sein. Ich will immer das Richtige machen, damit es dir gut geht, aber manchmal habe ich keine Ahnung, was das Richtige ist, verstehst du?«

Nachdenklich sah sie mich an. »Ich glaub schon.«

»Manchmal mache ich Fehler, Paula. Und der größte Fehler, den ich gemacht habe, ist, dass ich dir nie was über deinen Papa erzählt habe. Dabei wolltest du dir so gern ein Bild von ihm machen, stimmt's?«

Ein Ausdruck der Unsicherheit trat auf ihr Gesicht. Verstand sie überhaupt, was ich sagte? Oh, Hilfe, warum gab es kein Lehrbuch, nach dem ich vorgehen konnte? »Möchtest du jetzt etwas über deinen Papa wissen? Darüber, wer er wirklich ist?«

»Hmm …« Paula kaute auf ihrer Unterlippe. »Ich glaub schon?«

»Okay.« Ich nahm ihre Hände in meine. »Also, dein Papa heißt Will, und er kommt aus den USA. Aber kennengelernt habe ich ihn in Indien. Wir haben uns an einem Essensstand getroffen, an dem wir beide auf unser Curry gewartet haben.

Wir haben uns unterhalten, und er hat behauptet, dass er total gern scharfes Essen isst und dass es ihm gar nicht scharf genug sein kann. Aber als wir unser Curry bekommen haben und er davon probiert hat, hätte er fast Feuer gespuckt. Die Tränen liefen ihm nur so runter, und es war ihm richtig peinlich.«

Paula grinste. »Warum hat er denn gesagt, dass er gerne scharf isst, wenn das gar nicht stimmt?«

»Ich weiß es nicht. Aber ich muss zugeben, dass dieses Curry wirklich höllisch scharf war. Will und ich sind dann ein paar Wochen lang zusammen durch Indien gereist. Er war der fröhlichste Mensch, den ich je kennengelernt habe. Er hatte die strahlendsten Augen und das lauteste Lachen. Genau wie du.« Ich tippte auf ihre Nasenspitze. »Und wenn er gegrinst hat, hat seine Nase sich gekräuselt, so wie deine.«

»Und was sonst noch?«, fragte Paula begierig.

»Er hat Biologie studiert und sich für Insekten interessiert.«

»Igitt.«

»Nein, eigentlich nicht. Wenn er mir eine Spinne oder einen Käfer gezeigt und begeistert erzählt hat, was das Besondere daran war, hab ich es auf einmal auch gesehen. Will war ein toller Surfer. Und er hat bei Büchern immer die letzte Seite zuerst gelesen, weil er wissen wollte, wie sie ausgehen, bevor er sie liest.«

»Echt?« Paula lachte. »Das ist ja komisch. Hast du ihn doll lieb gehabt?«

»Ja, ich war total verknallt in ihn. Aber dann musste ich wieder nach Deutschland und weiterstudieren. Als ich wieder zu Hause war, hab ich bald gemerkt, dass du unterwegs warst. Ein supersüßes Andenken an diese schöne Zeit.« Ich machte eine Pause, damit die vielen Informationen bei Paula ein bisschen sacken konnten. Sie machte bislang noch keinen schockierten oder traurigen Eindruck. Aber der schwierigste Teil kam ja erst noch.

»Wo ist er denn jetzt?«, fragte Paula schließlich und stach damit mitten ins Wespennest. »Kann ich ihn mal besuchen?«

Ich zögerte kurz, doch dann fasste ich mir ein Herz. »Ich kann ihn nicht finden, Paula. Ich hab alles versucht, aber ich kenne nur seinen Namen und seine E-Mail-Adresse, und … die funktioniert nicht.« Eine kleine Notlüge würde ja wohl erlaubt sein.

»Und wieso findet er dich nicht?« Allmählich schlich sich Verzweiflung in Paulas Stimme.

»Weil er auch nichts von mir weiß, außer meinem Vornamen und dass ich aus Hamburg komme. Was wir übereinander wissen, reicht nicht, um uns zu finden, verstehst du?«

Paula schluckte schwer. »Weiß mein Papa denn gar nicht, dass es mich gibt?«

Das war der Moment, vor dem ich mich all die Jahre gefürchtet hatte. Der Moment, in dem ich meiner Tochter das Herz brechen musste. »Nein, Süße. Er weiß es nicht.«

Für ein paar Sekunden saß sie einfach nur da und starrte mich an. Ob sie diese Wahrheit akzeptierte? Oder stellte sie wieder auf Durchzug und beharrte darauf, dass ihr Vater König in Afrika war und dass meine Geschichte von dem amerikanischen Studenten Unsinn war? Dann trat der traurigste Blick in ihre Augen, den ich je gesehen hatte. »Dann hab ich ja gar keinen Papa.« Ihr Kinn zitterte, und dann fing sie an zu schniefen. Schließlich schluchzte sie herzzerreißend und schmiegte sich in meine Arme, als wollte sie sich darin verstecken. Ich suchte nach tröstenden Worten, aber nichts schien ausreichend oder angemessen zu sein. Mir liefen ebenfalls die Tränen übers Gesicht, auch wenn ich eigentlich nicht hätte weinen dürfen.

Meine Aufgabe war es, stark zu sein. Aber ich konnte nicht anders. Ich weinte darum, dass Paula nie ihren Vater kennenlernen würde, ich weinte, weil ihr wahrscheinlich immer etwas fehlen würde. Weil da eine Lücke blieb, wo ein Mensch hätte sein müssen, der ihr Liebe gab und ihr beibrachte, was ein Kind nur von einem Vater lernen konnte.

Doch dann fragte ich mich, ob mein Vater überhaupt jemals so wichtig für mich gewesen war. Hatte ich Wesentliches von ihm gelernt, das kein anderer mir hätte beibringen können? Ich konnte mich an nichts erinnern. Seit meinem zwölften Lebensjahr war er kaum mehr präsent gewesen, und auch davor hatte er nur eine Nebenrolle gespielt, mit seinen langen Arbeitszeiten und ständigen Geschäftsreisen. Manchmal hatte ich ihn wochenlang kaum zu Gesicht bekommen. Nach der Scheidung hatte er seine Besuchswochenenden andauernd abgesagt. Wie oft hatte er Matthias und mich bitter enttäuscht, indem er auf Schulaufführungen oder Geburtstagen nicht aufgetaucht war. War das denn wirklich so viel besser als ein Vater, der von vornherein nie präsent war?

Ich drückte Paula fest an mich und wischte ihr die Tränen von den Wangen. »Ach, Motte. Es tut mir so leid, dass ich deinen Papa nicht finden kann.« Ich fasste sie an den Schultern und zwang sie, mich anzusehen. »Aber wir beide kommen doch auch zu zweit ganz gut klar, oder?«

Paula schniefte und nickte.

»Ich finde, dass wir ein super Team sind. Ich hab dich unglaublich doll lieb, und die Liebe von deinem Papa – die fühle ich gleich mit.«

Ein zaghaftes Lächeln erschien auf ihren Lippen.

»Außerdem ist unser Team doch noch viel größer. Zu Hause warten Kirsten, Antje und Sami auf uns. Die haben dich auch wahnsinnig lieb. Und was meinst du, wie lieb die Hühner dich erst haben? Und Bodo.«

Jetzt lachte Paula unter Tränen. »Und Rosa.«

»Na klar, Rosa auch. Beide Rosas.«

Paula wischte sich mit dem Saum ihres T-Shirts über die Rotznase, aber egal, Hauptsache, sie verdaute diese Nachricht so gut wie möglich. Sie schmiegte sich noch mal in meine Arme und schniefte ein paarmal, aber ohne Tränen. »Ich freu mich schon auf zu Hause.«

»Ich mich auch«, erwiderte ich aus vollem Herzen.

»Weißt du was, Mama? Irgendwie wäre ich gerne Königin von Afrika gewesen.«

»Ja, das glaub ich dir.«

Paula löste sich aus meinen Armen und reckte das Kinn in die Höhe. »Aber ich bin die Ehrenschützenprinzessin von Lichterheim.«

Ich musste lachen. Diesen Titel hatte Cano ihr gegeben. Es hatte eine ganze Weile gedauert, bis sie ihn sich hatte merken können.

Dann stand Paula auf und hielt mir ihre Hand hin. »Komm, Mama, wir wollten doch zum Wasserfall.«

Ich ergriff ihre Hand, und gemeinsam wanderten wir durch den dichten Zauberwald, entlang an der schroffen Felswand, bis wir am Wasserfall angekommen waren. Wir wateten so lange durch das Becken, bis unsere Füße eiskalt waren, und dachten uns Geschichten über Drachen, Ritterinnen und holde Burgherren in Not aus. Anschließend gingen wir zurück zum Hof, wo wir eine Riesenportion von Tante Finis selbst gemachten Kässpatzen verputzten.

Ich versuchte einzuschätzen, wie Paula die Neuigkeiten über ihren Vater verdaute. Sie machte einen fröhlichen Ein-

366

druck, andererseits wusste ich auch, dass dieses Thema noch lange nicht abgeschlossen war. Sie würde es noch viele Male neu aufrollen, Fragen stellen, vielleicht sogar eine neue Macke entwickeln. Insektenforscherin werden wollen oder in die USA reisen. Aber das war okay. Die Wahrheit war endlich auf dem Tisch, und Paula und ich hatten etwas, womit wir arbeiten konnten. Die Hauptsache war, dass wir zusammenhielten. Gemeinsam würden wir schon meistern, was auch immer auf uns zukam.

Dinner for one hundred oder:
Der achtzigste Geburtstag

In den nächsten Tagen beobachtete ich Paula ganz genau und versuchte festzustellen, ob sie in sich gekehrt oder traurig wirkte. Aber sie war munter und fröhlich wie immer. Gelegentlich stellte sie Fragen zu Will und wollte mehr über ihn erfahren. Und wenn ich sie fragte, wie es ging, behauptete sie, alles sei gut, und ich glaubte ihr.

Paula und ich erkundeten die Gegend und verbrachten drei wunderschöne Urlaubstage im Allgäu. Wir gingen wandern, badeten in eiskalten Bächen und Seen und besuchten Mama, die bei der Nebelhornbahn arbeitete. Wir durften einen Blick hinter die Kulissen werfen, und ein netter Kollege von ihr erklärte uns die Technik. Natürlich fuhren wir dann auch rauf aufs Nebelhorn und schauten uns die Welt von oben an. Nachdem Paula ihre anfängliche Schüchternheit überwunden hatte, plapperte sie, wie es nun mal typisch für sie war, munter auf ihre Oma und Tante Fini ein, auch wenn die beiden es gar nicht hören wollten. Manchmal gesellte sie sich auch zu Onkel Heinz, der die meiste Zeit auf der Bank vor dem Haus verbrachte.

Am Nachmittag vor Tante Finis achtzigstem Geburtstag bummelten wir mit Mama durch den Ort, aßen Eis und machten die Touri-Nippesläden unsicher. Nachdem ich für Antje, Kirsten und Sami Kaffeetassen mit witzigem Hirschmuster und eine Flasche Heuschnaps gekauft hatte, wurden Paula und ich von Mama in einen Klamottenladen gezerrt. Hier versuchte sie, uns dazu zu überreden, Dirndl anzuprobieren. Ich weigerte mich strikt, aber Paula hatte kein Problem damit, das Modepüppchen ihrer Oma zu sein. Zudem war sie ganz hingerissen von sich selbst im Dirndl und konnte sich gar nicht sattsehen an ihrem Anblick.

»Mama, biiitte.« Sie hatte diesen weinerlichen Bettelton aufgesetzt, der mir jedes Mal durch Mark und Bein ging. »Ich sehe so schön aus. Darf ich das Dirndl haben?«

»Paula, das Teil kostet dreihundert Euro, und du wirst schon in ein paar Monaten nicht mehr da reinpassen. Also nein, tut mir leid.«

Meine Mutter schaltete sich ein. »Ist doch kein Problem. Ich schenke es ihr.« Sie zupfte die Schleife an Paulas Dirndl zurecht. »Du möchtest doch schick aussehen auf Tante Finis Achtzigstem, stimmt's Paula?«

Paula nickte begeistert. »Ja. Danke schön, Omilein.«

Ich warf Mama einen scharfen Blick zu. »Das ist viel zu teuer für einfach mal so.«

»Ach was. Als Oma wird man seiner Enkelin doch mal was Gutes tun dürfen. Ihr kommt mich so selten besuchen. Natürlich möchte ich Paula verwöhnen, wenn ich sie schon mal dahabe.«

»Du besuchst uns genauso selten, Mama.« Eigentlich müsste ich ihr verbieten, Paula das Dirndl zu kaufen, nachdem ich bereits Nein gesagt hatte. Aber dann wäre ich natürlich die Böse in diesem Szenario. Und nachdem ich Paula gerade erst eröffnet hatte, dass sie vaterlos war, wollte ich das möglichst vermeiden.

Bei Tante Fini angekommen, hätte Paula das Dirndl am liebsten gleich wieder angezogen, aber Mama verstaute es sicher in ihrem Schrank, damit es vor dem Geburtstag nicht schmutzig wurde. Ich folgte ihr ins Schlafzimmer, während Paula sich zu Onkel Heinz gesellte. »Ich find's nicht gut, dass du mir mit dem Dirndl so in den Rücken gefallen bist.«

»Und wieso darf ich mein Enkelkind nicht verwöhnen? Wieso gönnst du mir diese Freude nicht?«

Natürlich, ich *gönnte* es ihr nicht. »Weil ich so ein schlechter Mensch bin, Mama.«

»Typisch, dass du mit einer schnippischen Antwort kommst, wenn dir die Argumente ausgehen.«

Ich atmete tief durch und sagte dann ruhiger: »Du darfst sie gerne verwöhnen, dagegen habe ich überhaupt nichts. Aber nicht mit Dingen, zu denen ich bereits Nein gesagt habe.«

»Jaja, jetzt lass es mal gut sein, hm? Wir wollen uns doch wegen dieser Lappalie nicht streiten.« Sie zog ein grünes Etuikleid aus ihrem Schrank und hielt es mir an. »Das passt gut zu deinen roten Haaren. Probier es doch mal an. Noch eine Perlenkette dazu, und du bist morgen gleich gut angezogen.«

Am liebsten hätte ich ihr das Kleid aus der Hand gerissen und in die Ecke gefeuert, und gleichzeitig hasste ich es, dass ich mich in ihrer Gegenwart immer wie eine trotzige Dreijährige fühlte. »Danke, aber ich habe ein Kleid dabei. Das ziehe ich morgen an.«

»Hm. Ich dachte ja nur, weil …« Mit bedeutungsvollem Blick sah sie auf mein weißes Tanktop und die schwarz-weiße Pluderhose. Ah, alles klar. Natürlich glaubte sie nicht, dass ich ein Kleid dabeihatte, das ihren Ansprüchen genügte.

»Weil, was?«, hakte ich nach.

»Ach, nur so.« Sie wich meinem Blick aus. »Möchtest du dieses Kleid denn nicht wenigstens anprobieren?«

»Nö. Ich sehe mal nach, was Paula macht.« Damit flüchtete

ich aus ihrem Schlafzimmer, hinaus ins Freie, wo die Vögel sangen, die Sonne schien und mir frische Luft um die Nase wehte. Ich schaute kurz nach Rosa und ging dann in den hinteren Teil des akkurat angelegten Gartens, in dem Wildkräuter, Schnecken oder Reptilien nicht den Hauch einer Überlebenschance hatten. Augenblicklich hatte ich das Bedürfnis, Seed Bombs hier auszuwerfen. Ich dachte daran, dass Cano mich gefragt hatte, ob ich grundsätzlich das Gegenteil von dem tat, was von mir erwartet wurde. Und jetzt und hier, nach drei Tagen mit meiner Mutter und Tante Fini, konnte ich nur aus vollem Herzen sagen: Ja. Und ich würde auch in Zukunft immer das genaue Gegenteil von dem tun, was sie von mir erwarteten, weil das meine Art war, mich gegen sie zu behaupten. Schon immer war es meine Antwort auf das Gift gewesen, das sie versprühten, mein Gegengift, das ich brauchte, um ich selbst zu bleiben.

Ich schloss die Augen und atmete ein paarmal tief durch. Das Heimweh, das in meiner Brust schwelte, meldete sich immer deutlicher. Zum Glück fuhren wir übermorgen nach Hause.

Am nächsten Morgen hatten Mama und Tante Fini zur Feier des Tages einen Frisörtermin vereinbart, um sich für die Party aufzubrezeln. Als sie nach Hause kamen, waren sie perfekt ausgestattet mit festbetonierten Hochsteckfrisuren und Abend-Make-up, auf das Lady Gaga hätte neidisch werden können. Es war schon etwas befremdlich, wie Tante Fini mit perfekt gestylter Frise am Herd stand und in einem Topf Käsesuppe rührte – in einer Kittelschürze. Und zwar *nur* einer Kittelschürze. Abgesehen von den lila Crocs, die sie an den Füßen trug. Ich konnte nur hoffen, dass sie Unterwäsche anhatte.

Paula und ich deckten den Tisch, aber Paula war nicht ganz

bei der Sache, weil sie zu beschäftigt damit war, Tante Fini
fasziniert anzustarren. Daher stieß sie gegen einen Stuhl und
ließ prompt eines der Gläser fallen, die sie zum Tisch hatte
tragen wollen. Tante Fini zuckte so heftig zusammen, dass ihr
die volle Suppenkelle aus der Hand flog und auf ihrem linken
Croc landete. Sie schrie auf und hielt sich mit schmerzverzerrter Miene den Fuß.

Ich eilte zu ihr, um sie zu stützen. »Autsch, das tut bestimmt ganz schön weh. Warte, ich hol dir was zum Kühlen.«

Tante Fini machte eine Handbewegung, als würde sie eine
Schar Hühner vertreiben und zeterte: »Geh, lass es! Versuch
einfach, still zu sitzen, und sorg dafür, dass dieses … Kind es
ausnahmsweise auch tut.«

Für einen Moment war ich sprachlos. Paula stand mit bedröppelter Miene da und starrte auf den Boden. Von Anfang
an war sie von Tante Fini gemaßregelt worden, in einer Tour.
Sie sollte still sitzen, artig sein, nicht durchs Haus rennen, nicht
Finis heiß geliebte Porzellanpuppensammlung anrühren, keine
Widerworte geben, nicht mit vollem Mund sprechen, nein, am
besten gar nicht sprechen, denn, Zitat Fini: Wenn der Kuchen
spricht, haben die Krümel Pause. Genau das hatte ich mir früher auch permanent anhören müssen, und ich hatte es gehasst.
»Sie hat das nicht mit Absicht gemacht, Tante Fini. So was
kann doch mal passieren.«

»Entschuldigung«, murmelte Paula und hockte sich auf den
Boden, um die Scherben aufzusammeln.

»Lass nur, Süße. Das mach ich schon.«

Tante Fini hatte nicht mal die Größe, Paulas Entschuldigung anzunehmen. Sie sagte nichts, kein Wort, sondern kehrte
uns den Rücken und ging aus der Küche.

Meine Mutter räusperte sich. »Wir haben heute ja wirk-

372

lich Glück mit dem Wetter. Bis abends soll es trocken bleiben. Ab zweiundzwanzig Uhr braut sich zwar was zusammen, das kommt aber erst morgen im Laufe des Vormittags runter. Aber hier in den Bergen weiß man ja nie so genau.«

Paula, Onkel Heinz und ich äußerten uns nicht dazu.

Ich hatte gerade die Scherben zusammengekehrt und entsorgt, als Tante Fini mit frisch gewaschenem Fuß in die Küche zurückkam. Ich erkundigte mich, ob sie sich schlimm verbrannt hatte, aber sie schüttelte nur den Kopf.

Das Mittagessen fand in eisigem Schweigen statt. Ich war heilfroh, als Paula und ich aufstehen und uns für die Feier zurechtmachen konnten, die um fünfzehn Uhr mit einem Kaffeeklatsch beginnen sollte. Für einen Moment überlegte ich, ob ich das kurze Boho-Kleid mit dem großzügigen Ausschnitt anziehen sollte, das ich in Lichterheim getragen hatte, einfach nur, um Mama und Tante Fini zu ärgern. Andererseits … was sollte das bringen? Es war eine Sache, ihnen Paroli zu bieten, aber die Kraft, die ich für sinnlose Konfrontationen aufbringen musste, konnte ich besser für Dinge sammeln, die mir wirklich am Herzen lagen. Also zog ich das schlichte schwarze Kleid an und schlüpfte in ein Paar Riemchensandalen. Meine Haare band ich im Nacken zu einem Dutt zusammen, tuschte meine Wimpern, legte etwas Lippenstift auf und fand mich perfekt gestylt für Tante Finis Achtzigsten. Anschließend half ich Paula in ihr Dirndl und kämmte ihre wilde Mähne aus, um sie wieder zu zwei dicken Zöpfen zu flechten.

Fertig aufgebrezelt gingen wir runter in die Küche, wo Onkel Heinz, Mama und Tante Fini auf uns warteten. Onkel Heinz trug einen dunklen Anzug, während die beiden Frauen ihre Festtagsdirndl anhatten. Bei Paulas Anblick klatschte

Mama entzückt in die Hände. »Nein, wie hübsch du aussiehst, Paula! Wie eine echte kleine Allgäuerin.« Dann musterte sie mich mit kritischem Blick. »Das willst du anziehen?«

»Offensichtlich.«

»Sieht aber schon ein bisschen nach Beerdigung aus, oder?«

»Finde ich nicht.«

Mama ging einmal um mich rum und zupfte hier und da am Stoff. »Sitzt ganz schön knapp. Willst du nicht doch das grüne von mir anziehen?«

»Mama sieht doch voll schön aus.« Paula kratzte sich nachdenklich an der Nase, wobei ihr Zeigefinger aus Versehen ein bisschen zu weit in ihr linkes Nasenloch rutschte. Okay, sie popelte – na und? Ich wollte sie gerade sanft darauf hinweisen, dass man gewisse Tätigkeiten besser erledigte, wenn man allein war, als Tante Fini sie in scharfem Ton anfuhr: »Wirst du wohl aufhören, in der Nase zu bohren?«

Paula zuckte erschrocken zusammen und ließ die Hand sinken.

»Hat deine Mutter dir nicht beigebracht, dass man …«

In dem Moment schlug Onkel Heinz so heftig mit der Faust auf den Tisch, dass die Gläser wackelten, und donnerte: »Herrgott noch mal, euer Gemecker hält man ja im Kopf nicht aus! Lasst die Mädchen in Frieden, alle beide!« Mit finsterer Miene starrte er Tante Fini und Mama an.

Vor Dankbarkeit wäre ich ihm am liebsten um den Hals gefallen, aber das wäre Onkel Heinz natürlich gar nicht recht gewesen.

Tante Fini verzog missbilligend das Gesicht und murmelte irgendetwas Unverständliches. Meine Mutter strich den perfekt gebügelten Rock ihres Dirndls glatt. »Es könnte kühl werden heute Abend, Elli. Nehmt euch besser eine Jacke mit.«

Dann klatschte sie in die Hände und sagte gezwungen fröhlich: »So, dann kann es ja losgehen.«

Beim Hinausgehen raunte ich Onkel Heinz zu: »Danke. Das war echt nett.«

»Jaja. Mach da jetzt keine große Sache draus.«

Grinsend hakte ich ihn unter. »Weißt du was? Ich glaube, du bist tief in dir drin ein totaler Softie. Aber keine Angst. Ich verrate es niemandem.«

Onkel Heinz brummte, aber sein Mund verzog sich für einen kurzen Moment zu einem Lächeln.

Wir quetschten uns zu fünft in Mamas Opel und fuhren zum Restaurant. Von der Wirtin wurden wir in den Saal geführt, der mich unangenehm an die Mehrzweckhalle in Harderburg erinnerte. Bayerische Gemütlichkeit suchte man hier vergebens. Alles wirkte so kühl, zweckmäßig und irgendwie freudlos, dass die Location gut zu Tante Finis Charakter passte.

»Wie viele Leute erwartest du denn?«, erkundigte ich mich bei ihr, als ich bemerkte, wie viele Tische eingedeckt waren.

»Achtundneunzig.«

Ich riss die Augen auf. »Achtundneunzig? Wow! Ich hätte nicht gedacht, dass es …« Ich brach ab, gerade noch rechtzeitig, bevor ich sagen konnte: dass es so viele Menschen gibt, die dich mögen. Aber was wusste ich schon von Tante Fini? Vielleicht war sie nur zu Paula und mir so gemein und zu allen anderen die Freundlichkeit in Person. »Woher kennst du denn so viele Leute?«

Sie zuckte mit den Schultern. »Ich bin sehr engagiert. Trachtengruppe, Heimatverein, Landfrauen, CSU-Ortsverband, da kommt einiges zusammen.«

»Und Verwandtschaft? Lerne ich eventuell ein paar lang verschollene Großgroßcousins und -cousinen kennen?«

Sie schüttelte abweisend den Kopf. »Alles, was ich an Verwandtschaft habe, ist bereits hier.«

Schade eigentlich. Irgendwie hätte es mich gefreut, ein paar Menschen kennenzulernen, in deren Adern zumindest anteilig das gleiche Blut floss wie in meinen. Aber ich hatte ja gewusst, dass es auf Mamas Seite nicht viel Verwandtschaft gab. Sie war Einzelkind gewesen und nach dem frühen Tod ihrer Eltern bei Tante Fini aufgewachsen. Zur Verwandtschaft ihres Vaters hatte Mama nie Kontakt gehabt. Onkel Heinz und Tante Fini hatten beide nie geheiratet oder Lebenspartner gehabt, und auch Mama war seit der Trennung von meinem Vater Single. Wenn ich so darüber nachdachte, klang das alles furchtbar traurig und lieblos. Aber wer war ich schon, das Glück anderer Menschen bewerten zu wollen? Nur weil sie allesamt so freudlos wirkten und ihre Art zu leben nicht die meine war, hieß es ja nicht, dass ihre Art falsch war.

Tante Fini brachte sich am Eingang des Saals in Position, um die Gäste zu begrüßen. Bevor der Trubel losging, überreichte ich ihr schnell mein Geschenk – das Bild, das ich für sie gemalt hatte und das zum Glück heil im Allgäu angekommen war. Als Tante Fini das Gemälde mit fragender Miene betrachtete, beeilte ich mich zu erklären: »Ich habe mir überlegt, was dir wichtig ist, und versucht, es in dem Bild festzuhalten: Tradition, Heimat, Sicherheit.«

»Das soll auf dem Bild zu sehen sein?«

»Ja. Es wirkt vielleicht auf den ersten Blick wie ein wildes Chaos aus Formen, Linien und Farben, aber siehst du, da sind überall klare Muster erkennbar, die verlässlich immer wiederkehren. Sie geben Sicherheit in diesem Chaos.«

»Ah. Aha.«

Innerlich seufzte ich. Was hatte ich mir auch dabei gedacht,

Tante Fini ein abstraktes 120 x 40 cm großes Öl-auf-Leinwand-Gemälde zu schenken? Ich wusste doch, wie sie eingerichtet war, kannte ihre Vorliebe für dunkle Holzmöbel und Spitzendeckchen. Aber egal, mein Bild war gut, und selbst wenn sie es nicht mochte – mir gefiel es.

Da, ich hatte es gesagt: Mein Bild ist gut, und es gefällt mir. Scheiß auf das, was die alten Säcke an der Uni gesagt hatten, die glaubten, die Kunst für sich gepachtet zu haben. Es war höchste Zeit, meine Bilder nicht mehr im alten Kuhstall zu verstecken, sondern sie zu zeigen. Sobald ich wieder zu Hause war, würde ich Kirsten sagen, dass ich bei ihrer Ausstellung mitmachen wollte.

Tante Fini war höflich genug, mein Bild nicht als Einhornerbrochenes zu bezeichnen, und von Leon Löwentraut hatte sie wahrscheinlich noch nie was gehört. »Na, das ist ja … schön bunt. Vielen Dank«, sagte sie, stellte das Bild zur Seite, und damit war die Sache für sie erledigt.

Für einen Moment überlegte ich, ob ich beleidigt sein sollte. Aber dann war da neben mir auf einmal ein unsichtbarer Cano, der mir ins Ohr flüsterte: »Ist *schön bunt* besser oder schlechter als *dekorativ?*«, und ich musste lachen.

Ich sah zu, wie Tante Fini ihre nach und nach eintrudelnden Gäste in Empfang nahm. Sie war scheinbar wirklich eine große Nummer im Ort und hielt Hof wie eine Königin, in ihrer aufrechten Haltung mit gehobenem Kinn. Es fehlte nur noch, dass sie ihre Hand zum Küssen darbot oder dass sie ihren Hofstaat vor sich niederknien ließ. Der Bürgermeister sprach ein paar nette Worte, die Tageszeitung machte ein Foto, und die örtliche Blaskapelle kam auf ein Ständchen vorbei.

Die Musik erinnerte mich an Lichterheim. Und an Cano. Im Gegensatz zum fröhlichen Lichterheim war die Stimmung hier allerdings gesetzt. Fairerweise musste ich aber zugeben, dass nicht wenige Lichterheimer sich mithilfe von alkoholischen Getränken auf Betriebstemperatur gebracht hatten, während die Oberstdorfer noch stocknüchtern waren. Darüber hinaus war *ich* in Lichterheim von Cano auf Betriebstemperatur gebracht worden, und er fehlte mir hier.

Als die Jungs und Mädels von der Blaskapelle die Instrumente wieder einpackten, gab es Kaffee, und schon bald stieg die Stimmung. Aber ich hatte den Fehler gemacht, zu oft an Cano zu denken, und so blieb meine Betriebstemperatur unten. Wie er wohl hier reingepasst hätte? Ob er mit Tante Fini und meiner Mutter klargekommen wäre, oder hätten sie ihn ebenso wahnsinnig gemacht wie mich?

Nach dem Abendessen verschwand Paula mit den anderen Kindern wieder auf den Spielplatz vorm Restaurant, wo sie sich schon den ganzen Nachmittag über beschäftigt hatten. Derweil sangen die Landfrauen ein auf Tante Fini umgedichtetes Lied. Und danach ging die Party dann doch noch richtig los. Die Musik wurde aufgedreht, der Bürgermeister schnappte sich Tante Fini und eröffnete den Tanz. Bald darauf schwangen alle im Saal das Tanzbein. Alle, bis auf mich. Und Onkel Heinz, der geflüchtet war, kaum dass die Musik eingesetzt hatte. Wahrscheinlich war er schon längst zu Hause und lag im Bett.

Ich saß allein am Tisch, trank ein Glas Wein und konnte mich einfach nicht aus meiner melancholischen Stimmung lösen. Ich hatte Heimweh. Und beim Anblick der Tanzenden musste ich an Cano denken. Er fehlte mir. Verdammt, er fehlte mir wirklich. Wenn ich daran dachte, dass ich ihn nie wiedersehen und nie wieder küssen würde, dann …

Eine Hand legte sich auf meine Schulter. Als ich mich umdrehte, stellte ich fest, dass sie zu Onkel Heinz gehörte. »Wie sieht's aus?«, brummte er. »Tanzen wir?«

Ich war so verblüfft, dass ich nichts sagen konnte. Ich nahm einfach nur seine Hand und ließ mich von ihm auf die Tanzfläche führen. Hier brachten wir uns in Position und fingen an, langsam auf der Stelle zu schunkeln. Ohne Gehstock war Onkel Heinz noch unbeweglicher als sowieso schon, aber das war mir völlig egal.

Nachdem wir eine Weile still vor uns hin geschunkelt hatten, sagte ich: »Ist schön, mit dir zu tanzen.«

»Hm. Ich bin nicht mehr so gut zu Fuß und auch kein Fred Astaire.«

»Wer?«

»Ach, egal. Du bist ganz schön still in den letzten Tagen. So kenn ich dich gar nicht.«

»Mir geht halt einiges durch den Kopf.«

»Ja. Dein Rechtsverdreher. Der geht dir durch den Kopf.«

»Wie kommst du darauf?«

»Glaubst du, ich bin blind? Ihr seid beide Idioten, Elisabeth. Aber du wirst ihn schon wiedersehen.«

»Nein«, erwiderte ich mit belegter Stimme. »Nein, werde ich nicht.«

»Doch. Wirst du. Also kein Grund, Trübsal zu blasen.«

Wider Willen musste ich lachen. »So einfach ist das also?«

»Genau. So einfach.«

Wir wiegten uns zu *Movie Star* hin und her, Onkel Heinz versuchte sogar eine Drehung mit mir. Aber die ging ziemlich daneben. »Es ist nicht nur Cano, der mich Trübsal blasen lässt«, sagte ich schließlich. »Die letzten Tage mit Mama und Tante Fini haben mich nachdenklich gemacht. Und ein bisschen traurig.«

»Ich weiß.« Onkel Heinz verzog das Gesicht. »Wir können nicht aus unserer Haut, wir sind ... eine Familie von Miesepetern. Zu lachen gab es nie viel bei uns. Aber lass dich davon nicht runterziehen. Bleib bloß, wie du bist, Elli, so widerborstig und rebellisch.«

Tränen schossen mir in die Augen. Es war das erste Mal, dass er mich Elli genannt hatte. »Widerborstig? Das klingt nicht gerade positiv.«

»Es ist aber positiv. Du hast Stacheln, an denen Gemeinheiten einfach zerplatzen. Ohne diese Eigenschaft wärst du wahrscheinlich schon längst genauso wie wir.«

»Nicht alle Gemeinheiten zerplatzen einfach. Manche treffen mich auch.«

Wieder verzog er das Gesicht. »Ich ... Jemand wie du ...« Er brach hilflos ab, doch dann machte er eine entschlossene, beinahe grimmige Miene und setzte erneut an. »Deine Art war mir immer fremd. Das laute Lachen, dein Geplapper, diese Hibbelei. Du hast geredet, wie dir der Schnabel gewachsen ist, und gemacht, was du wolltest. Als ich jung war, durfte man nicht so sein. Und ich weiß jetzt, warum du mir so sehr auf die Nerven gegangen bist.«

»Warum denn?«

»Weil ich mehr so sein sollte wie du. Nur ein bisschen. Dann wär wahrscheinlich vieles in meinem Leben anders gelaufen. Klingt komisch, aber das habe ich auf dieser Reise kapiert.«

Ich sah Onkel Heinz fragend an, doch er ging nicht weiter darauf ein. Stattdessen sagte er etwas, das mich beinahe umhaute. »Tut mir leid, dass ich so ein Ekel war. Du hast das nicht verdient. Und die Kleine auch nicht.«

Nun musste ich tatsächlich ein bisschen heulen. Schnell

verbarg ich mein Gesicht an Onkel Heinz' knochiger Schulter. »Schon gut. Manchmal habe ich dich mit Absicht provoziert. Das tut mir wiederum leid.«

Onkel Heinz tätschelte mir unbeholfen den Rücken, während die letzten Takte des Liedes verklangen. Wir blieben stehen und schauten uns unschlüssig an. Dann erklangen die ersten Takte von *Atemlos durch die Nacht*, und das typische Atemlos-Party-Phänomen trat auf: Alle stöhnten »Oh nääää« und rollten mit den Augen, nur um gleich darauf auf die Tanzfläche zu rennen und die Hütte brennen zu lassen.

Onkel Heinz und ich hatten die Hütte schon genug brennen lassen, wie wir fanden. Wir gingen an unseren Tisch, füllten unsere Weingläser nach und tranken in einträchtigem Schweigen. Wir hingen unseren Gedanken nach, jeder für sich, aber trotzdem waren wir nicht allein.

Doch irgendwann brannte mir etwas auf der Seele, und ich konnte meine Klappe nicht mehr halten. »Darf ich dich mal was fragen?«

»Wenn ich Nein sage, fragst du doch trotzdem.«

»Stimmt.« Ich drehte mich zur Seite, um Onkel Heinz besser anschauen zu können, und stützte mein Kinn auf der Hand ab. »Warum hältst du eigentlich nichts von Hildesheim?«

Onkel Heinz ließ sein Glas auf halbem Weg zum Mund wieder sinken. »Das ist eine lange Geschichte.«

»Oh, ich hab Zeit, und ich liebe Geschichten. Paula sagt, du erzählst ganz gute, also raus damit.«

Onkel Heinz stieß ein leises langes Brummen aus, das schon fast wie ein Knurren klang. Dann trommelte er mit den Fingern auf die Tischplatte. »Als ich ein junger Mann war, wollte ich unbedingt raus aus dem Allgäu und die große weite Welt sehen. Also bin ich nach Hamburg, um auf einem Schiff anzuheuern. Hat mich aber keiner genommen. Ich war kurz davor, mit eingeklemmtem Schwanz nach Hause zu fahren, aber dann habe ich eine Stelle auf einer Werft gefunden. Das hat sich als Glücksfall herausgestellt. Ich hab die Arbeit gern gemacht. War auch verdammt gut darin und konnte ordentlich Geld zur Seite legen, damit ich meinem Mädchen einen Antrag machen kann.«

Mein Ellbogen rutschte vom Tisch, doch ich konnte mich gerade noch abfangen, bevor mein Kopf im Weinglas gelandet wäre. »Du hattest eine Freundin?«

»Brauchst gar nicht so verwundert zu sein. Ich war ganz fesch als junger Mann.«

Ich grinste. »Das glaube ich dir. Wie hieß sie denn?«

»Helga hieß sie. Hatte die blauesten Augen, und Beine bis Shanghai. Sie konnte mich immer zum Lachen bringen, egal wie mies ich drauf war. Sie war der einzige Mensch, der es je mit mir ausgehalten hat.« Fahrig wischte er sich über die Stirn.

Oje, ich ahnte, worauf das hinauslief. Fast wollte ich gar nicht wissen, wie die Geschichte weiterging, aber vielleicht tat es Onkel Heinz ja gut, mal darüber zu sprechen. »Und dann? Hast du ihr einen Antrag gemacht?«

Seine Miene verfinsterte sich. »Nein. Stattdessen hat sie mit mir Schluss gemacht. Hat sich in so einen Türken verliebt, der als Gastarbeiter gekommen war.«

Das hatte den armen Onkel Heinz bestimmt schwer getroffen. Natürlich war es keine Entschuldigung, alle Ausländer zu hassen, aber es war eine Erklärung dafür, dass er so verbittert war. »Und dann? Ist sie mit ihm nach Hildesheim gegangen, vermute ich?«

Onkel Heinz starrte in sein Weinglas. »Genau.«

»War bestimmt nicht einfach zur damaligen Zeit, eine Beziehung zwischen einem Gastarbeiter und einer Deutschen. Und dann auch noch einem Moslem. Sie muss sehr mutig gewesen sein, deine Helga.«

Onkel Heinz sah grimmig zu mir auf, und am liebsten hätte ich mir auf die Zunge gebissen. »Tut mir leid, das war taktlos.«

»Schon gut. Wenn ich jetzt darüber nachdenke, hast du recht. Sie war mutig. Hat sich nichts sagen lassen und ist immer mit dem Kopf durch die Wand. Ein bisschen wie du.«

Ich legte meine Hand auf seine und drückte sie kurz.

»Ich hätt sie nur gern für mich gehabt, verstehst du?«

»Klar, absolut. Scheiß Hildesheim, was?«

»Sag ich doch.«

»Und nach ihr hast du dich nie wieder verliebt?«

Er schüttelte den Kopf. »Hab mich lieber in die Arbeit gestürzt. Schiffe bauen, das war schon was ganz Besonderes. Meine zweite große Liebe nach Helga.« Nach einer kurzen Pause fuhr er fort: »Aber dann kam das große Werftensterben. Ich war lange arbeitslos und musste umschulen auf Büro. Die Arbeit da war nix für mich. Den ganzen Tag eingesperrt sein in diesem winzigen Raum, nur Akten hin und her schieben und mit Zahlen jonglieren.«

»Wie lange hast du das denn gemacht?«

»Fünfundzwanzig Jahre.«

»Puh. Das ist wirklich eine viel zu lange Zeit, um etwas zu machen, das man hasst.« Ich dachte an meinen Job im Bioladen und das Gefühl festzustecken. Zwar hasste ich die Arbeit nicht, aber wenn ich daran dachte, bis zur Rente Tag für Tag nichts anderes zu machen … vielleicht wäre ich irgendwann so verbittert wie Onkel Heinz.

»Tja.« Er trank einen großen Schluck Wein. »Nachdem ich den Job auf der Werft verloren hatte, lief gar nichts mehr. Mein engster Freund ist gestorben, die Kneipe, in der ich meinen Stammtisch hatte, hat dichtgemacht. Hab mir dann in einer Spielhalle die Zeit vertrieben und viel Geld verloren. Na ja. So ist das halt.« In seinem Gesicht lag ein tieftrauriger, verlorener Ausdruck.

Wie einsam Onkel Heinz in all den Jahren gewesen sein musste. Ich drückte noch mal seine Hand. »Tut mir wirklich leid. Du hast ganz schön viel Pech gehabt.«

»Das ist wohl die Strafe dafür, so ein Griesgram zu sein.«

»Das glaube ich nicht. Ich glaube, dass du erst zum Griesgram geworden bist, durch alles, was dir passiert ist. Und das kann ich echt ein bisschen verstehen.«

Onkel Heinz legte seine freie Hand auf meine und tätschelte sie. Täuschte ich mich, oder zitterte sein Kinn?

»Sag mal, was hältst du eigentlich davon, wenn Paula und ich dich von jetzt an öfter besuchen?« Er sagte nichts dazu, also fuhr ich schnell fort: »Du kannst auch mal bei uns vorbeikommen, dann zeigen wir dir den Hof. Wir können dich aus dem Seniorenheim abholen.« Er sagte immer noch nichts, sondern starrte nur auf unsere verschlungenen Hände. »Du kannst es dir ja noch mal überlegen.«

Mit dem, was er dann sagte, hätte ich beim besten Willen nicht gerechnet: »Ich gehe nicht zurück nach Hamburg. Ich bleibe hier.«

Verwirrt schüttelte ich den Kopf. »Wie, du bleibst hier? Für immer?«

»Ja. Ich gehe nicht zurück in die Goldene Pforte. Keine zehn Pferde kriegen mich mehr dahin, da sitzt man nur rum und wartet auf den Tod. Mit Josefa ist alles geregelt. Ich kann eine der Ferienwohnungen bekommen. Die letzten Lebensjahre will ich auf dem Hof meiner Eltern verbringen, mit dem letzten Rest Familie, den ich noch hab.«

Fast wollte ich protestieren, dass Paula und ich auch Familie waren. Stattdessen sagte ich: »Na dann. Ich freu mich für dich. Klingt, als könnte es nett werden.« Seltsamerweise freute ein Teil von mir sich aber gar nicht. Nein, dieser Teil von mir war ganz schön traurig darüber, Onkel Heinz wieder abgeben zu müssen, nachdem ich ihn gerade erst gefunden hatte. Eigentlich hätte ich ihn gerne behalten. Genau wie Cano. Unsere Roadtrip-Gang stand offensichtlich unter keinem guten Stern und würde nie etwas anderes sein als das, was sie ursprünglich gewesen war: eine Zweckgemeinschaft mit Ablaufdatum. Und das war hiermit endgültig erreicht. Gut, dass Paula meine Tochter und erst sechs Jahre alt war, sonst würde sie mir wahrscheinlich eröffnen, dass sie morgen nach Lichterheim zog.

Nach diesem Gespräch war es mit meiner Feierlaune endgültig vorbei, und ich war wieder mal froh, ein Kind zu haben. Paula musste nämlich ins Bett und bot mir somit die perfekte Ausrede, die Feier zu verlassen. Auch Onkel Heinz wollte nach Hause, und so verabschiedeten wir uns von Tante Fini, die inmitten des CSU-Ortsvorstands Hof hielt. Mama konnte ich nur zuwinken, da sie seit etwa zwei Stunden mit ihrem netten Kollegen von der Nebelhornbahn tanzte. Vielleicht war er ja sogar mehr als nur ein netter Kollege. So wie die beiden sich anhimmelten, konnte ich mir das durchaus vorstellen.

Da ich Wein getrunken hatte, ließ ich den Wagen bei der Gaststätte stehen, und Onkel Heinz, Paula und ich gingen zu Fuß zu Tante Finis Hof. Wieder spürte ich diese Wehmut in mir, als wir durch die dunkle Nacht gingen. Zwei Menschen gefunden und gleich wieder verloren, und das innerhalb von

385

nur einer Woche. Aber für Onkel Heinz war es doch toll, dass er zukünftig hier leben würde. Und Cano … keine Ahnung, wahrscheinlich war er auch besser dran ohne uns und wir ohne ihn. Wir passten nicht in sein Leben, genauso wenig wie er in unseres. Also, sei still, mein Herz, forderte ich das Organ auf, das so furchtbar schwer war und vor sich hin jammerte.

Am nächsten Morgen wirbelten Paula und ich durchs Haus, um unsere Sachen zusammenzupacken. Als alles im Auto verstaut war, frühstückten wir das letzte Mal gemeinsam mit Mama, Tante Fini und Onkel Heinz. Tante Fini war noch ganz beseelt von der Feier und sprühte für ihre Verhältnisse geradezu vor Lebenslust. Sie wurde gar nicht müde zu betonen, wie freundlich der Herr Bürgermeister über sie gesprochen hatte, wie schön die Kapelle gespielt hatte, wie wichtig sie für den Ort war und überhaupt, wie sehr sie von allen geschätzt wurde. Ich dachte an das, was Onkel Heinz mir erzählt hatte, und gönnte es ihr. Wahrscheinlich hatte auch sie nie viel zu lachen gehabt. Ich würde wohl nie erfahren, was genau in dieser Familie abgelaufen war, aber ich war mir sicher, dass alle drei, Onkel Heinz, Tante Fini und meine Mutter, so viel Freude und Liebe wie nur möglich in ihrem Leben verdient hatten.

Nach dem Essen brachten Mama, Tante Fini und Onkel Heinz uns zum Auto. Nachdem Paula und ich uns kurz und bündig von Tante Fini verabschiedet hatten, wandten wir uns an Onkel Heinz. Nun war unser Roadtrip also endgültig vorbei und damit die kurze Zeit, die wir gemeinsam verbracht hatten. Als ich Paula gesagt hatte, dass Onkel Heinz in Oberstdorf bleiben würde, war sie in Tränen ausgebrochen. Jetzt klammerte sie sich förmlich an ihn und rang ihm das Versprechen ab, sie ganz oft anzurufen und ihr Briefe zu schreiben. Ein wenig ungelenk strich Onkel Heinz ihr übers Haar und drückte sie fest an sich. »Mach ich, Kleine. Und du vergisst mich auch nicht, ja?«

Nachdem Paula ihren Klammergriff endlich aufgegeben hatte, war es an mir, Onkel Heinz zum Abschied zu umarmen. »Du bist viel zu dünn«, schalt ich ihn. »Und das, obwohl du in Restaurants immer so riesige Portionen isst.«

»So oft gehe ich ja nicht essen.«

»Pass gut auf dich auf, Onkel Heinz, ja?«

»Hm«, brummte er. »Und du fahr vorsichtig. Achte drauf, ausreichend Abstand einzuhalten.«

»Mach ich.«

»Und leg dich nicht mit irgendwelchen fremden Männern an. Es ist niemand da, der euch raushauen kann.«

»Ist ja gut, werde ich schon nicht.«

»Wenn du deinen Rechtsverdreher wiedersiehst, bestell ihm einen schönen Gruß von mir und sag ihm, dass er gut auf euch achtgeben soll.«

»Jaha. Äh, ich meine, nein. Ich werde ihn nicht wiedersehen.«

Ein Grinsen breitete sich auf Onkel Heinz' Gesicht aus. Ja, ein Grinsen, ein richtiges, jungenhaftes, sympathisches Grinsen. »Doch. Wirst du. Da fällt mir ein …« Er griff in die Hosentasche und holte ein Bündel Geldscheine heraus. »Die hatte ich auf einmal in der Manteltasche, nachdem dein Rechtsverdreher weg war. Ich vermute, das ist das Geld, das du nicht annehmen wolltest.«

Fassungslos starrte ich auf die Scheine.

»Er hat's mir heimlich untergejubelt. Wollte wohl unbedingt, dass du es bekommst.« Er drückte mir das Geld in die Hand. »Ich wollte es dir auch heimlich unterjubeln, hab's aber nicht hinbekommen. Es sind siebenhundertfünfzig Euro. Nimm sie einfach, Elli.«

Siebenhundertfünfzig Euro. Fünfhundert bis München, zweihundertfünfzig für die Garten-Guerillas. Ich wusste nicht, wieso, aber ich war kurz davor, in Tränen auszubrechen. Es kam mir vor, als wäre diese Schuld das Letzte, das Cano und mich noch miteinander verbunden hatte. Jetzt hatte er sie beglichen. Warum tat das so weh? »Mach's gut, Onkel Heinz«, flüsterte ich und drückte ihn noch mal an mich.

Nachdem ich das Geld in meiner Hosentasche verstaut hatte, umarmte ich meine Mutter ein letztes Mal. »Kommt gut nach Hause«, sagte sie. »Und ruf mal öfter an. Du meldest dich ja nie.«

Sie meldete sich genauso wenig, aber egal. Sie war nun mal, wie sie war, und ich war, wie ich war. Wir würden nie eine dieser engen Familien sein, waren es nie gewesen. Trotzdem fuhr ich ohne Groll nach Hause. Ich war einfach nur froh, endlich nach Plön zurückzukehren, wo ich ich selbst sein konnte und durfte, dorthin, wo mein wahres Zuhause war. Und meine wahre Familie.

Home, sweet home

Die Rückfahrt verlief so reibungslos, dass ich es kaum glauben konnte. In den Kasseler Bergen wurde Paula zwar wieder schlecht, aber wir wussten ja nun, wie wir damit umzugehen hatten. Ansonsten gab es keine Pannen, keine Prügeleien, keine Schießereien, keine Schützenfeste. Keine Streitereien, keine Diskussionen. Es gab keinen Cano und keinen Onkel Heinz. Kurzum, es war furchtbar langweilig.

Um acht Uhr abends rollten wir endlich auf den Hof und stellten den Wagen vor dem Haus ab. Ich stieg aus und half Paula aus ihrem Sitz, die gleich ins Haus stürmte. Doch ich atmete erst mal tief die raue norddeutsche Luft ein. Eine frische Brise wehte mir um die Nase, denn selbst wenn die schweren Stürme sich verzogen hatten – windig war es hier immer.

Für einen Moment ließ ich meinen Blick über das vertraute Chaos schweifen: die Feuerstelle und die Sitzgruppe aus selbst gebauten Europalettensofas mit den bunten Kissen. Skulpturen von Kirsten. Die zu Blumenkübeln umfunktionierten Tränken. In den Bäumen hingen aus altem Besteck gebastelte Windspiele und Vogelfutterstellen aus ausgemusterten Tassen. Ein paar der Hühner spazierten über das Kopfsteinpflaster, Bodo lag in der Abendsonne vor dem windschiefen alten Haus, das dringend ein paar Reparaturen benötigte. All das hatte ich so sehr vermisst in dem akkuraten, sterilen Umfeld von Tante Fini und meiner Mutter.

Ich holte Rosa aus dem Auto und stellte sie vor der Tür ab. Aus dem Haus hörte ich, wie Paula Kirsten und Antje begrüßte. »Papa ist gar kein König in Afrika, sondern Insektenforscher in Amerika«, erzählte sie aufgeregt.

Nachdem ich Bodo ein bisschen hinter den Ohren gekrault hatte, ging ich ebenfalls ins Haus. Ich achtete darauf, die Tür vorsichtig zu schließen, damit kein Putz herunterfiel. Während ich über die ausgetretenen alten Holzdielen in die Küche ging, nahm ich den Duft von Pasta mit Antjes leckerer selbst gemachter Tomatensoße wahr. Im Radio lief leise ein alter Song aus den Siebzigern, der Raum war zu klein für das bunte Sammelsurium an Möbeln, Küchenutensilien, Kräutern, von Paulas gemalten Bildern und Fotos von uns allen. Und dann fiel mein Blick auf meine Mitbewohnerinnen. Kirsten hatte Paula auf dem Arm, und Antje hatte ihre Arme um die beiden gelegt. Sie lachten, während Paula aufgeregt von der Reise berichtete. Ich war zu Hause. Noch nie hatte ich es so stark empfunden wie jetzt. Da waren immer Zweifel gewesen. Der Gedanke, dass ich vielleicht besser nach Hamburg passte und dass ich die Stadt vermisste, hatte mich nie ganz losgelassen. Aber jetzt und hier wusste ich es genau: Das hier war mein Zuhause, hier gehörte ich hin. Ich ging auf die drei zu und schloss mich der Gruppenumarmung an.

»Hey, Elli«, sagte Kirsten. »Schön, dass du wieder da bist.«

»Ihr habt mir gefehlt«, erwiderte ich und drückte Kirsten und Antje fest an mich. »Ihr habt mir so sehr gefehlt, und ich bin unglaublich froh, euch zu haben. Wisst ihr das eigentlich?«

»Na klar. Wir sind doch auch froh, euch zu haben. Du bist ja so emotional, was ist denn los?«

Ich seufzte tief und löste mich aus der Umarmung. »Es war einfach eine verdammt lange Woche.«

Antje ging zum Herd, um die Nudeln abzugießen. »Dann setzt euch mal hin und esst mit uns. Es ist genug für alle da.«

Es war immer genug für alle da, das liebte ich an meiner WG. Ständig schneiten Freunde von uns herein, und immer war etwas zu essen und zu trinken da. Niemand musste hungrig oder durstig unser Heim verlassen. In dem Moment fiel mir auf, dass jemand fehlte. »Wo ist Sami eigentlich?«

»Er ist heute Abend unterwegs, also sind wir nur zu viert«, erwiderte Antje. »So, dann lasst uns essen, ich hab Hunger.«

Zuerst musste Paula allerdings unbedingt Rosa vorführen. Wir fanden einen schönen Platz im Stall für sie und schmiedeten Pläne für ein riesengroßes Luxuskaninchenhaus mit Außenbereich. Außerdem nahmen wir uns gleich für den nächsten Tag vor, ins Tierheim zu fahren, um Rosa einen oder zwei Kumpels zu besorgen. »Willkommen zu Hause, Rosa«, sagte Antje, als wir den Stall verließen. An der Tür blieben wir stehen und schauten zurück. Rosa wackelte traurig mit der Nase und blickte uns nach.

»Vielleicht kann sie bei uns im Haus pennen, bis sie ihre eigene WG hat?«, überlegte Kirsten laut.

»Jaaa!«, rief Paula.

»Gut, dass du es sagst.« Erleichtert schnappte ich Rosas Käfig und schleppte sie in die Küche, wo sie eingequetscht zwischen Kühlschrank und Spüle stand, aber deutlich zufriedener aussah als allein in der Scheune.

Während des Essens erzählten Paula und ich von unserem abenteuerlichen Roadtrip. Kirsten und Antje lachten lauthals, als wir von der Prügelei oder dem Adlerschießen berichteten, horchten jedes Mal auf, wenn Cano erwähnt wurde, und fassten sich gerührt ans Herz, als ich von dem Tanz mit Onkel Heinz erzählte.

Als Paula im Bett lag und wir bei einer Flasche Rotwein an der Feuerstelle saßen, kam dann die Erwachsenenversion der Ereignisse. Als Erstes berichtete ich davon, wie ich Paula die Wahrheit über Will gesagt hatte.

»Und wie hat sie es aufgenommen?«, fragte Kirsten.

»Erstaunlich gut. Es gab natürlich Tränen, aber sie hat sich schnell von dem Schock erholt.«

»Paula ist ja auch noch jung, da kann sie so etwas vielleicht besser verarbeiten als ein älteres Kind oder ein Teenager«, meinte Antje.

»Ich hoffe, du hast recht«, sagte ich nachdenklich. »Außerdem hat Paula die tollste Familie, die man nur haben kann. Euch beide, Sami und mich. Wer braucht da schon einen leiblichen Vater?«

Kirsten drückte mich kurz an sich. »Das hast du schön gesagt, Elli.« Sie warf noch einen Scheit Holz ins Feuer und lehnte sich bequem zurück. »Aber kommen wir mal zu deinem Herrn Schnöselanwalt. Wir hätten jetzt gern die ungekürzte Fassung. Auf unsere Nachfragen per WhatsApp warst du ja nicht sehr auskunftsfreudig.«

Ich spürte wieder dieses Ziehen in meinem Herzen, wie immer, wenn ich an Cano dachte. Zunächst zögerlich, aber nach und nach immer ausführlicher erzählte ich von ihm und unserer zwar kurzen, aber intensiven gemeinsamen Zeit.

»Und du willst ihn wirklich nicht wiedersehen?«, fragte Antje, als ich bei unserem Abschied in München angekommen war.

Entschieden schüttelte ich den Kopf. »Nein. Er wollte meine Nummer nicht, insofern hat er auch kein Interesse daran, mich wiederzusehen.«

»Ja, aber hat er das gesagt?«, hakte sie nach. »Hat er wortwörtlich gesagt: ›Nein, danke, Elli, lass mal stecken, deine Nummer?‹«

Ich dachte kurz über ihre Frage nach. »Nein, er hat eigentlich gar nichts gesagt. Außer ›Äh‹.«

»Also könnte es doch sein, dass …«

»Nein«, rief ich entschieden. »Das Thema hat sich für mich erledigt. Er hat mit keiner Silbe angedeutet, dass er mich wiedersehen will, und ich werde mich nie mehr irgendwelchen Typen an den Hals werfen, die mich gar nicht wollen. Dafür bin ich mir zu schade.«

»Das verstehe ich vollkommen.« Kirsten schenkte mir den Rest aus der Flasche ein. »Auf diese wirklich kluge Entscheidung«, sagte sie und prostete mir zu.

Bald darauf ging ich ins Bett. Obwohl ich todmüde war, konnte ich lange nicht einschlafen. Immer wieder tauchten Canos braune Augen vor mir auf. Ich spürte seine Hände auf meinem Körper, seine Lippen auf meinem Mund, hörte, was er gesagt hatte. Aber all das hatte nichts zu bedeuteten, all das war nichts. Die Jahre der Freundschaft zu Sami hingegen, die waren alles. Die waren echt. Und wenn man darauf nicht gemeinsam aufbauen konnte, worauf denn dann?

Als ich Paula am nächsten Morgen wecken wollte, war ihr Bett leer. Wahrscheinlich butscherte sie auf dem Hof herum und stattete den Hühnern einen Besuch ab. In der Küche fand ich einen Zettel, auf dem Antje mich informierte, dass Paula ihr heute Vormittag auf dem Feld half, weil sie endlich mal wieder Treckerfahren wollte. Ich würde sie also erst heute Mittag wiedersehen.

Nach dem ich gefrühstückt hatte, schaute ich im Garten nach meinen Kräutern und dem Gemüse, das ich angepflanzt hatte. Ich bewunderte, wie weit die Wildblumenwiese in diesem Jahr schon gewachsen war, beobachtete die Eidechsen, die in der Natursteinmauer lebten, und hörte die Frösche am kleinen Teich quaken. Eine Libelle flog über das Wasser, und es summte und brummte vor Bienen, Hummeln und etlichen anderen Insekten. Wie konnte man eine triste Kieswüste dem bunten Leben hier vorziehen? Mir fiel ein, dass Rüdiger Hofmann-Klasing, der Hamburger Bürgermeister, sich mit den Garten-Guerillas treffen wollte. Ich war nicht begeistert von der Idee gewesen, aber jetzt fragte ich mich, warum eigentlich? Wenn wir eine Chance hatten, unsere Sache bekannter zu machen, dann sollten wir sie doch auch nutzen.

Entschlossen stand ich auf und ging in den ehemaligen Kuhstall, wo Kirsten bereits ihre volle Schweißmontur angelegt hatte und gerade anfangen wollte, an ihrem neuesten Kunstwerk zu arbeiten.

»Hast du mal einen Moment? Ich muss was Dringendes mit dir besprechen.«

»Klar.« Sie stellte das Schweißgerät wieder aus und setzte den Helm ab. »Was ist denn?«

»Es sind zwei Sachen, eigentlich. Ich habe viel nachgedacht und bin zu zwei Entscheidungen gekommen.«

»Klingt spannend.«

»Also, Nummer eins geht um die Ausstellung, die du im Oktober geplant hast. Wenn noch Platz ist, würde ich mich euch gern anschließen.«

Kirstens Gesicht hellte sich auf. »Ja, klar ist noch Platz. Das ist großartig, Elli, ich freu mich total! Deine Bilder sind viel zu genial, um ungesehen hier rumzustehen.« Freudestrahlend kam sie zu mir, um mich zu umarmen.

Ich lachte. »Na ja, über Genialität lässt sich wohl streiten.

Aber weißt du was? Es ist doch scheißegal, ob das, was ich produziere, nun Kunst ist oder dekorativ oder Löwentraut für Arme oder Einhornerbrochenes. Es ist. Mir. Egal. Mir gefällt es, und ich will es nicht mehr verstecken, sondern zeigen, und vor allem will ich den Kram *verkaufen*.«

»Yay«, rief Kirsten und hob die Hand, damit ich einschlagen konnte. »Die Einstellung gefällt mir.«

»Ich glaube, Punkt zwei wird dir auch gefallen.«

Sie hob die Augenbrauen. »Aha? Lass hören.«

»Du hast doch gesagt, dass Rüdiger Hofmann-Klasing sich für die Garten-Guerillas interessiert und sich mit uns treffen will.«

»Ja. Aber du und Sami wart doch dagegen, weil ihr lieber aus dem Untergrund arbeiten und Guerillas bleiben wollt.«

»Stimmt. Aber ich habe noch mal darüber nachgedacht, und ich finde, wir wären bescheuert, wenn wir uns diese Chance entgehen lassen. Wir können viel mehr erreichen, wenn wir die Stadt Hamburg im Rücken haben. Namhafte Partner gewinnen und richtig Werbung für Naturgärten machen. Es geht doch um die Sache an sich und nicht darum, uns persönlich zu profilieren.«

»Das stimmt. Aber wir werden es erst in großer Runde ausdiskutieren müssen. Die Idee wird nicht allen gefallen.«

»Ja, ich weiß. Aber wir überzeugen die anderen schon.«

Kirsten nickte langsam und schaute mich nachdenklich an. »Du kommst mir ganz schön verändert vor, Elli. Als wärst du nicht eine Woche, sondern ein Jahr unterwegs gewesen.«

Bilder von Onkel Heinz, Cano, Tante Fini und meiner Mutter tauchten vor meinem inneren Auge auf. »Es klingt ein bisschen kitschig, aber es kommt mir vor, als wäre das auch ein Roadtrip zu mir selbst gewesen.«

Kirsten lächelte. »Das klingt gar nicht kitschig. Verdammt, jetzt will ich auch einen Roadtrip machen.«

»Mach das. Soll ich Onkel Heinz anrufen? Vielleicht hat er ja Zeit.«

»Ach, ich glaube, die Onkel-Heinz-Magie funktioniert nicht bei jedem.«

Ich hockte auf dem Boden meines Zimmers und packte Paulas und meine Taschen aus, als es an der offenen Tür klopfte. Ich drehte mich um und entdeckte Sami, der im Türrahmen lehnte und mich beinahe schüchtern anlächelte. »Hey, Elli. Schön, dass du wieder da bist.«

Oh verdammt, jetzt war es so weit. Ich konnte dieses Gespräch endgültig nicht mehr länger hinauszögern, und ich wollte es auch gar nicht. Jetzt war die Stunde der Wahrheit.

»Schön, wieder hier zu sein«, erwiderte ich und musterte ihn, die dunkelblonden Haare, die klugen grauen Augen hinter der Nickelbrille. Das T-Shirt, das Paula und ich ihm zum Geburtstag gebatikt hatten. Jetzt reiß dich zusammen und umarme ihn, Elli! Ich raffte mich auf und ging zu Sami, um meine Arme um ihn zu schlingen. Nun war er derjenige, der mir auf den Rücken klopfte, so wie ich bei unserem Abschied. Aber wir würden dieses linkische Rückenklopfen bestimmt bald hinter uns lassen.

Sami und ich setzten uns auf mein Bett, und ich erzählte ihm kurz von unserer Reise ins Allgäu. Aber wir beide wussten, dass eigentlich etwas ganz anderes anstand. Das Ende unserer Freundschaft. Verdammt, das Ende unserer Freundschaft.

»Aber genug vom Allgäu«, schloss ich meine Erzählung über Tante Finis Geburtstag. »Du wolltest doch … nein, wir beide wollten doch miteinander sprechen. Über uns, meine ich.«

Sami nickte ernst. »Ja, richtig. Himmel, bin ich froh, dass ich dich endlich mal erwische, wenn du ein bisschen Zeit hast. Diese Sache ist mir echt total wichtig. *Du* bist mir total wichtig, Elli. Und Paula auch.«

Übelkeit breitete sich in mir aus. Hoffentlich musste ich mich vor Aufregung nicht übergeben. Mit Cano war mir nie übel gewesen. Mist, wieso dachte ich ausgerechnet jetzt an ihn? Schluss damit! »Du bist uns auch wichtig, Sami.«

Er nickte und atmete tief durch. Dann nahm er meine Hand in seine. »Okay, pass auf. Wir beide standen uns immer supernah.«

Ich drückte seine Hand. »Ja. Das stimmt.« Eigentlich könnten wir uns mit diesem Gespräch doch auch noch ein bisschen Zeit lassen. Ein oder zwei Wochen vielleicht, oder drei Monate oder vier Jahre. Aber ich sagte nichts, denn hier wurde nicht gekniffen.

Sami räusperte sich und fuhr fort: »In den letzten Monaten hat sich zwischen uns was verändert, das, ähm … hast du doch auch gespürt, oder?«

Ich nickte stumm. Oh Gott, es war so weit.

»Wir haben viel Zeit miteinander verbracht und sind uns unheimlich nahgekommen, so emotional, und unsere Freundschaft … Also, ich denke, wir haben gemeinsam einen Weg eingeschlagen, der …«

»Sami, warte«, platzte es aus mir heraus.

Verwirrt sah er mich an. »Was?«

Ich konnte es nicht. Ich konnte es einfach nicht, verflucht noch mal. Im Grunde hatte ich es immer gewusst, aber jetzt war es mir endgültig klar. Sami war einer der wichtigsten Menschen in meinem Leben. Aber er würde nie etwas anderes für mich sein als mein bester Freund. Und ich würde es meinem

397

besten Freund ganz sicher nicht antun, eine reine Vernunftbeziehung mit ihm einzugehen, wenn er seinerseits in mich verliebt war. Sami verdiente eine Frau, die ihn liebte, und diese Frau würde ich niemals sein. »Ich weiß, worauf du hinauswillst, Sami. Du hast recht, wir haben in den letzten Monaten einen gewissen Weg eingeschlagen, aber ich finde, wir sollten ihn besser nicht weitergehen. Sondern umkehren.«

Sami saß für eine Weile reglos da. »Äh …«

Mir fiel auf, dass Sami nun schon der zweite Mann innerhalb kürzester Zeit war, der mir in einem alles entscheidenden Moment nichts anderes zu sagen hatte als »Äh«. Also gut, dann würde ich halt reden. »Ich weiß, dass das mit uns total Sinn ergeben würde. Du bist ein toller Typ, wir haben so viel gemeinsam, Paula liebt dich. Aber mir ist unsere Freundschaft viel zu wichtig, und ich will sie nicht aufgeben.«

Sami schaute mich aus großen Augen an. Er war scheinbar völlig geschockt.

»Bitte, Sami, sag doch was. Oder habe ich unsere Freundschaft jetzt kaputtgemacht?«

»Nein«, rief er und fuhr sich mit beiden Händen durchs Haar. »Ich war nur völlig von der Rolle, weil du … du hast *meinen* Text gesprochen.«

»Äh …«, war es nun an mir zu sagen.

»Ja, ich hatte in letzter Zeit das Gefühl, dass da was in der Luft lag zwischen uns. Und eine Weile dachte ich auch, es wäre eine gute Idee, mit dir zusammenzukommen. Wie du schon sagtest, würde es ja durchaus Sinn machen.«

»Absolut«, pflichtete ich ihm bei und lachte erleichtert. Auf einmal war meine Übelkeit wie weggeblasen. »Und ich wollte es echt durchziehen. Bis gerade eben.«

»Oh, wow.« Sami grinste. »Dann ist mir wohl ein bisschen

früher als dir klar geworden, dass etwas nicht automatisch gut für einen ist, nur weil es Sinn ergibt. Das wollte ich dir die ganze Zeit sagen. Ich wollte dich darum bitten, es bei unserer Freundschaft zu belassen.«

»Oh Mann. Und ich dachte, dass du dich in mich verliebt hast.«

»Na, das dachte ich von dir doch auch.«

Mit beiden Händen hielt ich mir die Augen zu und schüttelte den Kopf. »Scheiße, Sami, wir würden *so* gut zusammenpassen. Was stimmt denn nicht mit uns?«

Sami prustete los. »Wir sind einfach zu gute Freunde, um uns das, was wir haben, mit Liebe zu versauen.«

»Wohl wahr.« Was für eine Schnapsidee war es bitte gewesen, eine Beziehung mit Sami einzugehen? Unsere Freundschaft war tausendmal wertvoller, als eine Vernunftbeziehung es jemals hätte sein können. Eine weitere wertvolle und wichtige Erkenntnis, zu der ich seit dem Roadtrip gekommen war. Wie ich schon zu Kirsten gesagt hatte: Dieser Roadtrip war scheinbar in erster Linie eine Reise zu mir selbst gewesen.

Obwohl sich in meinem Inneren so viel verändert hatte, kehrte doch nach und nach der Alltag wieder ein. Ich arbeitete im Bioladen, kellnerte an jedem zweiten Wochenende im Restaurant und plante die nächste Schluss-mit-Schotter-Aktion mit den Garten-Guerillas. Bei der Abstimmung über die Zusammenarbeit mit dem Hamburger Senat war es hitzig zugegangen. Vier Stunden lang hatten wir alles ausdiskutiert, bis wir uns am Ende mit knapper Mehrheit für die Zusammenarbeit entschieden hatten. Das erste Treffen stand bald an, und wir waren sehr gespannt darauf, was uns erwartete.

Wenn ich mir ein bisschen Zeit freischaufeln konnte in meinem chaotischen Alltag mit Kind, zwei Jobs, Biohof, Gärtnern und Freunden, die einen ja auch mal zu Gesicht kriegen wollten, arbeitete ich an meinen Bildern. Ich fühlte mich wie befreit von der Last, die auf mir gelegen hatte, seit meine Profs mich so hart kritisiert hatten. Zum ersten Mal seit Langem malte ich wieder, ohne alles zu hinterfragen und anzuzweifeln. Ich ließ alles ungefiltert raus und vergaß die Welt um mich herum.

Aber wenn es still war, ich im Bett lag oder in meinem Garten arbeitete, dann machten meine Gedanken sich selbstständig und flogen zu Cano. Er ging mir nicht aus dem Kopf. Ich dachte an das Funkeln in seinen Augen, die Art, wie er mich angesehen hatte, sein Lächeln. Wie er mich ein ums andere Mal herausgefordert hatte, als wüsste er genau, welche Knöpfe er bei mir drücken musste. Die Gespräche mit ihm, die Küsse, seine Hände auf meinem Körper. Und der Abschied von ihm, als ich ihm meine Telefonnummer und somit irgendwie auch mein Herz angeboten hatte und er darauf nichts zu sagen gehabt hatte als: »Äh …« Dieser blöde Schnöselanwalt konnte sich mal gehackt legen!

Cano schien nicht nur mir nicht aus dem Kopf zu gehen, sondern auch Paula. Immer wieder sprach sie über ihn, fragte nach ihm. »Wann kommt Cano denn endlich?«

Jedes Mal versuchte ich, ihr schonend beizubringen, dass er nicht kommen würde.

»Aber er kommt *immer* zurück. Warum dauert das denn dieses Mal so lange?«

Irgendwann nahm Kirsten mich zur Seite und fragte, ob es nicht besser wäre, Cano anzurufen. Aber ich wollte ihn da auf keinen Fall mit reinziehen. Es war ja nicht seine Schuld, dass Paula diese Fixierung auf ihn entwickelt hatte. Es war meine Aufgabe, sie davon abzubringen, und ich konnte nur hoffen, dass mir die gute alte Zeit hilfreich zur Seite stehen würde – wie sie es schon so oft getan hatte.

Manchmal telefonierten wir mit Onkel Heinz, aber wie wohl nicht anders zu erwarten gewesen war, war telefonieren so gar nicht sein Ding. Wir mussten ihm jede kleinste Information aus der Nase ziehen, aber zumindest schien es ihm bei Tante Fini und Mama gut zu gehen.

Während Paula und ich also unser gewohntes Leben lebten, wurde das Gefühl, dass mir etwas fehlte, immer deutlicher. Es ging nicht um Cano oder Will oder Sami, es ging um überhaupt keinen Mann. Ich steckte in einer Sackgasse, dieser Gedanke stach immer wieder zu, und zwar bevorzugt in Momenten, in denen eigentlich alles gut war. Immer wieder musste ich an Onkel Heinz denken, der damals im Büro gefangen und am Ende nur noch frustriert gewesen war. Die Vorstellung, dass es mir genauso ergehen könnte, verursachte mir Übelkeit. Diese innere Unruhe wurde nur dann gestillt, wenn ich mit Kirsten die gemeinsame Ausstellung plante. Wenn ich mit Paula die Kunsthalle in Hamburg besuchte und ihr meine Lieblingsexponate erklärte. Wenn ich ein Buch über die kunsthistorische Bedeutung von Putten las oder Farben mischte. Wenn ich malte.

Und genau in so einem Moment sah ich auf einmal klar. Mit den Händen trug ich eine neue Schicht Blau auf die Leinwand auf, spürte die kühle feuchte Farbe, sog den Geruch von Öl ein. Das war es, was ich immer schon hatte machen wollen, und daran würde sich nie etwas ändern. Ich hatte mich zwischenzeitlich nur verunsichern lassen und war von meinem Weg abgekommen. Aber die Liebe zur Kunst war nie wirklich weg gewesen, der Gedanke, wieder zu studieren, hatte mich nie ganz losgelassen. Es würde nicht einfach werden, aber jetzt und hier, mit Farbe an den Händen und im Gesicht, spürte ich ganz genau, was ich zu tun hatte. »Oh mein Gott«, stieß ich hervor. »Das kann doch nicht wahr sein. Das gibt's doch gar nicht!«

Ich sprang auf und rannte ins Haus, gleich durch in die Küche, wo Paula, Antje, Kirsten und Sami um den Tisch saßen und Uno spielten. »Ich mach mein Kunststudium zu Ende«, verkündete ich stolz.

»Uno letzte Karte«, verkündete Paula.

»Halleluja«, rief Kirsten. »Das wurde ja auch Zeit.«

»Wie kommst du zu der Erkenntnis?«, wollte Sami wissen.

»Na, ich hab euch doch erzählt, dass da diese Lücke ist, dass ich das Gefühl habe, mir fehlt was?«

Antje nickte. »Hast du.«

»Ich habe mich die ganze Zeit gefragt, was es ist.« Aufgeregt hielt ich meine farbverschmierten Hände hoch. »Dabei war es direkt vor meiner Nase. Wie konnte ich nur so blind sein?« Am liebsten wäre ich auf und ab gehüpft. Ich umarmte erst Paula, dann Sami, dann Kirsten und schließlich Antje. »Ich liebe Kunst! Das ist es, was ich machen will: malen oder unterrichten oder in einer Galerie arbeiten oder alles zusammen. Ist das nicht genial?«

Kirsten lachte. »Das ist großartig, und wir werden dich unterstützen, wo wir nur können. Aber könntest du dir jetzt bitte die Hände waschen?«

Ups. Stimmt, da war ja noch was.

Verhandlung am Küchentisch

»Verflucht noch mal, Rosa! Ist das dein Ernst?«

Wutentbrannt schaute ich auf das Massaker, das Rosa mit ihren beiden neuen Kumpels Cordula Grün und Lila Launebär (kurz Grün und Lila genannt) im Gemüsebeet veranstaltet hatte. Ohne den Hauch eines schlechten Gewissens hielt Rosa meinem Blick stand und verputzte dabei die letzten Reste des Kopfsalats. Den Fenchel hatten die drei sich offensichtlich bereits schmecken lassen, und als Nächstes wollten sie sich wohl über den Kohlrabi hermachen – zumindest schielte Grün verdächtig in die Richtung. Immerhin besaß Lila den Anstand, zerknirscht zu gucken, aber mit seinen niedlichen Schlappohren kam er eigentlich immer ein bisschen bedröppelt rüber.

»Wie seid ihr hier überhaupt reingekommen?«

Natürlich antworteten sie mir nicht, sie antworteten ja nie, wenn sie etwas gefragt wurden. Aber die Indizien sprachen für sich: *Irgendjemand* hatte sie in ihrer Tierarzt-Box hierhergebracht, die jetzt aufgeklappt neben dem Liegestuhl stand. Die leere Packung im Liegestuhl sagte mir, dass dieser *Irgendjemand* ein Freche-Freunde-Quetschie verputzt und dabei – worauf das Buch unter der Quetschie-Packung hindeutete – in *Lotta zieht um* geschmökert hatte. Und anschließend war dieser *Irgendjemand* einfach verschwunden. Allein. Ohne die Karnickel zurück in den Stall zu bringen. Die hatten die Gunst der Stunde genutzt und waren aus ihrer Tierarzt-Box geflüchtet, um sich im Gemüse zu verlustieren.

»Paula«, schrie ich, doch auf eine Antwort wartete ich vergebens. Ich sammelte Rosa, Grün und Lila ein und brachte sie zurück in das Luxusanwesen, das wir den dreien gebaut hatten. Bis ich Paula endlich in ihrem Zimmer gefunden hatte, wo sie auf dem Bett chillte und Bibi Blocksberg hörte, war ich schon ganz schön angenervt, um es mal milde auszudrücken. »Hast du vielleicht die Freundlichkeit, mir zu antworten, wenn ich dich rufe?«

»Ich hab dich nicht gehört«, behauptete sie.

»Mhm, klar. Und was bitte hast du dir bei der Nummer im Garten gedacht?«

Sie wich meinem Blick aus und presste die Lippen zusammen. »Das war ich nicht.«

Für einen Moment war ich sprachlos. »Bitte? Wer denn dann?«

»Weiß ich nicht.«

»Du scheinst aber genau zu wissen, wovon ich spreche.«

Sie legte ihre Stirn in Falten, als würde sie angestrengt nachdenken. »Nee, weiß ich nicht. Was ist denn im Garten?«

»Willst du das echt durchziehen, Paula? Du hast Mist gebaut, das weißt du genau.«

»Hab ich ja gar nicht!« Jetzt besaß sie auch noch die Dreistigkeit, zickig zu werden.

»Ach, hast du nicht? Der Gemüsegarten ist vollkommen verwüstet. Der Fenchel war echt lecker, da hätte ich gerne noch was von gehabt. Den magst du doch auch, oder?«

Paula nickte.

»Tja, Pech gehabt.«

»Aber ich war das nicht«, beharrte sie, und jetzt wurde ich endgültig sauer. Gar nicht mal wegen der Nummer im Garten, sondern weil sie mich anlog.

»Okay, das ist deine letzte Chance, mir die Wahrheit zu sagen. Warst du das im Garten?«

In bester Onkel-Heinz-Pose mit verschränkten Armen und zusammengekniffenen Lippen starrte sie mich an. Dann sagte sie: »Nein.«

»Boah, Paula, ich fasse es nicht!« Ich stürmte zu ihrem Nachttisch und stellte Bibi Blocksberg ab.

»Manno, das ist voll fies«, rief sie und brach in Tränen aus. »Das war gerade so spannend.«

»Das hättest du dir früher überlegen sollen.« Ich griff nach ihrer Toniebox und verkündete: »Die ist bis auf Weiteres konfisziert.«

»Hä?«, fragte Paula verständnislos.

»Die bekommst du erst mal nicht wieder. Das ist deine Strafe.«

»Aber das ist mega unfair, ich war das doch gar nicht! Außerdem ist das meine, die hab ich von Opa. Du bist immer nur fies und nie …«

»Nimm dir einen Anwalt«, fiel ich ihr ins Wort und ging aus dem Zimmer. Zugegeben, die Bemerkung war wirklich fies gewesen, aber ich war echt enttäuscht darüber, dass Paula mich so dreist angelogen hatte. Meine Strafe war richtig und angemessen, fand ich, denn Paula musste nun mal lernen, dass ihr Handeln Konsequenzen hatte.

Auch ich musste am eigenen Leib erfahren, dass mein Handeln Konsequenzen hatte, denn als ich zwei Tage später von der Arbeit nach Hause kam, saß kein anderer als Cano in der Küche.

»Was zum …«, stieß ich aus und blieb wie angenagelt auf der Türschwelle stehen, eine Hand auf der Brust. Ich klimperte ein paarmal mit den Wimpern und schaute genau hin. Nein, ich bildete es mir nicht ein. Da saß Cano. An meinem Küchentisch. Neben Paula.

Mein Magen fühlte sich an, als würde ich durch schwere Turbulenzen fliegen, während mein armes Herz unter schlimmen Arrhythmien litt. »Äh, was … wieso, ich meine, wie …« Hilflos brach ich ab und schüttelte den Kopf.

Cano sah mich mit ernster Miene an. Er hatte sein Anwalts-Pokerface aufgelegt, aber wenn ich genau hinschaute, erkannte ich, dass in seinen dunklen Augen die verschiedensten Emotionen miteinander kämpften. Ich konnte nur keine von ihnen deuten, war völlig überfordert mit dieser Situation. Schließlich nickte er höflich und sagte: »Frau Schuhmacher.«

Hä?

»Ich hab mir einen Anwalt genommen«, verkündete Paula. »Du hast gesagt, ich soll mir einen Anwalt nehmen, also hab ich Cano geholt.«

»Ah. Na dann … Hallo, Anwalt. Ich meine, Herr Anwalt. Herr Demiray.« Auf wackligen Knien ging ich zum Tisch und ließ mich auf einen Stuhl gegenüber von Paula und Cano fallen. Jetzt reiß dich mal zusammen, Elli, sagte ich mir streng. Cano mochte das perfekte Pokerface draufhaben, aber ich war die Ehrenschützenkönigin von Lichterheim. Eine Königin hatte ihre Gefühle im Griff, verdammt noch mal. »Und wie …« Mit dem Finger zeigte ich zwischen den beiden hin und her. »Wie hast du das angestellt?«

In diesem Moment tauchten Kirsten und Antje im Türrahmen auf, als hätten sie im Flur gelauscht. »Paula hat uns um Hilfe bei der Anwaltssuche gebeten«, erklärte Kirsten und grinste mich entschuldigend an. »Sie hatte praktischerweise eine Visitenkarte, und wir haben für sie angerufen.«

»Verstehe.« Ich wusste nicht, wie ich es finden sollte, dass

Kirsten und Antje sich eingemischt und mir nichts davon gesagt hatten, aber im Moment gab es Wichtigeres.

»Wir gehen dann besser mal.« Antje zog die neugierige Kirsten am Ärmel mit sich, die wahrscheinlich gern noch länger bei diesem Schauspiel dabei gewesen wäre. Kurz darauf schlug die Haustür zu, und Stille kehrte in die Küche ein.

Es war sechs Wochen her, dass ich Cano das letzte Mal gesehen hatte. Ich versuchte, ihn möglichst unauffällig zu mustern. Hatte er sich verändert? Nein, zumindest nicht auf den ersten Blick. Seine dunklen Haare waren ordentlich zurückgekämmt, also hatte er sich heute noch nicht viel geärgert oder war in eine Prügelei geraten. Seine Augen waren tatsächlich so tiefbraun, wie ich sie in Erinnerung hatte, und seine Lippen so weich und einladend. Schnell wandte ich meinen Blick von seinem Mund ab. Cano trug ein dunkelblaues Sakko, aber kein Hemd, sondern ein T-Shirt, und er hatte eine Jeans an. Also war heute wohl Casual Friday in der Kanzlei. Vor ihm auf dem Tisch lag eine offiziell aussehende Akte, auf der er seine Hände verschränkt hatte. Diese kräftigen Hände mit den langen Fingern, die gar nicht nach Anwaltshänden aussahen.

Ich schaute auf und bemerkte, dass er mich ebenso intensiv musterte wie ich ihn. Keine Ahnung, ob ich mit meinem Sommerkleid und dem lockeren Dutt der Musterung standhielt.

»Wieso sagt ihr denn gar nichts?«, fragte Paula in die Stille hinein, woraufhin Cano und ich uns endlich rührten.

Er räusperte sich und schlug die Akte auf, in der sich lediglich ein von Paula gemaltes Bild befand, das Rosa, Grün und Lila darstellte. »Gut, ich würde sagen, wir fangen an.«

Er war ganz sachlich, anwaltsmäßig. Kein »Wie geht's?« oder »Du hast mir gefehlt« oder »Ich kann ohne dich nicht leben«. Okay, Letzteres wäre wohl auch übertrieben, aber ein bisschen mehr hätte ich mir schon erhofft. Andererseits – das, was er gesagt hatte, war besser als »Äh«.

»Und womit genau fangen wir an?«, erkundigte ich mich und bemühte mich ebenfalls um einen sachlichen Ton, obwohl mein Herz heftig gegen meine Rippen schlug.

»Wie meine Mandantin Paula bereits gesagt hat, hat sie mich als ihren Rechtsbeistand engagiert, um sie in der Sache Schuhmacher gegen Schuhmacher zu vertreten.«

»Hm. Soweit ich mich erinnere, warst du bis vor nicht allzu langer Zeit *mein* Rechtsbeistand.«

»Stimmt.«

»Kannst du einfach so die Seiten wechseln? Ist das nicht gegen irgendeinen Anwaltskodex, oder so?«

»Nein, ich sehe da keinen Interessenkonflikt«, erwiderte Cano gelassen. »Es handelt sich ja um zwei voneinander unabhängige Fälle.«

Es war bewundernswert, wie ernsthaft er diese Nummer durchzog, das musste ich ihm schon lassen. »Ah ja. Und was ist, wenn ich für diese Sache auch einen Rechtsbeistand will?«

»Der steht dir natürlich zu. Ich kann dir einen Kollegen empfehlen, der bestimmt …«

»Schon gut«, beeilte ich mich zu sagen. Cano würde wahrscheinlich tatsächlich einen Kollegen antanzen lassen, und dann säßen wir noch stundenlang hier herum. »Ich krieg das auch alleine hin. Die Indizienlage ist ja eindeutig.«

Zum ersten Mal flog ein Lächeln über Canos Gesicht. »Wie du willst. Also, meine Mandantin sagt, dass die zur Debatte stehenden Straftaten – namentlich Diebstahl in Tateinheit mit Sachbeschädigung und Hausfriedensbruch – von den Kaninchen Rosa, Cordula Grün und Lila Launebär begangen wurden. Nicht von meiner Mandantin selbst. Daher ist das verhängte Strafmaß der Konfiszierung ihrer Musikbox als völlig überzogen anzusehen und eine Neuverhandlung anzustreben.«

Paula nickte bekräftigend, sagte jedoch nichts dazu. Wahrscheinlich hatte Cano ihr geraten, vom Recht des Schweigens Gebrauch zu machen.

»Dann hat deine Mandantin gar nicht verstanden, worum es überhaupt geht«, stellte ich fest. »Es geht nicht um die Verwüstung des Gartens, sondern darum, dass sie die Karnickel in den Garten gebracht und dann einfach unbewacht da zurückgelassen hat.«

Paula zupfte Cano am Sakkoärmel, woraufhin er sich zu ihr herunterbeugte, damit sie ihm etwas ins Ohr flüstern konnte. Als sie fertig war, schaute er Paula mit erhobenen Augenbrauen an und flüsterte etwas zurück. Paula schüttelte den Kopf und flüsterte erneut auf ihn ein.

Schließlich sah Cano mich an und sagte: »Meine Mandantin betont, dass es keinerlei Beweise dafür gibt, dass sie an diesem Vorfall beteiligt war.«

Ich verdrehte die Augen. »Paula, da lagen ein Freche-Freunde-Quetschie und *Lotta zieht um* auf dem Liegestuhl, neben dem wiederum die offene Tragebox stand. Niemand außer dir in diesem Haushalt verzehrt Quetschies. Übrigens, woher hattest du den überhaupt?«, fragte ich betont beiläufig.

Paula öffnete den Mund, doch Cano legte gerade noch rechtzeitig eine Hand auf ihren Arm. »Ah, ah, ah, wir hatten das doch besprochen.« Zu mir sagte er: »Dazu äußert meine Mandantin sich nicht.«

Dieser Mistkerl! Ich hätte sie fast gehabt. Sollte er als Erwachsener nicht eigentlich auf meiner Seite sein? In Canos Augen blitzte etwas auf, als ich ihn wütend anfunkelte. Allmählich bekam ich den Eindruck, dass ihm diese Verhandlung einen Heidenspaß bereitete.

»Du bist diejenige, die *Lotta zieht um* liebt, Paula«, fuhr ich fort. »Und wer außer dir würde überhaupt auf die Idee kommen, die Karnickel in den Garten zu schleppen, um dort mit ihnen zu chillen? Wie du das hinbekommen hast, würde mich sowieso interessieren, schwer wie Rosa ist. Gab es etwa Mittäter?«

Paula presste die Lippen zusammen und äußerte sich nicht dazu, was ihr sichtlich schwerfiel.

»Aber weißt du, worum es mir im Grunde wirklich geht? Darum, dass du mich angelogen hast. Dass du mich immer noch anlügst. Deswegen habe ich deine Toniebox eingesackt. Nicht wegen der Sache im Garten, obwohl das auch eine ziemlich blöde Nummer war, meine Liebe.«

Paula wich meinem Blick aus und sah für einen Moment auf ihre Hände. Sie runzelte die Stirn und kaute auf ihrer Unterlippe, wie immer, wenn sie angestrengt über etwas nachdachte. Schließlich zupfte sie Cano erneut am Sakkoärmel, um ihm etwas zuzuflüstern.

Der nickte zustimmend und sagte: »Meine Mandantin und ich bitten um eine kurze Unterbrechung der Verhandlung, damit wir uns zur Besprechung zurückziehen können.«

»Bitte.« Ich machte eine grazile Handbewegung wie Königin Elli von Lichterheim, die ihr Gefolge entließ. »Nur zu.«

Paula und Cano standen auf, und sobald die Küchentür sich hinter ihnen geschlossen hatte, sackte ich in mich zusammen und legte den Kopf auf den Tisch. Oh Mann. Das war zu viel für mein armes Herz. Und den Schmetterlingen in meinem Bauch war schon ganz schwindelig von der Achterbahnfahrt. Nicht nur, dass allein Canos Anwesenheit für einen Sturm der

Emotionen in mir sorgte – dass er diese Verhandlung durchzog und ganz ernsthaft Paulas Interessen vertrat, war so süß, dass ich förmlich dahinschmolz. Ich hatte nicht damit gerechnet, ihn jemals wiederzusehen. Ja, ich hatte zwar andauernd an ihn gedacht und war mehr als einmal kurz davor gewesen, ihn anzurufen. Aber letzten Endes hatte ich es nicht getan, weil … na ja. Er hatte meine Nummer nicht gewollt, und ich hatte nicht vor, ihm hinterherzulaufen. Im Laufe der Wochen war es mir gelungen, mich davon zu überzeugen, dass es besser so war. Dass Cano und ich ohnehin nicht zusammengepasst hätten, dass er nicht mein Typ war. Aber jetzt, wo er mir gegenübersaß und diese wahnsinnig nette Sache für Paula tat, fielen all meine guten Vorsätze in sich zusammen wie mein alljährlicher Neujahrsbeschluss, keine Süßigkeiten mehr zu essen.

Ich konnte rein gar nichts gegen diesen Funken Hoffnung tun, der da plötzlich in meiner Brust schwelte. Die Hoffnung, dass seine Anwesenheit auch etwas mit uns beiden zu tun hatte. Aber was, wenn er nur hier war, weil er Paula nicht hatte Nein sagen können, und wenn er nach dieser Verhandlung wieder aus unserem Leben verschwinden würde? Der Gedanke machte mir eine Heidenangst.

Paula und Cano kehrten zurück, und ich setzte mich schnell aufrecht hin. Die beiden nahmen mir gegenüber Platz und sahen mich mit ernsten Mienen an.

»Und? Was hat eure Besprechung ergeben?«

Cano rückte die Akte vor sich zurecht. »Meine Mandantin möchte ein vollumfängliches Schuldgeständnis ablegen. Außerdem hat sie dir noch etwas zu sagen.« Er nickte Paula aufmunternd zu.

Die senkte den Kopf und schaute mich wie ein zerknirschter Hundewelpe von unten herauf an. »Es tut mir voll leid, dass ich Rosa, Grün und Lila allein im Garten gelassen hab und dass ich die Box nicht richtig zuhatte. Und dass ich dich angelogen hab, tut mir auch voll leid. Aber ich dachte, ich war das ja gar nicht mit dem Gemüse, also muss ich es auch nicht zugeben.«

Darin lag eine gewisse Logik, das musste ich wiederum zugeben. »Schon gut, Paula. Aber denk in Zukunft dran, dass nichts durch Lügen besser wird. Im Gegenteil, im Regelfall machst du es dadurch nur schlimmer. Verstehst du?«

Paula nickte und lief um den Küchentisch herum, um mich zu umarmen. Ich zog sie auf meinen Schoß und drückte sie fest an mich. »Bist du noch böse, Mama?«, murmelte sie an meiner Schulter.

»Nein, Motte. Bin ich nicht.«

»Sehr schön«, sagte Cano. »Meine Mandantin hat die Tat gestanden und sich entschuldigt. Unter den Umständen plädiere ich auf Strafmilderung.«

»Ach ja?«

Er nickte, und wieder lag dieses Funkeln in seinen Augen. »Ja. Ich halte eine zweitägige Konfiszierung der Musikbox für angemessen.«

Ich zuckte mit den Schultern. »Soll mir recht sein.«

Bildete ich es mir ein, oder sah er enttäuscht aus? »Die vergangenen zwei Tage werden natürlich angerechnet. Insofern wäre die Strafe zum jetzigen Zeitpunkt bereits abgegolten.« Herausfordernd sah er mich an.

»Von mir aus.« Es machte mir ja auch keinen Spaß, Paula zu bestrafen.

»Hm. Das ist jetzt eigentlich ein bisschen zu einfach«, murmelte Cano und rieb sich nachdenklich das Kinn, als würde er nach etwas suchen, über das er weiterdiskutieren konnte. Doch dann klappte er schwungvoll die Akte zu. »Aber gut. Du bist raus aus der Nummer«, sagte er zufrieden grinsend zu Paula und lehnte sich im Stuhl zurück. »Scheiße, bin ich ein genialer Anwalt. Ich sollte auf Strafrecht umsatteln.«

Ich schnaubte. »Es ist geradezu erschreckend, wie selbstgefällig du bist.« Ein winzig kleiner Teil tief in mir drinnen fand den arroganten Anwalts-Cano allerdings ganz schön heiß. Aber das würde ich natürlich niemals laut zugeben.

Paula sprang von meinem Schoß, um Cano zu umarmen. »Danke schön.«

»Gern geschehen, Meleğim.«

»Kommst du jetzt mit raus?«, fragte Paula und hüpfte von einem Bein auf das andere. »Ich will dir doch Rosa, Grün und Lila zeigen. Und alle anderen natürlich auch. Die Hühner und Bodo und …«

»Gerne, Paula«, unterbrach er ihren Redeschwall. »Aber erst möchte ich noch was mit deiner Mama besprechen.« Dann sah er mich fragend an. »Okay?«

Mein Herz machte einen Riesensatz, und ich konnte nur stumm nicken.

»Na gut«, sagte Paula und schaute uns abwartend an.

Mir wurde klar, dass sie vorhatte hierzubleiben. »Geh doch schon mal zu den Kaninchen«, schlug ich vor. »Wir kommen gleich nach.«

Sie zögerte kurz, dann sagte sie: »Aber ihr kommt wirklich *gleich*, ja? Nicht so ein Erwachsenen-gleich, das ewig dauert.« Ohne unsere Antwort abzuwarten, lief sie nach draußen und ließ uns allein in der Küche zurück.

Für eine Weile sahen Cano und ich uns nur an. Keiner sagte etwas oder rührte sich auch nur. Es war immer noch so seltsam, ihn hier zu haben, in meiner WG-Küche auf dem alten

Bauernhof in Plön. Ihn leibhaftig vor mir zu sehen, nachdem ich so lange immer wieder an ihn gedacht und mir die Gedanken jedes Mal verboten hatte. Ich wartete darauf, dass Cano etwas sagte, aber er tat nichts dergleichen. Stattdessen schaute er mich nur an, mit diesem intensiven Blick. Fast glaubte ich, er wäre der Meinung, dass dieser Blick schon reichte und mehr als tausend Worte sagte, aber verdammt, mir reichte er nicht. Es war echt zum Verrücktwerden mit diesem Mann! Er hatte doch um ein Gespräch mit mir gebeten, warum kam er jetzt nicht aus dem Quark? Ich trommelte mit den Fingern auf die Tischplatte. »Ähm, ich hoffe, es ist nicht schlimm, dass Paula dich angerufen hat. Ich meine, ich hoffe, du hast dich nicht einfach nur verpflichtet gefühlt, ihr zu helfen, und jetzt weißt du nicht, wie du …«

»Himmel, nein«, fiel Cano mir ins Wort. »Überhaupt nicht. Denkst du so von mir? Echt?«

Ich zögerte. »Nein, ich … Keine Ahnung.«

»Elli, ich hab mich wahnsinnig gefreut, dass Paula angerufen hat. Am liebsten hätte ich sofort alles stehen und liegen lassen, aber ich musste Auerbach gestern in einer Verhandlung vertreten, und es ging nicht.«

Auerbach. Sein Chef, der weiße Hai. »Okay. Also, du wolltest etwas mit mir besprechen?«

»Ja. Ja, richtig, ich … Aber erst mal würde ich gern wissen, was mit diesem Freund ist, von dem du mir erzählt hast. Der, mit dem du eine Beziehung eingehen wolltest, Paula zuliebe? Ähm … Bist du jetzt mit ihm zusammen?«

»Nein. Bin ich nicht. Ich konnte es nicht.«

Cano atmete laut aus. »Gut.«

Wieder kehrte Schweigen ein. Mein armes Herz würde das nicht mehr lange mitmachen. »War sonst noch was?«

»Ja klar, ich …« Mit beiden Händen fuhr er sich durchs Haar. »Elli, du bist echt verdammt schwer zu finden.«

Perplex schüttelte ich den Kopf. »Was?«

Lauter wiederholte er: »Du bist ver…«

»Ich hab das akustisch schon verstanden. Heißt das, du hast mich gesucht?«

»Ja, natürlich habe ich dich gesucht. Aber du stehst nicht im Telefonbuch und bist scheinbar nicht existent in sozialen Netzwerken. Über die Facebook-Seite der Garten-Guerillas bin ich auch nicht weitergekommen, weil man euch da keine Nachrichten schreiben kann und Kommentare auf der Seite einfach ignoriert werden.«

»Du hast auf der Garten-Guerilla-Seite Kommentare geschrieben?«

»Ja, andauernd! Unter jedem eurer Beiträge habe ich kommentiert, dass ich dringend Kontakt aufnehmen möchte, aber es hat sich nie jemand bei mir gemeldet, und irgendwann bin ich geblockt worden.«

In meinem Hirn ratterte es. »Gesine betreut unsere Seite. Wahrscheinlich kamst du ihr irgendwie komisch vor.«

Cano nickte. »Wahrscheinlich. Dann habe ich es über Onkel Heinz versucht, weil ich mich daran erinnert habe, dass sein Seniorenheim Goldene Pforte heißt. Aber da hat man mir gesagt, dass er dort nicht mehr wohnt, und seine neue Adresse wollten sie mir nicht verraten, aus Datenschutzgründen.«

Allmählich dämmerte mir, dass ich tatsächlich ziemlich schwer zu finden war. »Er ist im Allgäu geblieben, bei Tante Fini und meiner Mutter.«

»Verstehe. Als Nächstes habe ich es über den Bioladen in Plön versucht. Das war allerdings auch eine Sackgasse, denn wer auch immer diese Frau ist, die da mit dir arbeitet – sie hält noch mehr vom Datenschutz als das Seniorenheim. Sie hat mir sogar damit gedroht, die Polizei zu rufen, wenn ich weiter ihre Kollegin stalke.«

Ich presste die Lippen zusammen, um mir ein Lachen zu verkneifen. »Das wäre dann auch Gesine.«

Cano starrte finster vor sich hin. »Gesine«, sagte er langsam, als würde er ihren Namen innerlich auf seine schwarze Liste setzen.

»Da fällt mir ein, dass sie in letzter Zeit hin und wieder Andeutungen gemacht hat, dass ich auf mich aufpassen und nachts nicht allein nach Hause fahren soll. Aber dass jemand nach mir gesucht hat, beziehungsweise, dass jemand mich stalkt, hat sie mir nicht gesagt. Wahrscheinlich wollte sie mich nicht beunruhigen.«

»Ja, ich dürfte wohl einer der ganz wenigen Stalker sein, die sich namentlich vorstellen und anbieten, ein polizeiliches Führungszeugnis vorzulegen.«

Jetzt musste ich endgültig lachen. »Klare Sache. Sie hat dich für einen Irren gehalten.«

Canos Gesicht verzog sich zu einem Lächeln, doch er wurde schnell wieder ernst. »Und ich dachte, sie hätte es dir gesagt, aber du …« Er machte eine fahrige Handbewegung. »Na ja.«

»Na ja, was?«

»Ich dachte, wenn du weißt, dass ich nach dir suche, dich daraufhin aber nicht bei mir meldest, dann willst du ganz offensichtlich nicht gefunden werden. Also hab ich es aufgegeben.«

»Ich wusste es nicht«, sagte ich leise.

Für einen Moment sahen wir uns stumm in die Augen. Und

ausgerechnet, als Cano etwas sagen wollte, platzte Paula herein. »Ist jetzt endlich mal gleich, oder was?«

Innerlich stöhnte ich auf, und auch Cano sackte leicht in sich zusammen. Doch dann tauschten wir einen Blick und nickten einander zu. Vielleicht war es gut, eine kurze Pause einzulegen. Hier kamen wir ja nicht so gut voran. Also folgten wir Paula aus der Küche in den Flur, doch sie hatte es so eilig, dass sie schon im Hühnerstall war, als wir gerade erst auf den Hof treten wollten.

»Nein, warte«, sagte Cano und zog mich am Arm zurück in den Flur. »Ich muss das jetzt durchziehen, sonst ...« Er stieß einen Schwall Luft aus. »Mann, ich bin so scheiße in diesem Kram, in diesem ... Reden-Gedöns.«

Bei seiner Berührung stellten sich die Härchen in meinem Nacken auf, und mein Atem ging noch flacher als ohnehin schon. »Ach, echt? Den Eindruck hatte ich bislang eigentlich nicht.«

»Ich kann verhandeln. Ich kann die Gegenseite an die Wand argumentieren und dir einen zweistündigen Vortrag über das Kündigungsschutzrecht im Wandel der Zeit halten, aber wenn es darum geht, über Gefühle zu sprechen, dann ...« Hilflos hielt er inne und hob die Schultern. »Da, siehst du?« Er deutete auf seinen Mund. »Feierabend.«

Mir fiel ein, wie er eingefroren war, als wir uns in München voneinander verabschiedet hatten. »War das vor der Allianz Arena, als ich dir meine Nummer geben wollte und du nur ›Äh‹ gesagt hast, auch so ein Feierabend-Moment? Du wusstest nicht, wie du mir sagen sollst, dass du sie nicht willst?«

»Verdammt, Elli!« Er trat einen Schritt näher und umfasste mit beiden Händen meine Schultern. »Nein, da liegst du so was von falsch. Ich war nur komplett überfordert mit der

Situation, weil das alles so schnell ging mit uns. Weil meine letzte Beziehung noch nicht lang her war, und ich dachte …« Er hielt kurz inne, doch dann gab er sich einen Ruck. »Ich dachte, ich kann doch nicht nach zwei Tagen schon hin und weg von jemandem sein. Schon gar nicht, wenn wir so grundverschieden sind.«

»Ja, oder? Ich weiß genau, was du meinst. Wir haben nichts gemeinsam.«

»Das dachte ich anfangs auch. Aber ich glaube, dass wir sehr viel gemeinsam haben. Und wir werden immer mehr Gemeinsamkeiten feststellen, je besser wir uns kennenlernen.«

Ich konnte kaum glauben, was er da sagte. »Aber warum wolltest du meine Nummer dann nicht?«

»Wollte ich doch«, rief er, beinahe verzweifelt. »Ich war nur ein Vollidiot und überfordert, und mein Bauch hat das eine gesagt, aber mein Kopf etwas ganz anderes, und dann warst du auch schon weg.«

»Also deswegen hast du mich gesucht?«

»Ja.« Er trat noch einen Schritt näher und nahm mein Gesicht in seine Hände. Er war mir so nah, dass ich seinen Atem auf meinem Mund spüren konnte. »Und ich bin Paula unendlich dankbar, dass sie mich als Anwalt engagiert hat. Denn dadurch kann ich dir jetzt endlich sagen, was ich dir in München schon hätte sagen sollen, wenn ich nicht so dämlich gewesen wäre. Nämlich, dass ich dich wiedersehen will. Und Paula auch. Du gehst mir nicht aus dem Kopf, und ich will …« Er hielt inne und strich mit den Daumen über meine Wangen.

»Was willst du?«, flüsterte ich. »Bitte, nicht einfrieren.«

Cano lächelte, so zärtlich, dass ich ihn am liebsten sofort geküsst hätte. »Dich. Ich will dich, und ich will Paula. Ich will uns eine Chance geben und herausfinden, wo es hinführt. Was ich *nicht* will, ist, mich für den Rest meines Lebens zu fragen, wie es euch geht und was ihr wohl gerade macht, so wie ich es tue, seit wir uns voneinander verabschiedet haben. Ich will es wissen, und zwar, weil ich dabei bin. Weil ich ein Teil von euch bin. Vielleicht ist es verrückt, aber ich glaube, zwei Tage reichen, um sich zu verlieben.«

Ich konnte nicht anders, ich überbrückte die kurze Distanz zwischen uns und drückte meine Lippen auf seine. Nach einem kurzen Überraschungsmoment erwiderte er meinen Kuss so leidenschaftlich, dass ich alles um mich herum vergaß. Er umfasste meine Hüfte und dirigierte mich ein paar Schritte rückwärts, bis ich mit dem Rücken an die Flurwand stieß. Irgendetwas klirrte und zerbrach in Scherben, aber ich nahm es kaum wahr. Ich war viel zu beschäftigt damit, Canos Duft einzuatmen und seine weichen Lippen auf meinen zu spüren. Er schmeckte nach Kirstens Keksen und nach Cano, und ich wollte mehr davon, viel mehr. Ich schlang die Arme um seinen Nacken und die Beine um seine Hüften, um ihm näher zu sein, noch näher, immer näher. Er schien das gleiche Bedürfnis zu verspüren, denn seine Hände wanderten an meinen Hintern, um mich an sich zu pressen.

In dem Moment hörte ich Paulas Stimme auf dem Hof, und ich wurde unsanft in die Realität zurückbefördert. »Oh Mist«, flüsterte ich heiser. »Butterblume.«

Cano legte seine Stirn an meine und atmete tief durch. »Sorry, Bro, das war vielleicht ein bisschen zu …«

»Das war perfekt.« Ich drückte ihm einen leichten Kuss auf die Lippen. »Aber Paula ist da draußen, und sie muss uns ja nicht erwischen, bevor wir unsere Verhandlungen abgeschlossen haben.«

Cano grinste. »Das nennst du verhandeln?«

»Gewissermaßen.«

Er stellte mich auf dem Boden ab und brachte mein in Mitleidenschaft geratenes Kleid in Ordnung. »Und … Stimmst du mir denn zu, was das Verlieben angeht?«

»Ich stimme dir so was von zu.« Ich ließ die Finger durch sein weiches Haar gleiten. »Zwei Tage reichen absolut aus, um sich zu verlieben. Ich habe zwar keine Ahnung, ob das mit uns funktioniert, aber ich will es unbedingt herausfinden.«

»Dann sind wir uns doch vollkommen einig.«

»Ja. Mag sein, dass es ein Riesenfehler ist und gründlich in die Hose geht.« Ich musste an seinen Job denken. »Eigentlich passen Paula und ich ja gar nicht in deine Welt.«

Cano küsste die Stelle an meinem Hals, die besonders gern geküsst wurde, und murmelte: »Eine Welt, in die ihr beide nicht passt, kann mir gestohlen bleiben. Außerdem glaube ich, du täuschst dich, was meine Welt angeht.«

»Mmmm«, erwiderte ich, weil er sich wieder mit dieser Stelle beschäftigte und ich keinen klaren Gedanken fassen konnte, wenn er das tat. Doch dann ließ er von mir ab, und ich fand allmählich zurück in unser Gespräch. »Vielleicht täusche ich mich, vielleicht nicht. Vielleicht machen wir einen Fehler, vielleicht nicht. Aber eins steht fest: Wenn es ein Fehler ist, dann ganz bestimmt der beste unseres Lebens.«

Cano lachte und nahm mich so fest in die Arme, dass mir fast die Luft wegblieb. »Absolut richtig. Einen besseren Fehler als diesen können wir definitiv nicht machen.«

Nachdem wir noch ein bisschen rumgeknutscht und uns gegenseitig versichert hatten, wie großartig wir einander fanden, gingen wir endlich raus zu Paula. Sie war zusammen mit Antje und Kirsten bei den Kaninchen, und ich vermutete stark, dass die beiden Paula daran gehindert hatten, uns erneut zu fragen, ob jetzt endlich gleich war. Zumindest deutete das breite Grinsen, mit dem Kirsten auf Canos und meine ineinander verschränkten Hände schaute, darauf hin. Während Paula Cano den Hof zeigte und jedes einzelne Tier vorstellte, quetschte Kirsten mich darüber aus, wie das Gespräch gelaufen war.

»Guck sie dir doch mal an.« Antje deutete auf mein Gesicht. Dann zeigte sie auf Cano, der gerade über etwas lachte, das Paula ihm erzählte. »Und ihn auch. Ich denke, da hast du deine Antwort.«

Kirsten musterte mich vergnügt. »Du hast recht, ich ziehe die Frage zurück. Elli sieht dermaßen frisch geküsst und verliebt aus, dass ...«

»Psst«, machte ich. »Wir wollen es Paula ganz behutsam beibringen. Erst mal schauen wir, wohin das mit uns führt.«

Kirsten und Antje lachten lauthals. »Wohin mag das wohl führen, Elli?« Dann legte Antje einen Arm um meine Schulter und drückte mich an sich. »Aber macht ihr ruhig alles so, wie ihr meint, und lasst euch nicht von uns reinreden. Dein Anwaltsschnösel ist übrigens ein verdammt netter Typ.«

»Ich weiß.« Verzückt beobachtete ich Cano dabei, wie er Paulas Lieblingshuhn streichelte.

»Außerdem finde ich ihn gar nicht so schnöselig«, sagte Kirsten.

»Ist er auch nicht. Erste Eindrücke können halt täuschen.«

Nachdem Paula Cano einmal über den Hof geführt hatte, gingen wir alle zurück ins Haus, wo wir in der Küche auf Sami trafen, der Zutaten für einen Eintopf schnibbelte. Nachdem ich Cano und Sami einander vorgestellt hatte, halfen wir ihm beim Kochen.

»Oh, übrigens«, sagte Kirsten irgendwann. »Gesine kommt gleich noch vorbei.«

Cano hob abrupt den Kopf. »*Die* Gesine?«

Ich nickte bedeutungsvoll.

Beiläufig sagte Kirsten: »Ja, sie hat da gerade eine Abmahnung von so einem komischen Anwalt bekommen, weil sie angeblich das Impressum auf unserer Garten-Guerilla-Website nicht richtig aufgeführt hat. Ganz blöde Geschichte.«

Oje. Mir schwante Böses.

Cano hob eine Augenbraue.

Antje schlug den gleichen beiläufigen Tonfall an wie ihre Frau. »Ach, da fällt mir ein, wir sind heute ja noch mit unserem Kumpel Willi verabredet. Er ist momentan ziemlich down, weil sein Arbeitgeber ihm völlig ungerechtfertigt gekündigt hat.«

»Echt jetzt?«, fragte ich fassungslos.

Sami meinte: »Meine Freundin Nadine hat Probleme mit ihrem Vermieter. Der hat neulich Eigenbedarf für ihre Wohnung angemeldet. Das darf er ja eigentlich nicht. Oder?«, fragte er in die Runde, doch er schielte zu Cano.

Der saß ganz ruhig da und hatte mal wieder ein Pokerface aufgesetzt. Er fand es bestimmt ganz toll, von meinen Freunden gleich als Rechtsbeistand missbraucht zu werden, nachdem er gerade mal fünf Minuten in unsere Gruppe gehörte.

»Habt ihr eigentlich eine Ahnung, wie dreist das ist?«, fragte ich empört.

Unbeirrt sagte Kirsten: »Vielleicht ist es dreist, aber vielleicht hast du ja auch einen Moment Zeit, dir das mal anzugucken, Cano? Wenn nicht, auch gut.«

Ich warf ihr einen bösen Blick zu, dann legte ich eine Hand auf Canos Arm. »Hör mal, du musst das nicht machen. Ich will nicht, dass du dich ausgenutzt fühlst. Und du musst mir glauben, dass ich damit nichts zu tun habe.«

Cano legte seine Hand auf meine. »Alles gut, Elli.« Zu den anderen sagte er: »Ich kann mir die Fälle mal ansehen. Aber bis auf die Kündigungssache sind das alles nicht meine Fachgebiete.«

»Macht doch nichts«, beteuerten Sami und Kirsten.

Nach dem Essen behaupteten Cano und ich, wir müssten noch mal schnell die Kaninchen füttern, dabei wollten wir in Wahrheit nur hinterm Hühnerstall rumknutschen. In einer Atempause fragte ich ihn: »Wann musst du eigentlich zurück nach Hamburg?«

Er steckte eine Haarsträhne hinter mein Ohr, die sich aus dem Knoten gelöst hatte. »Wann du willst.«

»Oh, dann kommst du hier nicht so schnell weg.«

»Okay.« Er gab mir einen so sanften, langsamen und zärtlichen Kuss, dass ich froh war, dass er mich festhielt. Sonst wären meine Beine wahrscheinlich einfach weggesackt. »Aber was ist mit deinem Job in der Kanzlei?«, fragte ich in einer erneuten Atempause.

»Nicht viel. Da bin ich nur noch vier Wochen.«

Verwirrt runzelte ich die Stirn. »Was?«

»Ich habe gekündigt.«

»*Was?*«

Cano grinste. »Ja, ich habe da nämlich jemanden getroffen, die Ehrenschützenkönigin von Lichterheim, um genau zu sein. Das ist übrigens eine ziemlich crazy Geschichte, aber die erzähle ich ein anderes Mal.«

Ungeduldig zuppelte ich an seinem T-Shirt. »Was ist denn mit dieser Ehrenschützenkönigin?«

Cano zog mich noch näher an sich. »Durch sie ist mir bewusst geworden, wie sehr mein Job mich im Grunde ankotzt. Sie hat mich daran erinnert, warum ich eigentlich Anwalt geworden bin. Und vor allem hat sie daran geglaubt, dass ich jemand bin, dem es nicht nur um Sicherheiten, Geld und Prestige geht. Also habe ich gekündigt. Auch wenn ich zu dem Zeitpunkt dachte, dass ich sie nie wiedersehe, wollte ich ihr beweisen, dass sie recht hat.«

»Das glaub ich jetzt nicht«, stieß ich aus.

»Wieso nicht? Ich arbeite noch bis Ende August in der Kanzlei, und was danach kommt ... Keine Ahnung. Aber ich habe Bock auf eine kleine Kanzlei oder sogar eine eigene, in der ich mich für normale Mandanten einsetze. Darauf hatte ich im Grunde immer schon Lust, aber wenn man erst mal drinsteckt in dieser Mühle der Großkanzlei und all das Geld verdient und diese riesigen Fälle bearbeitet, ist es schwer, da wieder rauszukommen. Dank dir habe ich den Absprung geschafft.«

Ich sprang Cano förmlich an und drückte tausend dicke Küsse auf sein Gesicht.

»Wow.« Er lachte. »Die Kündigung scheint eine ziemlich gute Idee gewesen zu sein.«

»Ich bin so stolz auf dich. Du wirst diesen Schritt nicht bereuen, da bin ich mir sicher.«

»Ich auch. Im Grunde kommt es mir also ganz gelegen, dass du und deine Freunde so oft mit dem Gesetz in Konflikt geratet. Wahrscheinlich habe ich allein mit euch schon alle Hände voll zu tun.«

»Dann wirst du jetzt also *unser* Consigliere?«

Cano grinste. »Ja. Ich werde jetzt euer Consigliere.«

Wir küssten uns wieder, lange und ausgiebig, aber irgendwann rief Paula nach uns, und wir gingen zurück ins Haus, um mit ihr und den anderen Uno zu spielen.

Cano verlor gerade zum zehnten Mal, als es an der Tür klingelte.

Antje legte ihre Karten ab und stand auf. »Das ist bestimmt Gesine«, sagte sie und verschwand in den Flur.

»Du musst acht ziehen, Cano«, informierte Paula ihn schadenfroh grinsend.

»Schon wieder?«, stieß er aus. »Ist das überhaupt regelkonform? Lass mich mal bitte die Spielanleitung lesen.«

Lachend hielt ich ihm seine acht Karten hin. »Das ist absolut regelkonform, Cano. Du bist einfach nur kein besonders guter Verlierer.«

»Hm«, machte er, doch er lächelte und strich unauffällig über meine Finger, als er die Karten entgegennahm.

In diesem Moment kehrte Antje zurück in die Küche, doch sie hatte nicht Gesine im Schlepptau. Sondern Onkel Heinz.

Augenblicklich kehrte Stille in die Küche ein.

Völlig perplex starrten ihn alle an, und er starrte mit der für ihn so typischen grimmigen Miene zurück. Er sah noch dünner aus und noch grauer. Sein Anzug schien ihm zwei Nummern zu groß zu sein, und er stützte sich schwer auf seinen Stock. In der Hand hielt er den Koffer, den er schon bei unserer Reise dabeigehabt hatte.

»Onkel Heinz!« Paula sprang auf und stürzte auf ihn zu, um ihn zu umarmen. »Hi.«

Ungelenk strich er ihr übers Haar, während er den Blick von einem zum anderen schweifen ließ. An Cano blieb er hängen. »Hab ich doch gewusst, dass ich dich in München nicht zum letzten Mal gesehen hab.« Schließlich wandte er sich an mich. »Soso. Hier wohnt ihr also.«

Endlich konnte ich mich aus meiner Starre lösen und erhob mich vom Tisch. »Wie schön, dich zu sehen, Onkel Heinz«,

425

sagte ich, während ich ihn umarmte. »Aber … Was machst du hier?«

»Ach, es ist nicht auszuhalten im Allgäu. Josefa ist ein furchtbarer Griesgram. Mault und meckert den ganzen Tag, ich kann es nicht mehr hören! Keiner da, um mal ein vernünftiges Gespräch zu führen. Und dann diese Berge, die nur im Weg sind. Man kann ja nicht mal weit gucken.« Onkel Heinz hielt schwer atmend inne und schaute mich abwartend an.

Ich ahnte, worauf das hinauslief. Wahrscheinlich ahnten wir es alle. Ich schaute Paula, Cano, Kirsten, Antje und Sami an, die aufmunternd nickten oder nur mit den Schultern zuckten.

Himmel, wollte ich es überhaupt? Ich horchte in mich hinein, und … ja, doch. In mir protestierte nichts gegen die Idee. »Onkel Heinz?«

»Ja?«

»Willst du erst mal hierbleiben?«

»Hm. Eine Weile vielleicht?«

Damit war das dann wohl geklärt. Ich nahm Onkel Heinz seinen Mantel ab, und er setzte sich zu uns an den Tisch. Nachdem er sich mit allen bekannt gemacht und einen Teller Eintopf gegessen hatte, schloss er sich unserem Unospiel an. Ich ließ den Blick über Cano, Paula, Onkel Heinz, Sami, Kirsten und Antje schweifen, wie sie redeten, spielten und miteinander lachten. Im Radio dudelte leise Jazzmusik, Sami öffnete eine Flasche Wein. Ich konnte es kaum fassen, dass mein Leben sich in so kurzer Zeit so drastisch verändert hatte, und mich beschlich das Gefühl, dass turbulente Zeiten auf mich zukamen. Trotzdem fühlte sich alles genau richtig an. Endlich war unsere Roadtrip-Gang wieder vereint, und eines wusste ich ganz genau: Ich war unglaublich froh, dass ich mich an diesem windigen Tag im Juni auf diese verrückte

Reise gemacht hatte. Es war ein Roadtrip gewesen, auf dem so ziemlich alles schiefgelaufen war, aber am Ende hatte ich nicht nur mich selbst gefunden, sondern auch Menschen, nach denen ich nie gesucht hatte. Waren das nicht die besten Roadtrips überhaupt?

Danksagungen

Die Geschichte von Elli, Paula, Cano und Onkel Heinz hat mich zehn Jahre lang begleitet. Irgendetwas hat mich immer davon abgehalten, sie aufs Papier zu bringen. Und als ich dann endlich so weit war, die Geschichte zu schreiben, bin ich über ihr zusammengebrochen. Im wahrsten Sinne des Wortes. Zuerst dachte ich, es wäre diese Geschichte, die mich feddichgemacht hat. Aber dann stellte sich heraus, dass es nicht die Geschichte war, sondern eine schwere Depression. Daher gilt mein erster Dank an dieser Stelle all den Menschen, die es möglich gemacht haben, dass ich wieder gesund geworden bin: meinen ÄrztInnen, TherapeutInnen und meiner Yogalehrerin Rena. Meinen Mitstreiterinnen und Mitstreitern in der Therapie, ihr seid die Größten, und ich habe so unfassbar viel von und mit euch gelernt. Meiner Agentin Franka Zastrow, die mir den Rücken freigehalten hat, und allen bei Bastei Lübbe, insbesondere Stefanie Zeller und Claudia Müller, die so viel Verständnis hatten und mir alle Zeit der Welt gegeben haben. Tausend Dank euch allen.

Es hat lange gedauert, bis es mir wieder besser ging. Und je besser es mir ging, desto mehr sind Elli, Paula, Cano und Onkel Heinz wieder zum Leben erwacht. Die Geschichte hat mich nicht losgelassen, und irgendwann war mir klar, dass ich sie zu Ende schreiben *musste*. Elli und Cano saßen im Grunde drei Jahre lang im *Engel* und haben geredet. Ich konnte sie da doch nicht auf ewig sitzen lassen.

Es war eine riesengroße Erleichterung zu merken, dass die Depression mich nich feddichgemacht hat und dass das Schreiben wieder klappt. Aber ohne Hilfe hätte ich es nicht hinbekommen, diese Geschichte zu beenden, daher danke ich aus tiefstem Herzen meinem Mann, der im Gegensatz zu mir immer daran geglaubt hat, dass ich wieder schreiben werde. Der sich um alles gekümmert hat, das nicht mit Schreiben zu tun hatte. Der mich mit Schokolade versorgt und mir zugehört hat, wenn die Roadtrip-Gang nicht so wollte wie ich. Und der mir immer Mut gemacht hat, wenn es mal nicht weiterging. Außerdem danke ich meiner Hündin Funny, die akribisch darauf geachtet hat, dass ich meine Pausen- und Feierabendzeiten einhalte.

Jetzt sind Elli, Cano, Onkel Heinz und Paula endlich da, wo sie immer hinwollten: zwischen zwei Buchdeckeln, in euren Händen, liebe Leserinnen und Leser. Tausend Dank an euch, dass ihr mich nicht vergessen habt. Danke für all eure Nachrichten, Briefe und Kommentare, eure guten Wünsche und lieben Worte, die mir so viel bedeutet haben. Und danke für eure Geduld – ihr habt wirklich lange warten müssen.

Zum Schluss möchte ich allen, die gerade mit psychischen Krankheiten zu kämpfen haben, eine feste Umarmung schicken. Ich wünsche euch Menschen an eurer Seite, die euch verstehen, und ich wünsche euch all die Kraft, die ihr braucht, um wieder gesund zu werden. Ich denke an euch.